Nous traverserons des orages

ANNE-LAURE BONDOUX

NOUS TRAVERSERONS DES ORAGES

Illustrations
de Coline Peyrony

GALLIMARD JEUNESSE

p.27 : extrait de la chanson *Viens poupoule !* Paroles d'Adolph Spahn adaptées par Henri Christiné et Alexandre Trébitsch, musique d'Adolph Spahn.
p.144 : extrait de la chanson *Maréchal nous voilà !* Paroles d'André Montagard, musique d'André Montagard et Charles Courtioux.
p.146 : extrait de la chanson *Le Chant des partisans.* Paroles de Joseph Kessel et Maurice Druon, musique d'Anna Marly.

L'autrice a bénéficié du soutien du CNL pour cet ouvrage.

« Dès l'instant que j'essayai de donner forme
à la tragédie de mon temps,
je n'en souffris plus aussi cruellement »
Stefan Zweig, *Le Monde d'hier*

« Il n'y a pas d'époque paisible »
Laurent Gaudé, *Nous, l'Europe,*
banquet des peuples

Pour mon père,
que je n'ai jamais vu pleurer.

Prologue

Voici l'histoire que je dois te raconter, Saule.

C'est l'histoire d'une famille, d'une maison et d'un pays.

Elle commence à la veille d'une guerre planétaire, dans une ferme de hameau qu'on appelle les Chaumes. Elle s'achèvera un siècle plus tard, au même endroit, à l'heure où une autre guerre menace de s'étendre et où j'hésite à accrocher un panneau À VENDRE sur le mur de la grange.

Entre ces deux époques, tu verras vivre ici quatre générations d'une famille tourmentée par des secrets et hantée par des morts sans sépulture.

Entre ces deux époques, nous traverserons des orages. Tu verras se répéter des conflits, des accidents, des abandons et des coups de couteau. Tu verras changer les saisons, les habitudes, les lois et les gouvernements. Tu assisteras plusieurs fois à la fin du monde et au début d'un autre.

Tu verras des hommes tomber amoureux, rêver de grandes choses, partir à la guerre, et en revenir sans mot et sans gloire. Car il n'y a pas de super-héros dans notre histoire. Seulement des hommes blessés par la violence du monde et qui, incapables d'exprimer ce qu'ils ont au fond d'eux-mêmes, se taisent et exercent la violence à leur tour, comme enfermés dans une malédiction.

Jusqu'à moi. Jusqu'à toi.

Pourtant, nous ne sommes jamais condamnés à perpétuité, Saule. Ni à la prison, ni au silence, ni à la violence. Et même après cent ans de malheurs, même si j'ai commis l'irréparable moi aussi, je ne désespère pas que nous apprenions enfin à prendre la parole plutôt que les armes.

Je pense souvent à ce que mon père m'a dit, un matin, dans une cuisine qui sentait le café fort et les médicaments : la littérature est une consolation.

Je ne sais pas s'il avait raison, mais j'aimerais bien.

J'aimerais croire que toutes les histoires, même les plus tragiques, peuvent nous consoler, à condition qu'elles disent la vérité. C'est en tout cas ce que j'ai essayé de faire ici : te dire la vérité sur les hommes de la famille Balaguère. Sur leurs faiblesses et sur les miennes. J'espère que tu en tireras de la force.

Alors quand tu auras lu ces pages et que tu sauras d'où je viens et qui je suis, si tu le souhaites encore, appelle-moi.

Je serai ici, aux Chaumes. Je t'attendrai.

Pour l'instant, j'ai remisé le panneau À VENDRE dans un coin, et j'ai sorti la boîte à outils. Il y a une fuite dans le toit. Ce ne sera qu'une petite réparation, bien sûr, alors qu'il y en a de plus grandes à entreprendre. Mais puisqu'il faut bien faire quelque chose, je vais commencer par là.

Première partie

Un grand secret

Année 1914

Chapitre 1

Marty

Seul dans la chaleur de juillet, Marty traverse la cour de la ferme. L'après-midi tire à sa fin, et pas un souffle d'air sur les Chaumes. On entend bourdonner les mouches, tinter les cloches des vaches dans le champ d'à côté, le grincement d'une poulie quelque part, et le cœur de Marty qui tape dans sa poitrine.

Il passe sous le tilleul à grands pas. Le chien est allongé en travers de son chemin, il lui flanque un coup de pied, allez ouste, barre-toi de là. Le corniaud se carapate. Marty file vers l'escalier en pierre qui colimaçonne sur le flanc de la maison.

« *Interdiction de grimper au grenier, Marty !* »

Interdiction de ceci, interdiction de cela. Pff ! Depuis qu'il a mis le feu l'autre jour au fenil, c'est simple, il n'a plus le droit de rien faire. Alors quoi ? Faudrait-il qu'il reste dans les jupes de sa mère, à écosser les haricots ou à plumer les oies, comme une fille ? Ça, pas question. Marty a seize ans. Il mérite d'être traité en homme, comme Anzême !

Bon, personne l'a vu, il referme la porte derrière lui et le voilà tranquille, à l'abri sous la vieille charpente, au milieu des sacs de seigle et de pommes de terre.

Le feu, c'était pas exprès. Enfin, si. Mais il ne pensait pas que ça flamberait si vite, si haut. Il voulait juste griller ces foutus charançons. Combien de fois il a entendu sa mère pleurer à cause de ces sales bestioles qui s'attaquent aux récoltes ? Alors Marty a eu l'idée du feu. Est-ce sa faute si son cerveau est une machine erratique et vagabonde ? « Çui-ci, il nous invente une ânerie par minute », dit souvent son père en lui collant une taloche sur le crâne.

Là, faut reconnaître que c'en était une grosse.

Par chance, ceux des fermes alentour ont rappliqué. Les Jouillat, les Bouillot, les Challard, tout le monde avec des seaux, en train de crier. L'eau qu'on tire du puits, les mains qui se passent les seaux, et finalement l'orage qui éclate, un vrai déluge. « Le coup de pouce du bon Dieu », a commenté Anzême un peu plus tard, le visage noir de suie.

Au petit jour, on a constaté les dégâts en soupirant : la moitié du bâtiment partie en fumée et dans un recoin, la chatte et ses petits. Piégés, asphyxiés. Après ça, Marty s'est tenu à carreau. Valait mieux. Il a rasé les murs pendant plusieurs jours, mais l'air de rien, il réfléchissait.

Tout à l'heure, quand il a vu son père atteler la charrette pour partir au village, quand il a vu Anzême la faux sur l'épaule s'en aller vers le champ, quand il a vu sa mère occupée à la basse-cour, il a pensé *c'est le moment.*

Le voilà donc au grenier.

À la ferme, il n'y a pas que les charançons qui vous gâchent la vie. Y a les rats, les mulots, tout ce qui grignote et anéantit le fruit de votre effort. C'est pour ça qu'on a des chats. Enfin... qu'on *avait* des chats.

Marty sort son couteau. La lame est-elle bien affûtée ? Il la plante dans une patate, *schlak*. Voilà la patate éventrée proprement. Déjà il imagine la fierté de son père quand il verra les mulots crevés. Ça c'est du bon boulot, mon fils ! Pour une fois, ce ne sera pas Anzême qui recevra les compliments, héhé.

Anzême, il a tout : la confiance du père, l'admiration de la mère, la certitude d'avoir les Chaumes en héritage et, depuis l'an passé, une jeune épouse, très jolie, la fille de chez Paquaud qu'on appelle Clairette. Il a même une jument ! Alors qu'à lui, Marty, on a seulement donné le gros bœuf, Duc. Tu parles d'une entourloupe. La vérité, c'est que les bœufs sont à tout le monde, résultat Marty n'a rien. Rien du tout !

Chaque fois qu'il s'en plaint, Anzême cherche à le consoler. Il dit : « Allons, Marty. Ce qui est à moi est à toi, tu le sais bien ! »

Menteur, songe Marty.

Il cligne des yeux. Quand il pense à Clairette, avec ses seins qui ondulent et son sourire d'ange, ça lui essore les tripes. Il souffle et s'accroupit derrière les sacs de seigle.

– Petits, petits... Venez un peu par ici ! Petits petits !

Ce qui serait bien, c'est qu'il en tue au moins une douzaine. Ça prouverait à tout le monde qu'il est capable de réparer ses bêtises, de se rendre utile et d'avoir sa part. Pourquoi il aurait pas une jument, lui aussi ? Pourquoi il aurait pas une fiancée avec des seins qui ondulent ?

Guidé par cette pensée, Marty se met en chasse. Qu'un rongeur pointe ses moustaches, tiens ! *schlak*, il subira le même sort que la patate.

Mais une heure s'écoule, et rien. Pas un rat, pas un mulot. À croire qu'ils se sont donné le mot.

Marty entend sa mère qui l'appelle. On a besoin de lui à la basse-cour, à l'étable, aux champs, que sais-je. Il se garde bien de répondre. Par les ouvertures du grenier, l'odeur familière du tas de fumier s'insinue dans ses narines. Dehors, la terre cuit comme du pain au four.

Pour passer le temps, Marty exerce son couteau sur les sacs de grain. Un coup par-ci. Un coup par-là. Un à un, les sacs crachent leur contenu. On dirait des ventres qui accouchent.

Une heure passe encore. Marty soupire. Des dizaines de patates coupées en rondelles gisent à présent au milieu d'une mer de seigle. Il contemple le tableau. Il se demande… Est-ce qu'il aurait encore fait une connerie ?

Ah, ça y est, la charrette est de retour ! Marty entend grincer l'attelage dans la cour, et la voix de son père qui appelle :

– Anzême !

Sans bruit, Marty s'approche d'une ouverture. En surplomb, il voit la cour, les bœufs attelés, son père qui les détache, et Anzême qui arrive, trempé de sueur.

– Alors ? T'as vu Jouillat ?

Le père agite la main pour chasser les mouches.

– Oui. On fera l'échange demain, aux étangs.

– Bien. Et qu'est-ce qu'on raconte, au village ?

– Rien de bon, soupire le père. Rien de bon.

Ensuite, il parle d'une guerre. C'est dans le journal. Une histoire d'Autriche-Hongrie, d'ultimatum, de Serbie, Marty n'y comprend rien. Pas plus qu'à cette histoire d'échange avec Jouillat, aux étangs. Tout ce qu'il comprend, c'est après :

– Faut que ça s'arrange, Anzême. Sinon tu vas partir soldat, et sans toi, aux Chaumes…

– Ça s'arrangera, papa, ça s'arrangera. Ils sont pas fous, là-haut.

Cytise Balaguère hausse les épaules, l'air d'en douter.

– J'ai que deux fils, moi ! se plaint-il encore. Pis l'autre… Où est-ce qu'il est, d'ailleurs ?

– Avec la mère, t'en fais pas.

Cytise crache par terre, essuie son front, puis flatte l'encolure du gros bœuf. Il soupire :

– Si je dois en perdre un, je préférerais que ce soit l'autre.

À plat ventre sur le sol du grenier, Marty demeure plus immobile qu'une poutre. Mais la machinerie de son cerveau se met en marche. Les idées tricotent des mailles compliquées sous son crâne, elles s'emmêlent, elles se juxtaposent, elles se télescopent jusqu'à lui arracher une grimace.

CHAPITRE 1

Soudain, tout est limpide : quitte à perdre *un fils* à la guerre, le vieux Cytise préférerait perdre *l'autre fils*. C'est-à-dire lui, Marty. Évidemment.

Chapitre 2

Anzême

On est au cœur de la nuit et le sommeil ne vient pas. Anzême se tourne vers Clairette qui dort à côté de lui. Son souffle l'apaise. Dans l'obscurité, il tente de deviner son visage, la courbe d'une épaule, celle d'un sein, mais il fait trop noir.

Toute la journée aux champs, d'habitude ça le terrasse. Là, non.

Sous son crâne, c'est la fanfare. Chaque fois qu'il ferme les yeux, ses pensées jouent de la trompette, du bugle, du cornet à pistons, pire qu'au défilé du 14 Juillet. Et au milieu de ce raffut, une phrase glaçante bat la mesure: *Si la guerre arrivait quand même?*

Anzême n'y connaît rien à tout ça. Les histoires de tsar, de kaiser et d'archiduc, toutes ces embrouilles dans les Balkans et les jeux d'alliances entre les grands de ce monde, c'est pas ses oignons. Il a bien assez à s'occuper des bêtes, à sortir les pommes de terre, couper le bois, faire les labours, les récoltes, le battage, sans compter les conneries de Marty qu'il faut sans cesse réparer. Chacun sa place, pas vrai? Les diplomates dans les palais, et lui, ici, dans le creux du lit avec Clairette et ses vingt ans, voilà l'ordre des choses. Travailler la terre, surveiller son frère, rassurer sa mère, soulager son père, et puis, faire des enfants, rêver un peu... Vivre!

Oui mais si la guerre… ?

Ça ne se discute pas : il fera son devoir, comme quand il est parti pour le service militaire cinq ans plus tôt. Sauf que ce sera la guerre. La vraie. Fusil, baïonnettes, en rang serré, à vos ordres mon capitaine, se battre, et tuer des boches pour l'amour de la patrie.

Il se retourne. Le sommier grince. Le matelas crisse.

Impossible. Le mot « guerre » appartient au passé, à la barbarie des vieux siècles. Ils sont pas fous, les dirigeants. Plus de quarante ans que la paix règne en Europe ! Ils trouveront un moyen d'éviter une catastrophe pareille. Bien sûr qu'ils trouveront ! Parce que sinon, qui s'occupera des moissons ? Qui s'occupera de faire des enfants et de rentrer les foins ? Qui s'occupera de Marty avec sa case en moins, hein ?

Anzême se pelotonne contre Clairette. Derrière les volets clos, la nuit bruisse et s'épanche et le rassure. Rien ne saurait bouleverser ce cycle immuable : les jours, les nuits, l'été, l'amour et le mûrissement des blés.

Peu à peu, les battements du cœur d'Anzême ralentissent. Derrière le volet, une chouette hulule.

Il dort enfin.

Le lendemain matin, il est avec son père aux étangs.

Dans ce vallon humide, cerné par les aulnes, les grenouilles pullulent mais les humains sont rares, c'est pourquoi ils ont choisi de se retrouver là. À l'écart des hameaux et des commérages. Pas besoin de témoin pour leur affaire.

Ils ont conduit avec eux le plus fort des deux bœufs, celui que Jouillat a choisi. Celui qu'on appelle Duc.

– Saleté de règlement, soupire Anzême.

– Je te le fais pas dire, bougonne Cytise en mâchonnant nerveusement le bec de sa pipe en bois de bruyère.

Ici, on n'aime pas ça : les lois de la République, les gendarmes, les impôts, l'école *obligatoire*, le service militaire *obligatoire*, quel paquet d'emmerdements ! Si seulement l'État pouvait cesser de fourrer son nez dans les affaires des gens, tout serait plus simple ! Mais voilà, en cas de mobilisation, ils n'auront le droit de garder qu'un bœuf sur deux. L'autre sera réquisitionné pour l'effort de guerre. Pareil pour Jouillat, qui possède deux ânes.

Le voilà justement qui arrive avec un. On se serre la main, on se regarde dans le blanc de l'œil.

– Quelles nouvelles ?

– Calme plat, fait Jouillat. J'ai croisé le garde champêtre qui a parlé avec le maire qui a parlé avec le préfet. C'est sûr, ça va s'arranger.

– Alors qu'est-ce qu'on fait ? demande Anzême. On annule ?

– Restons prudents, décide le père. Même si c'est pour rien, on fait l'échange.

Les trois hommes hochent la tête. Ils signent un papier : une fausse vente avec une fausse date que Jouillat se chargera de déposer en mairie. Ils s'en fichent de tricher. Si c'est pour sauver leurs bêtes, ils veulent bien finir en prison.

– Tu l'imagines, mon Sarpolet, sur un champ de bataille ? interroge Jouillat en caressant l'encolure du baudet.

– Pas plus que mon Duc ! répond Cytise.

– Dommage qu'on puisse pas faire la même chose pour nos fils, soupire encore Jouillat. Eux, ils iront au feu, quoi qu'il arrive. Même les fils uniques.

Anzême connaît bien le fils Jouillat, ils allaient ensemble à l'école communale. Un petit lascar maigre, futé et discret, qui braconne les lièvres et les faisans.

– Il est débrouillard, ton Nicaud, dit-il pour consoler Jouillat. T'inquiète pas pour lui.

– Toi aussi, t'es débrouillard, lui sourit Jouillat. Et ton frère, il est trop jeune pour partir, alors ça va.

– Oui, ça va, admet le père Balaguère. Anzême est adroit, il saura faire. Et mon Marty, même s'il n'a pas toujours les idées en place, c'est un bon gars.

Jouillat lève les bras au ciel. Presque gaiement, il ajoute :

– Avec un été pareil, moi je vous le dis, il peut pas nous arriver malheur !

Les trois hommes sourient, puis se taisent. Ils se laissent envahir par la beauté de ce coin sauvage : les pieds-de-loup, les menthes rouges, les quines-de-curé qui profitent de l'humidité. Et les aulnes avec leurs racines échevelées qui se reflètent dans l'eau stagnante comme des danseurs face au miroir. *Oui*, pense Anzême, *c'est un été majestueux*.

Bon, il est temps de retourner aux champs, alors ils se séparent.

– On se reverra bientôt ! lance Jouillat.

– Pour la fête du battage ! dit Anzême.

Cette fête-là, ça a toujours été son moment préféré. Tous ensemble autour des longues tablées, voisins, cousins, vieux, jeunes, journaliers, réunis pour manger à s'en faire péter les bretelles. Et chanter à tue-tête, pincer les joues des enfants, les hanches des femmes, danser et boire jusqu'à plus soif sous les étoiles, quelle réjouissance !

Si Dieu le veut, après tout ça, on enterrera l'acte de vente avec la fausse date, Jouillat récupérera son âne, Duc reviendra aux Chaumes, et la vie reprendra son cours tranquille de rivière.

Chapitre 3

Marty

Depuis qu'il est né, il n'en fait qu'à sa tête, Marty. On lui confie une tâche – par exemple récurer le fossé ou la porcherie – et on le retrouve allongé dans le cresson, cent mètres plus loin, à regarder les nuages. Si on ne le surveille pas, c'est bien simple, il n'est jamais là où il doit être.

En ce moment, par exemple, il devrait se trouver avec les autres dans le champ d'avoine, à lier les gerbes en petites meules, parce que juillet avance vers août, et qu'il faut finir les moissons au plus vite avant que le temps vire à l'orage. C'est pourtant pas difficile à comprendre : on a besoin de bras ! Or, Marty s'est encore une fois volatilisé.

Et où est-il, alors, ce diable de môme ?

Il est là, planqué derrière les aulnes, au bord de l'étang. Il a pris Anzême et son père en filature.

De là où il se trouve, il n'entend pas un mot de la conversation entre eux et le vieux Jouillat, mais il voit ce qu'ils sont en train de faire : un troc.

Marty aime bien les ânes, ce n'est pas le problème. Ce qui lui froisse le cœur, c'est que son père et Anzême font toujours les choses dans son dos, sans le consulter. Et ce qui lui fait un vide dans la poitrine, c'est qu'ils se débarrassent de Duc. *Son* Duc ! Encore une injustice !

– Les traîtres ! les traîtres, les traîtres, se répète Marty, les mâchoires serrées.

Caché derrière un tronc, il regarde Anzême, son père et l'âne s'éloigner entre les ronces et les orties, tandis que le bœuf s'en va par l'autre chemin avec son nouveau propriétaire. La colère fait bouillir le sang dans les veines de Marty. C'est volcanique, ça l'envahit. Ses doigts se crispent sur l'écorce de l'arbre.

Enfin, le silence revient. Une poule d'eau surgit entre les nénuphars, une nuée de papillons survole l'étang.

Marty quitte sa planque. Il vagabonde, l'âme en peine, sur les berges boueuses. Il jette des cailloux dans l'eau, des petits, puis des gros, il décapite les roseaux avec son couteau et tout ce saccage fait fuir les insectes, les oiseaux, le soulage un peu.

Au bout d'un moment, Marty se sent fatigué. Il replace son couteau dans sa poche et décide de retourner aux Chaumes. Tant pis si on lui crie dessus. Ce sera pas la première fois !

Il fait quand même un détour par les prairies, longe les haies, traverse un ruisseau et, du côté du bois Rozet, ce creux solitaire et plein d'ombres qu'on appelle le Creux du Renard. Ses pensées cavalent sous son crâne, pareilles à une meute. Personne ne l'aime ? Eh bien, tant pis ! Lui non plus, il n'aime personne. Pas même sa mère, qui pourtant lui donne toujours la plus grosse part de la tourte. Pas même Clairette, qui pourtant lui parle toujours d'une voix si douce. Pas même le chien, qui pourtant lui lèche la main. Personne, je vous dis !

Sans s'en rendre compte, Marty s'enfonce dans le bois.

Il connaît le pays par cœur, il n'a pas besoin de ses yeux pour voir où il va. Il marche vite, aveugle au monde. Il franchit les taillis, les talus, et quand il surgit sur la crête, le soleil est déjà à mi-course. Le paysage s'ouvre subitement devant lui, rôti par l'été. Sa conscience remonte à la surface comme un cadavre de noyé.

On entend au loin des voix qui s'interpellent, des rires, des aboiements, des cliquetis d'outils et de bouteilles. Toute la contrée est au travail, hommes, femmes, bêtes, enfants. Les récoltes seront bonnes, c'est sûr. Et ce qui est sûr, aussi, c'est que Marty se sent effroyablement seul.

Quand il atteint les ruines de la petite chapelle, sur les hauteurs du village, il se laisse tomber dans l'herbe sèche. Il a très soif, un peu faim, mais maintenant il a les idées nettes.

Il serre le manche de son couteau. Voilà ce qu'il va faire : il va demander à Anzême de l'accompagner à la pêche. Tous les deux, aux étangs, sans témoin, avec dans sa poche le couteau bien affûté.

Une fois à l'abri des regards, il défiera son frère.

Alors on verra bien qui est le plus fort.

Chapitre 4

Anzême

Quand il est heureux, Anzême chante des rengaines populaires entendues aux bals des villages, des airs qui lui rappellent les lampions et l'accordéon. Les paroles font rire Clairette. Et s'il y a une chose qui rend Anzême plus heureux que tout, c'est de voir briller ses yeux.

Ce matin-là, avant le point du jour, il se met à roucouler *Viens poupoule, viens poupoule, viens.*

Il soulève les draps, plonge la tête dessous, chatouille Clairette avec sa moustache.

– *Quand j'entends des chansons, ça m'rend tout polisson, Ah! Viens poupoule, viens poupoule viens!*

Clairette rit sous les draps. Oh là là, il ne faudrait quand même pas réveiller toute la maison! Anzême embrasse ses lèvres, caresse son visage, ses épaules, ses hanches, et la chambre s'emplit bientôt d'un frou-frou joyeux et des grincements du sommier.

Au premier chant du coq, voilà Anzême dehors. Torse nu dans la cour, ébouriffé comme un épouvantail. Le chien lui fait la fête, le suit partout. Anzême va voir les cochons sous le toiton. Il leur envoie une ration de pâtée de pommes de terre, puis il file à l'étable nourrir le bœuf, la jument et l'âne du père

Jouillat. Il sifflote. *Viens poupoule, viens poupoule, viens*. Un sourire reste accroché à son visage, pareil à une veste sur un clou.

Cette vie, il ne l'a pas choisie, bien sûr : c'est le bon Dieu qui a voulu qu'il naisse aux Chaumes il y a vingt-cinq ans. Mais ça lui va. Il aime ce destin de fermier, l'odeur du foin coupé, la chaleur qui accable et le froid qui transperce. Il aime l'eau et le vin, il aime sa femme, son père, sa mère, et ce bougre de Marty, aussi. Le pauvre ! Il était si triste, l'autre jour, que Duc soit parti. Anzême a eu beau lui expliquer que c'était juste une précaution en cas de guerre, qu'on irait bientôt le récupérer, Marty ne voulait rien entendre. Pour se faire pardonner, Anzême lui a demandé :

– Alors quoi ? Qu'est-ce qui te ferait plaisir ?

Les sourcils froncés, Marty a réfléchi, puis il a dit :

– Aller pêcher aux étangs. Rien que toi et moi.

Si ce n'est que ça ! Anzême a dit d'accord. Ils iront donc aux étangs, tous les deux, demain. Mais pour l'instant, en ce matin du 1er août, on s'apprête à finir le battage et à faire une sacrée bringue. Anzême admire la transparence du ciel par-dessus le toit d'ardoises. Il respire à pleins poumons. La sensation d'être vivant lui fait tourner la tête. Il n'échangerait sa place pour rien au monde.

À la mi-journée, les tables sont dressées sous le grand orme, en lisière du champ.

Tous ceux des fermes alentour sont là, les Bouillot, les Challard, les femmes, les valets de ferme, les enfants, le père Jouillat et son fiston maigrelet, dans une ambiance de kermesse. On a les pieds dans les chardons gras et les fleurs de Saint-Joseph, le vin coule à flots, le pain passe de main en main, les rires fusent. C'est la fin des moissons, le début d'une autre saison.

Comme le vin délie les langues, les vieux interpellent Anzême :

– Alors, quand est-ce que tu lui fais un marmot, à ta Clairette ? C'est bien joli de travailler la terre, mais à quoi ça sert si on n'a pas d'héritier ?

– C'est vrai, ça ! s'esclaffent les jeunes. Un an que la lune de miel est passée ! T'as pas trouvé le mode d'emploi, Anzême ?

Les rires pleuvent, lourds comme des gouttes, et le visage de Clairette s'empourpre. Anzême lui prend la main sous la table. T'en fais pas, va. Laisse-les dire, ils savent rien, ces idiots.

– On prend notre temps, répond-il avec un sourire crâne. Clairette et moi, on aime le travail soigné.

– Elle a bien de la chance, Clairette ! rigole une vieille. Tout le monde peut pas en dire autant !

– Comment ça ? sursaute son mari, et les rires repartent de plus belle.

Sous la table, Anzême a gardé la main de Clairette dans la sienne. Il la tient comme on tient un oiseau tombé du nid, avec douceur. Ils en ont parlé souvent, tous les deux, de cet enfant qui tarde à venir. Ils font confiance à la nature, mais plus les mois passent, plus l'attente s'épaissit, et plus Anzême se demande s'il ne faudrait pas – tout de même – aller voir quelqu'un. La vieille guérisseuse des Ruchettes, et si ça ne suffit pas, un docteur.

Il est en train de penser à tout ça quand son père se lève, brandit son verre, se racle la gorge et réclame le silence.

– Merci ! Merci à tous d'être venus ! commence-t-il. La moisson est bonne cette année, grâce au ciel. Et surtout grâce à vous !

Des applaudissements ponctuent cette introduction. Cytise se racle de nouveau la gorge et dépose devant lui sa pipe en bois de bruyère. Le matin même, quand il a su par le garde champêtre que Jean Jaurès avait été assassiné à Paris, il a compris que les partisans de la paix venaient de perdre leur plus précieux porte-parole. Ça lui a fichu un coup.

– Autour de cette table, reprend-il plus solennel, y en a pas beaucoup qui sont allés à l'école au-delà du raisonnable. Aucun de nous n'a assez d'instruction pour monter à Paris et dire leurs quatre vérités à ceux qui nous gouvernent, je le sais bien. Mais parfois, je me dis qu'on devrait. Parce que nous, contrairement à ces messieurs des ministères, on a de la sagesse. C'est peut-être pas celle qu'on trouve dans les livres, et alors ? Notre sagesse à nous, elle est là, solide, sous nos pieds.

Autour de la table, chacun hoche la tête d'un air grave. Cytise soupire, puis déploie ses paumes devant lui.

– Des pognes pareilles, mes amis, c'est pas fait pour porter des gants blancs. Regardez les vôtres ! De vraies pattes d'ours ! Pourtant, ces mains-là ont accompli de grandes choses aujourd'hui, et nous pouvons en être fiers. Voilà ce que j'aimerais leur dire, à tous les va-t-en-guerre qui s'envoient des ultimatums de Moscou à Berlin ! Alors, mes amis, trinquons à la vie. À nos vies de moins que rien ! Et à celles de nos enfants !

Les verres se lèvent, s'entrechoquent, mais la première gorgée de vin laisse à chacun un goût bizarre dans la bouche. On n'ose pas lui en faire reproche, mais Cytise était plus drôle les années précédentes. Alors, pour détendre l'atmosphère, quelqu'un lance une blague et quelqu'un d'autre réclame une chanson.

– Oh oui ! Une chanson ! Une chanson ! scandent en chœur les convives. Anzême ! Chante-nous quelque chose !

Même s'il n'a pas le cœur léger, lui non plus, Anzême sourit. Il sait ce qu'il va chanter. Il quitte sa chaise, se campe sur ses jambes et retire son chapeau.

– Quand nous chanterons le temps des cerises… Et gai rossignol et merle moqueur seront tous en fête…

Un frisson passe le long de la tablée. C'est à cause des paroles, et de cette mélodie qui attendrirait un soc de charrue.

– Les belles auront la folie en tête… Et les amoureux, du soleil au

cœur… Quand nous chanterons le temps des cerises… Sifflera bien mieux le merle moqueur !

Subitement, alors qu'il fait si chaud et qu'on commence à rouler sous la table de fatigue et d'ivresse, les cloches se mettent à sonner.

Ça vient du village, mais pas seulement. Ce sont toutes les cloches, de toutes les églises, de tous les villages alentour qui sonnent en même temps.

Près de deux coups par seconde.

Les voix se brisent. Plus personne ne chante. On dessoûle aussi sec.

– Le tocsin, dit quelqu'un.

Anzême reste debout, pétrifié. Il croise le regard de son père.

– Alors ça y est ? demande Nicaud Jouillat. C'est la guerre ?

Les cloches continuent de sonner à travers le pays. On ne peut pas croire que ce soit ça, et pourtant c'est ça. À côté d'Anzême, Clairette est blême, tandis qu'à l'autre bout de la table Marty commence à s'agiter. Les hommes sont debout à présent. Ils échangent des poignées de main en silence. Seul un valet de ferme un peu bravache s'exclame :

– À Berlin !

Anzême, lui, se contente de remettre son chapeau. Il rejoint son frère dont le visage tressaille de tics nerveux. Il voudrait l'apaiser, mais tout ce qu'il trouve à dire c'est :

– Désolé, Marty. Va falloir attendre que la guerre soit finie pour aller ensemble à la pêche.

Chapitre 5

Marty

Seul dans la chaleur d'août, Marty court à perdre haleine sur le chemin qui descend vers le village.

Est-ce sa faute s'il ne s'est pas réveillé à temps pour voir Anzême partir ? Ça lui arrive souvent. Il se couche, et puis non, ses yeux refusent de se fermer. Alors il se relève, il va se promener, et il s'endort là où le sommeil le cueille. Dans un coin de l'étable par exemple, ou dans la bergerie, et parfois loin de la ferme, comme cette nuit, dans la hutte du charbonnier. « Ce gamin-là, c'est pas un gamin, c'est un hibou ! » dit souvent son père en comprenant que Marty a passé la nuit dehors. « T'as un lit, nom de Dieu ! Pourquoi tu dors pas dedans ? » Marty ne répond pas. La vérité, c'est que depuis l'arrivée de Clairette chez eux, il ne trouve plus le sommeil. Il entend des bruits dans la chambre d'Anzême. Frous-frous, grincements, soupirs, et même quand tout est silencieux, il les entend encore. Ensuite, les bruits font naître des images dans sa cervelle labyrinthique, et après... Ah ! Après, il faut qu'il sorte, qu'il marche pendant des heures. Qu'il s'épuise.

À son réveil, tout à l'heure, il faisait déjà grand jour. La hutte du charbonnier puait la fumée froide et le vieux gras. Le charbonnier n'était plus là. Marty a compris qu'il était parti à la guerre avec les autres.

Il s'est mis debout. Rien dans le ventre. Tournis.

Les scènes de la veille l'obsédaient encore jusqu'à la migraine : les roulements du tambour, les annonces du garde champêtre sur la place du village, une foule digne d'un jour de foire, tous les hommes du canton agglutinés devant l'affiche annonçant la mobilisation générale, il fallait le voir pour le croire ! Puis le retour aux Chaumes avec des pieds de plomb, les larmes de sa mère, le mutisme de son père, les yeux écarquillés de Clairette devant le livret militaire d'Anzême.

Le numéro matricule 552 du 210ᵉ régiment d'infanterie devra se présenter dès demain aux portes de la caserne où on lui remettra son paquetage, son uniforme et un fusil pour défendre la patrie.

En l'espace d'un instant, Anzême avait cessé d'être un paysan. Il était devenu un numéro, un soldat, et tout s'en trouvait changé. À commencer par les projets de Marty : la partie de pêche aux étangs et ce coup de couteau qui l'aurait débarrassé, une fois pour toutes, de cette tension insoutenable qui le ronge. Pour Marty, c'est sûr, depuis la lointaine Russie, jusqu'en Allemagne et en passant par les généraux de Paris, le monde entier conspire contre lui.

À présent, il court, il dévale le chemin creux. Il y a une atmosphère électrique dans le ciel vide, comme les prémices d'un orage. Où sont les oiseaux ? Partis à la guerre, eux aussi ? Avec les hommes, les chevaux et les bœufs qu'on réquisitionne à tour de bras ?

À l'entrée du village, Marty s'arrête net. Il se met à trembler. Et si la guerre tuait Anzême pour de vrai ? Pan, d'un coup de canon ? Cette idée lui est insupportable. Ah que c'est compliqué de désirer une chose et son contraire ! Ses pensées sont si embrouillées que ça lui fait mal jusqu'à l'intérieur des dents.

Un attroupement sur la place de la mairie. Parmi la douzaine de types, Marty avise d'abord le garde champêtre, puis monsieur le maire et Nicaud Jouillat avec sa besace de braconnier qui pendouille au bout de son bras. Ni grive ni lièvre là-dedans, mais un litron de rouge et de quoi casser la croûte pendant trois jours. Ils sont tous là, en tas, comme des mouches sur une bouse. Qu'est-ce qu'ils attendent ? Marty s'approche. Il voit mieux maintenant. Ce qu'ils attendent, c'est la charrette qui doit les conduire à la gare de Sainte-Saverne. Apparemment, un essieu est cassé. Et voilà Anzême, allongé par terre, en train de réparer, avec deux autres gars en sueur.

– Regardez qui arrive ! dit un des types en remarquant Marty. Anzême, le v'là, ton frère !

Anzême relève la tête. Son visage s'éclaire. Il se glisse de sous la charrette, bondit sur ses deux pieds et se jette sur Marty.

– T'étais où, bougre d'âne ? J'allais partir sans pouvoir te dire adieu, ça m'aurait fendu le cœur.

Marty se laisse serrer, enlacer, bercer, jusqu'à ce qu'une résistance cède dans sa poitrine. Ça lui rappelle le jour où la chaîne du puits s'est cassée sur la poulie.

– Ben mince, tu pleures ? s'étonne Anzême.

Marty enrage contre lui-même. Il le sait, bon sang, qu'un homme, ça ne pleure pas !

– T'en fais pas, Marty. Ce sera pas long à ce qu'on dit. On est plus forts que les boches. On va leur mettre un bon coup de pied au cul, tu vas voir, et je serai de retour pour les labours.

Anzême pose ses mains enveloppantes sur les joues humides de son cadet. Il lui fait des recommandations :

– Pas de sottises pendant que je suis pas là, d'accord ? Tu prends soin des bêtes, tu disparais pas tous les quatre matins sans crier gare, et tu rentres les foins. Tu veilles sur la mère. Et sur Clairette, aussi, c'est compris ? Je compte sur toi pour être responsable.

Marty renifle. Responsable, tu parles ! Encore des tâches subalternes pendant qu'Anzême va récolter la gloire avec son fusil !

Mais voici l'essieu de la charrette réparé. Les hommes attellent le cheval du père Maubrant, une vieille bête à moitié aveugle qui a échappé de justesse à la boucherie, et c'est l'heure de partir.

Marty regarde Anzême s'installer avec les autres, adossé aux ridelles. Il lui fait un signe de la main, la charrette s'éloigne, et les gamins se mettent à courir derrière, avec leurs corps impatients, tandis que les plus âgés restent plantés devant la mairie, du soleil dans les yeux.

Monsieur le maire s'approche de Marty et pose une main sur son épaule.

– Va falloir être brave, mon petit, lui dit-il.

Marty ne répond rien. Quelle bravoure y a-t-il à demeurer ici, parmi les femmes, comme un mioche, tandis que les vrais héros vont se battre ?

– Et voilà. Vive la République, ajoute le maire en voyant la charrette disparaître au détour du chemin.

Il n'y a plus rien à dire.

On est dimanche. Plus de trois millions d'hommes partent au front. De partout, le pays se vide. Ici comme ailleurs, le silence remplace le bruit et une peur diffuse s'installe, pareille à un brouillard.

Il ne reste plus qu'à attendre, à vivre à moitié, suspendu à quelque chose qu'on ne connaît pas, qu'on ne voit pas, et qui pourtant emporte Anzême et modifie pour toujours l'équilibre du monde.

Chapitre 6

Anzême

Anzême entre dans l'inconnu au rythme des cahots du train qui le conduit vers la guerre à vingt kilomètres à l'heure.

Sur tout le trajet, il voit des foules agiter des drapeaux bleu, blanc, rouge et acclamer le passage de cette armée désarmée qui se penche aux portières. Chacun joue son rôle dans cette pièce de théâtre, et Anzême s'étonne d'en être un acteur. Il participe de son mieux, il partage le vin et le saucisson avec les autres qui, comme lui, ont été arrachés à la vie ordinaire. Il rit, il chante à tue-tête. Et peu à peu, il se sent gagné par l'enthousiasme. Oui, ensemble, ils vont défendre le pays ! Lui rendre son honneur et, au passage, l'Alsace et la Lorraine ! Ils vont repousser l'invasion de la Belgique ! Oh oui, ils vont accomplir des exploits !

Tant qu'elle ne tue pas, la guerre éveille une sorte d'exaltation, elle donne à voir le monde d'un peu plus haut, et ce serait presque beau… même si, pour l'instant, c'est surtout un bazar monstre.

Dans toutes les gares du pays, les convois qui acheminent les troupes se croisent, s'emmêlent, s'interpellent, se disputent la priorité pour atteindre leur destination, puis, dans un savant ballet d'aiguillages, les wagons repartent et finissent par déverser leur chargement d'hommes, de chevaux et de matériel lourd à proximité des cantonnements.

Ensuite, Anzême parcourt des dizaines de kilomètres à pied, fusil en bandoulière, trente kilos sur le dos. Il a la diarrhée. Des ampoules. Un coup de chaud. Sans compter les piqûres de ces saletés de taons qui s'abattent sur la nuque des soldats comme une avant-garde sournoise de l'armée ennemie.

Finalement, le régiment arrive là où il doit arriver, dans l'Est, non loin de la frontière.

Vingt jours, maintenant, qu'Anzême a quitté les Chaumes. Perdu et fatigué au milieu des hommes de troupes perdus et fatigués, il n'est définitivement plus lui-même. Dépouillé de son passé comme d'un vêtement, le voilà face à un avenir impossible à saisir. Ne reste que le présent: une succession de gestes, d'ordres et de contrordres auxquels il faut obéir en attendant la première offensive.

On lui donne une pioche, on lui donne une pelle et on lui ordonne de creuser. Alors il creuse. Des tranchées, des abris, de longs couloirs, semblables à ceux des vers de terre et des fourmis. Ils sont des milliers comme lui, à creuser, à se faire des cloques sur les mains et à dérouler des kilomètres de fils de fer barbelés. Au loin, c'est la même chose côté prussien, si bien qu'au début cette guerre fait croire à un immense chantier de travaux publics. Tout ce déploiement donne confiance à Anzême: une admirable ingéniosité semble ici à l'œuvre, doublée d'une solide tactique militaire. Y a pas à dire, les généraux qui ont conçu des plans si savants doivent en avoir dans la cervelle! C'est d'ailleurs pour ça qu'ils restent à l'abri dans des bureaux: parce qu'un cerveau qui pense à la guerre est plus important qu'un corps qui la fait. C'est logique!

Pour l'heure, Anzême ne voit pas que ces tranchées ressemblent déjà à un immense cimetière. Ce qu'il veut, c'est rentrer chez lui le plus vite possible en ayant fait son devoir. Ce qu'il veut, c'est se montrer à la hauteur des attentes de l'état-major et de la nation. Être un bon citoyen, un bon soldat, comme il est un bon paysan et un bon fils pour son père.

C'est là toute sa fierté d'homme.

Chapitre 7

Marty

Seul dans la nuit brûlante, Marty lutte pour contenir ce qui le déborde. Un bras sur les yeux, il s'oblige à rester immobile sur son lit. C'est là qu'il doit être à cette heure avancée, tandis que les chouettes chevêches guettent leurs proies entre les herbes noires. *Allons, Marty, es-tu une chouette chevêche ?*

– Non, non, gémit-il en réponse à sa propre question. Je suis un homme ! Un homme responsable.

Trois semaines qu'Anzême est parti et qu'on n'a pas de nouvelles, sauf celles du journal qui parlent d'une bataille en Belgique et du moral des soldats – excellent paraît-il. Trois semaines que Marty lutte contre lui-même, dans l'atmosphère étouffante de la fin août.

Autour de lui, chacun s'efforce de vivre. Plus encore que d'habitude, sa mère s'échine à la basse-cour, dans le potager, au lavoir, partout où la fatigue trompe l'inquiétude. Avec son père et les autres vieux des alentours, Marty a rentré les foins et entamé les réparations de la partie calcinée du fenil. Clairette est venue aider. Toute la journée, Marty essaie d'accrocher ses yeux ailleurs qu'à cette poitrine vivante qui danse sous la robe. Il n'y arrive pas. Et il sait que Clairette le voit parce que souvent, elle sourit.

Maintenant qu'il fait nuit, il sent sa présence dans la pièce voisine. Il croit l'entendre respirer, mais lui, il ne respire plus.

Il écarte les bras en croix. Son corps dépasse du matelas. Il peut sentir chacun de ses jeunes muscles, chacun de ses os, chacune de ses cellules. Une ébullition. Il est tellement à l'étroit ici ! Il y a des nuits comme cette nuit où l'univers entier ne suffirait pas à contenir sa force, son énergie dévorante.

Soudain, il pense à l'eau du puits, à sa fraîcheur : une délivrance. Il se redresse, pose ses pieds nus sur le sol et sort en courant.

Dans la cour de la ferme, pas un rayon de lune, seulement la pâleur imprécise du ciel étoilé. Marty s'approche du puits, décroche la chaîne, tire un seau plein, puis le renverse sur sa tête, ah ! Deux seaux, trois seaux, Marty dégouline, torse nu sous les étoiles, traversé de frissons douloureux.

Quand il se retourne, Clairette est là, les cheveux dénoués. Elle le regarde. Son sourire fait un croissant lumineux sur la nuit de son visage.

– Quelle chaleur, dit-elle. J'avais soif, moi aussi.

En s'approchant du puits, elle frôle Marty.

Et brusquement, il n'y a plus rien. Plus de barrière, plus de lutte, plus de *sois brave*, plus de *sois responsable*. Il ne reste que le désir de Marty, cette flamme dévorante qui l'aveugle et qui pousse Clairette, une main sur la bouche, vers le foin de la grange.

Après tout, Anzême l'a dit : « *Ce qui est à moi est à toi.* »

Chapitre 8

Anzême

Alors c'est ça, la guerre ? Ni courage, ni audace, ni gloire ? Rien d'autre que la terreur et l'explosion des obus qui soulèvent la terre en d'immenses geysers ? La fumée qui asphyxie ? La puanteur des cadavres qui fait vomir ? Les hurlements et les plaintes ? Les poux et les rats ? Les tirs des mitrailleuses qui coupent les corps en deux ? La panique parce qu'on ne sait plus où on est ?

Seul dans une nuit blanche d'angoisse, Anzême tente de chanter pour se donner le courage qui lui manque. *Mais il est bien court, le temps des cerises…* Sauf que ses dents ne font que claquer, sauf que son corps tout entier tremble sous sa capote militaire. Trop de morts, trop de souffrance, trop de saleté, trop de confusion : en quelques jours, il a vieilli de mille ans. Tout ce qu'il croyait a disparu, enseveli sous la poussière.

Non, l'armée française n'est pas la plus forte. Elle ne marche pas sur Berlin, elle fait du surplace dans les champs de betteraves.

Non, les balles de l'ennemi ne rebondissent pas sur les corps : elles s'y enfoncent.

Non, les tranchées n'abritent rien ni personne, mais s'effritent et s'effondrent sous les tirs d'obus.

Non, les officiers ne savent pas ce qu'ils font, ils improvisent.

Et non, il ne suffit pas de se dresser fièrement face aux lignes ennemies pour prouver son patriotisme et sa virilité. Parce que ni le patriotisme ni la virilité n'ont plus d'importance lorsqu'on est déchiqueté.

Aujourd'hui, Anzême a vu Nicaud Jouillat mourir, le corps troué comme une passoire, avant de s'effondrer contre les barbelés. Personne n'a pu aller le chercher, sa dépouille est restée là où elle est tombée, comme une chose.

Anzême pense *demain, ce sera moi.*

Et si c'est pas demain, ce sera le jour d'après.

Et si c'est pas le jour d'après, ce sera un autre jour. Parce que cette guerre, telle qu'elle est partie, ne peut pas avoir de fin.

Chapitre 9

Marty

C'est ainsi chaque nuit, maintenant : Marty attend que le père et la mère soient endormis pour ouvrir la porte de sa chambre, traverser le couloir et rejoindre son paradis. Puis chaque matin avant le chant du coq, plus discret qu'une ombre, il fait le trajet dans l'autre sens.

Son paradis, c'est le corps de Clairette. Ce corps chaud, doux comme de l'eau, ce corps qui a cessé de résister et qui s'offre désormais à ses caresses, sans un mot, sans un bruit.

À la fin de la nuit, lorsqu'il s'en va sur la pointe des pieds, Marty a l'impression de voler : il plane jusqu'à son propre lit, s'y allonge, et coule à pic dans le sommeil pour une heure ou deux.

Ensuite, la journée commence. Il faut travailler, travailler, et veiller surtout à ne pas tomber de l'échelle quand Clairette passe juste à côté.

Maintenant qu'il possède sa femme, Marty ne pense plus à se venger d'Anzême. La colère et la jalousie ont disparu comme par enchantement. Il ne pense plus aux injustices, aux complots que le monde entier fomente contre lui. Oubliés les généraux allemands, les ambassadeurs dans les palais russes. Il ne pense même plus à regarder les nuages vautré dans les herbes à crapauds. Les vingt ans de Clairette ont effacé seize années de souffrances. Enfin, il a une place digne de lui ! Enfin, il vit !

Il a grandi, ce gamin, s'étonne son père en l'observant clouer les chevrons de la charpente. Il lui donne une tape dans le dos, amicale, reconnaissante, comme celles qu'il donnait à Anzême autrefois, si bien que malgré la guerre (ou peut-être grâce à elle) un air de paix règne sur les Chaumes.

Jusqu'au matin où Marty, ayant traîné un peu trop entre les draps du paradis, tombe nez à nez avec son père au moment où il sort de la chambre de Clairette.

– Eh ben ? s'étonne Cytise Balaguère. Qu'est-ce que tu...

Les mots restent là, en suspension entre le père et le fils, dans la lumière timide. Inutile d'achever la question. La réponse s'affiche dans les yeux fiévreux de Marty, inscrite sur sa figure comme sur l'enseigne d'une boutique.

Interloqué, Cytise regarde la porte de Clairette ; on dirait qu'il voit à travers. Marty se mord la lèvre, baisse la tête et s'enfuit vers sa chambre. Une fois seul, il s'assied sur son lit et regarde ses pieds, hébété. Est-ce qu'il aurait encore fait une connerie ?

Pendant une heure, il arpente sans relâche l'espace entre son lit, le mur, son lit, le mur. Il se cogne, il grimace, il panique. Plus le coq chante dans la cour, plus le soleil de septembre escalade le toit de la grange, moins Marty sait comment faire pour empêcher la catastrophe. Est-ce que Clairette va s'apercevoir qu'il s'est fait pincer ? Le gronder ? Le détester ? En profiter pour le chasser du paradis ?

Les idées traversent sa cervelle à toute vitesse, comme des projectiles. Il a l'impression que son crâne enfle, se dilate, et il a beau se frapper le front avec ses poings, ça enfle toujours. Il ouvre la bouche pour crier, quand subitement, ça y est, la solution est là.

Marty s'immobilise face au mur. Il se met à rire. Mais oui ! C'est si simple, si évident ! Les battements de son cœur ralentissent, il n'a plus mal.

Sans se presser, il s'habille. Il traverse la maison et sort rejoindre son père au fenil. Avec dans sa poche le couteau bien affûté.

Cytise Balaguère est au travail, perché en haut de l'échelle. Les outils à la main, il cloue, rabote, ajuste.

– Eh ! l'appelle Marty.

Cytise ne répond pas. Aucune envie de parler, encore moins de penser ; il préfère se réfugier dans ses mains.

– Eh ! répète Marty. Descends voir !

Cytise aimerait mieux être sourd. Il maudit son fils de l'obliger à réagir, à penser. Non, Marty n'a pas grandi. Il restera un enfant toute sa vie. Un enfant capricieux, imprévisible, impérieux. Une mauvaise graine.

– Je te dis de descendre ! s'énerve Marty en secouant l'échelle.

Cytise doit caler ses pieds dans l'angle des barreaux pour ne pas tomber, mais il n'a pas peur, il est simplement triste. Il se demande ce qu'il a bien pu faire de travers pour que Marty soit Marty. Depuis sa naissance, c'est la même chanson : ce gosse voudrait que le monde tourne selon son bon plaisir, il n'accepte pas que les choses lui résistent, encore moins les gens. Au pied de l'échelle, il le voit qui agite son couteau.

– Si tu descends pas, c'est moi qui monte ! crie-t-il.

Un frisson hérisse l'échine de Cytise. Il se laisse glisser le long des barreaux et en un éclair, il est en bas, debout, campé face à son fils. Il gonfle sa poitrine de paysan. Il toise Marty avec mépris :

– Me v'là, crache-t-il entre ses dents. Alors, vas-y maintenant ! Qu'est-ce que t'attends ?

Marty ne soutient pas longtemps le regard de son père. Ce qu'il voit dedans, toute cette déception, l'épouvante. Il baisse les yeux, il baisse la lame.

– T'en as pas marre de faire n'importe quoi ? l'engueule son père. Ton frère est à la guerre, nom de Dieu ! Et toi, tout ce que tu trouves pour aider le monde, c'est ça ? Le rendre cocu ? Mais t'as donc pas d'honneur ?

Soudain, Marty n'a plus d'air dans la poitrine. Lui ? Pas d'honneur ? Un flot de poison remonte dans ses veines. Il relève les yeux. Il relève le bras. Mais le vieux Balaguère en a vu d'autres, et de la force, il en a aussi. D'une poigne implacable, il bloque le poignet de Marty et le serre si fort que les doigts lâchent le couteau.

Après ça, on se parle d'homme à homme : épaule contre épaule, torse contre torse, poings contre poings. Père et fils chutent dans le foin. Ils roulent l'un sur l'autre. Les coups pleuvent. Leurs souffles se mélangent, leurs muscles se tendent à se déchirer, il y a du sang, des crachats. La bagarre dure longtemps, sans un cri, juste le choc des phalanges sur une mâchoire, le cartilage d'un nez qui se brise sous l'impact. Au moment où huit heures sonnent au clocher du village, une main retrouve le couteau tombé au sol.

Dans la confusion, la lame jaillit et s'enfonce dans un ventre, jusqu'à la garde.

Chapitre 10

Anzême

Quelque part dans la Meuse, alors qu'il court vers un objectif nébuleux, Anzême est surpris par une rafale de quelque chose.

Il sent d'abord une brûlure, une morsure, le poids de son sac qui le tire en arrière, puis plus rien. Il pense aux herbes hautes des pâturages, chez lui, aux Chaumes, quand elles se couchent sous la faux: chicorée sauvage, salsifis des prés. *Mon Dieu, ça y est,* se dit-il. Le ciel bascule, se déploie au-dessus de lui pareil à une grande couverture, et plus léger qu'une fleur de pissenlit, il tombe.

Plus tard, on le soulève. On l'enlève.

Seul dans la brume lumineuse et la poussière de la guerre, il vole. Il vole au-dessus des trous d'obus, des cadavres de chevaux, des membres éparpillés, et des pointes de baïonnette qui sortent de terre comme des légumes. Comme c'est beau, cette brume! Comme c'est beau, ce grand champ labouré, retourné, excavé, où il ne pousse plus rien! *Dommage de mourir sans avoir eu le temps de faire un enfant,* pense Anzême. Et là, brusquement la douleur revient; l'effroi d'être encore en vie lui arrache un cri.

Ensuite, ça cafouille.

L'état-major n'avait pas prévu qu'il puisse y avoir autant de blessés. Les guerres précédentes étaient nettement plus économes ! En tout cas, elles faisaient des blessures plus propres. Alors qu'ici, il y a de quoi être surpris ! Chairs en charpie, corps grêlés d'impacts métalliques, des écrabouillés par centaines, des ensevelis par milliers, et les ennemis bafouant toutes les règles de l'art militaire. Pas assez de toubibs, pas assez de place, pas assez de brancards, pas assez de ouate ni d'éther ! Résultat, rien ne se passe comme sur des roulettes et tout le monde gueule. « Mais qui c'est qui m'a fichu un bordel pareil ? s'interroge un gradé incrédule. Où sont les ordres et les rouages de l'administration ? N'y a-t-il donc personne pour trier les morts et sauver les vivants ? »

Immobile sur une civière de paille molle, Anzême cherche à localiser sa douleur. Est-ce dans les jambes ? Les bras ? La tête ? Il n'en sait rien. Cette douleur se répand comme un liquide, partout à l'intérieur de son corps, elle le remplit ; il pourrait se noyer dedans.

Enfin, les ordres arrivent. Voitures à cheval, camions, train. Odeur de crottin, de pétrole, bruit de ferraille, et tout ce sang qui colle...

Anzême est de nouveau soulevé. Il hurle. On le fait taire en lui flanquant sur la bouche un tampon d'éther.

Puis on l'évacue vers l'arrière sans ménagement, comme un colis postal, au milieu des blessés légers et des agonisants.

Chapitre 11

Marty

– … m'aider ! Venez m'aider ! hurle Cytise.

Clairette surgit de la maison, suivie de la mère Balaguère. La stupeur les foudroie.

– La charrette ! La jument ! s'époumone le vieux paysan.

Il porte dans ses bras le corps de Marty, avec un couteau dedans. La mère n'a plus ses jambes, elle s'effondre au milieu de la cour. Clairette détale, s'engouffre dans l'étable, d'où elle tire la jument puis la charrette. Cytise y dépose le corps de son fils, plein de sang.

– Je viens ! dit Clairette en grimpant avec.

– Moi aussi ! crie la mère, soudain debout avec toute sa peur.

Les deux femmes soulèvent la tête de Marty, lui font un oreiller de leurs cuisses, un pansement de leurs foulards, et dans un voile de larmes, Cytise fouette la jument. Pourvu qu'on trouve la guérisseuse aux Ruchettes, un médecin à Sainte-Saverne ! Quelqu'un pour retirer cette lame, pour panser cette plaie, pour effacer ce drame !

L'attelage s'élance. Il roule comme un radeau sur une mer démontée. Les roues de la charrette manquent de se disloquer sur les ornières. On sent comme une odeur de rouille et de menthes écrasées, tandis que la jument d'Anzême emporte son chargement, alourdi de plaintes et de prières.

– Mon Dieu, mon Dieu, répète la mère en tenant la tête de son fils. Pourquoi vous êtes-vous battus ? Mais qu'est-ce qu'on va devenir ?

– Il respire ? veut savoir le père.

– Je ne sais pas ! s'affole Clairette.

Le visage de Marty est illisible, on dirait un moulage. Cytise fouette et fouette. Un ciel morne et bas, de fin de saison, coiffe la campagne. Ça descend raide à flanc de coteaux. Dans leur course folle, les roues écrasent des nids d'alouettes. Vite ! Plus vite !

– Ah mon Dieu ! s'écrie la mère.

Elle voit contre sa cuisse s'écouler un bouillon noir de sang.

– Il meurt ! gémit-elle.

Au désespoir, Cytise se dresse pour fouetter encore plus fort. Arrivée près du bois Rozet, à l'endroit où le terrain s'affaisse en une sorte de combe humide et solitaire, dans ce creux qu'on appelle le Creux du Renard, la charrette fait un écart. Elle se renverse, se couche sur le talus, soulevant un nuage de coccinelles.

Quand la poussière retombe, il n'y a plus de raison de se presser.

Entre les herbes, on entend le ruisseau qui continue de mirliter sur les pierres, comme si de rien n'était. Marty gît dans les saponaires et les moutardes des champs. Il ne respire plus.

Chapitre 12

Anzême

Les jours passent, les semaines glissent.

La souffrance monte, descend, remonte.

Anzême vit, replié dans ce corps meurtri, comme un escargot dans sa coquille. Il ne s'en évade qu'en pensée, brièvement, quand il est suffisamment assommé par le chloroforme. Et alors, merveille ! Il revoit la ferme, les champs, les vallons autour qui crépitent d'insectes et de soleil. Il revoit le chien, les bêtes à l'ombre de l'étable, et sa mère assise sous le tilleul, le soir. Il voit son père en train de rentrer du bois pour la saison qui approche. Il voit même Marty, cette tête de lard, le jour où on a découvert les sacs de seigle éventrés au grenier, en train de répéter que c'était pas lui ! Tu parles ! Enfin, il revoit Clairette, dos nu devant la bassine, quand elle dénoue ses nattes. Ce souvenir traverse Anzême avec la puissance d'un torrent, la vie déferle dans ses veines, il se croit endormi contre sa femme et soudain il est heureux.

Entre deux coups de scalpel et deux applications de teinture d'iode, le chirurgien (qui n'entend d'ordinaire que des plaintes) se penche au-dessus de ce soldat d'opérette.

– Mais qu'est-ce qu'il fait ? Il chante ?

Une infirmière qui fréquentait les bals populaires d'avant-guerre se penche à son tour. Elle sourit en reconnaissant les paroles. *Viens poupoule, viens poupoule, viens.*

Enfin, la fièvre cesse.

Anzême reprend conscience dans une chambrée de types estropiés, sourds, aveugles, paralysés, amputés. Les plus vaillants sont assis, ils fument en jouant aux dés. Les plus mal en point sont immobiles sur leur lit, observant le plafond comme si c'était un morceau du ciel.

À côté de lui, il y a un costaud à qui il manque une jambe.

– T'as de la chance, toi ! lui sourit l'unijambiste. On t'a rien coupé.

Il désigne son moignon.

– Remarque, moi aussi j'ai de la chance. J'ai une bonne excuse pour rentrer chez moi, maintenant.

Il rigole, puis il se tortille pour s'approcher d'Anzême.

– Je vous les laisse, les boches, chuchote-t-il. J'en ai assez tué, et j'en ai assez vu, ça m'intéresse plus. Je sais que ça se dit pas et qu'on pourrait me fusiller pour ça, mais c'est une vraie merde, cette guerre-là.

Anzême ne répond rien. Entre ce qu'il pense et ce qu'il devrait penser, il y a un gouffre qu'il n'arrive pas à traverser. Il observe les pansements qui lui enserrent le bras droit et s'enroulent autour de son thorax. Plus tard, le chirurgien lui raconte qu'il l'a opéré :

– Six fois en l'espace d'un mois ! précise-t-il avec une certaine fierté.

Anzême écoute ses explications, confiant en la science. Une histoire d'éclats dans l'estomac, et de tendons, d'os et de nerfs écrabouillés dans le bras. Il a fallu tout reprendre. De la haute couture !

– Je suis ici depuis un mois ? s'étonne-t-il quand même.

Le jour où il parvient à se lever, une infirmière l'aide à marcher jusqu'au jardin. L'air du dehors l'arrête net sur le seuil. Il cligne des yeux. De l'autre côté du mur, de larges platanes déploient un feuillage brun, hirsute.

– Alors c'est vrai, murmure-t-il. C'est l'automne.

Et ça dure comme ça jusqu'à Noël.

Médecins et infirmières prennent soin du soldat Balaguère et de tout un bataillon de pauvres types hors service. Sur le mur de la salle, une affiche encourage les efforts des invalides: «Hâte-toi de guérir, la France a besoin de toi!» Pourtant, malgré les exercices, malgré les bains tièdes et les décharges électriques, le bras d'Anzême refuse obstinément de bouger. Il pend à son épaule, flottant dans sa manche comme un drapeau un jour sans vent.

Des médecins de l'état-major viennent inspecter l'hôpital. Ils ont reçu des consignes en haut lieu: dès lors qu'un soldat ne saigne plus et dispose de ses quatre membres, il doit remettre l'uniforme. Trop d'hommes engorgent les hôpitaux, le service de santé des armées se pose des questions. N'y aurait-il pas, dans cette foule de paysans, quelques tire-au-flanc? Des faibles, des lâches, des peureux qui feraient semblant de ne plus pouvoir se battre?

– Toi! aboie un inspecteur en désignant Anzême. Qu'est-ce qui t'empêche de le bouger, ce bras?

– C'est que... J'ai reçu pas mal de ferraille là-dedans, s'excuse Anzême, un peu honteux.

– Mais selon son rapport, le chirurgien a tout retiré!

– Je sais bien, se désole Anzême, et pourtant...

Le médecin militaire saisit sa main et tire dessus d'un coup si sec qu'il manque lui déboîter l'épaule. Anzême en vomirait de douleur.

– Ouais, ouais..., marmonne le médecin. On t'a à l'œil, mon petit gars.

«Hâte-toi de guérir», répète l'affiche sur le mur.

Anzême aimerait bien. Mais pour l'heure, comment pourrait-il tenir un fusil de plus de quatre kilos, lui qui ne peut même pas tenir un crayon pour écrire une lettre à sa famille?

Sa famille ne lui écrit pas non plus, d'ailleurs. L'administration l'a-t-elle avertie de sa blessure ? Peut-être que le courrier n'arrive plus, au milieu de cette pagaille ? Peut-être qu'on le croit mort, là-bas, aux Chaumes ?

Chapitre 13

Anzême

Seul sous la neige, Anzême débarque quelques semaines plus tard à la gare de Sainte-Saverne.

Auparavant, il a dicté une lettre à une infirmière, avec l'adresse de ses parents :

Chers tous, j'ai été blessé début septembre dans la Meuse. Je suis toujours vivant, sauf mon bras droit qui ne veut plus servir. On m'a fait passer trois fois devant une commission. J'ai cru qu'on allait me renvoyer au front, mais finalement non. Me voilà réformé. Je serai à la gare jeudi ou vendredi par le train de Paris. Dites au père Maubrant, si son cheval est encore debout, de venir me chercher. Je vous espère tous en bonne santé. Votre fils, Anzême.

En attendant la charrette, il promène des yeux étonnés sur ce qui l'entoure. Ici, rien n'a changé. L'église est au milieu du village, les maisons dressées au bord des rues, sans trou d'obus, les champs lisses et cotonneux, comme si la guerre n'était qu'une invention.

Après une heure, Anzême se décourage d'attendre. Sa lettre, sans doute, s'est égarée. Il n'a plus qu'à marcher, quinze kilomètres vers les Chaumes.

Quand il arrive, il a les pieds gelés dans ses godasses et c'est presque la nuit. Le chien aboie à son approche, puis le reconnaît et jappe à tout va, lui sautant à la poitrine. Anzême en pleurerait, mais il se retient pour faire honneur aux siens.

Calfeutrée sous sa croûte de neige, la ferme paraît plus misérable que dans son souvenir. Des corneilles survolent les collines en croassant. Il traverse la cour, passe sous le tilleul aux branches dépouillées, tape ses semelles sur les dalles et cogne à la porte avant d'entrer.

– C'est moi, dit-il simplement.

Sa mère est devant la cheminée avec ses aiguilles à tricoter, Clairette sous la lampe à pétrole, enroulée dans un grand châle. Leurs visages se tournent vers lui comme deux fleurs au lever du jour.

– Sainte Vierge !

– Anzême !

Le châle et les aiguilles chutent sur le sol. Elles se jettent vers lui, l'enlacent, il est glacé comme une pierre. Viens, viens ! Elles le tirent vers la cheminée. Dans une grande excitation, elles appellent Cytise, qui est à l'étable.

– Vous n'avez pas reçu ma lettre ?

Non ! Aucune lettre ! Avec cette guerre, avec cette neige, plus rien ne fonctionne ! Enlève ça, c'est trempé ! Viens sous la lampe, qu'on te voie mieux.

– Comme tu as maigri, dit Clairette dans un début de sanglot.

À partir de là, tout le monde pleure. Même Cytise lorsqu'il surgit à son tour sur le seuil, tout fumant de chaud et de froid.

– Et Marty ? demande Anzême. Où est-ce qu'il est encore passé, ce grand gogot ?

Le silence tombe, lourd comme un sac de grain. Les yeux de Clairette croisent ceux de la mère, qui croisent ceux du père, qui s'échappent vers la fenêtre. Il y a entre eux des souvenirs impossibles à effacer. La charrette renversée, les coccinelles. Le Creux du Renard, et tout ce qu'ils ont décidé de taire, de cacher, d'enterrer.

– Marty…, commence Cytise, Marty a fait une connerie. Il est parti.

– Comment ça, *parti* ? répète Anzême.

– Tu le connais, dit Clairette. Il veut toujours faire comme toi.

– Il a dit qu'il irait au bureau de recrutement. Il a dit qu'il mentirait sur son âge et qu'il s'engagerait, se dépêche d'expliquer Cytise. On lui disait non, mais il ne pensait plus qu'à ça. Devenir un héros. Et puis un matin, on l'a cherché partout, il avait disparu. On n'a rien pu faire.

– Rien, confirme Clairette.

La mère d'Anzême pleure de plus belle, le visage dans les mains.

– Le fou ! dit Anzême.

Il tremble. Il imagine son frère, avec sa case en moins, au milieu des champs de bataille, rongé par les poux et la mitraille. Mais quelle chimère s'est-il encore inventée, ce couillon-là ?

– Le fou, répète-t-il. Tout ce qu'il trouvera là-bas, c'est la mort.

Les têtes se baissent. Puis les bouches se referment comme des tombeaux sur le mensonge, et la honte dépose son ciment par-dessus.

Le soir, dans la chambre, Anzême tremble encore. De froid, de fatigue, de toute cette étrangeté qui a envahi les lieux et les gens. Il reconnaît ce lit par exemple, mais il ne se reconnaît plus dedans. Son corps s'est déshabitué aux sensations d'ici. Et Clairette, la reconnaît-il ? Il ferme les yeux, se presse contre son dos, et promène sa main valide, lentement sur elle. Quand sa paume passe sur le ventre, Clairette a un petit sursaut. Anzême l'entend sourire dans l'obscurité.

– Tu sens ? demande-t-elle.

Sous la main d'Anzême, il y a ce rebond, cette proéminence, cet arrondi de peau qui ne trompe pas. Clairette soupire et pose ses mains sur celle d'Anzême.

– Ce sera pour avril, dit-elle. Un enfant de printemps.

Avril, répète Anzême, bouleversé. Et il se souvient de ce dernier matin d'amour avec elle, la veille de la mobilisation, quand il chantait *Viens poupoule* sous les draps, comme un jeune coq insouciant.

– La vie n'est pas si mal faite, alors, murmure-t-il dans le cou de sa femme. Je ne suis peut-être plus bon à rien sur un champ de bataille, mais j'ai réussi à te faire un enfant !

Clairette hoche la tête en silence, chassant de sa mémoire les nuits passées avec Marty. En vérité, la vie n'est ni bien ni mal faite. Elle est comme elle est. Elle s'est arrangée pour qu'un enfant naisse sur les décombres du monde, c'est tout ce qui compte.

CHAPITRE 13

Au printemps 1915, alors que la guerre continue et que tant d'hommes meurent dans des trous, Clairette donne naissance (un peu en retard, tu t'en doutes) à un garçon.
Elle qui avait tant prié pour avoir une fille!
Avec une fille, elle n'aurait pas le sentiment accablant d'offrir un futur soldat à la nation.
Avec une fille, surtout, elle aurait moins peur que l'enfant ne ressemble trait pour trait à son géniteur.
Penché sur le berceau, Anzême suggère: «Et si on l'appelait Marty?»
«Oh non! proteste Clairette. Non, pas Marty!»
«Je croyais que tu aimais mon frère», s'étonne Anzême.
«Mais oui! se défend-elle. Seulement... j'ai peur que ce prénom lui porte malheur.»
Anzême réfléchit.
Chez les Balaguère, depuis toujours on se méfie de ce qui vient d'en haut: la grêle, les ordres, les curés et leurs saints. On préfère ce qui vient d'en bas, ce qui est solide et ce qui pousse. Alors on donne généralement aux garçons des noms de lieux-dits ou de plantes.
C'est ainsi qu'il trouve pour son fils celui d'un arbre.
Clairette sourit en entendant la proposition.
Pour l'état civil, on choisira quelque chose dans le calendrier, mais pour la vie de tous les jours, c'est d'accord: leur fils s'appellera Charme.

Ensuite, les mois passent.
Puis une année entière, et encore une,
et cette guerre n'en finit pas de broyer la jeunesse des empires désormais en guerre sur tous les fronts.
Des jeunes canadiens, des jeunes américains, des jeunes malgaches, des jeunes tunisiens, algériens, marocains, togolais, ou vietnamiens viennent mourir dans les tranchées de la Somme.
On se bat partout. Sur les mers et dans les déserts.
Dans la neige et dans le sable.

Pendant ce temps, aux Chaumes, tout est morne et pesant.
Attendre le retour de Marty use les nerfs d'Anzême. Il ne travaille que d'un bras, ne dort que d'un œil, parle peu et ne chante plus du tout.
Chaque matin, il redoute l'arrivée du facteur avec un télégramme qui annoncerait la mort de son frère quelque part. Verdun, les Dardanelles, la Picardie, les Flandres : les occasions ne manquent pas de se faire trouer la peau.
Pourtant rien ne vient.
Ni en 1916, ni en 1917, ni en 1918.
Marty est à l'image du bras d'Anzême : ni vivant ni mort, un membre fantôme de la famille Balaguère.

Enfin, au printemps 1919, alors que les canons se sont tus depuis six mois, Anzême cesse d'attendre. Il suppose que, comme tant d'autres, son frère a disparu corps et âme, pulvérisé, dispersé par le vent mauvais qui s'est déchaîné sur l'Europe.
Et pas plus que la naissance de son fils, le printemps ni l'armistice ne lui rendent l'envie de chanter.
La guerre est finie.
Sauf dans le cœur d'Anzême,
où elle se poursuit en silence et sans merci.

Trois ans plus tard

Année 1922

Chapitre 14

Charme

C'est une de ces journées sans soleil, sans vent, sans pluie, un dimanche sans école où il ne se passe rien de rien.

Hier, le vieux chien est mort, on l'a enterré au pied du tilleul. Depuis, Charme traîne son chagrin dans la cour de la ferme, aussi perdu qu'un naufragé sur une île. Sa mère est occupée au pétrin, les bras jusqu'aux coudes dans la pâte à pain, son père est resté au village après la messe (il n'en reviendra pas avant d'avoir fini la tournée des bistrots), son grand-père dort, assis dans un fauteuil et dans l'éternelle odeur du tabac de sa pipe, immobile comme le temps. Reste sa grand-mère qui, comme chaque dimanche après-midi, un foulard noué sous le menton, s'en va faire sa promenade.

Depuis qu'il est tout petit, Charme se demande où elle va ainsi, seule et résolue, en marmonnant ses continuelles prières. Dans l'abandon extrême où il se trouve ce jour-là, il pense subitement: *Et si je la suivais?* Il sourit de son idée. Une filature! Voilà une bonne distraction pour un garçon de sept ans triste et sans ami!

À peine sa grand-mère a-t-elle tourné le coin de la grange que Charme, à pas de loup, s'avance derrière elle. Il garde une distance suffisante pour ne pas se faire voir, sans la perdre pour autant.

D'abord, c'est facile, elle descend à travers le champ. Les seigles sont hauts, il n'y a qu'à s'accroupir pour se cacher sous les épis.

Arrivée au bout, la vieille femme s'arrête, prend le temps de cueillir une brassée de campanules, puis disparaît dans la creusure d'un chemin.

Charme se dépêche. Il longe la haie, rampe entre les fusains et les troènes, et se ramasse au pied du talus au moment où la silhouette de sa grand-mère plonge à flanc de coteau en direction du bois Rozet. Tu parles d'une promenade ! Elle cavale drôlement pour son âge !

Essoufflé, le garçon vient s'aplatir, le nez dans les mauves. À sept ans, averti comme il l'est des choses de la vie, Charme se demande quel mystérieux rendez-vous peut faire trotter cette femme qui est d'ordinaire si lente. Un rendez-vous d'amour ? Car l'amour, Charme sait déjà ce que c'est. L'amour, c'est Mona, la fille de M. Verchère, l'instituteur. Elle habite au-dessus de la salle de classe et chaque fois que Charme la voit passer, il sent son cœur qui... Mais attention, il ne voit plus sa grand-mère ! Il se redresse, détale sur la pente, croyant l'avoir perdue.

Le bois Rozet, envahi de fougères et de ronces, semble impénétrable. En chasseur, Charme tend l'oreille. Par là-bas, une linotte gazouille. Par ici, une fauvette zinzinule. Et par là, des craquements de branchettes et de feuilles sèches. Il s'avance dans cette direction, sautant sans bruit sur le tapis moussu. Soudain, l'éclair d'un tissu pâle entre les chênes : c'est elle ! Il l'entend qui parlotte avec des êtres invisibles. Il la voit maintenant, qui fait des gestes avec ses mains et qui s'enfonce toujours plus loin, vers cette combe isolée où saigne un ruisseau de montagne.

Le Creux du Renard, pense Charme, qui connaît les alentours comme sa poche.

Quand il parvient enfin non loin du ruisseau, dans cet endroit noir où personne ne vient jamais sauf par accident, Charme découvre sa grand-mère assise sur une vieille souche.

Elle paraît fatiguée, elle a mis sa tête dans ses mains. Il s'assied lui aussi, à vingt pas, derrière un tronc aussi large que la poitrine d'un homme.

Après un moment, il comprend, stupéfait, que sa grand-mère pleure. Il en a le cœur brusquement serré. Est-ce qu'elle aurait fait tout ce chemin pour pouvoir vider sa peine loin du monde ? Et quelle peine ?

La voici à présent qui noue une herbe autour des tiges de campanules. Elle arrange le bouquet avant de le déposer sur le sol, d'un geste plein de précaution. Puis elle sort un couteau d'une poche de sa jupe et du bout de la lame, elle creuse une encoche dans la souche.

Sans comprendre à quoi il assiste, Charme éprouve une forme de retenue craintive, un peu comme à l'église, des fois. Il est bien embêté, maintenant, d'avoir pourchassé sa grand-mère. L'entendre pleurer et murmurer des choses en se balançant sur la souche n'a plus rien d'amusant. Alors en attendant que ça passe, il se roule en boule entre les racines, et finalement, il fait ce qu'il a de mieux à faire : il s'endort.

Lorsqu'il rouvre les yeux, l'air est sombre et on entend les trilles d'un rossignol. Charme se relève. Le ruisseau continue de roucouler au fond de son lit de pierres, mais il n'y a plus personne sur la souche.

Il s'approche de l'endroit, et là, sous un monceau de vieux bouquets fanés, il découvre un rectangle de terre délimité par des cailloux. Il reste un moment à contempler le parterre avant de s'intéresser aux entailles gravées dans l'écorce, pareilles à des griffures. Il y en a une quantité de petites, serrées, qui couronnent le tronc. Et quelques-unes, plus grandes. Il en compte sept, comme son âge.

Lorsqu'il reprend le chemin des Chaumes, il a l'esprit occupé. À l'école, M. Verchère dit souvent qu'il est malin, et c'est vrai qu'il apprend vite. Il réfléchit : ce rectangle de terre est trop grand pour un chien. Et puis, est-ce qu'on pleure pendant sept ans la mort d'un animal ? Alors, si ce n'est pas un chien, si ce n'est pas un animal, c'est *quelqu'un* qui est enterré là. Quelqu'un pour qui sa grand-mère a du chagrin, et dont personne ne parle jamais.

De raisonnement en raisonnement, le garçon parvient dans la cour de la ferme à la tombée de la nuit. Son père est là, qui l'attend avec sa tête des mauvais jours et son haleine de bistrot.

– Où t'étais ? aboie Anzême. Ta mère t'a cherché partout.

C'est la meilleure, celle-là, pense Charme. *Personne s'occupe de moi, et après, on me reproche de m'occuper tout seul ?* Il prend un air buté, et en guise de réponse, il pose à son tour une question :

– Elle est où, mémé ?

Anzême se penche vers son fils. Dans l'ombre qui mange la cour, il croit voir sur son visage une expression familière, butée, révoltée, qui lui rappelle quelqu'un. Mais il a trop bu pour savoir qui.

– Je t'ai demandé où t'étais ! répète-t-il en criant. Depuis quand tu fais le fier ? Hein ? Depuis quand ?

Les cris ont alerté Clairette qui surgit de la maison en essuyant ses mains dans son tablier. Elle pousse un soupir de soulagement en voyant la silhouette de Charme près du puits.

– Qu'est-ce qui se passe ? s'inquiète-t-elle. Pourquoi tu cries ?

Anzême fait volte-face.

– Si tu le tenais, ton gamin, j'aurais pas besoin de crier ! Tu le surveilles pas, et après, tu m'accuses de l'éduquer ?

– Je t'accuse pas, dit Clairette en s'avançant vers le puits. Je demandais, c'est tout.

Elle tend la main vers Charme qui se tient prudemment en retrait.

– Allez, viens, lui dit-elle, on va souper.

– Souper ? rugit Anzême. Et quoi, aussi ? Il fiche le camp sans rien dire à personne, il répond mal à son père, et tu lui fais des douceurs ?

Cherchant à se réfugier contre sa mère, Charme s'avance de quelques pas rapides. Une formidable gifle le cueille au passage.

– Le v'là, ton souper ! crie Anzême. Une bonne tarte ! C'est tout ce que tu mérites !

Charme est à terre. Son père est à nouveau sur lui. Anzême a beau avoir un bras infirme, il sait très bien se servir de l'autre ! Alors, ne trouvant rien de mieux pour éviter la raclée, l'enfant laisse jaillir la vérité.

– J'étais avec mémé ! Là-bas, au Creux du Renard ! Là où y a le mort !

Anzême retient son geste, interloqué. Dans le silence qui suit, la grand-mère et le grand-père apparaissent sur le seuil tandis que, catastrophée, Clairette fixe son fils sans pouvoir rien faire.

– Le mort ? demande Anzême. Mais quel mort, bon Dieu ?

L'enfant est toujours par terre. Il sent sur lui tous les yeux, toutes les inquiétudes, et le poids énorme qui écrase la famille.

– J'en sais rien, moi, murmure-t-il. Faut demander à mémé.

Chapitre 15

Anzême

De son bras valide, Anzême traîne sa mère à travers le champ plein de nuit. Il crie :

– Allez, avance ! Mais avance, je te dis !

Il la traînerait par les cheveux s'il le fallait.

La vieille femme se lamente et supplie. Derrière eux, le reste de la troupe suit, à la lueur d'une lampe-tempête, se tordant les pieds, criant et soufflant. Mais rien ne peut arrêter Anzême. Ni les excuses embrouillées des uns ni les incantations des autres. Non, il n'attendra pas que le jour se lève ! Non, il ne sera pas raisonnable ! Il n'écoutera pas les « calme-toi » et les « on va t'expliquer » ! Il est ivre, il est fou de rage, et personne ne l'empêchera d'aller, au beau milieu de la nuit, chercher cette sacrée bon Dieu de tombe !

Clairette cramponne la main de Charme, qui cramponne la main de sa mère, effrayé d'avoir déclenché, avec si peu de mots, autant de fureur. À ses côtés, Cytise ahane comme un vieil âne. Leurs yeux sont arrondis comme ceux des chouettes. Leurs cœurs, ratatinés d'angoisse dans leurs poitrines.

– Avance ! répète Anzême. Et arrête de geindre !

Il cravacherait sa mère s'il avait une cravache. Il n'en a pas. En revanche, il a pris la grande pelle, il la porte sur son épaule et Charme se demande ce qu'il va en faire. Il ignore que son père, autrefois, a creusé des tranchées dans les champs de betteraves, et que des cadavres, il en a vu plus d'un. Autour d'eux, les bêtes nocturnes se calfeutrent dans des fentes, des terriers. On entend des battements d'ailes et des soupirs de hérissons.

Quand la troupe déboule enfin dans la combe, pieds fatigués, sueur sur les fronts, Anzême est toujours hors de lui. Il hurle :

– Alors ? Où est-ce que vous l'avez mis ?

Sa mère s'écroule sur la souche, terrassée de remords, puis elle désigne le rectangle entouré de cailloux.

Anzême regarde le tumulus. Cette tombe sans croix, sans nom, lui rappelle celles des malheureux qu'on enterrait entre deux pilonnages d'artillerie. Il commence à creuser. D'une seule main. Avec sa pelle et sa colère.

Clairette et Cytise demeurent à l'écart, serrés dans le halo de la lampe. Ils se disent des choses avec leurs yeux, tandis que la pelle exhume les vers de terre, les glands putréfiés, et tout ce que la forêt digère depuis des siècles. A-t-elle, en sept ans, digéré Marty ? Lui a-t-elle offert, en son cœur, la paix qui lui manquait tant ? Clairette enveloppe son fils dans sa jupe. Depuis sa naissance, elle tremble de voir apparaître sur son visage les tics nerveux qui convulsaient celui de Marty, ou n'importe quelle autre ressemblance criante. Si Anzême déterre la moitié du secret cette nuit, il ne faut surtout pas que l'autre moitié vienne avec.

– Reste contre moi, murmure-t-elle. Surtout ne regarde pas.

Après une éternité d'effort, Anzême lâche la pelle. Il s'agenouille. Dans la lumière affaiblie de la lampe, il devine un crâne, des mandibules, les perles des vertèbres, comme un chapelet disloqué. Il se penche. De la main, il repousse les mottes, écarte les éboulis, dégage une omoplate, gratte encore, mais ne trouve plus rien ; le reste du squelette a dû se détacher et glisser dans la terre amollie par les crues de la rivière, jusqu'à disparaître dans son lit.

À présent l'effet anesthésiant de l'alcool a cessé, Anzême n'a plus aucune protection. Il reste hébété devant le crâne de son frère, sentant revenir les souffrances, toutes les horreurs vues à la guerre et dans ses coulisses, toutes ces choses dégueulasses qui l'ont éclaboussé et qui restent sur sa peau, comme du sang qui ne part pas.

Il se redresse. Il dévisage sa mère recroquevillée sur la souche. Il pense qu'il pourrait la tuer d'un seul mot. «Traîtresse», par exemple.

Il se tourne vers son père. Lui aussi, il pourrait le tuer. D'un coup de pelle, sans problème. Et d'un autre coup de pelle, il pourrait fendre le crâne de la menteuse qui dort avec lui depuis tant d'années. Il s'imagine en train de le faire, le bruit que ça produirait, la sensation.

Puis il regarde Charme et il renonce à prendre la pelle. Il lui dit:

– Viens. Faut que tu voies.

Clairette tressaille, elle cherche à retenir son fils. Trop tard, Charme s'est avancé, plein de curiosité. Anzême passe son bras autour de lui.

– C'était ton oncle Marty, lui explique-t-il. C'était un grand enfant. Il aurait adoré jouer avec toi.

– Mais Pépé l'a blessé avec un couteau, répète Charme qui n'a pas perdu une miette de ce qui s'est dit, un peu plus tôt, dans la cour de la ferme.

– À ce qu'il paraît, dit Anzême. Et il paraît aussi qu'il n'a pas fait exprès, que c'était un accident. Mais toi et moi, on n'y était pas, hein? On ne sait pas pourquoi ils se sont battus.

– Pépé a dit qu'il s'en souvient plus.

– Ça m'étonnerait, assène Anzême.

Derrière eux, Cytise lutte pour ne pas tomber, genoux au sol. Il claque des dents. Il a froid. Il est glacé.

– Et puis, ce que je ne comprends pas, continue Anzême en

feignant de s'adresser à l'enfant, c'est pourquoi ils l'ont enterré là. Tu comprends, toi ?

Charme réfléchit, comme à l'école, devant le tableau. Après un moment, il suggère :

– Peut-être que mon oncle aimait bien la forêt, la nuit ? Et le ruisseau ?

– C'est vrai, admet Anzême en se rappelant toutes les fois où son frère disparaissait. Mais les morts, il faut les enterrer dans les cimetières ! Et il faut les mettre dans une boîte pour qu'ils arrivent entiers au paradis ! Sinon, ils vont en enfer, tu ne crois pas ?

– Il est loin, le cimetière, fait remarquer Charme. C'était peut-être trop lourd de le porter jusque là-bas ?

– Sans doute, dit Anzême. Mais pourquoi ils ne m'ont rien dit, tu crois ?

– Parce que tu étais à la guerre, dit Charme.

– Pour sûr, j'y étais. Mais j'en suis revenu. Et eux trois, là, ils m'ont raconté que ton oncle était parti soldat, alors qu'en fait…

Anzême s'interrompt. Il se revoit ce jour-là, sous la neige, avec ses loques et l'impression de ne plus rien reconnaître. Cette impression ne l'a plus jamais quitté, et maintenant, il le sait, il ne sera plus jamais heureux nulle part.

Derrière lui, Clairette fait un pas.

– Ne t'approche pas de moi, mauvaise !

Elle se fige, mais elle tente encore de refroidir la colère de son mari.

– On te l'a dit, pourquoi on l'a mis là. On ne voulait pas aller aux gendarmes. Les gendarmes, tu les connais ! Si ton père partait en prison, qu'est-ce qu'on serait devenues, ta mère et moi ? Et les Chaumes ? Et l'enfant que je portais ? Puisqu'on ne pouvait plus sauver Marty, il fallait au moins qu'on sauve la terre. C'est tout ce qu'on a !

Anzême se tourne vers Cytise, toujours glacé et pétrifié dans son manteau d'ombre.

– Vous n'avez rien sauvé, dit-il.

– Mais si ! proteste son père. Qu'est-ce que ça change ? Tu es l'aîné, les Chaumes ont toujours été pour toi !

Le vieux en tremble. Lui qui a passé sa vie à maintenir ensemble les pierres de la ferme familiale, à négocier ici une minuscule parcelle, là un morceau de champ, c'est sa seule gloire de transmettre à son fils ces quelques arpents !

– J'en veux plus, de la ferme, dit Anzême. J'en veux plus, de la terre. Elle est aussi pauvre et maudite que vous !

La mère pousse un gémissement.

– Je vais partir, continue Anzême. Charme viendra avec moi.

Clairette en a le souffle coupé. Elle voudrait crier non, pas question ! Mais elle ne dit rien, puisque de toute façon, ce n'est pas elle qui décide.

– Où on ira ? demande Charme.

– Ailleurs. Loin, répond Anzême. À Paris.

Il est surpris par l'intensité de la vibration dans sa gorge. *Ailleurs. Loin. Paris*. Pour lui ça veut dire le train, la bousculade gare d'Austerlitz, tout recommencer, chercher un toit, chercher une place dans l'une de ces usines qu'il a aperçues en revenant de la guerre, pourquoi pas ? Est-ce qu'on embauche des mutilés chez SKF ? Chez Poulenc frères ? Il n'est pas ouvrier, bien sûr, mais il apprendra.

Charme, pendant ce temps, encaisse le choc. Il ne pense pas à Paris, pour lui ça ne veut rien dire *Paris*. Il pense à ce qu'il connaît. À l'école du village, à ces matins humides où ronronne le poêle à bois, au pas pesant de M. Verchère quand il passe entre les rangées pendant la dictée.

Il pense surtout à Mona. Mona quand elle joue, Mona quand elle passe à côté et lui sourit, à ce tremblement immense qu'il éprouve à l'intérieur de lui.

Il pense à son vieux chien, et à tout ce qu'il aime ici : les plantes et les oiseaux, la couleur du ciel, la géographie tortueuse des chemins entre les hameaux, l'odeur de la paille dans les sabots et de l'air après l'averse.

– Je partirai pas, dit-il.

Sauf qu'il a sept ans.

Treize années s'écoulent

CHAPITRE 15

En Europe, ce n'est plus la guerre,
mais le temps d'après, avec son cortège de folie, de soulagement, de frustrations, d'exubérance, de malheurs et de misères.
Les familles sont amputées de leurs hommes, les pays sont amputés de leurs territoires, les cœurs sont amputés de leurs espoirs.
Tout tremble et vacille : les rois et les lois, les républiques et les parlements, les églises et les dieux.
On ne sait plus que croire, on ne sait plus à qui faire confiance. Aux communistes ? Aux fascistes ? Aux anarchistes ? Aux monarchistes ? Qui pourrait restaurer ce monde paisible et sans surprise dans lequel on se souvient avoir vécu autrefois ?

Des hommes qui parlent plus fort que les autres prennent alors le pouvoir. Tu les connais, Saule : en Italie, Mussolini. En Espagne, Franco. En URSS, Staline. En Allemagne, Hitler.

En France, on vote à gauche, puis à droite, puis de nouveau à gauche, pour voir.
Un Français sur cinq est atteint de tuberculose, de diphtérie ou de syphilis. Et pourtant, à Paris, les terrasses des cafés sont pleines, dans les cabarets le champagne coule à flots, l'Exposition coloniale de 1931 attire huit millions de spectateurs fascinés par l'empire français, puissant et prospère.

Pendant ce temps, aux États-Unis, un krach boursier gigantesque provoque des faillites en cascade, et des millions d'Américains sombrent dans la misère.

Bientôt, cette vague déferle sur la France.
Les pêcheurs bretons sont au chômage.
Les usines textiles, les chantiers navals, les ateliers et les bureaux, les usines automobiles licencient.
Les boutiques ferment.
Partout, des écriteaux avertissent: « On n'embauche pas! »

CERIE

Année 1935, printemps

Chapitre 16

Charme

Seul sur les bords de Marne, Charme pédale en direction de Joinville-le-Pont. On est dimanche. Il a troqué son uniforme de facteur contre un veston à rayures, vissé une casquette sur son crâne, fixé des pinces à vélo au bas de son pantalon et quitté le pavillon en promettant à Clairette de ne pas rentrer trop tard.

Pauvre Clairette ! Elle le suivait de pièce en pièce en répétant :

– C'est ton dernier jour, quand même. Tu pourrais rester, non ?

– Ben…et mes copains ? a protesté Charme. Pour eux aussi, c'est le dernier jour !

Elle avait les larmes aux yeux. De toute façon, Clairette a toujours les larmes aux yeux. C'est pour ça, sans doute, que Charme préfère les filles qui savent rire. Comme Gaby, la petite serveuse de la guinguette où il a rendez-vous, justement, avec Bébert, Eugène et Pierrot.

Il chasse de ses pensées les yeux rouges de sa mère. Cet après-midi, rien ne peut l'empêcher de fêter ses vingt ans et son départ au service militaire. Si ça se trouve, Gaby lui accordera une danse ? Un baiser, peut-être ? Il sourit. C'est fou ce qu'une simple idée peut vous faire pédaler plus vite.

Quand il arrive, enfin délesté de ses scrupules, il est en sueur et heureux comme un pape. Le soleil scintille entre les barques, les oiseaux chantent, tout un peuple de Parisiens assoiffés de printemps se presse sur l'herbe. Les hommes en bras de chemise, les femmes en robe à fleurs, les enfants en culottes courtes. Au loin, on entend l'accordéon, mêlé à la rumeur des rires et des coups de fourchette dans les assiettes. C'est si joli, ici ! C'est si gai ! Charme a du mal à croire que, demain, il sera bidasse, enfermé dans une caserne sinistre pour apprendre à manier un fusil.

Un fusil ! Lui qui est contre la guerre ! Mince alors ! S'il était né un an plus tôt, comme Bébert et Eugène, il aurait écopé des douze mois règlementaires. Mais en mars dernier, le règlement a changé. Allez zou, deux ans ! Tout ça à cause de cet Adolf Hitler qui réarme l'Allemagne et qui fait peur à tout le monde avec ses coups de menton. Quelle poisse !

– Enfin, te v'là ! s'écrie Pierrot en lui faisant des signes depuis la terrasse de Chez Matelote.

– C'est ma mère, bougonne Charme, elle voulait pas me lâcher.

– Ramène-toi ! le presse Eugène. Le vin va être chaud !

Charme cale sa bicyclette contre un tilleul et grimpe rejoindre la fine équipe. Bébert est venu avec Félicie, sa fiancée, Pierrot avec sa bonne humeur, et Eugène avec le tire-bouchon. En arrière-plan, sous les glycines, les couples se trémoussent sur une valse musette à la mode.

– Tu vas nous manquer, mon vieux ! dit Pierrot en lui tapant dans le dos.

– Deux ans, ça va être long, confirme Eugène, surtout si on t'envoie dans les colonies. Mais au moins, là-bas, t'auras pas froid. Allez tiens, buvons !

Il remplit les verres, tout le monde trinque.

– Bah ! Tu vas bien te marrer, aussi, le console Bébert. Et puis, à ton retour, tu seras un homme fait. Et là, ce sera la vraie vie, mon cochon ! Ta place aux PTT t'attendra sagement, t'auras plus qu'à dégoter une fiancée, comme moi !

Il enlace Félicie, lui pince la taille et l'embrasse dans le cou. Charme pousse un soupir. Qu'est-ce que ça veut dire, « la vraie vie » ? Est-ce qu'il serait en train d'en vivre une fausse ? C'est ce qu'il se dit, parfois, quand il éprouve cette désagréable impression de flotter, de n'être qu'à moitié là, comme si son âme était restée dans la campagne de son enfance.

– Allez, bon anniversaire, vieille branche ! lance Pierrot.

– Il a bien poussé, notre petit péquenaud, hein ! le charrie Bébert. Je me rappelle encore la première fois que je t'ai vu devant l'école. Cet accent de cul-terreux que t'avais ! On comprenait à peine ton baragouin !

– Par contre, fallait pas l'enquiquiner, rappelle Eugène. Tu te souviens de Bertoux ?

– Ce grand con ! rigole Bébert. Il faisait une tête de plus que toi, et tu l'as étendu d'un direct en pleine poire !

Charme rit avec eux. Il montre ses muscles, il fait le mariole, pourtant, les souvenirs de cette époque lui nouent toujours le ventre. Treize ans sont passés et il en veut encore à son père de l'avoir privé si brutalement de son pays, de son enfance et du sourire de Mona. Il lui a fallu en avaler, des couleuvres, pour se faire une place au milieu des gamins de la ville ! Et maintenant qu'il se sent enfin chez lui, rebelote, les autorités militaires l'arrachent à ses habitudes. Non pas que sa jeunesse soit rose tous les jours, entre les disputes incessantes, les cuites d'Anzême, les hivers glacés dans le pavillon, mais quand même... Il y a le plaisir des tournées à bicyclette, au petit matin, dans les rues d'Alfortville, il y a les escapades du dimanche, il y a les jolies filles, la distribution des calendriers pour l'an neuf, le café chaud et toute cette ambiance de banlieue ouvrière et industrieuse qu'il a appris à aimer.

Rêveur, il contemple les cerisiers en fleur, le bleu du ciel entre les branches.

– Quand j'aurai fini de faire le troufion, je retournerai peut-être dans mon coin, annonce-t-il après un deuxième verre de vin.

– Pff ! Et qu'est-ce que t'irais y faire ? demande Bébert.

– « Une région de collines, de bois touffus et de lacs sauvages, à l'écart du monde », récite Eugène en prenant l'air pompeux d'un poète de pacotille. Notre ami Charme a toujours été sentimental !

– Ton coin, moi, j'appelle ça le trou du cul du diable ! rigole Bébert.

– Et puis, on n'embauche pas, dans ta paroisse ! lui rappelle Pierrot. Pourquoi crois-tu qu'on est tous ici, à s'entasser dans des gourbis ? C'est la crise, nom de nom !

– Justement ! Là-bas, on se marche pas dessus, répond Charme. Tu vois, je me dis que je pourrais reprendre la ferme de mon grand-père. Cultiver les champs, avoir quelques bêtes ? C'est peut-être ça, *la vraie vie* ?

– Et nous, alors ? s'indigne Eugène. On compte pour du beurre dans tes grands projets ?

– Allez venez, on va canoter ! propose Pierrot. J'ai envie de mettre les pieds dans l'eau.

Pendant que Bébert et Félicie se bécotent à l'avant, que Pierrot savoure son bain de pieds à l'arrière, Charme tire les rames avec Eugène.

– Ça va, chez toi ? lui demande Eugène.

– Pas des masses, avoue Charme.

– Ça te tracasse de partir, hein ? T'as peur pour ta mère ?

Charme soupire encore. Il regarde son copain et hoche la tête. Depuis le temps qu'ils se fréquentent, qu'ils grandissent ensemble, ils savent l'essentiel. Et l'essentiel, pour Charme, c'est d'empêcher son père de cogner sur sa mère quand il tient sa cuite. Eugène tente de le réconforter :

– Y a les voisins. Ils veilleront sur elle.

– Ouais. Mais des fois, je te jure, j'ai envie qu'il crève, ce salopard.

– On n'est jamais contents, nous autres, philosophe Eugène. On reproche aux morts d'être morts, et on en veut aux vivants d'être vivants. On a le cul entre deux chaises, pas vrai ?

Il sait de quoi il parle, lui qui n'a plus de père depuis qu'un obus l'a pulvérisé sur le Chemin des Dames, en 1917.

– Morts ou vivants, reprend Charme, nos vieux se sont fait bouffer jusqu'au trognon avec leur guerre. Mais nous, macache ! Ils nous auront pas !

Eugène est d'accord. Le service militaire, c'est entendu, on ne peut pas y couper, mais que les gradés ne comptent pas sur leur génération pour finir en chair à canon. La seule chose qui compte, et qui compte par-dessus tout, c'est la paix.

Charme regarde défiler les marronniers qui bordent la rivière. Imaginer qu'il retourne aux Chaumes, c'est sa façon à lui d'échapper à la poisse. Quand Anzême vocifère, claque les portes et casse la vaisselle, quand Clairette pleure et que l'argent manque, il se rassure en se disant qu'il y a la ferme, là-bas : un refuge pour lui et pour sa mère. Le lieu magique où Mona, éternellement, joue à la marelle.

– Allez, viens prendre ma place, dit-il à Pierrot. J'en ai marre de ramer.

Pierrot se lève et quand il enjambe le banc, la barque se met à tanguer.

– Fais gaffe, tu vas nous flanquer à l'eau ! râle Bébert en se cramponnant au rebord.

– Chiche !

Pierrot commence à se balancer d'un pied sur l'autre, de plus en plus fort, et un instant plus tard, la barque est sur le flanc, tout le monde à la renverse.

Sous les cris réjouis des enfants attroupés sur la berge, le petit groupe parvient à redresser l'embarcation et à la tirer au sec.

– C'est malin ! rouspète Bébert. Mon costard est tout neuf !

Ils se regardent, étourdis par l'eau fraîche, dégoulinants,

décoiffés, leurs chaussures remplies comme des seaux. Finalement, Charme se met à rire, suivi de Pierrot.

– Tu nous le paieras, dit Eugène.

– D'accord ! C'est ma tournée !

De retour chez Matelote, frissonnants, ils se débarrassent de leurs vestes trempées et dénouent leurs cravates.

– Mince, des naufragés ! s'exclame une voix amusée. Il va leur falloir un remontant, à ces marins d'eau douce !

Charme se retourne. C'est Gaby qui s'avance vers eux, avec son sourire malicieux.

– C'est que Charme a vingt ans aujourd'hui, explique Pierrot à la jolie serveuse. Et comme il part à l'armée, fallait arroser ça !

Gaby s'approche de Charme, les yeux pleins de rire, avant de hisser ses lèvres jusqu'à sa bouche et d'y déposer un baiser appuyé.

– Bon anniversaire, beau gosse. Quand tu reviendras en perm, tu sauras où me trouver, pas vrai ?

Puis elle lui prend la main.

– Je commence dans un quart d'heure. On a juste le temps d'une java, tu viens ?

– Mais… trempé ? hésite Charme.

Elle rit.

– Fais pas le timide, je te réchaufferai !

Et sous les sifflets des copains, ils s'éloignent, enlacés, vers le parquet de danse.

Ce soir-là, Charme rentre tard, en chantant *Parlez-moi d'amour*. Il zigzague sur sa bicyclette à travers le bois de Vincennes, plus chaviré que la barque dans la Marne. *Pourquoi, mais pourquoi*, se demande-t-il, *la vie ne peut-elle pas toujours ressembler à un dimanche sous les glycines ?*

Il cesse de chanter en arrivant dans la cour. Les lumières sont éteintes aux fenêtres du petit pavillon, chez les voisins aussi. Il retire ses souliers et rejoint sa chambre sans faire de bruit. Pour une fois, tout semble tranquille dans celle de ses parents, alors il ouvre sa fenêtre et reste un moment accoudé là, à regarder la banlieue qui s'endort dans la lueur déclinante des becs de gaz.

Le goût des baisers de Gaby imprègne ses lèvres, lui fait l'effet d'un alcool fort. Il contemple le rectangle de ciel entre les toits des immeubles. Que va-t-il faire de son avenir ? Que va-t-il inventer et bâtir ? Bébert a raison, quand il aura fini l'armée, tout sera possible ! Sans parler de grandes choses, il pourrait mettre un peu d'argent de côté, se marier avec Gaby, et l'emmener à la campagne ? Il s'imagine avec elle, là-bas, entouré de leurs enfants, en train d'agrandir la ferme, de monter un élevage de... Soudain, un juron fuse derrière la cloison, suivi d'un raffut que Charme connaît trop bien. Quand il est ivre et que Clairette tente de le calmer, Anzême déplace les meubles. Il soulève le lit pour l'empêcher de dormir. Jusqu'à ce qu'elle cède.

Et elle cède.

Le cœur serré, Charme referme sa fenêtre et va se coucher.

Alors qu'il ferme les yeux, les sanglots étouffés de Clairette traversent la cloison. Et comme chaque soir ou presque, il doit mettre sa tête sous l'oreiller pour trouver le sommeil. Un jour, c'est sûr, il y aura un malheur.

Ensuite, donc,
Charme fait son service dans une caserne, au Maroc.
C'est la première fois qu'il traverse la mer.
La première fois qu'il voit des palmiers, des tamaris, des aloès, des hommes en djellaba et des chameaux.

Pendant ce temps, en Espagne, une guerre civile déchire la population en deux camps. Républicains contre nationalistes. Extrême gauche contre extrême droite. Rouges contre franquistes. Espagnols contre Espagnols.

Pendant ce temps, en Italie, Mussolini rêve de créer un empire colonial aussi grand que celui de ses voisins. Après la Libye, il part à la conquête de l'Éthiopie, et ses rêves de grandeur font vibrer le peuple.

Pendant ce temps, en France, le Front populaire remporte les élections, soulevant un immense espoir de progrès social. Dans une ambiance révolutionnaire, des grèves paralysent des milliers d'usines, les bureaux, les théâtres. Enfin, les classes populaires peuvent rêver de jours meilleurs ! De liberté, d'égalité et de fraternité !
Pour répondre aux attentes des ouvriers, le gouvernement de Léon Blum fait passer le temps de travail de 48 à 40 heures

par semaine, instaure un droit aux congés payés de deux semaines par an, impose des hausses de salaires et permet aux plus pauvres de prendre le train à tarif réduit pour aller à la mer. Durant l'été 1936, les familles bourgeoises assistent, médusées, à l'arrivée de centaines de milliers de prolétaires sur les plages de Normandie ou de la Côte d'Azur.

Pendant ce temps, en Allemagne, Hitler fait construire des autoroutes, fabriquer des armes, des chars, des avions, s'assoit sur tous les traités signés après la guerre, pactise avec Mussolini, envoie des munitions à Franco, interdit le mariage entre Allemands et Juifs, fait emprisonner ou tuer quiconque ne lève pas le bras pour saluer le Führer.

Trois ans passent

1938

Chapitre 17

Anzême

Anzême est là depuis des heures, accoudé au zinc. Au début, il buvait à la santé de quelque chose. Un truc important. Mais maintenant, il ne se rappelle plus ce que c'était.

Il descend de son tabouret en faisant gaffe, puis s'avance vers le fond du café, jusqu'à la table de billard où, cibiche au bec, trois habitués sont en train de faire une partie. Il les connaît, ces lascars! Ils travaillent à l'usine d'électricité, comme lui, et, comme lui, ils sont souvent fourrés dans ce rade. Le plus gros, celui qui porte des bretelles, il s'appelle Coudier. Ou Coupier, peut-être. Anzême l'observe de loin depuis une demi-heure, et malgré la quantité de pinard qu'il s'est déjà envoyé dans le cornet, ça y est, il sait où il l'a déjà vu.

– Eh! l'interpelle Anzême.

– Keskia? grommelle le gros. Tu veux jouer, le manchot?

Les deux autres rigolent comme des andouilles. Jouer au billard avec une seule main, ah ah, c'te blague.

– Je me demandais si on s'était pas déjà croisés quelque part, continue Anzême. Ton nom, c'est Courtier?

– Cuvier, rectifie le gros en fronçant les sourcils. Alphonse Cuvier.

– Ouais, Cuvier, c'est ça! Et où est-ce qu'on s'est vus, alors?

– Ici, pardi! Ici, et à l'usine.

– Je te parle pas d'ici, dit Anzême. Je te parle d'avant.

Il se redresse, se met au garde-à-vous, lève le menton et récite :

– Septembre 14. 210e régiment d'infanterie. Du côté de Fleury-sur-Aire dans la Meuse, ça te rappelle rien ?

Cuvier se décompose. Il lâche sa queue de billard et examine Anzême. Difficile de reconnaître le visage, bien sûr. En 14, ils étaient des gamins de vingt, vingt-cinq ans. Ils en ont cinquante à présent.

– Ben mince, oui, j'y étais ! dit-il d'une voix émue. C'est là que t'as perdu ce bras ?

– Ouais. Ah, je savais bien qu'on se connaissait ! On a cantonné ensemble, mon vieux ! On les a creusées, ces foutues tranchées, dans cette foutue terre à betteraves ! T'étais pas copain avec un rouquin à l'époque ?

– Si ! Dravelle !

– C'est ça !

– Julot..., soupire Cuvier. Il s'est fait tuer en 16, près de Verdun.

Comme souvent entre anciens combattants d'un même secteur, il se crée entre les deux hommes un lien immédiat, une fraternité simple. Cuvier délaisse le billard, attrape Anzême par l'épaule et paie sa tournée.

– Viens par là, qu'on s'assoye, dit-il.

Une fois sur leurs chaises, les pieds dans la sciure, les deux hommes se laissent happer par les souvenirs. Tout y passe : les noms des camarades disparus, les anecdotes de combat, les difficultés du retour, l'ingratitude et l'incompréhension de ceux qui n'ont pas *connu ça*, les problèmes de santé, de pensions, les patelins qu'on a quittés pour monter à Paris. Et la bouteille de rouge, bien sûr.

– T'as eu de la chance qu'ils t'embauchent, à l'usine, dit Cuvier. J'en connais d'autres, des mutilés, qu'ont jamais pu retrouver de travail. Une vraie misère.

– C'est grâce à un gars de mon coin, avoue Anzême. Une

chance que j'arrive à souder de la main gauche !

– T'es habile, ça se voit, fait Cuvier en rallumant son mégot. Moi, c'est les poumons. Fichus.

De fil en aiguille et de verre en verre, ils refont l'histoire du monde jusqu'au temps d'aujourd'hui. Ce temps compliqué qui, une fois encore, s'alourdit de menaces.

– Tuveukchtedise ? bafouille Cuvier. Bah... moi, Hitler... jelemmerde !

– Moi pareil, bafouille à son tour Anzême, et j'emmerde tous les gros bonnets et les fouteurs de merde ! Franco, Mussolini !

– Staline ! additionne Cuvier.

– Tous des cons !

Et tandis que l'heure tourne, que le bistrot se vide, ils trinquent à la paix, la paix, toujours la paix, au point de s'en rendre malades et au point qu'Anzême ne reconnaît pas la figure du jeune homme qui, soudain, fait irruption dans le bistrot.

– Ooooh, un soldaaaat, dit-il. Keskiféla ce soldat ? Il a perdu son unité ?

– Papa, c'est moi, dit Charme d'une voix lasse. Je t'ai cherché dans tous les troquets. Faut que tu rentres, il est tard, maman s'inquiète.

– Rhoooo *mamansinquiète* ! répète Cuvier, hilare. Mais faut pas ! On est juste là, tranquilles, on fait pas de mal : on boit à la PAIX !

– C'est mon fils, rigole bêtement Anzême. Pourquoi il est habillé comme ça alors qu'il a fini l'armée ? C'est bal masqué ?

– J'aimerais bien, dit Charme avec humeur. Allez, viens maintenant.

Soulagé de pouvoir enfin fermer boutique, le patron du bistrot vient aider Charme à remettre les deux poivrots sur leurs jambes. Ils leur enfilent leur veste, les coiffent de leur casquette, et les aident à tituber jusqu'à dehors.

– Alors si je comprends bien, c'est pas toi qui m'apporteras le courrier demain ? demande le patron à Charme. Tu repars sous les drapeaux ?

– Mobilisation partielle, confirme Charme. Ils rappellent les réservistes. Avec ce qui se passe en Tchécoslovaquie, ça sent pas bon.

– Non non non, faut pas faire la guerre ! s'exclame Cuvier. C'est moche la guerre !

– C'est très vilain ! renchérit Anzême en manquant de s'étaler sur le trottoir.

– Allez, on rentre, lui ordonne Charme.

– Eh ! s'esclaffe subitement Anzême. Ça m'revient, maintenant ! Je sais à quoi je voulais trinquer, c'tantôt !

Il agrippe Alphonse Cuvier par le revers de sa veste, un sourire stupide sur les lèvres :

– Ce grand gaillard, là. Mon fils. Tu le vois ? Tu l'vois bien ?

– Comme chte vois, confirme Cuvier.

– Eh ben, il va s'marier, mon vieux ! Tu t'rends compte ! Hier encore, il chiait dans ses langes, et voilà qu'il s'apprête à passer devant m'sieur le maire ! Alors tu comprends, ça s'fête !

– Mais un peu, que chcomprends ! braille Cuvier. Si j'avais su, on aurait bu encore plus ! Félicitations, jeune homme !

– Merci, grogne Charme.

– Et tu verrais la p'tite ! continue Anzême. Une sacrée mignonne, la Gaby, on dirait une star de cinéma, chtejure, si j'avais vingt ans de moins, je...

– Ça suffit, Papa ! s'énerve Charme. Tu empêches tout le quartier de dormir, viens maintenant !

– Vaudrait mieux, avant qu'on vous jette un pot de chambre sur le coin de la figure, conclut le patron du bistrot en baissant son rideau.

Tandis que Cuvier s'éloigne dans la direction opposée en chantant *Y a d'la joie, bonjour bonjour les hirondelles*, le père et le fils prennent le chemin du pavillon à travers les rues déjà sombres et désertes. Anzême est tellement ivre qu'il leur faut mille ans pour atteindre le pont qui traverse la Seine. Et durant tout ce temps, il engueule Charme d'être venu le chercher, le traitant de garde-chiourme, de toutou à sa mère, et même de «*belliciste*».

– Belliciste ? finit par exploser Charme. Toi, tu oses me dire un truc pareil ?

– Parfaitement ! J'ose !

Après deux années passées loin de chez lui, à faire son lit au carré et à récurer les chiottes dans une caserne de Marrakech, Charme supporte encore moins qu'avant l'autorité et la violence de son père. Depuis qu'il est revenu, il n'a qu'une idée en tête, lui rabattre son caquet une bonne fois. Il lâche :

– Tu me donneras des leçons sur la paix le jour où t'arrêteras de cogner sur maman !

Anzême s'arrête net sous un réverbère, stupéfait.

– Petit merdeux, dit-il. De quoi tu t'mêles ? C'est pas parce que tu vas t'marier que tu vas me manquer de respect, hein ! Ta mère, c'est ma femme, et elle me doit l'obéissance. Chfaiskejveux ! T'entends ?

Ils sont au milieu du pont, dans la nuit, sans personne. Charme affronte le regard vitreux de son père. Depuis le temps qu'il a envie de lui en coller une !

– C'est ça, approche, si t'es un homme ! gueule Anzême. Tu crois qu'tu m'impressionnes ? T'es qu'un clown, dans ton uniforme de guignol ! J'ai été au feu, moi ! Tu me fais pas peur !

Le visage de Charme se contracte nerveusement, ses poings se serrent. Il sait se battre, maintenant, et plutôt bien. Il a vingt-trois ans, Anzême n'est plus qu'une épave, il pourrait lui péter le nez, il pourrait lui rectifier la face, il pourrait…

– Arrête, dit-il. T'es trop soûl.

– Moi ? Soûl ? beugle Anzême. Tu sais pas de quoi chuis capab', tiens !

Et sans prévenir, il enjambe le parapet du pont. Il s'y maintient à califourchon, accroché à la rampe de sa main valide, et il commence à gesticuler.

– Chte parie que si j'monte là-dessus, chpeux tenir debout! Et marcher en équilib'!

Le souffle coupé, Charme regarde son père qui chevauche le parapet comme si c'était un canasson. Dix mètres en dessous, visqueuses de nuit et des rejets d'usines, les eaux de la Seine coulent vers Charenton.

À bout de patience, Charme lance:

– Ben vas-y! Montre-moi ton numéro de funambule, qu'on rigole!

Il ne sait pas ce qu'il espère. Il en a par-dessus la tête. Il laisse Anzême se débrouiller. Il le voit d'abord se pencher en avant, puis lever une jambe derrière lui, tenter de prendre appui sur les quelques centimètres de la rampe, se déplier comme un insecte. Et subitement, il le voit glisser de son perchoir.

– Vacherie de m…! s'écrie l'ivrogne.

Le cœur de Charme s'arrête de battre. Anzême a basculé, mais il a réussi à s'agripper in extremis de la main gauche. Charme voit ses doigts cramponnés. Le reste de son corps suspendu dans l'obscurité, au-dessus du vide.

Sa voix jaillit comme de nulle part:

– J'ai glissé! Merde! Aide-moi!

Charme est debout sur le trottoir, au milieu de ce pont, au milieu de cette nuit de septembre, et il ne bouge pas. Il ne peut pas. Il ne *veut* pas.

Pendant un instant, il écoute les appels avinés de son père, son souffle, sa lutte, sans penser à rien. Un train de marchandises passe, au loin, vers la gare de la Bastille. Puis il y a un silence, un cri bref, et juste après, l'éclaboussure d'un corps qui chute dans les eaux de la Seine.

Charme ne pense toujours à rien, comme si ses pensées, elles aussi, avaient été avalées par le fleuve.

Chapitre 18

Charme

Le néon qui grésille au-dessus de l'évier inonde la cuisine du pavillon de sa lumière crue. Charme se tient debout face à sa mère qui ouvre des yeux effarés, les deux mains sur sa bouche. Maintenant qu'il lui a tout raconté, il commence à réaliser ce qu'il a fait, ou plutôt ce qu'il n'a pas fait. L'étendue de la tragédie. Après un long silence, la conclusion vient d'elle-même:

– Je vais aller me dénoncer.

– Je te l'interdis! s'écrie aussitôt Clairette. Tu n'y es pour rien!

– Bien sûr que si, je viens de te le dire. Il m'a appelé... je l'ai laissé... j'ai pas bougé, j'ai...

– C'est un accident! hurle Clairette.

– Non. J'ai tué mon père, affirme Charme, les yeux fixes.

– Arrête! Tu n'as pas tué ton père!

Au moment où Charme rouvre la bouche pour la contredire une fois de plus, Clairette frappe du poing sur la table, si fort que les couverts, rangés dans le tiroir, s'entrechoquent et tintent.

– De toute façon, Anzême n'est pas ton père, lâche-t-elle. Il n'a jamais été ton père. Il ne pouvait pas faire d'enfant.

La vérité qui jaillit. Comme un seau d'eau froide, une gifle, un coup à l'estomac qui met Charme à demi K.-O.

Au moins, tant qu'il est sonné, pense Clairette, *il ne songe plus à aller se dénoncer.* Et dans l'urgence, elle enfonce le clou :

– Ton vrai père, ça fait longtemps qu'il est mort. C'est sur lui que ta mémé s'en allait pleurer tous les dimanches.

Un effroi glacé redessine le visage du jeune homme. Il n'a rien oublié de cette nuit fatidique où Anzême a déterré les restes de son frère, ni les bruits, ni les odeurs, ni la colère. Il murmure :

– C'était lui, au Creux du Renard ?

– Oui.

Ensuite, Clairette raconte. Vite, avec peu de mots, cherchant à annuler la faute commise par son fils, ou au moins à poser par-dessus une faute plus grande encore. Elle raconte le départ d'Anzême à la guerre, en 14. Elle raconte la jalousie qui rongeait Marty jusqu'à la folie, elle raconte ce mois d'août d'angoisse et de chaleur, la force brutale de Marty, son désir impérieux, chaque nuit, auquel elle n'a pas su résister. Jusqu'à ce que Cytise découvre leur secret. Elle raconte la fâcheuse manie qu'avait Marty de trouver des solutions radicales au moindre problème. Comme mettre le feu. Comme sortir son couteau.

– Et ce jour-là, soupire Clairette, ça a très mal tourné. Mais c'était un accident, tu comprends. Juste un accident.

Charme a soudain besoin d'une chaise. L'émotion lui coupe les jambes. Il pourrait tomber sur le carrelage de la cuisine, plus mou qu'un torchon à vaisselle.

– Et papa ? finit-il par demander. Je veux dire… Anzême, il a su pour toi et Marty ?

Clairette secoue la tête.

– Mais peut-être qu'il s'en doutait, admet-elle. Je ne suis plus jamais retombée enceinte. Ça le rendait fou de rage.

Maintenant qu'il est assis, Charme a besoin d'une cigarette. Il en trouve une, un peu tordue dans sa poche. Il craque une allumette et regarde danser la flamme, sans rien dire ni ressentir, sauf de l'étonnement. L'abîme qui s'est ouvert sous ses pieds est trop vertigineux pour qu'il ait le courage de regarder au fond.

– C'est à moi d'aller au commissariat, continue Clairette, déterminée. J'irai demain. Je leur expliquerai qu'Anzême n'est pas rentré, qu'on ne sait pas où il est. Un jour, on repêchera son corps quelque part, et ce sera tout.

Charme observe sa mère comme si elle était devenue quelqu'un d'autre. La petite femme aux épaules voûtées et aux yeux perpétuellement rougis vient de se redresser.

– Mais… le patron du bistrot ? dit-il avec inquiétude. Il témoignera que j'étais là. Et même l'autre, son collègue de l'usine.

– Ils diront surtout qu'Anzême avait son compte, tranche Clairette. Si on te pose des questions, tu expliqueras que vous vous êtes fâchés sur le chemin, que tu en as eu marre et que tu es rentré en laissant Anzême se débrouiller tout seul. C'est pas un crime, ça ! Si ?

Elle marche de long en large dans la petite cuisine, plus concentrée qu'affolée. Charme la regarde aller et venir, passer un coup de chiffon sur la table, décrocher une casserole, la remplir avec le broc, et mettre à bouillir de l'eau sur la cuisinière pour faire du café ; des gestes normaux dans un moment anormal. Décidément, il ne la reconnaît pas.

– Ça devait arriver, soupire-t-elle.

Elle verse le café dans un bol, en boit une gorgée. Elle ferme les yeux, les rouvre.

– J'attendais que ça arrive, avoue-t-elle.

Le lendemain matin, tandis que Charme se présente au fort de Vincennes avec son livret militaire, Clairette se rend au commissariat. Elle se compose le visage qui convient à une épouse inquiète, se tamponne les yeux avec son mouchoir, supplie les agents de lui ramener son mari.

– On va s'en occuper, ma petite dame, lui promet un sergent de ville. Des types qui s'égarent entre le bistrot et leur plumard, on en voit tous les jours ! En général, on les retrouve en train de compter les moutons dans un terrain vague, vous en faites pas.

Il la raccompagne sur le trottoir, lui tapote le bras, puis jette un œil vers le ciel qui s'obscurcit.

– Vous devriez rentrer avant qu'il pleuve, dit-il.

Et plus personne ne s'occupe de cette disparition.

Qui se soucie de retrouver un ouvrier ivre alors que le monde est au bord du gouffre ? Car, les jours suivants, une seule chose occupe les esprits : Daladier et Chamberlain ont réussi à éviter la guerre ! Oui, le président du Conseil français et le Premier ministre britannique ont convaincu Hitler de signer un accord, cette nuit, à Munich ! En échange d'un petit morceau de la Tchécoslovaquie (on pouvait bien lui accorder ça), ce Monsieur Hitler (qui n'est peut-être pas un si mauvais bougre finalement) s'est engagé à rester sage ! Il y a bien quelques rabat-joie qui froncent le nez, qui parlent de honte, de lâcheté et d'engrenage, mais la plupart des gens raisonnables sont enthousiastes : on y croit, on veut y croire ! Les soldats français et anglais qu'on avait remobilisés vont pouvoir rentrer chez eux ! C'était une fausse alerte, l'Europe respire.

Seule dans la petite cuisine du pavillon, Clairette éteint le poste de radio. Elle regarde le ciel par la fenêtre. Elle a quarante-cinq ans. Même si aucun corps n'a été repêché pour l'instant, elle le sait : elle est veuve. Son fils unique ne part plus à la guerre, il va se marier et avoir une belle vie. Une très belle vie.

Et elle aussi, maintenant qu'elle n'a plus de mari.

Deuxième partie

Un grand amour

Août 1939

Chapitre 19

Charme

Seul dans la chambre, devant le miroir de l'armoire, Charme observe son reflet. Pommettes dessinées, fine moustache, les yeux presque bleus, il n'est pas grand mais il peut se vanter d'avoir une silhouette d'athlète à force de pédaler toute la journée sur sa bicyclette des PTT. Anzême avait, lui aussi, les yeux presque bleus. Est-ce que Marty avait les mêmes avant de les fermer pour toujours ?

– Mon chéri, tu viens ? appelle la voix de Gaby. On va être en retard !

– Oui, oui, je me dépêche !

Il reste pourtant planté devant le miroir, hanté par les choses invisibles qui envahissent sa tête. *Vingt-quatre ans*, pense-t-il. *Je suis plus vieux que mon vrai père.* Il n'arrive pas à s'y faire, à cette vérité : être le fils de son oncle. Tout comme il n'arrive pas à s'habituer à l'effacement pur et simple d'Anzême dont le corps n'a jamais été repêché, ni à son statut d'homme marié, et encore moins à cette présence braillarde arrivée sous son toit depuis quelques semaines : ce petit bébé qu'on s'apprête à aller baptiser.

– Je suis le fils de deux frères, murmure-t-il. Le fils de deux fantômes.

Est-ce pour cela qu'il a sans cesse l'impression de flotter, et de n'être jamais tout à fait là ? Comme s'il n'était lui-même qu'une enveloppe vide ?

Trois coups de Klaxon retentissent dans la rue et l'obligent à revenir à la réalité. Ça, c'est signé Bébert et sa Citroën Traction ! Car le tirage au sort a voulu qu'entre ses trois meilleurs copains, ce soit lui qui ait été désigné comme le futur parrain. Charme se secoue, enfile son veston bien repassé, glisse un foulard dans la poche de devant, passe ses mains dans ses cheveux gominés et vérifie une dernière fois son allure.

– Impec, dit-il.

Et il quitte la chambre en criant : « Ça va, ça va, on arrive ! »

L'église d'Alfortville accueille la petite troupe sous un ciel qui s'ennuage. Tout le monde en tenue de noce. Sur le parvis, Pierrot se penche vers Gaby, si fière et si fatiguée, qui serre le bébé dans ses langes.

– Ben mon vieux ! s'exclame-t-il en tapant dans le dos de Charme, on peut dire qu'il est né au pire moment, ton fiston...

Eugène lui envoie un coup dans les côtes.

– Tu peux pas te taire, idiot ?

– Ben quoi, qu'est-ce que j'ai dit ? grogne Pierrot.

Charme pousse un soupir.

– Te casse pas la tête, va, je suis au courant. On a des yeux et des oreilles, nous aussi, tu sais.

Depuis hier, des affiches sont de nouveau placardées un peu partout, sur les murs de la ville :

« *Défense passive, rappel des consignes en période de tension.*

Prenez des dispositions. Si vous avez à la campagne des parents, des amis, une maison, une simple cabane, pour y partir dès que l'ordre vous sera donné, partez.

Ne partez pas sans une couverture, un lainage, une bougie ou une lampe électrique, une petite somme d'argent, une musette de vivres, et des biberons pour les tout-petits... »

Clairette n'en parle pas, ni Gaby, mais tout le monde y pense et personne n'est dupe : la guerre qu'on croyait avoir évitée est imminente. Des mois que ça gronde, des mois que ça menace. Mais là, depuis le 23, depuis que l'Allemagne a signé un pacte avec les Soviétiques, plus personne ne croit aux promesses du Führer. L'Autriche, bon. La Tchécoslovaquie, ça passait encore… mais maintenant qu'il convoite la Pologne, on a compris le programme, on ne peut plus faire semblant. Et Charme, malgré son absolu désir de paix, malgré sa méfiance envers l'état-major français, n'aura pas l'ombre d'une hésitation : il ira se battre. Contre Hitler, et pour la liberté. Oh oui, il ira !

– Mon chéri ? Tu rêves ? l'appelle Gaby.

Il grimpe les marches pour la rejoindre, saisit Clairette par le bras, et tandis que ses amis entrent dans la nef, il formule ce vœu silencieux : *Que mon fils ne parte jamais à la guerre.*

Ensuite, le curé baptise à tour de bras une kyrielle d'enfants qui pleurent et s'égosillent sous la voûte et les yeux humides de leurs mères.

– Quels sont les prénoms ? s'enquiert l'homme d'Église lorsque arrive le tour de la famille Balaguère.

– Robert, Michel, Aloès, récite sagement Gaby.

Le curé s'étonne de ce troisième prénom peu catholique, mais il y a du monde qui attend, alors il bénit le petit Robert et passe au braillard suivant. Pour Charme et Gaby, bien sûr, il n'y aura pas de Robert. Selon la tradition de la famille, ce sera Aloès tout court : un prénom de plante grasse pour une époque qui s'annonce maigre.

Quelques jours plus tard

Chapitre 20

Charme referme son fascicule militaire et le pose sur la table de la cuisine. Serrées dans l'encadrement de la porte, Clairette et Gaby font bloc. Elles ont l'air de vouloir l'empêcher de partir. Si seulement elles le pouvaient ! Mais non, bien sûr. Elles ne peuvent rien contre la machine implacable qui vient de se mettre en route. Hier, l'armée allemande a envahi la Pologne, entraînant aussitôt l'ordre de mobilisation générale, les réquisitions, le rappel de tous les réservistes dans leurs casernes de rattachement. Certes, la guerre n'est pas encore officiellement déclarée, mais pour le reste c'est comme en 14, pense Clairette.

– Je vais m'occuper d'Aloès, annonce-t-elle en s'éclipsant subitement. Je crois qu'il pleure.

En vérité, personne ne pleure. Mais elle préfère filer à l'étage, garder pour elle sa terreur, et laisser son fils seul avec sa femme.

– Tu ne vas pas partir sans rien dans le ventre, murmure Gaby. Je vais faire du café.

Charme l'intercepte avant qu'elle ait atteint la cuisinière à charbon. Il la prend dans ses bras, la serre.

– Promets-moi, dit-il, promets-moi de faire ce qu'on a dit.

Gaby se cabre. Des jours qu'ils en parlent, sans relâche, et malgré les arguments répétés de Charme, elle n'arrive pas à se décider. Tout quitter ? Partir, comme ça ? Avec sa belle-mère qu'elle connaît si peu et un bébé de quelques semaines ? Vers une campagne perdue, inconnue ? Alors qu'on va vers l'hiver ?

– Tu as entendu ce qu'ils disent, à la radio ? insiste encore Charme. Il faut fuir Paris ! Les bombardements, les alertes en pleine nuit, le couvre-feu, les restrictions… Tu as envie de subir tout ça ?

Gaby secoue la tête. Personne n'a envie de ça, quelle question ! Seulement, elle a toujours vécu en ville ! Elle n'a jamais mis les pieds dans une ferme, elle ne connaît personne là-bas. Alors qu'ici au moins elle a ses sœurs, ses amies, ses habitudes. Charme relâche son étreinte. Il s'énerve un peu :

– Et ça ! dit-il en attrapant les masques à gaz.

Ils sont allés les chercher à la mairie, hier, dans la bousculade des habitants du quartier convoqués par le Comité de défense passive.

– Non mais franchement, tu as envie de te promener toute la journée avec ce truc autour du cou, au cas où ? Tu as essayé de le mettre ? Tu as essayé de respirer avec ?

En guise de démonstration, il ouvre un des étuis et en extirpe un masque. Il manque de s'arracher la moitié des cheveux avec les sangles en caoutchouc, mais il parvient à l'enfiler. Avec ses deux gros ronds vitrés et cette espèce de trompe d'éléphant qui pendouille sur la bouche, l'engin lui fait un visage de bestiole effrayante. Étouffée et caverneuse, sa voix traverse la vitre :

– Nom de Dieu, Gaby ! Réfléchis deux minutes !

La jeune femme ne peut s'empêcher de rire. Pour dédramatiser un peu, elle se hisse sur la pointe des pieds et embrasse Charme à travers l'épaisseur du machin.

– En plus, ça chlingue là-dessous ! dit-il en s'en débarrassant.

– Bon, d'accord, soupire Gaby, redevenant sérieuse. Je te promets de partir avec Aloès et Clairette.

– Vraiment ?

– Vraiment.

– Alors demain, décide Charme. Par le premier train pour Sainte-Saverne, c'est compris ?

CHAPITRE 20

Gaby ferme les yeux. Quel vertige, quelle folie!

– Promis, par le premier train, répète-t-elle.

Enfin la bonne décision! Charme la reprend dans ses bras, soulagé, heureux.

– Tu verras, Gaby! C'est si beau, là-bas! Quand tu y seras, tu oublieras la guerre! À la place des sirènes, tu entendras les oiseaux. À la place des avions, tu entendras les cloches de l'église. Et à la place des Allemands... eh bien, tu verras des vaches, c'est pas chouette, ça? Et puis, Cytise, mon pauvre pépé... il sera tellement content de vous avoir avec lui! Depuis que la mémé est morte, il...

– Quel âge il a, déjà? s'inquiète Gaby, qui ne l'a jamais vu.

– Soixante-quinze, dit Charme. Mais à ce qu'il paraît, il continue d'aller aux bêtes, de couper le bois et de faire le potager. Il t'apprendra, tu verras, c'est pas difficile.

– Hmm, acquiesce Gaby.

Elle remplit la cafetière avec l'eau du broc. Vingt-cinq ans plus tôt, l'autre guerre a duré quatre ans. Son père n'en est jamais revenu, laissant une veuve et trois orphelines. Est-ce que celle-ci aussi fera d'elle une veuve et d'Aloès un orphelin? Est-ce qu'elle sera moins longue? Plus longue? Est-ce qu'elle fera moins de morts? Plus de morts?

L'eau frémit. Gaby fait passer le café tandis que Charme, immobile sentinelle, se tient devant la fenêtre du pavillon. Combien de temps vont-ils rester séparés les uns des autres? À quoi vont ressembler leurs vies à présent? Personne n'en sait rien, le monde vient de basculer dans une sorte de vide qui donne la nausée. Et puisque les grandes questions n'ont pas de réponse, mieux vaut s'en tenir aux petites.

– Un ou deux sucres? demande Gaby, la tasse à la main.

D'ici peu, Charme le sait, le goût du sucre sera rare.

– Deux, dit-il.

2 septembre 1939

Chapitre 21

En l'espace de quelques heures, la population parisienne semble devenue liquide : les immeubles se vident, les voitures se remplissent, un flot continu s'écoule dans les rues et afflue dans les gares, où les trains commencent à évacuer les civils en direction de l'ouest, et les militaires en direction de l'est. Tous ces gens se croisent, s'entremêlent, se heurtent, puis se séparent, et ça crie, ça s'interpelle, tandis que des enfants pleurent, perdus dans la foule.

Coup de pot, Charme retrouve Eugène sur un quai de la gare de l'Est. Une poignée de main nerveuse, une brève accolade. Ça va ?

Le visage blême, son ami observe la cohue tout autour, les valises, les matelas, les chiens, les landaus, les malles d'où dépassent des objets dérisoires qu'on croit encore indispensables, pendules, guéridons, abat-jour. Il demande :

– Tu te rappelles, quand on canotait sur la Marne ?

– Bien sûr ! soupire Charme.

– À l'époque, on y croyait dur comme fer, à la paix, continue Eugène d'une voix pleine d'amertume. On s'était juré de pas se laisser embobiner comme nos vieux, souviens-toi. Et voilà ! On ne vaut pas mieux que la génération d'avant.

D'ailleurs, ça pousse derrière eux, il est temps de monter. Charme empoigne sa valise, saute à bord du train et tend la main vers Eugène.

– Grimpe, tu réfléchiras plus tard ! Si tu crois qu'Hitler nous laisse le choix…

Eugène le toise.

– On a toujours le choix, camarade !

Charme laisse retomber sa main, stupéfait. Il sait qu'Eugène s'était inscrit au Parti communiste et que ses idéaux sont mis à rude épreuve depuis que Staline et Hitler se sont alliés. Le PC français vient d'être dissous, la presse partisane interdite, et les communistes français se sentent inévitablement dans une sale posture. Mais lui, son vieux pote ? Comment peut-il hésiter face au régime nazi ?

– T'es pas fou de dire ça ? Allez viens !

Eugène hausse les épaules, jette sa valise dans le train et rejoint Charme.

– Dans un sens comme dans l'autre, on se fait entuber, grogne-t-il. Il est où, ton pacifisme, camarade ? Tu l'as laissé chez toi, avec ta casquette et ta bonne conscience ?

Charme serre les mâchoires.

– Eh, calme-toi, d'accord ? Arrête de m'appeler « camarade » alors que tu m'en veux ! Et va expliquer tes grandes idées aux Polonais, qu'on rigole.

Justement, Eugène se met à rire jaune.

– Oh, mais t'inquiète pas, je vais la faire, cette guerre. Je serai même un bon soldat, bien obéissant ! Mais moi, au moins, si je finis en charpie comme mon père, je laisserai ni veuve ni orphelin. Contrairement à toi !

Charme reçoit ces mots comme un coup en pleine face. Mais derrière eux, ça s'énerve, il faut avancer, alors il se faufile tant bien que mal dans le couloir encombré, en pensant à Gaby et Aloès. Est-ce qu'Eugène fait exprès d'être cruel ? Est-ce que le moment est bien choisi pour s'engueuler ?

– Tu me reproches quoi, exactement ? s'énerve-t-il tout en jouant des coudes entre deux compartiments. De vouloir fonder une famille, de vouloir vivre ? Qu'est-ce que j'y peux, moi, si t'aimes rien ni personne ?

Des visages amusés se tournent vers eux.

– Eh, les gars ! Venez voir, y a une scène de ménage !

Eugène s'arrête net au milieu du couloir.

– Justement ! De l'amour, j'en ai plein le cœur, figure-toi ! Mais pas pour une seule femme ou un seul gosse ! Moi, c'est le genre humain tout entier que j'aime, tu comprends, ça ?

– Eh ben alors ! hurle Charme. Si tu les aimes tant que ça, les hommes, t'es servi, non ? Regarde, y a que ça, ici, du genre humain ! Des bruns, des blonds, des petits, des grands ! Alors maintenant, fous-moi la paix, et trouve-toi d'autres copains, d'accord ?

Des sifflets, des grossièretés et des hourras saluent la tirade.

– Oh oui, compte sur moi, je vais en trouver d'autres ! Et des mieux que toi ! lance Eugène.

Sur ce, il fait demi-tour, furax, et quitte le wagon. À travers la vitre, Charme le voit sauter sur le quai, fendre la foule et remonter vers l'avant du convoi en bousculant les uns et les autres.

Il pousse un soupir de dépit. Depuis quelque temps, tout le monde s'engueule à tout propos. En 36, c'était pour ou contre l'aide aux républicains espagnols, en 37, c'était pour ou contre les grèves, pour ou contre Léon Blum, en 38 c'était pour ou contre Munich, et maintenant, même Hitler ne parvient pas à mettre de vieux amis d'accord, quelle fatigue !

– Alors, c'est pour aujourd'hui ou c'est pour demain ? s'agace un petit nerveux derrière lui.

– Oui, oui, poussez pas, rouspète Charme. Pour faire la guerre, on embauche tout le monde.

Enfin, il avise une place libre dans le dernier compartiment. Il hisse sa valise dans le filet et s'affale à côté d'un type plus âgé qui, malgré le tohu-bohu, reste plongé dans la lecture d'un livre. Drôle de façon d'aller au front, songe Charme qui, jusqu'ici, a vu davantage de bouteilles de pinard que de bouquins dans la musette des soldats.

Il ne peut s'empêcher de jeter un œil à la couverture.

– *Terre des hommes*, lit-il à voix haute.

Son voisin le dévisage et sourit.

– Ça vient de paraître. Vous l'avez lu ?

Charme secoue la tête. Lui, en dehors du journal...

– C'est écrit par Antoine de Saint-Exupéry. L'aviateur, vous savez ? Il raconte des aventures incroyables.

L'homme feuillette les pages du livre.

– Tenez. Un jour, par exemple, un de ses camarades pilotes s'est écrasé avec son avion dans les montagnes d'Amérique du Sud. Il a survécu à l'accident, mais il était perdu, seul, dans la neige et dans un froid à tuer un cheval. L'unique moyen de sauver sa peau, c'était de marcher. Jour et nuit. Sans jamais s'arrêter.

– Il l'a fait ? demande Charme.

– Oui, pendant cinq jours et cinq nuits. Pour se donner du courage, il pensait à sa femme et à ses amis qui l'attendaient, en bas de la montagne, et qui voulaient le voir rentrer vivant. Alors il se disait : *Ils ont confiance en moi. Je suis un salaud si je ne marche pas.*

L'homme ajoute :

– Je me répète cette phrase depuis tout à l'heure. *Je suis un salaud si je ne marche pas.* Parce que le courage des autres m'aide à rassembler le mien.

Il sourit encore, puis reprend sa lecture, laissant Charme avec ces quelques mots, en guise d'énigmatique cadeau.

Le lendemain, c'est le branle-bas général.
Alors qu'Hitler compte une fois de plus sur l'indécision de la France et de la Grande-Bretagne, les deux pays déclarent officiellement la guerre à l'Allemagne.
Ce sera une guerre rapide, foudroyante.
Car tu t'en doutes, personne ne souhaite que ça s'enlise comme la dernière fois.

Les autorités sont sur les dents : des ordres fusent d'une administration à l'autre et, selon un plan savamment établi, le pays se met en état de siège.
On affrète des trains et des autocars gratuits pour les familles de la zone rouge qu'il faut évacuer fissa vers des régions du Centre et de l'Ouest.
On creuse des abris antiaériens sous le Champ-de-Mars.
On empile des milliers de sacs de sable autour de Notre-Dame, aux pieds de l'Arc de Triomphe.
On déménage les œuvres les plus précieuses du musée du Louvre vers des destinations secrètes.
Le maire de la petite commune de Plouha, en Bretagne, reçoit l'ordre de construire des baraquements et de préparer la soupe pour un millier de déplacés en provenance de Maubeuge, tandis que celui de La Baule doit réquisitionner les hôtels chics et les villas inoccupées du bord de mer pour y héberger huit mille

habitants pauvres du XIVe arrondissement.
On ferme les universités parisiennes et on envoie manu militari les professeurs de la Sorbonne à Nantes, avec leurs étudiants.
On renforce les vitrines des boutiques avec du sparadrap.
Par un train spécial, on délocalise vers Rennes les instrumentistes, les chanteurs et le chef d'orchestre de la Radiodiffusion nationale.
À la nuit tombée, le couvre-feu entre en vigueur : éclairage public minimum, interdiction d'allumer les enseignes des magasins, chacun doit badigeonner de peinture bleue les carreaux de ses fenêtres et de charbon l'intérieur des abat-jours. Les cheminées des usines doivent être recouvertes de chapeaux de tôle pour masquer la lueur des fours. Sur les routes, les voitures roulent tous phares éteints ; la vitesse de passage dans les agglomérations est réduite à douze kilomètres à l'heure.
Voilà pour les consignes.

Sur le terrain, évidemment, rien ne se passe comme on l'avait imaginé.
La plupart des frontaliers et des Parisiens n'attendent pas les autocars gratuits pour se mettre à l'abri. Les boches, on les connaît ! Ce sont des barbares qui coupent les mains des enfants ! Alors chacun se débrouille pour décamper, avec une charrette, un vélo, un vieux tacot, et les trains spéciaux restent à moitié remplis, tandis que les trains réguliers sont pris d'assaut, ce qui fiche un bazar pas possible dans la circulation.
Suite à une erreur d'aiguillage, des ouvriers tanneurs de Strasbourg, attendus à Limoges, sont déroutés sur Lorient.
À Plouha, au lieu des mille habitants de Maubeuge, ce sont trois cents Parisiens qui débarquent.
À La Baule, tandis que les propriétaires rappliquent dare-dare pour occuper leurs villas, les estivants du mois d'août refusent mordicus de rendre leurs chambres d'hôtel. Les miséreux évacués du XIVe, craignant l'hiver, attaquent les lits de leurs dortoirs

à la hache pour en faire du bois de chauffage.
À Quimper, M. Pontet, directeur de l'Assistance publique, signale parmi les nouveaux arrivants vingt cas de tuberculose incurable, douze cas de syphilis et plusieurs femmes atteintes de gale.

En quelques jours, un demi-million de Parisiens fuient la capitale.
Tout le pays a la fièvre. Tout le pays a la bougeotte.
Et, pendant ce temps, aux frontières et dans le ciel…
il ne se passe rien.

Les jours défilent.
Bientôt septembre s'achève, puis octobre commence, et toujours rien.
À La Baule, à Plouha, à Rennes, les évacués volontaires s'interrogent.
Ils guettent les nouvelles.
Des centaines de milliers de soldats sont massés le long de la ligne Maginot, prêts à défendre le sol natal,
mais les Allemands sont occupés de l'autre côté, en Pologne,
l'état-major français n'ose pas prendre de risques,
et la guerre, que l'on croyait foudroyante,
n'a pas lieu.

1939

Chapitre 22

Gaby

Aux Chaumes, c'est l'automne. Chaque matin, Gaby observe la morne progression du givre dans les champs, et quand elle sort sur le pas de la porte, l'haleine froide du ciel l'enveloppe tout entière.

Deux mois qu'elle est ici. Prisonnière de ce trou.

Deux mois qu'elle vit dans l'inconfort, dans l'odeur infecte du fumier et la nuit effrayante de la campagne d'où jaillissent froissements, craquements et cris de bêtes ; impossible de fermer l'œil. Elle a froid, elle se sent seule, elle est fatiguée, en un mot elle est malheureuse. Elle n'aime rien, ici. Ni le goût du lait plein de mouches qu'on puise à même le seau, ni la paille du matelas qui pique le dos, ni l'allure fantomatique de Cytise lorsqu'il traverse la cour de la ferme tous les matins, s'en allant vers d'obscures occupations potagères.

Contrairement à ce qu'avait prédit Charme, le vieux pépé ne semble pas se réjouir d'avoir de la compagnie. Tout l'indiffère en vérité. Sauf son chien, un jeune berger qu'il a pris à la mort de sa femme et qu'il appelle d'un drôle de nom : Pardon. Il n'y a qu'à lui qu'il adresse la parole, réservant à Clairette des monosyllabes et à Gaby un silence hostile. Chaque soir, dans la lumière hésitante de la lampe à pétrole, il émiette du pain sec dans un bol de lait chaud, avale la mixture à grand bruit, rote, puis, avant de bourrer son éternelle pipe en bois de bruyère, toujours sans un mot, il se cure les ongles avec la pointe de son couteau. Gaby n'est pas bégueule, mais ces façons la dégoûtent.

– Que veux-tu, c'est comme ça, la campagne, lui dit Clairette avec un sourire. Tu vas t'y faire.

Tu parles. Pas d'eau courante, pas d'électricité, de la saleté partout, faire ses besoins sous l'œil des vaches dans un coin du champ : on s'y habitue, à ça ? Et à l'absence des hommes ? Et à l'absence d'amour ? Et aux pleurs d'Aloès, qui a attrapé des coliques à cause de l'eau du puits, on s'y fait ?

Alors d'accord, Charme avait raison : pas un seul Allemand par ici. Seulement, les boches ne sont pas non plus à Paris, semble-t-il, ni à Charenton, ni dans les guinguettes des bords de Marne, alors pourquoi rester ici plus longtemps ? Tout ce que voudrait Gaby, c'est rentrer chez elle.

Un matin, la trouvant encore plus renfrognée, Clairette vient poser une main sur l'épaule de sa belle-fille.

– Arrête de ruminer tes idées noires, lui dit-elle. Si tu veux, aujourd'hui, on ira à Sainte-Saverne toutes les deux. On verra du monde.

– Quel monde ? grogne Gaby. Le pays est désert. J'ai pas envie de marcher quinze kilomètres pour rien.

– Justement, on ne marchera pas ! Viens voir.

Clairette entraîne Gaby jusqu'au fenil. Depuis que Cytise a revendu ses bêtes, qu'il loue ses pâturages, ne moissonne plus et laisse la ferme dans un état de semi-abandon, le bâtiment n'est plus qu'une carcasse pleine de courants d'air et de souvenirs immobiles. C'est là, en fouillant derrière les vieilleries entassées, que Clairette a découvert deux bicyclettes. Trois jours qu'elle les nettoie, qu'elle répare les pneus et graisse les chaînes rouillées.

– Elles sont un peu grandes pour nous, admet-elle, mais à la guerre comme à la guerre ! Qu'est-ce que tu en dis ?

Gaby observe les deux engins, circonspecte.

– À qui elles étaient ?

– À Anzême et Marty. Ça date pas d'hier.

Gaby s'empare d'une bicyclette, remonte ses jupes, se hisse sur la selle, donne un premier coup de pédale, un deuxième, et s'élance à travers les bosses du champ jusqu'à la cour de la ferme. Elle fait le tour une fois, deux fois, et revient. Quand elle pose pied à terre, elle a les joues roses, un mince sourire aux lèvres ; longtemps que Clairette attendait ça.

– D'accord, allons à Sainte-Saverne, décide Gaby. Mais Aloès ?

– Cytise le gardera.

– Il saura ?

– Bien sûr qu'il saura. La vie, ça s'oublie pas.

Bien qu'elle en doute, Gaby ne résiste pas à la tentation. Le cadeau que Clairette vient de lui faire est le plus précieux qui soit : un peu de liberté, un peu d'espace pour respirer.

Lorsqu'elles déboulent dans la rue principale du bourg, fières et joyeuses sur leurs bicyclettes d'homme, avec leurs jupes ramassées entre leurs cuisses, Gaby et Clairette ne passent pas inaperçues. Devant l'auberge du Bon Laboureur, le bureau de poste, la boutique du photographe, et sur le pas de porte de la marchande de tissus, les conversations s'interrompent. On les regarde passer, l'œil rond. *Ça, c'est encore des Parisiennes venues se réfugier chez nous… Oui, vous savez, chez le vieux Balaguère, aux Chaumes. Une veuve et sa belle-fille tout juste accouchée ! Elles n'ont donc rien d'autre à faire qu'à se venir se promener ? Est-ce qu'on se promène, nous ?* Mais Gaby et Clairette se contrefichent des commentaires. Cette guerre, comme la précédente, bouscule les préjugés, désorganise les habitudes, ce qu'on a le droit de faire ou pas faire, et tant pis pour les cancans.

– J'ai soif ! déclare Clairette en posant sa bicyclette. Viens, on va boire une chopine !

Gaby acquiesce, et les voilà bientôt installées à une table du café de la Gare, au milieu des vieux joueurs de cartes qui froncent les sourcils et d'un petit groupe de soldats permissionnaires débarqués par le train de midi qui, eux, ont les yeux brillants.

– Eh patron ! Servez les dames, c'est offert ! lance un premier bidasse.

– Ouais ! Offert par la France et le général Gamelin ! rigole un deuxième.

– À la santé des jolies demoiselles ! trompette un troisième en louchant sur le corsage de Gaby. Eh, les gars, ça fait plaisir de voir autre chose que des paires de moustaches, pas vrai ?

Clairette et Gaby sourient, acceptant de bonne grâce l'invitation et les compliments. Bien sûr les soldats sont un peu ivres, un peu crasseux, un peu grossiers, mais bon sang, ça leur fait du bien, à elles aussi, de voir des visages juvéniles et d'entendre des rires plutôt que les borborygmes de Cytise et le vent qui hulule sous le toit de la ferme.

– Un peu de joie, enfin ! soupire Gaby. C'est pas parce qu'on est en guerre qu'on doit s'enterrer vives, voilà ce que je pense !

– On peut même dire que c'est le contraire, murmure Clairette. Plus la mort rôde, plus on a besoin de s'amuser. C'est comme ça.

Elle fait un clin d'œil à Gaby, elles vident leurs chopines, se laissent envelopper par la chaleur du café et les regards grivois des jeunes soldats, si bien qu'au moment où l'un d'eux se met à chanter *Félicie aussi*, elles se lèvent et entament une farandole entre les tables.

Au milieu du troisième couplet (*J'pris un homard sauce tomates, Il avait du poil aux pattes, Félicie aussi*), on entend un coup de sifflet strident : c'est le dernier train en provenance de Paris qui entre en gare. Un instant plus tard, plusieurs voyageurs frigorifiés font irruption dans la salle avec leurs bagages et leurs mines ahuries.

– Eh bien, quelle ambiance ! commente un gros monsieur mécontent, vêtu d'un manteau à col de fourrure. Mais nous, figurez-vous que ça fait sept heures qu'on se fait trimbaler dans cette foutue machine, alors vos chansons...

À sa suite, une jeune femme de l'âge de Gaby, manifestement enceinte, pousse devant elle un garçonnet au visage barbouillé de larmes.

– Pauvre lapin, s'apitoie Clairette, qu'est-ce qui lui arrive ?

– Il a été malade dans le train... enfin je crois qu'il a surtout eu peur de la locomotive à vapeur, c'est la première fois qu'il en voit une, explique sa mère avec un sourire las. Je vais lui offrir une limonade pour le consoler.

Tandis que le gros monsieur continue de rouspéter, Gaby et Clairette font une place au petit malade et à sa mère, qui s'assied lourdement sur la banquette.

– Pfiou, j'ai cru que ce voyage n'en finirait jamais, soupire-t-elle. Des problèmes d'aiguillage, une panne à Laroche-Migennes... J'ai failli regretter d'avoir pris le billet pour venir. Mais à Paris, le charbon commence à manquer. Au moins ici, on trouve toujours du bois pour se chauffer, n'est-ce pas ?

Elle se redresse et, par-dessus la table, elle tend la main à Clairette, puis à Gaby.

– Je m'appelle Mona, dit-elle.

Chapitre 23

Charme

– Balaguère ! Courrier pour toi ! Trois d'un coup, petit veinard !

Charme tressaille. Il délaisse son poste d'observation, saute de son perchoir et s'empare avidement des lettres. Les enveloppes sont froissées, maculées de traces ; à coup sûr elles ont été décachetées puis recachetées. Les autorités voient des espions partout, résultat, la censure épluche les courriers qui transitent de l'arrière vers le front et vice versa.

– Ta femme ? s'enquiert le caporal Brochard qui partage le tour de garde avec lui ce soir-là.

Charme hoche la tête, un grand sourire aux lèvres. Depuis dix jours que son bataillon a pris la relève en première ligne, sur la frontière, il est sans nouvelles de Gaby. Il faut dire qu'avec tous ces changements d'affectation et de secteurs postaux il n'est pas facile de s'y retrouver ! Dans cette drôle de guerre, en dehors du brouillard, de l'humidité, de la mauvaise soupe et de l'ennui, le manque de courrier est la pire torture qui soit pour un soldat.

– Prends ton temps, lui sourit Brochard, j'ai des yeux pour deux. Et vu qu'il se passe rien, comme d'habitude, tu peux même te servir un coup de rouge, l'ami.

Reconnaissant, Charme va s'asseoir dans un coin du gourbi,

sur une caisse de munitions retournée. À l'abri des courants d'air, il ôte son calot et approche la lampe à huile pour pouvoir lire.

«*Mon chéri*, écrit Gaby dans une première lettre qui remonte à trois semaines, *tout va bien aux Chaumes, ne te tracasse pas pour nous. Aloès n'a presque plus de coliques, et au moins il dort mieux. Ton vieux pépé n'est pas bavard, tu le connais, mais il est solide comme un roc. Quant à moi...*» Elle raconte ensuite que Clairette a réparé deux bicyclettes et qu'elles ont pu aller à Sainte-Saverne, toutes les deux, en passant par les étangs. «*Sans crevaison!*» ajoute-t-elle fièrement. «*Mais j'avais les mains glacées en arrivant, alors Clairette m'a fait entrer au café de la Gare. C'est là, figure-toi, que nous avons rencontré une femme du village. Elle descendait du train de Paris avec son petit garçon de trois ans. Nous avons bavardé, et de fil en aiguille, j'ai appris que son père est l'ancien instituteur d'ici, M. Verchère. Elle, c'est Mona. Elle se souvient de toi quand tu étais à l'école communale, il paraît que tu étais le meilleur élève de son père! Mais elle a dit que tu ne devais pas te souvenir d'elle, après tout ce temps.*»

À cinq cents kilomètres de là, seul sur sa caisse en bois au milieu d'une guerre qui ne ressemble à rien, Charme ressent un brusque tournis. Des sensations oubliées remontent des profondeurs, l'odeur de la craie, celle de la paille tassée au fond des sabots, le silence inquiet de la salle de classe quand M. Verchère faisait la dictée; il croit même entendre le martèlement sourd de ses pas entre les pupitres, et les voix aiguës des petites filles, dans la classe voisine, récitant une comptine.

– Mona, dit-il à voix haute.

Brochard, sur son perchoir, se retourne:

– Ça va, mon vieux?

Charme lui jette un regard hébété.

– Oui, oui.

– Pas de mauvaise nouvelle, au moins?

– Non, non.

Il reprend sa lecture. La deuxième lettre est datée de dix jours plus tôt.

Mon chéri, je crains que nos courriers se croisent. Bien reçu ta carte ce matin, avec la nouvelle adresse de ton cantonnement, j'espère que ma lettre d'aujourd'hui te trouvera en bonne santé.

Suivent quelques lignes sur le temps qu'il fait (de plus en plus froid) et les nuits trop longues d'un rude hiver qui commence.

Je me languis de la ville, des lumières de la ville ! Même si je sais bien qu'avec le couvre-feu, plus rien n'est comme avant à Paris et à Alfortville. Mais tu comprends, je ne connais personne ici, se plaint Gaby. *Clairette se fait du mauvais sang à me voir tourner en rond. Elle m'a proposé de rendre visite à Mona pendant qu'elle gardait Aloès. Je t'ai parlé de Mona dans ma lettre d'avant, mais puisque tu ne l'as pas eue, je te redis que c'est Mona Verchère (Mona Le Goff, maintenant qu'elle est mariée à un Breton qui est artilleur au 166e RI), la fille de ton ancien instituteur. Elle est installée chez son père, au village, dans l'appartement au-dessus de l'école. J'y suis allée hier, et nous étions contentes, toutes les deux, de nous tenir compagnie. Elle se sent seule, elle aussi, malgré son petit Jean qui a trois ans et l'autre enfant qu'elle attend pour le mois d'avril. À Paris, elle habite le quartier de Montparnasse. La ville lui manque moins qu'à moi car elle a grandi ici, mais au moins nous pouvons causer d'autre chose que des récoltes et des tâches ménagères !*

Charme sourit d'imaginer la scène : Gaby et Mona, réunies, en train de causer de tout, de rien, de Paris, de la vie comme elle est, et du temps jadis. Il tente de se représenter la petite fille d'autrefois devenue femme. Mona qui jouait à la marelle ou au cerceau, à présent enceinte et déjà maman d'un petit de trois ans. Mona mariée à un Breton. Bon.

Il a chaud, soudain. Alors il déboutonne le haut de sa vareuse, étend ses jambes, passe ses mains sur ses joues mangées de barbe et se sert un godet de ce liquide qui n'a de vin que le nom mais qui a le mérite de compter quatorze degrés d'alcool. Mona ! Mona se souvient de lui ! Mona ne l'a pas oublié malgré les années, les enfants, la guerre. Il en éprouve un étrange bonheur, comme une floraison dans la poitrine, une respiration nouvelle.

– Ben mon cochon, t'as l'air content, commente Brochard depuis son escabeau. Elle doit t'en dire des bonnes, ta femme ! Elle a l'air d'aimer rigoler, t'as bien de la chance !

Charme hausse les épaules et ne répond pas, contrarié. Comme si ça ne suffisait pas de savoir que les courriers sont lus avant d'arriver, il faut en plus que son imbécile de coreligionnaire s'immisce dans son intimité !

Il ouvre la troisième enveloppe, et lorsqu'il déplie la feuille que Gaby a couverte de sa petite écriture pointue, il en tombe deux photographies. Charme se dépêche de les glisser dans sa poche avant que Brochard les voie.

Charme chéri, ta dernière lettre est arrivée ce matin, et je désespère que tu reçoives les miennes. Je te joins dans celle-ci une photographie d'Aloès que j'ai faite à Sainte-Saverne il y a deux jours, à la boutique de M. Niault. Ainsi, tu verras comme il a grandi et comme ses cheveux ont poussé, n'est-il pas chou ? Je deviens de plus en plus amie avec Mona. Elle m'a confié une photographie d'elle avec son petit garçon, que je t'envoie aussi. Elle aimerait bien savoir si tu te souviens d'elle ! À part ça, rien de joyeux. Le froid s'installe pour durer, il a neigé cette nuit et en raclant le devant de la porte ce matin, ton pépé s'est entaillé le pied avec le coupant de la pelle. Il saignait, alors Clairette a voulu le conduire au docteur, mais il n'a rien voulu savoir. On lui a fait un bandage avec des chiffons propres. J'ai reçu des lettres de mes sœurs, qui sont toujours à Paris. Elles ont participé à l'effort de guerre en collectant des ferrailles dans le quartier : quinze marmites, des dizaines de boîtes à biscuits, des brocs, des vieux outils… Tout ça pour être fondu et faire des obus ! Mais à ce qu'il paraît, Hitler n'osera jamais attaquer, du coup, je me demande bien à quoi ça sert. Est-ce qu'ils vont te donner une permission pour Noël, au moins ?

Charme retire les deux photos de sa poche et les dépose devant lui, sous la lampe. Sur la première, le petit Aloès, allongé sur un coussin devant l'objectif, ne retient son attention qu'un bref instant. En revanche, il reste de longues minutes à contempler le visage de Mona, sur la seconde, ébloui par l'intensité de son regard, la pâleur de ses joues, et traversé par le sentiment troublant qu'elle a fait tirer ce portrait à son intention à lui, davantage qu'à celle de ce Le Goff qui est son mari.

CHAPITRE 23

Ce qui se passe ensuite, Saule, tu le devines peut-être.
Lors d'une permission, Charme revient aux Chaumes.
Dix-huit ans qu'il n'y a pas mis les pieds, sauf en imagination.
Il serre dans ses bras bouleversés Gaby, Clairette, le petit Aloès et le vieux Cytise.
Il respire l'air de son pays,
il marche sur les chemins,
il coupe du bois, il dort dans un vrai lit tout contre Gaby,
il regarde le grand ciel poudré de neige,
la cime des arbres nus,
il s'accroupit sur la terre endormie
avec l'impression de sentir sous ses pieds repousser des racines.
Et il revoit Mona.

Puis il doit s'en aller, son temps est compté.
Il retourne là-bas, en première ligne, sur la frontière, où en cet hiver 1940,
tout est immobile, même la guerre.
Il fait moins dix-huit degrés autour des casemates.
Corvée de barbelés. Tour de garde. Corvée de bois. Corvée de patates.
Monter un fusil, le démonter. Réparer ce qui doit l'être.
Éplucher des choux pour un bataillon.
Casser la glace, pelleter la neige.

Soigner ses engelures aux mains
et ses œdèmes aux jambes, causés par les bandes molletières
trop serrées.
Putain de guerre qui ne ressemble à rien
sauf à l'angoisse du vide.
Est-ce qu'on ne pourrait pas attaquer, au moins un petit peu ?
Non, on ne bouge pas.
Les leçons de l'autre guerre ont été si cruelles !
Il faut à tout prix éviter une nouvelle boucherie.
Tenir. Patienter.
Empêcher l'ennemi d'entrer chez nous.
On en est sûr, l'Allemagne n'aura bientôt plus d'argent,
plus d'acier, plus de pain,
elle finira par capituler.
En attendant, l'état-major divertit les soldats.
On organise des matchs de football, des projections de cinéma.
On fait venir des chansonniers
et des troupes de théâtre.

Durant cet hiver interminable,
tandis que les Polonais sont envahis, asservis, déportés, exécutés,
l'Union soviétique lance une offensive contre la Finlande,
puis l'Allemagne attaque le Danemark et la Norvège.
Pendant ce temps, la France tricote.
Des colis arrivent par centaines, remplis de bonnets,
de moufles, de chandails, mais aussi de cigarettes, d'alcool
et de mots doux.
Le temps s'étire.
Charme fume et boit.
Il pense à Mona.
Et Mona, au-dessus de l'école de son village, pense à Charme.
Alors, sans le dire à personne, ils s'écrivent.
Ils refont connaissance, comme deux enfants grandis trop vite.

Soudain, en février, alors qu'il gèle toujours à pierre fendre,
Gaby décide de retourner à Paris.
« Je suis comme les soldats, moi, j'ai besoin d'une permission,
écrit-elle.
J'ai besoin de voir mes sœurs, ma mère, et puis les temps sont
durs, j'ai besoin de travailler. On embauche chez SKF, aux
roulements à billes, je vais me me présenter. »
Charme ne proteste pas.
Gaby n'est pas faite pour vivre à la campagne, c'est comme ça.
D'un commun accord, elle laisse Aloès sous la garde de Clairette,
aux Chaumes.
Elle reviendra aux beaux jours.
Peut-être, alors, la guerre sera-t-elle finie ?

En mars,
Charme a de nouveau une permission.
Il ne va pas à Alfortville pour voir Gaby.
Il revient aux Chaumes.
Il serre dans ses bras Clairette et Aloès.
Il se rend au chevet de Cytise qui, depuis sa blessure au pied,
ne s'est pas relevé, comme si le coupant de la pelle
lui avait aussi coupé les ailes.
Et il va voir Mona.

Mona qui accouchera dans un mois.
Mona qui sourit, Mona qui joue avec son fils, Mona qui tremble,
Mona qui dit « Tu m'écriras ? Tu reviendras ? »
et qui laisse longuement sa main dans la sienne au moment
des adieux.

Quand il revient, ce soir-là, à la ferme, Charme n'est plus
le même.
En le voyant passer la porte,

Clairette manque de lâcher la bassine qu'elle a dans les mains. Car ce n'est pas son fils qu'elle voit à cet instant, mais le fantôme de Marty, avec sur le visage la même lumière dévorante, le même désir douloureux
qu'à l'époque lointaine du paradis.

Chapitre 24

Gaby

Depuis la plateforme découverte, à l'arrière de l'autobus, Gaby regarde Paris. Place de la Madeleine, gare Saint-Lazare, elle n'en revient pas de voir autant d'autos et de bicyclettes dans les rues, autant d'hommes et de femmes sur les trottoirs. Les vendeurs de journaux ambulants, les hommes-sandwichs avec leurs pancartes publicitaires accrochées autour du cou, les employés de bureau avec leur parapluie à la main, les femmes élégantes, masque à gaz sur l'épaule, qui se pressent à l'entrée des boutiques ou aux terrasses des cafés.

Lorsqu'elle était à la campagne, elle s'était imaginé la ville désertée, endormie, comme morte. Pourtant, malgré la pénurie d'essence et de charbon, malgré le rationnement du café, des pâtes, de l'huile, du sucre, du savon, malgré l'entrée en vigueur du régime sec dans les bistrots où l'on n'a plus le droit de servir d'apéritifs, malgré le couvre-feu à partir de vingt-deux heures, l'interdiction des bals populaires et des réunions publiques, les Parisiens s'obstinent à vivre. Et à cet instant, les cheveux bousculés par l'air frais du printemps, Gaby éprouve une joie profonde à être de retour parmi eux. Une obstinée parmi les obstinés, vivante parmi les vivants, en dépit des jours sans viande, des jours sans gâteaux, et des nuits sans lumière. Oui, elle préfère cent fois être ici, aux côtés des Parisiens qui luttent contre la morosité, plutôt qu'au milieu des champs, rongée par l'ennui et l'attente qu'il se passe enfin quelque chose.

Parvenue à Notre-Dame-de-Lorette, elle descend de l'autobus. Sa sœur Rosette habite non loin. En attendant de commencer son travail, demain, à l'usine de roulements à billes, c'est à elle que Gaby rend visite. « Arrive vers seize heures, lui a dit Rosette. Nous irons chercher Jojo et Lulu à l'école, puis nous irons au square. »

La voici devant l'école, à se frayer un chemin entre les mamans agglutinées, les landaus et les tout-petits qui jouent sur le trottoir. À l'angle de la rue, devant l'entrée d'un abri antiaérien, Rosette lui fait signe. Elles s'embrassent et s'adossent contre le mur, leurs visages offerts aux premiers rayons du soleil de printemps. Après cet hiver de gel et de neige, le plus froid depuis un siècle, quelque chose renaît qui ressemble à la douceur de vivre.

– J'ai hâte de pouvoir retourner chez Matelote, soupire Gaby. C'est quand même plus chouette que le travail à la chaîne, je suppose.

– Peut-être cet été ? sourit Rosette.

– Peut-être, répète Gaby, sans y croire.

Car même si tout reste calme aux frontières de la France, tout le monde sait que des soldats se battent en Norvège, au Danemark. Tout le monde voit qu'ici, les prix s'envolent, que le gouvernement commence à mettre en place des coupons de rationnement : ça ne laisse rien présager de bon.

– Comment va Aloès ? demande Rosette.

– Clairette dit qu'il se porte bien. Il commence à se tenir debout tout seul, paraît-il. Il me manque, mais...

– Il est mieux à la campagne, complète Rosette. Si seulement j'avais pu, j'y aurais envoyé Jojo et Lulu.

– Et René ? l'interroge Gaby.

– D'après ce qu'il dit dans sa dernière lettre, il tient le coup.

La cloche de l'école sonne, évitant à Gaby de penser à Charme qui ne lui a pas écrit depuis quinze jours. Tout s'agite autour d'elles, les portes s'ouvrent, et un flot d'écoliers se déverse sur le trottoir.

– On a encore fait des exercices d'évacuation ! raconte Lucien, très excité, en embrassant sa mère et sa tante. J'étais le premier dans la cave !

– C'est même pas vrai ! s'agace Georges. J'y étais avant toi !

Les deux frères s'envoient des coups de pied, se tirent par leurs blouses, se courent après et se tapent dessus avec leurs étuis de masque à gaz, se jetant des noms d'oiseaux à la figure jusqu'à l'entrée du square.

– Ces deux-là, soupire Rosette, il faut toujours qu'ils se chamaillent. De vrais petits durs ! Surtout depuis que leur père est au front… René a beau me dire de leur mettre des taloches de sa part, je te jure, je ne les tiens plus.

Gaby hoche la tête.

– Ils sont comme nous, ils ont besoin des hommes, dit-elle avec un sourire triste. Il est vraiment temps que cette guerre se termine…

– Pour ça, il faudrait qu'elle commence, lui fait remarquer sa sœur.

– Tu as raison. Allez viens, en attendant, on va se mettre au soleil sous les lilas. Tu as vu ? Ils seront bientôt en fleur.

Chapitre 25

Charme

Seul dans les premières lueurs du jour, Charme traverse sans bruit les rues d'un village sans nom. Ici, comme de l'autre côté, il n'y a plus âme qui vive depuis le début de la guerre, hormis des chats errants qui surgissent des friches et des sous-sols. Les portes des maisons, abandonnées par leurs occupants, ont été depuis longtemps éventrées ; les vitres des fenêtres brisées, les armoires pillées, les basses-cours et la moindre bouteille vidées, et toute cette désolation flanque la chair de poule.

L'école : voilà ce qu'il cherchait.

Charme saute un muret, pénètre dans la cour et s'enfonce sous le préau. Il est ivre. Ivre de cette nuit passée à boire du mauvais vin avec les copains, sans fermer l'œil, ivre de ce matin qui sent le printemps et de ces huit mois d'attente ponctués parfois de tirs, de brèves canonnades, mais d'aucune bataille. Faire la guerre sans se battre, c'est comme désirer une femme sans pouvoir la toucher : il est à bout de nerfs. Alors quand Brochard a lancé ce défi idiot, tout à l'heure, il a dit « Chiche ! », et il s'est carapaté en douce du cantonnement. Sa mission ? Franchir la frontière par les bois (ce qu'il a fait), et rapporter la preuve qu'il a réussi à passer chez l'ennemi sans se faire prendre. Cette preuve, il a pensé la trouver dans l'école.

Quand il entre dans la salle de classe, la première chose

qu'il voit, ce sont des dessins obscènes, à la craie, sur le tableau noir. Puis, éparpillés sur le sol, des cahiers d'enfants aux pages salies, des manuels de lecture déchirés, des pupitres renversés, quelques jouets dispersés parmi des souillures humaines, puantes. L'ivresse le quitte aussitôt, remplacée par une nausée qui lui brûle la gorge.

Il s'avance entre les débris, dans le matin encore silencieux. Du verre pilé craque sous ses godillots boueux. Il pense à l'école de son village. Il pense à Mona et il reste immobile au beau milieu du saccage. Il n'a plus envie de rire. Il a envie de vomir.

Il revient au cantonnement, les mains vides. Brochard pousse du coude un petit sergent originaire de Périgueux qui a passé la nuit à boire avec eux.

– J'ai gagné mon pari, mon vieux ! Balaguère est un dégonflé, tu me dois trois francs !

Contrarié, le petit Périgourdin interpelle Charme :

– Je te croyais cap, mince ! Tu me coûtes cher !

Charme hausse les épaules et passe devant eux, la mine sombre. Inutile de se fatiguer à expliquer à ces couillons ce qu'il a fait, ni ce qu'il a vu, et encore moins ce qu'il a ressenti dans ce village allemand si semblable à un village français. Il s'installe dans un coin de la grange, avec un crayon et du papier. Et comme chaque jour ou presque, il écrit une lettre.

« *10 mai 1940,*

Chère Mona,

Je me suis levé très tôt ce matin et j'ai marché dans les bois. Tout était paisible et j'ai même entendu chanter des grives. Je voudrais tant te voir, toi et ton nouveau bébé ! Tout le temps que je vis ici est du temps perdu, même si les gradés nous disent… »

Des cris l'interrompent. Une onde, une rumeur qui enfle, et qui déferle bientôt le long des fortifications, dans la grange, les abris, les casemates, pareille à de l'eau qui inonderait soudain toute la ligne Maginot :

– Les boches ont attaqué ! Les boches ont attaqué !

Charme lâche son crayon. Il ressent une sorte de déflagration à l'intérieur, suivie de milliers de crépitements. Alors ça y est ? C'est la guerre ? Enfin ? Il se rue au-dehors.

C'est la guerre, et pourtant, au-dessus de lui, le ciel est vide. Sous ses pieds, la terre ne tremble pas. À ses oreilles, aucun canon ne tonne, aucun coup de feu ne retentit. Car – il l'apprend ensuite de la bouche d'un opérateur radio – les Allemands ont attaqué ailleurs. Par la Hollande, la Belgique, le Luxembourg, les Ardennes. C'est-à-dire par là où, justement, on pensait qu'ils n'attaqueraient pas. Et là où, justement, Charme n'est pas.

CHAPITRE 25

Ce qui se passe ensuite est
une totale surprise au milieu de ce long engourdissement.
Une armada d'avions stukas et de blindés panzers
s'abat à la vitesse de l'éclair sur les secteurs les moins préparés
à résister.
Pendant ce temps, à trois cents kilomètres de là, à la tête de l'armée réputée la plus puissante de toutes, le général Gamelin dirige les opérations avec des méthodes d'un autre temps. Il se méfie des nouvelles technologies : pas de communication radio, pas de téléphone ! Alors les ordres sont transmis par coursiers, à moto ou à cheval, malgré les routes encombrées. De toute façon, Gamelin refuse de croire à cette attaque éclair dans les Ardennes : les tanks ne passeront pas.
Et au pire, si les Allemands tentent l'impossible, ils mettront quinze jours à traverser ce massif accidenté et couvert de sombres forêts. L'armée française aura le temps de se rassembler pour contre-attaquer !

Tu parles.
En trois jours seulement, les Allemands sont à Sedan.
On ne comprend pas comment, mais les pilotes de char, d'avion
et les soldats de la Wehrmarcht foncent jour et nuit,
sans dormir, sans manger,
à travers les bois, les airs, les champs, les cours d'eau. Impossible

de les arrêter, on dirait des machines !
Ce que Gamelin ignore, c'est que les soldats allemands sont shootés à la Pervitin. Ces cachets à base d'amphétamines, fabriqués en masse par un laboratoire pharmaceutique berlinois, inhibent toute faiblesse : la peur, la faim,
le besoin de dormir, et le sentiment d'empathie.
C'est la drogue parfaite pour mener une guerre moderne.
Résultat de tout ça, l'état-major français et les troupes sont pris de court, et en quelques jours,
tout s'effondre.
Le Luxembourg, la Belgique, et la Hollande sont envahis.
Aéroports détruits. Ponts, gares, ports, carrefours pulvérisés.
En quelques jours aussi, tout le nord de la France.
Beaucoup de morts parmi les soldats.
Beaucoup de morts parmi les civils.
Beaucoup de prisonniers, de blessés, de disparus.
Des villages réduits en miettes.
Tout ce qu'on croyait, tout ce qu'on voyait, tout ce qu'on avait disparaît.
Les Belges fuient la Belgique,
les Hollandais fuient les Pays-Bas,
puis les habitants de Lille, de Maubeuge, de Sedan, d'Abbeville, de Laon, de Calais, de Dunkerque
se jettent sur les routes en direction du sud.

Pour éviter la panique générale, les journaux
et la radio sont censurés.
Interdiction de dire où sont les Allemands.
Interdiction d'avouer qu'on a perdu cette guerre comme ça,
si vite, si bêtement.
Pourtant, les rumeurs courent. Il paraît que ça chauffe, là-haut.
Il paraît que les boches sont en France, il paraît que, mais on ne sait pas : pas de courrier, pas de téléphone, aucune nouvelle

*du front, aucun moyen d'être sûr, alors qu'est-ce qu'on fait,
on reste ? On part ?
En haut lieu, on sait déjà que c'est fini. La Belgique vient
de capituler, l'armée française est en déroute.
Début juin, les ministres, les préfets, les sous-préfets, nos élites,
nos responsables politiques
plient bagage et quittent Paris. Ils s'éparpillent vers Tours,
dans les châteaux de la Loire, puis à Bordeaux.
Il devient difficile, dès lors, de mentir plus longtemps à la
population.
Paris est déclarée ville ouverte. Cela signifie que les Allemands
peuvent entrer, que plus personne ne résistera,
que plus personne ne défendra la tour Eiffel,
Notre-Dame ou Montmartre.
Et là, c'est la panique, la vraie.*

*Combien sont-ils, en ce mois de juin, à fuir la moitié nord
du pays, tandis qu'au sud, d'autres fuient les bombardements
de l'armée italienne aux ordres de Mussolini ?
Huit, neuf, dix millions ?
Sans compter les Belges, les Hollandais ?
Sans compter les soldats qui, en fonction des ordres et des
contrordres, tentent de rejoindre ou de quitter les zones de
combat ?
On n'a jamais vu un bazar pareil. Entre Paris et la Loire,
un embouteillage géant se forme.
Les plus chanceux progressent de cinq kilomètres par jour.
Les autres finissent par abandonner leur véhicule pour continuer
à pied. Il n'y a bientôt plus d'essence. Tout le monde a soif, tout
le monde a faim, les enfants pleurent et se perdent, les familles
sont séparées et, au milieu de ce capharnaüm invraisemblable,
le pire survient : les stukas allemands descendent en rase-mottes
pour mitrailler les cohortes de réfugiés.*

Combien sont-ils à mourir ainsi, fauchés par une rafale venue du ciel ? Neuf mille, dix mille ?
Combien d'enfants ? Combien de femmes ? Combien de chevaux ? Combien de chiens ?
Les cadavres jonchent les routes, et les survivants se battent pour une miche de pain trouvée dans une voiture dont les occupants sont morts. Il n'y a plus de règles, plus de morale, plus de gendarmes, plus de loi, plus rien à quoi se raccrocher. C'est une fin du monde.

Deux mois plus tard

Août 1940

Chapitre 26

Charme

Écrasé de chaleur, le village fait le dos rond, resserrant ses maisons sous les ailes de son église. Rien ne frémit, rien ne grince, rien ne goutte, pas même l'eau du lavoir, et seuls les pas de Charme résonnent entre les façades aux volets clos.

Cela fait maintenant vingt jours qu'il marche. Depuis qu'il a réussi à s'évader, avec quelques autres, d'un camp de prisonniers à la frontière, il a traversé un quart du pays. Partout où il est passé, il a éprouvé cette sensation désagréable que la France hibernait en plein été. Il voulait croire que cette langueur épargnerait son propre village, mais non. Ici aussi, tout semble pétrifié, comme dans un conte.

Depuis que le maréchal Pétain a signé l'armistice en juin, la honte et la peur ont brutalement figé le sang dans les veines du pays. Plus rien ne fonctionne. Ni le téléphone, ni le courrier, ni les trains. La population s'est disséminée à travers le territoire comme du pollen au printemps ; on ne sait plus où sont les uns ni les autres, ni si on les reverra vivants. Trois mois que Charme n'a plus aucune nouvelle de quiconque.

Il traverse la place immobile, passe devant la mairie, puis il longe l'école communale et lève enfin les yeux vers les fenêtres de l'appartement des Verchère. Vingt jours qu'il marche, porté par l'espoir fou d'y trouver Mona. Parce que dans cette catastrophe qui vient de tout balayer, hormis le choc de la défaite, hormis les ponts et les routes détruits, hormis les animaux trop maigres et les enfants hagards, hormis les soldats ennemis buvant notre vin et couchant dans nos lits, le plus difficile à supporter, c'est ça : être séparés.

Et miracle, les volets sont ouverts ! La vitre de la cuisine bâille même sur une casserole fumante. Ce signe d'une présence humaine lui rend le sourire. *Mona est chez elle !* songe-t-il en avançant jusqu'au portillon. Il s'apprête à le pousser quand il remarque du linge étendu sur un fil entre les platanes de la cour : des caleçons, des chaussettes, des chemises d'homme. Il se fige. Malgré la chaleur, il a soudain très froid au bout des doigts. Dans son obsession amoureuse, il n'a pas imaginé un instant que Le Goff pouvait être, lui aussi, de retour. Il recule, désorienté, et c'est alors seulement qu'il voit les engins militaires garés sous le préau : une Kübelwagen tout-terrain et une moto BMW, typiques de la Wehrmacht.

La peur durcit ses muscles. Il recule en examinant les alentours d'un œil méfiant. Puis il recule encore, avant de faire demi-tour comme quelqu'un qui s'est trompé d'adresse. En zone occupée, les Allemands sont comme des insectes, ils envahissent le moindre espace. Ils colonisent les mairies, les châteaux, les fermes, les écoles. Ils sont chez eux partout, et apparemment, ils sont chez Mona. Mais elle, où est-elle ? Et si les Allemands sont partout… est-ce qu'ils sont aussi aux Chaumes ?

Charme abandonne le village endormi, et une fois sur la route qui monte vers les hameaux, il accélère le pas. Il y a tant d'histoires atroces qui circulent ! Des histoires de fermes saccagées, de femmes violées, de vieillards martyrisés, d'enfants kidnappés. Il se met à courir sur les chemins de terre, malgré ses pieds qui saignent et le soleil qui cogne.

Durant cette drôle de guerre, et y compris ces dernières semaines quand les combats ont enfin éclaté, il n'a tué personne. Mais là, il pourrait ! Il serre le manche de son couteau. Qu'un boche ait franchi le seuil de chez lui, il sera un homme mort !

Il arrive aux Chaumes dans la lumière exubérante du plein après-midi. L'air sent la paille, tout est épais et suffocant, on pourrait croire qu'un incendie couve sous les pierres. Il déboule dans la cour, écumant. Son cri lui déchire la gorge :

– Maman !

Les yeux fous d'inquiétude, il contemple les bâtiments agricoles et tout autour, les collines jaunes. À première vue, rien n'a changé, ici. Il reconnaît le tilleul, le puits, les toits d'ardoises, et à l'angle de la grange, le tas de fumier et la charrette posée à l'oblique sur ses brancards.

– Maman !

Alors qu'il s'en approche, la porte de la ferme s'entrouvre dans un raclement timide, et un petit visage mal débarbouillé s'inscrit soudain dans l'embrasure. Le cœur de Charme fait un bond. Il vient de reconnaître l'enfant. Pour ne pas l'effrayer, il s'immobilise, laissant au petit le temps de l'observer et à son cœur le temps de ralentir.

– Je cherche ma mère, répète-t-il d'une voix qu'il veut rassurante. Elle s'appelle Clairette. Tu sais où elle est ?

Debout dans l'encadrement de la porte, le gosse hésite à répondre. Il a un pouce dans la bouche, les genoux en dedans. Il se balance sur le seuil.

– Et ta maman à toi, reprend Charme plein d'espoir, elle... elle est ici ?

Le petit garçon retire son pouce de sa bouche et, en guise de réponse, jette un regard furtif vers l'intérieur de la maison. Charme sourit. Il réprime un grand tremblement intérieur avant de poursuivre :

– Et ton papa ? Il est là, lui aussi ?

Cette fois, l'enfant fait non avec la tête.

– Il est aux champs, alors ?

De nouveau, l'enfant secoue la tête, offrant à Charme un autre coup au cœur. Il s'apprête à poser une dernière question quand un pleur strident de nourrisson retentit dans la maison. Le gamin en profite pour s'éclipser. Charme laisse échapper un soupir.

Au loin, quatre heures sonnent au clocher du village. Il observe de nouveau l'endroit où il se trouve, ce lieu où il est né, où il a grandi, et d'où il tire, aujourd'hui plus que jamais, sa force de vie. Il détaille chaque chose : les outils déposés à l'ombre, le potager bien peigné, les draps qui sèchent dans l'ouche, l'abreuvoir rempli d'eau claire. Ne serait-ce l'absence des bêtes, aucun signe de catastrophe, se dit-il.

Quand il se retourne enfin vers la porte, Mona est là, qui cligne des yeux dans la lumière vive, les cheveux aux épaules, son bébé dans les bras et le petit garçon accroché à sa jupe.

Charme éprouve une joie si profonde qu'il ne peut ni bouger ni parler. Il peut seulement sourire. Il peut seulement laisser ses yeux se noyer de larmes.

– Charme ? murmure Mona, avec le même regard noyé.

Subitement allégé de toutes ses peines, il se met à rire tandis que Mona s'arrache à la pénombre de la maison pour le rejoindre en pleine lumière. Elle s'arrête près de lui, incertaine, et lui s'approche encore, encore, jusqu'à sentir son souffle.

Fébriles, submergés, incapables de parler, ils s'agrippent du regard comme deux enfants perdus qui se retrouvent ; plus rien n'existe autour d'eux. Plus rien ni personne. Pas même Clairette qui arrive à cet instant dans la cour, sur sa bicyclette, et qui les surprend au moment où ils s'enlacent.

Chapitre 27

Le soir tombe sur les Chaumes. Il y a maintenant autour de la table trois adultes, trois enfants, et, sous la table, le chien au drôle de nom, Pardon.

– Depuis la mort de ton Pépé, il me suit partout, explique Clairette. Et quand je m'absente, le pauvre, il reste à la croisée du chemin et de l'arbre Morin, à m'attendre.

Elle plonge la louche dans la soupière, et sert les assiettes en pensant à autre chose tandis que Charme, les yeux baissés, caresse tristement du bout des doigts la pipe en bois de bruyère de son grand-père. À part les Chaumes et quelques vêtements, c'est tout ce qu'il reste de Cytise Balaguère.

– Pauvre Pépé, dit-il.

– Son pied était guéri, pourtant, continue d'expliquer Clairette. Il aurait pu marcher, mais il n'avait plus envie de rien. Petit à petit, il a arrêté de manger, de boire, puis de parler. Sauf pour appeler son chien. Finalement, on l'a trouvé dans son lit un matin. Il était froid.

– C'était fin juin, précise Mona. Juste après mon arrivée ici avec les enfants.

Les assiettes sont à présent remplies d'un bouillon clair où flottent quelques poireaux et des patates en morceaux. Mona met son bébé au sein tandis que Clairette s'assied lourdement et contemple la table d'un air navré.

– Même plus de vin ! Les boches... Ils nous prennent tout, ces salopards.

L'après-midi même, elle a parcouru quinze kilomètres aller, quinze kilomètres retour sur la bicyclette d'Anzême en espérant trouver du pain à Sainte-Saverne. Tout ça pour revenir bredouille. Farine réquisitionnée, pain rationné, boulangers surveillés, voilà ce que signifie de vivre dans un pays occupé.

– Juste après l'armistice, raconte-t-elle encore, quand j'ai su que les fritz s'étaient installés dans l'école communale, mon sang n'a fait qu'un tour. Je suis descendue au village, et j'ai dit à Mona de rassembler ses affaires. Je n'allais pas la laisser, avec ses deux petits, au milieu de ces cafards !

– Ils sont entrés chez moi avec leurs sales bottes, enrage Mona. Ils ont dormi dans le lit de mon père, ils ont mangé dans ma vaisselle, ils ont...

Elle n'achève pas sa phrase. Ses lèvres tremblent.

– Quoi ? Ils t'ont touchée ? s'affole Charme.

Mona secoue la tête.

– Non, non. Ni moi ni les enfants.

Charme tend la main vers elle, qui la serre. Clairette détourne les yeux, préférant se pencher vers le petit Aloès.

– Viens là, mon chou, dit-elle en le hissant sur ses genoux. Regarde ce que Mamie a gardé pour toi.

De la poche de son tablier, elle sort un croûton un peu rassis dont le petit s'empare avidement. Ensuite, ils mangent en silence le maigre souper, et Charme observe son fils qui mâchouille ce qu'il doit considérer comme une gourmandise. Aloès a un an. L'âge de la guerre. Charme ne reconnaît rien en lui, sauf les yeux de Gaby, en plus tristes.

Gaby... Lorsqu'il a posé la question tout à l'heure, Clairette a secoué la tête : toujours aucune nouvelle d'elle, pas un signe.

– J'ai écrit plusieurs fois. À l'adresse de sa mère, à celles de ses sœurs. Rien. Aucune réponse. À croire que les Parisiens se sont tous volatilisés.

Quant au mari de Mona, comme plus d'un million et demi

d'autres soldats français, il est prisonnier dans un stalag quelque part en Allemagne.

– Que va-t-il se passer, à présent ? soupire Clairette.

– On va se débrouiller, tente de la rassurer Charme. J'ai vu que les seigles et le blé étaient mûrs. Je commencerai à faucher à la première heure demain. Et cette récolte-là, crois-moi, elle ne sera pas pour les boches.

Sur la chaise à côté de lui, le petit Jean répète d'une voix pointue :

– Les boches ! Les boches !

Il émet des « brrr » et « tactac » en jouant avec la pipe du vieux Cytise qu'il fait voler dans les airs comme un aéroplane. Charme regarde Mona qui continue de donner le sein à sa petite fille.

– Tu ne m'as même pas dit comment elle s'appelle.

– Tu ne me l'as pas demandé.

– Comment elle s'appelle ?

– Suzon.

Charme approche sa main pour caresser le crâne lisse de la petite fille. Au passage, il effleure la peau de Mona, qui frémit. Clairette le voit. Depuis qu'elle les a surpris tout à l'heure, abandonnés l'un contre l'autre, elle ne peut s'empêcher de revoir ce qui s'est passé, autrefois, entre elle et Marty. Ce mélange chimique de désir et de mort qui menace à tout instant d'exploser.

– Les voisins vont jaser s'ils vous voient comme ça, vous deux, prévient-elle. Les ragots vont vite, ici. Pas comme en ville.

– Les ragots ? s'agace Charme. Mais quels ragots ? Tu as très bien su garder les secrets quand ça t'arrangeait, non ?

Clairette pâlit, ouvre la bouche, et se ravise. À quoi bon discuter ? Fatiguée, elle se lève avec Aloès dans les bras, puis quitte la table, le chien sur ses talons. Avant de sortir de la salle, elle se retourne vers son fils.

– Je suis contente que tu sois de retour, lui dit-elle. Je vais coucher le petit. Bonne nuit.

Une sensation de gêne reste après elle, pareille à une légère brume qui flotte dans la pièce.

– Ta mère a sans doute raison, murmure Mona. Nous ne pouvons pas…

Charme l'attrape par le bras. Maintenant qu'il est ici, avec elle, il n'éprouve plus cette impression pénible de flottement. Il se sent comme réuni. À sa place.

– Tout ira bien, dit-il avec conviction. Et si ma mère te fait une réflexion, parle-lui du Creux du Renard.

– Qu'est-ce qu'il y a au Creux du Renard ?

– Une vieille histoire, répond Charme. La garantie de son silence si elle nous voit dans le même lit.

Mona frissonne. Le même lit… Combien de fois en a-t-elle rêvé depuis qu'ils se sont écrit leurs premières lettres ? La vie est si dure depuis tant de mois, et l'avenir si incertain en dehors de l'amour. Elle cesse de lutter. Elle sourit.

Dehors la nuit s'avance, avec ses crépitements, ses stridulations d'élytres et cette douceur inquiétante qui fait battre le cœur un peu plus vite.

Tandis que le pays fait semblant de s'endormir, Charme et Mona restent côte à côte, en silence, pareils à deux arbres assis à l'orée d'une forêt.

CHAPITRE 27

Commence alors une époque terrible et confuse.
Le pays n'est plus en guerre,
mais il n'est pas en paix non plus.
Il est soumis, pillé, découpé en trois zones, selon une ligne de démarcation, à laquelle personne ne comprend rien, et qui sépare le Nord du Sud, et l'Est de tout le reste.

Les vainqueurs défilent sur les Champs-Élysées, hissent le drapeau nazi sur l'Arc de Triomphe et aux frontons des mairies. Cette croix gammée en noir, rouge et blanc qui flotte un peu partout, ça donne une impression d'écrasement, comme si on ne respirait plus le même air. Et au mois d'octobre 1940, quand le maréchal Pétain serre la main d'Adolf Hitler, puis annonce que le gouvernement installé à Vichy entre en collaboration avec l'ennemi, ça étouffe un peu plus. Certains se demandent si cet homme de quatre-vingt-quatre ans a encore toute sa tête. Est-ce qu'il n'enterre pas un peu vite l'honneur du pays? Est-ce qu'il ne trahit pas la parole donnée à nos alliés anglais?
Quand il demande aux Français de faire des efforts sincères pour collaborer avec l'occupant, est-ce que ce n'est pas un peu… humiliant? Mais peut-être qu'il a un plan? Peut-être que, grâce à lui, chacun va retrouver ce qui lui manque?
Alors qu'est-ce qu'on fait? On y croit, aux discours de Pétain? Ou bien on écoute, sur les postes de TSF, les messages clandestins

d'un général nommé de Gaulle, et qui, réfugié à Londres, appelle à ne pas baisser les bras, à résister encore?

Abasourdis par la défaite, par la panique de l'exode, par l'instauration des tickets de rationnement et du couvre-feu, écrasés par la peur de l'Allemand et par toutes les nouvelles lois qui interdisent de se déplacer sans laissez-passer, la plupart des gens n'arrivent plus à réfléchir.
En attendant d'y voir plus clair, dans les écoles, les instituteurs et les institutrices obéissent aux ordres et font apprendre une chanson aux enfants:
Maréchal nous voilà,
Devant toi, le sauveur de la France
Nous jurons, nous, tes gars
De servir et de suivre tes pas.
Chaque matin, les enfants chantent ce refrain qui leur entre dans la tête, comme un clou.

Il paraît qu'on a perdu la guerre à cause des Juifs, des communistes, des étrangers. Il paraît qu'on a manqué de volonté et de rigueur morale. Il paraît que c'est la faute de Blum, du Front populaire, de la république, et de tous ceux qui dirigeaient le pays avant la guerre. Il paraît qu'il faut se repentir d'avoir été faibles, d'avoir voulu vivre des jours meilleurs, d'avoir voulu davantage de liberté, d'égalité et de fraternité. Est-ce que c'est vrai? Est-ce que c'est faux? On ne sait pas trop, mais il faut bien trouver une explication aux malheurs du temps et des coupables pour porter le chapeau.
Et puis, il faut le reconnaître, l'armée allemande a de l'allure! Force, discipline, rigueur: voilà un modèle! À côté d'eux, nos pauvres bidasses ont l'air minables... sans parler des troupes venues de nos colonies, avec tous ces hommes noirs ou arabes qui grelottent de froid. Pas étonnant qu'on ait perdu la guerre, finalement.

Alors, on agite des drapeaux, on acclame le vieux Maréchal, on installe sa photo dans le salon au-dessus de la cheminée, comme un crucifix.
On ne fête plus le 14 Juillet, ni la victoire de 1918.
Dans les mairies, les bustes de Marianne sont remplacés par celui du Maréchal.
Liberté, Égalité, Fraternité, c'est fini.
Le programme, désormais, c'est Travail, Famille, Patrie.

Alors pendant que le régime nazi étend sa gangrène sur l'Europe et que la guerre, telle une épidémie, gagne tous les continents, pendant que les Juifs sont traqués, raflés, parqués, exterminés, pendant que les Tziganes, les peuples slaves, les communistes, les homosexuels et les handicapés subissent le même sort, pendant que des villes entières sont ravagées par des bombardements, pendant qu'aux États-Unis des milliers de chercheurs travaillent à la fabrication de la bombe atomique, Aloès grandit comme il peut,
sans connaître sa mère ni le goût du sucre.

Les hivers sont froids, les étés brûlants.
Aux Chaumes, on manque de semences et de pièces de rechange pour entretenir le matériel agricole. On manque de bras, de fumier, d'essence, de tabac, on enrage contre l'impôt forcé à l'occupant, la chasse est interdite, le braconnage dangereux, mais on se débrouille.
Depuis que les Allemands ont quitté le village et laissé vide l'appartement des Verchère, Mona n'y a pas remis les pieds.
Elle vit désormais à la ferme, et comme prévu, Clairette ne dit rien lorsqu'elle la voit sortir chaque matin du lit de Charme.
Cet amour de contrebande, après tout, va bien avec l'époque, puisque plus rien n'est « normal ». Ne voit-on pas des Parisiens débarquer à vélo dans ce coin perdu du Morvan pour acheter une

oie à huit cents francs ou une dinde à mille deux cents?
Tu imagines ça? Une dinde à mille deux cents francs?

Au fil des années, pourtant, le doute s'installe dans les têtes.
À force d'avoir froid, d'avoir faim, à force de constater que rien ne s'arrange, qu'on fait la queue pendant des heures devant des boutiques vides, à force de voir Vichy cirer les bottes des nazis, à force d'entendre parler des déportations, des arrestations d'enfants, des défaites allemandes sur le front russe, une partie des Français retrouve un peu d'esprit critique.
Au fond des cuisines et des granges, on écoute en cachette sur la BBC le Chant des partisans*:*
Ami, entends-tu le vol noir des corbeaux sur nos plaines?
Ami, entends-tu les cris sourds du pays qu'on enchaîne?
Ohé, partisans, ouvriers et paysans, c'est l'alarme
Ce soir, l'ennemi connaîtra le prix du sang et des larmes.
Ce n'est qu'une chanson, peut-être, mais ça donne des frissons de savoir que «si tu tombes,
un ami sort de l'ombre à ta place».

En février 1943, quand Vichy promulgue une loi obligeant les jeunes à partir travailler en Allemagne pour une durée de deux ans, beaucoup s'y résignent la mort dans l'âme, mais d'autres prennent le risque de désobéir. Ceux-là s'enfuient, se cachent, deviennent clandestins et, pour certains, rejoignent les maquis de la Résistance qui se sont constitués de-ci de-là, dans des régions isolées. Le massif du Morvan devient un refuge idéal. Dans les bois, au creux des vallons, dans de vieilles huttes abandonnées par les charbonniers, de petits groupes d'hommes qui cherchent à échapper à la surveillance de l'occupant établissent des campements rudimentaires.

Printemps 1943

Chapitre 28

C'est le milieu de la nuit et Charme dort enroulé autour du corps de Mona, comme s'il craignait de la perdre. Dans le rêve qu'il est en train de faire, il la protège contre une nuée d'insectes malfaisants qui s'abat sur eux comme de la vermine. Il la serre plus fort, il la retient, jusqu'au moment où Mona a un sursaut et lui échappe.

Subitement dressée au milieu des draps, elle murmure :

– Tu entends ?

Charme entrouvre les paupières. Il fait un noir d'encre dans la chambre, et quelque chose vrombit tout autour d'eux. Il tend la main pour ramener Mona dans la forteresse de ses bras.

– C'est la vermine, dit-il, toujours pris dans son rêve. Les cafards qui grouillent !

– Non, lui répond Mona. Écoute ! Ça vient de l'ouest !

Elle s'évade, elle saute au bas du lit. Le froid qui s'engouffre alors sous les couvertures achève de réveiller Charme. Il ouvre les yeux en grand au moment où Mona repousse le volet pour se pencher dehors.

– Viens voir ! dit-elle.

Le bourdonnement qu'il entendait dans son rêve enfle à présent dans la réalité. Il quitte le lit à regret et va rejoindre Mona à la fenêtre. Côte à côte, ils tendent l'oreille.

– Un avion, chuchote-t-elle.

– On dirait même… deux avions, dit Charme après un temps.

Les moteurs crachotent dans le ciel sans lune, leur ronflement se rapproche, puis s'éloigne, avant de se rapprocher de nouveau.

– Ils font des cercles, en déduit Mona.

– Ils cherchent quelque chose.

– Ou quelqu'un ?

Mona tremble. Charme l'enlace contre le rebord, et ils restent un long moment à tenter de percer l'obscurité pour apercevoir les appareils.

– J'ai entendu dire qu'il y a eu un parachutage dans les bois, du côté de Château-Chinon, dit encore Mona. Tu crois que ce sont les Anglais ?

Charme ne répond rien. Il écoute, cœur battant, tourner les hélices de ces avions invisibles comme les prémices d'un changement.

– Il y a peut-être un autre maquis pas loin d'ici ? continue Mona.

Charme sent monter une exaltation dans sa voix. Ça le contrarie.

– Peut-être, se contente-t-il de répondre.

Lui aussi devrait se réjouir qu'il se passe enfin quelque chose. Sauf qu'en l'espace de trois ans, il s'est habitué à vivre comme ça, avec les restrictions, les brimades, les réquisitions. Les humains s'accommodent de tout, même du pire. Et contrairement à Mona, d'une façon égoïste et inavouable, Charme redoute presque la fin de cette guerre. Car qui sait, alors, ce que deviendra leur amour ?

– Viens te recoucher, dit-il. Tu es glacée.

Il referme les volets et entraîne Mona sous les couvertures. Elle se pelotonne contre lui avant de poser sa joue sur sa poitrine.

– J'essaierai de me renseigner, demain, dit-elle. Si ça bouge, il faudra les aider.

– Les aider ? sursaute Charme. Mais comment ? C'est dangereux, Mona. Imagine qu'on se fasse dénoncer !

– Bien sûr que c'est dangereux. Mais on ne va pas attendre encore mille ans, les bras croisés, si ?

Charme laisse échapper un soupir.

– Bien sûr que non, admet-il.

Le lendemain, ils descendent ensemble à bicyclette jusqu'au village où règne une agitation inhabituelle. Un attroupement s'est formé devant le bistrot, autour du jeune fils Bouillot. À grand renfort de gestes, le garçon raconte ce qu'il a vu à Sainte-Saverne un peu plus tôt.

– Des miliciens ! Y en avait partout, alors j'ai filé avant de me faire contrôler, mais j'ai compris pourquoi ils étaient là : il y a des graffitis sur toutes les devantures des boutiques ! Le V de la victoire tracé à la peinture rouge, jusque sur le porche de l'église ! Depuis l'aube, les boches recherchent les terroristes dans toutes les maisons, ils ratissent le secteur. Il paraît même qu'ils ont mis le feu à une ferme du côté de la Fontaine-aux-Loups !

Juchée sur sa bicyclette, Mona bouillonne. Pour la calmer, Charme objecte qu'il s'agit peut-être d'une simple rumeur, mais elle veut en avoir le cœur net, et sans lui laisser le temps de protester, elle donne un coup de pédale et s'élance en direction du lieu-dit.

– Attends ! s'écrie Charme. Attends-moi !

Après une heure d'effort, alors qu'ils atteignent les hauteurs d'un coteau, Mona met enfin pied à terre et Charme l'imite, hors d'haleine. Devant eux, s'échappant d'un bosquet, une épaisse fumée noire monte en volutes dans le ciel printanier. De là où ils se trouvent, ils aperçoivent une colonne de camions bâchés qui s'en vont en gravissant la route sur le versant opposé.

– Ils l'ont fait, lâche Mona entre ses dents. Les cafards !

Charme se rappelle son rêve. Il frissonne. La nuée d'insectes malfaisants qui s'abattait sur eux. Une prémonition.

– Ne restons pas là, dit-il.

Mais Mona ne bouge pas, fascinée par l'incendie. Elle propose d'attendre que les camions aient disparu derrière le petit col pour descendre discrètement vers la ferme.

– Il faut porter secours à ces gens, dit-elle. Il y a peut-être des blessés.

– Hors de question ! tranche Charme. Les boches ont dû laisser une arrière-garde sur place pour finir le travail, qu'est-ce que tu feras si tu tombes sur eux ? Tu te battras à mains nues ?

Les larmes aux yeux, Mona s'obstine à rester là, jusqu'à ce que Charme s'énerve. Nom de Dieu, ne sait-elle pas de quoi leurs ennemis sont capables, surtout quand ils liquident le vin qu'ils pillent dans les caves ? Que veut-elle, au juste ? Se faire violer avant de se faire trouer la peau ?

– Ce que je veux, dit-elle avec véhémence, c'est qu'on arrête de dire *amen* et qu'on relève la tête ! Ton père et le mien se sont battus en 14, Charme ! Ton père y a laissé un bras, je te rappelle ! Et le mien, s'il était encore de ce monde, ça ferait longtemps qu'il aurait...

– Ne parle pas de mon père ! la coupe Charme. Tu ne sais rien !

Malgré lui, il pense à Anzême. Il l'entend encore le traiter de belliciste, la nuit où il s'est noyé à Charenton. Puis il pense à Marty, à son squelette disloqué au Creux du Renard. Deux frères, deux pères, deux cadavres inutiles. Il dévisage Mona.

– Si ton père était encore de ce monde, crie-t-il, il voudrait surtout que je te garde en vie jusqu'à la fin de cette guerre !

Chacun sur sa bicyclette, Mona et Charme se défient du regard, plus butés l'un que l'autre. C'est la première fois qu'ils s'opposent, qu'ils se disputent ; ça les bouleverse.

Pour essayer de radoucir Mona, Charme demande :

– Et les enfants ? Tu penses à eux ?

Elle observe fixement le nuage noir qui s'élève de la ferme incendiée.

– Je ne veux pas qu'ils grandissent dans un pays vaincu, dit-elle. Survivre ne suffit plus. Je veux qu'on se batte.

Elle se rapproche de Charme et pose sa main sur la sienne.

– Promets-le-moi, dit-elle.

Mona est si belle ! Et sa colère si juste ! Comment pourrait-il ne pas l'écouter, à part en s'enfonçant dans la mauvaise foi ?

– On fera ce qu'il faut, dit-il. Promis.

Quelques semaines plus tard

Chapitre 29

C'est jour de réquisition à Sainte-Saverne. Sur le champ de foire, dans une ambiance à couper au couteau, les inspecteurs aux ordres de Vichy réceptionnent la contribution forcée des paysans du secteur : chevaux, vaches, cochons, céréales, œufs, tout y passe. Charme vient de se résoudre à laisser une jument et la moitié de son seigle pour un prix dérisoire. Nourrir l'ennemi est une humiliation ultime, mais comment échapper à la règle ? Depuis les parachutages, la tension est à son comble et les opérations de représailles se multiplient. Alors pour l'instant, malgré les reproches silencieux de Mona, Charme continue d'obéir. Il attend son heure : voilà à quoi il pense en remontant la grand-rue à bord de sa charrette vide.

En passant devant le café de la Gare, il avise un groupe d'hommes en paletot assis à l'intérieur, devant les fenêtres. Le visage de l'un d'eux accroche son œil, et soudain, bon sang ! Tous les souvenirs d'avant-guerre déferlent d'un coup ! Alfortville, les guinguettes du bord de Marne, les glycines en fleur, les dimanches passés à canoter, l'amitié, l'insouciance, Bébert, Pierrot… Stupéfait, il s'immobilise avec la charrette et se retourne au moment où l'homme lève à son tour les yeux vers lui.

– Eugène ?

Derrière la vitre, son vieux camarade l'a reconnu aussi. Soudain pâle, il fronce les sourcils et lui fait signe de la boucler.

Puis il pointe son doigt pour lui indiquer le haut de la rue et Charme comprend.

Le souffle court, il va l'attendre à l'angle de la ruelle qui descend vers la rivière. Il n'attend pas longtemps. Eugène arrive bientôt vers lui avec, comme autrefois, son visage grave et sérieux.

– Eugène ! répète Charme. C'est incroyable de te revoir ici, qu'est-ce que...

D'un nouveau signe, Eugène réclame davantage de discrétion. Aux aguets, il propose :

– On fait un tour dans ta carriole ?

Charme le fait grimper, et les deux hommes se retrouvent côte à côte, leurs voix bientôt masquées par le raffut de l'attelage qui cahote dans les nids-de-poule. Charme sent qu'Eugène l'observe comme s'il cherchait à déchiffrer un message codé.

– Réquisition ? demande-t-il.

Charme soupire.

– Ma dernière jument, les salauds. J'aurais préféré la tuer de mes propres mains, je t'assure. Mais...

– Je comprends, dit Eugène. Tuer une bête, c'est difficile.

Charme hoche la tête. Il réfléchit, et choisissant ses mots, il ajoute :

– Ça dépend quelle bête. J'aurais moins de pitié pour... un cafard, par exemple.

– Ah ? fait Eugène. Tu sais tuer les cafards, toi ?

– Je ne l'ai jamais fait, mais je pourrais bien apprendre. Et toi ?

Eugène laisse planer un silence qui veut tout dire, avant de reprendre :

– Si je suis là, c'est grâce à toi, tu sais. Je me suis rappelé ce que tu disais autrefois quand tu parlais de ton patelin. « Les collines et les bois touffus... Une région perdue, loin de tout. » Par les temps qui courent, j'ai eu envie de voir ce coin de paradis d'un peu plus près. Tu as rendu ton uniforme de facteur?

– L'uniforme, oui. Mais j'ai toujours ma bicyclette. Alors à l'occasion, si tu as besoin que je porte une lettre…

S'étant compris, les deux amis se sourient, et ce sourire efface leur brouille d'avant la guerre. Tant de choses ont été bouleversées, depuis! Ils s'échangent des nouvelles. Selon les informations d'Eugène, Bébert est prisonnier, comme tant d'autres, en Allemagne.

– Quant à Pierrot, soupire-t-il, il a été pris dans une rafle en 42. Après, on a perdu sa trace. Tu savais qu'il était juif, Pierrot?

– Non, avoue Charme.

– Moi non plus.

Ils laissent passer un autre silence, puis, pour chasser la tristesse, Eugène revient au présent.

– Tu as réalisé ton rêve, alors? Reprendre la ferme de ton grand-père?

Ils bavardent ainsi un moment, chacun résumant sa vie à l'autre depuis que le pays a sombré. Si Charme a passé ces dernières années à cultiver des légumes et à se battre contre les doryphores, Eugène, lui, est resté fidèle à la ligne du Parti communiste. Ce qui veut dire qu'au gré des événements, des pactes et des ruptures d'alliances, il a changé de point de vue; son pacifisme d'hier s'est dissous dans la haine des nazis.

– Comme pour beaucoup d'entre nous, pas vrai? se justifie-t-il.

– C'est humain, admet Charme. Ce qui compte, c'est maintenant. Et maintenant, tout ce que je vois, c'est que les boches sont nerveux.

– Très nerveux, confirme Eugène.

Les deux vieux camarades échangent un nouveau regard complice.

– Surtout depuis que les avions anglais survolent le coin, et que des petits malins dessinent des V de la victoire à la peinture un peu partout ! rigole Charme.

Eugène pose une main sur son épaule.

– Ah ? Toi aussi, tu aimes la peinture ?

– Ce genre de peinture, oui !

– Alors... il faudrait peut-être que je te présente mes amis peintres ? s'enhardit Eugène.

Charme jubile. Voilà enfin l'occasion qu'il attendait ! Voilà enfin le moyen d'établir un contact avec la Résistance ! Et voilà enfin de quoi rendre le sourire à Mona !

Avec prudence néanmoins, et toujours à mots couverts, il répond :

– On est bien, là-haut, tu sais. C'est à l'abri de tout. Le premier voisin est à cinq cents mètres. Pour toi et tes amis peintres, les Chaumes offriraient sans doute... un panorama intéressant.

– Peut-être, répond Eugène, pensif. Et Gaby ? Elle est avec toi ?

Charme secoue la tête.

– Et ton fils ?

– Oui. Il est ici.

– Qui d'autre ?

– Ma mère. Et... une amie d'enfance. Mona.

Chaque fois qu'il prononce ce prénom, c'est comme si l'amour lui montait aux lèvres et on lit son cœur sur son visage, mais Eugène s'en fiche. La fidélité n'a pas de valeur à ses yeux, sauf lorsqu'il s'agit de défendre les camarades et la liberté ; pour le reste, les gens s'aiment comme ils peuvent. Et puis, il le sait, Charme a toujours été un grand romantique.

– Ta Mona, on peut compter sur elle ? demande-t-il.

Charme sourit.

– Elle connaît le coin mieux que moi. Et elle a une véritable âme d'artiste. Alors, tu viendras ?

– Je viendrai, dit Eugène.

Printemps 1944

Chapitre 30

Aloès

La nuit, Aloès a toujours peur. Il fait tellement noir dans la chambre que même en approchant les mains à deux centimètres de son visage, il ne les voit pas. Ça lui donne l'impression d'avoir disparu, que son corps s'est dissous dans les ténèbres. Ça lui donne l'impression d'être mort. Heureusement, il partage son lit avec Jean et Suzon. Il lui suffit d'écarter les bras pour que ses mains rencontrent leur peau, leur présence chaude, solide, rassurante. Sauf que cette nuit-là, il a beau chercher à tâtons d'un côté puis de l'autre, ses mains ne rencontrent rien, le vide. Aloès sent son cœur qui gonfle, qui éclate en morceaux et s'éparpille. Sa gorge se serre, les larmes montent. Sa voix se faufile dans l'étau de sa gorge :

– Jean ?

Pas de réponse.

– Suzon ?

Pas de réponse.

Seul au milieu du lit, Aloès croit sombrer dans les eaux glacées d'une rivière. Il perd le contact avec les choses, il tombe, il a froid, il se noie ! Finalement, de terreur, il fait pipi sur lui. Et de honte, il reste cloué sur le matelas.

Un instant plus tard, Aloès entend grincer la porte de la

chambre, et aussitôt après les pas précipités de Jean et Suzon qui reviennent vers lui.

– Aloès ! Tu devineras jamais ce qu'on a vu ! chuchote Jean avec une voix d'agent secret.

Du haut de ses quatre ans, incapable de retenir son excitation, Suzon vend la mèche :

– Des grandes personnes ! Avec des fusils !

Même si Jean et Suzon demeurent invisibles, leurs voix et le poids de leurs corps sur le bord du lit sont bien réels. *Je suis vivant*, pense Aloès. Pétrifié dans les draps trempés, il retrouve enfin un peu d'oxygène.

– Ouais, des fusils ! reprend Jean. Il y en avait plein ! Ton père les a cachés dans le foin, au-dessus de la grange. Y avait au moins dix types avec lui. Avec des torches.

– On avait une bonne planquette, ajoute fièrement Suzon. Personne nous a vus !

– Heureusement, souffle Jean. Parce que sinon, on aurait pris une rouste, je te le garantis ! Pff ! Toi, tu pionçais tellement que t'as même pas entendu le moteur du camion dans la cour !

Tout à son aventure, Jean ne réalise pas qu'Aloès est toujours muet. Il entreprend de se recoucher et soulève les couvertures.

– Mais… Oh merde, c'est pas possible !

Jean tâte les draps tandis qu'Aloès, momifié, reste incapable d'articuler un mot.

– Sans blague, il a encore pissé ! s'écrie Jean.

– Ah berk ! C'est dégoûtant ! gémit Suzon. Je veux pas dormir dans le pipi !

Tandis que Suzon s'époumone en appelant « Maman ! Maman ! », Jean arrache tout. Avec l'autorité que lui confèrent ses presque huit ans, il ordonne :

– Sors de là, espèce de cochon !

Aloès se retrouve debout, frissonnant dans l'obscurité, sans recours. Il pourrait appeler sa grand-mère, il pourrait appeler son père, mais à cet instant, avalé par une solitude abyssale, c'est sa mère qui lui manque, même s'il n'a aucun souvenir d'elle. Le désespoir lui traverse le cœur comme une flèche, et les larmes roulent sans bruit sur ses joues.

Alertée par le raffut, Mona surgit dans la chambre, nimbée du halo jaunâtre d'une bougie qui fume et sent le suif. Malgré l'heure avancée, elle n'est pas en chemise de nuit, c'est étrange, mais habillée comme en plein jour. Il y a autour d'elle une odeur humide de sous-bois, de peur et de champignon.

– Aloès a encore fait pipi au lit ! piaille Suzon. C'est dégoûtant ! Je veux pas dormir là, je veux dormir avec toi !

Mona dépose la bougie sur une chaise et s'agenouille près d'Aloès. Elle l'embrasse sur ses joues liquides.

– Qu'est-ce que tu as, mon lapin ? Tu as eu peur de quelque chose ?

Aloès renifle et hoche la tête.

– Il a fait un cauchemar, intervient vivement Jean qui redoute l'engueulade.

– C'est vrai ? demande Mona avec douceur.

Aloès croise le regard impérieux de Jean.

– Oui, ment-il.

– Du coup, il a fait sous lui et ça nous a réveillés, continue de mentir Jean.

Mona aide Aloès à se déshabiller, à se mettre au sec, puis elle change les draps. L'opération achevée, elle toise les trois enfants :

– Vous ne me cachez rien, au moins ? Vous êtes sûrs ?

Jean regarde Suzon, Suzon regarde Jean, Aloès baisse les yeux.

– Aloès, dis-moi. C'est vraiment ce cauchemar qui t'a réveillé ?

Aloès fait signe que oui.

– Jean, c'est toi l'aîné. Si tu as vu ou entendu quelque chose, il faut me dire la vérité.

– J'ai rien vu, répond Jean avec aplomb.

– Suzon ?

Cette fois, la petite ne fanfaronne pas et secoue la tête comme son frère.

– Bon, soupire Mona. Jurez-le.

– Juré ! clament les trois petits.

– Sur la tête de Pardon ? insiste Mona.

Elle sait combien les enfants adorent ce chien. Alors quand ils jurent, l'un après l'autre, sur la tête de l'animal, elle se détend.

– C'est fini, dit-elle en embrassant la joue d'Aloès. Plus de cauchemar, d'accord ? Et maintenant, au lit.

Rassuré, Aloès se pelotonne entre Suzon et Jean. Mona souffle la bougie et quitte la chambre. Une fois dans le noir complet, Jean murmure :

– Pfiou. On l'a échappé belle.

Il reste silencieux pendant un instant avant d'ajouter :

– T'as vraiment raté quelque chose, Aloès. Demain, c'est jeudi, y a pas d'école. Je t'emmènerai là-haut voir les fusils. Il *faut* que tu voies ça ! Et moi, j'ai envie de les toucher !

– Mais… on n'aura pas le droit, se raidit aussitôt Aloès.

– Qui te parle d'avoir le droit ?

Sous l'effet de la panique, la respiration d'Aloès s'accélère.

– Et si papa nous attrape ? essaie-t-il encore.

– Alors tu te dégonfles ? T'es qu'un peureux et un pisseux si tu viens pas !

– Et moi ? réclame Suzon.

– Toi, t'es une fille, lui rappelle Jean. Tu monteras la garde.

Aloès serre les dents et ferme les yeux de toutes ses forces. Peureux. Pisseux. Tous les jours ou presque, Jean se moque de lui. Parce qu'il pleure, parce qu'il tombe, parce qu'il rêve, parce qu'il n'arrive pas à grimper tout en haut de l'arbre, parce qu'à la pêche il n'attrape jamais rien, ni à la chasse aux alouettes.

Parce qu'il fait pipi au lit. Et puis Jean n'arrête pas de parler de son père à lui, qui est prisonnier et qu'il considère comme un héros. « Pas comme le tien qui s'est enfui », dit-il souvent à Aloès. Mais quand Aloès se voit dans le regard de son propre père, c'est encore pire : il ne voit que du mépris.

Aloès en a assez de tout ça. Il a cinq ans, tout de même ! Il en a assez d'être petit et faible ! Il voudrait être comme Jean, intrépide, agile et déterminé.

Alors il ravale ses sanglots et il dit :

– Je suis pas un peureux. Je viendrai.

Chapitre 31

Charme

Il est tôt, l'air est encore lourd de nuit et d'odeurs animales. Seul, assis sur la souche, Charme écoute la rivière cavaler sur son lit de cailloux.

Après la livraison nocturne, il n'a pas réussi à trouver le sommeil. Il a eu beau se coller contre Mona, régler sa respiration sur le rythme de la sienne, l'abandon n'est pas venu, il a entendu sonner chaque quart d'heure au clocher du village, et au chant du coq, fiévreux, il était dehors, prenant la direction du Creux du Renard. C'est ici qu'il vient lorsqu'il a besoin de réfléchir.

Maintenant, les armes sont stockées dans la grange. Des fusils mitrailleurs, des pistolets, des Sten, des explosifs, des bazookas, ainsi que des jerrycans d'essence sauvés in extremis d'une attaque de la Wehrmacht contre un cantonnement plus au nord. En accord avec Mona et Clairette, Charme s'est engagé à convoyer tout ça, une nuit prochaine, vers le nouveau campement secret du maquis Épicure, le nom de guerre choisi par Eugène. Ce dernier doit d'ailleurs passer tout à l'heure lui donner les consignes, le lieux et l'heure.

Selon les informations qui circulent, le débarquement des Alliés est imminent, les choses s'accélèrent, on en aura bientôt fini avec les boches. Après quatre années de relative résignation, ça fait bizarre d'imaginer pareil bouleversement.

Assis sur la souche, Charme pense au jeune homme enterré ici depuis 1914. Selon Clairette, Marty était un vrai dur, fier et impulsif. Un coq.

– Tu en aurais tué, toi, des boches, hein ! dit-il à l'adresse du mort.

Il repense à Anzême, cet infirme alcoolique, incapable de faire un enfant, et seulement capable de cogner sur sa femme. Il crache par terre. Ce n'est pas ce sang-là qui coule dans ses veines. C'est celui de Marty ! Et il va le prouver !

Il se lève subitement de la souche. Cacher des armes, porter du courrier, c'est bien, mais il faut voir plus grand ! Alors c'est décidé : le soir où il convoiera le chargement, il ne reviendra pas aux Chaumes. Il s'engagera entièrement, il prendra le maquis. Et parole d'honneur, il se montrera digne d'être un homme.

Chapitre 32

Aloès

C'est une belle journée de juin, Mona et Clairette ont installé une table à l'ombre du tilleul pour y trier les lentilles, les haricots et écosser les petits pois. C'est un travail long et fastidieux, et ce sont les enfants qui s'y collent. «Pff. Comme par hasard», a bougonné Jean qui s'impatiente d'entraîner Aloès dans le fenil, en haut de la grange.

Assis devant les deux grandes écuelles qu'on lui a confiées – une pour les lentilles pleines de cailloux, une pour les lentilles propres –, Aloès s'applique et ne rouspète pas. Lui, il aime ça, les petits gestes de la vie ordinaire, les tâches domestiques. C'est comme dessiner ou écrire les lettres de l'alphabet sur du papier journal, une activité calme, qui le rassure. Et dans ces moments-là, ce qu'il aime par-dessus tout, c'est écouter parler Mona et Clairette qui cousent ou tricotent à côté de lui, le chien Pardon allongé près d'elles. Les deux femmes se racontent des souvenirs d'avant la guerre, de Paris et d'Alfortville, ou bien elles rêvent à des jours meilleurs quand les Allemands seront partis, qu'on n'aura plus besoin de tickets de rationnement, qu'il y aura du pain blanc, du chocolat, et Mona explique souvent à Clairette ce qu'elle fera alors.

– J'ai repéré l'emplacement idéal, au milieu de rue Haute, à Sainte-Saverne. Pour l'instant, c'est la boutique du marchand de couleurs. Mais d'ici peu, il sera trop vieux pour continuer. Je repeindrai les boiseries de la devanture. En bleu ! Je ferai installer des étagères et il y aura des livres partout, jusqu'au plafond !

Aloès adore imaginer Mona devant sa librairie toute bleue, dans ce futur improbable où les gens auront assez d'argent pour acheter des choses qui ne se mangent pas, comme des livres. Il imagine aussi le retour de sa mère, cette étrangère dont on ne parle jamais, et la joie immense que ce sera de vivre ensemble, réunis, même si Jean lui a souvent dit que Le Goff est un nom breton et qu'il ira vivre là-bas, au bord de la mer, avec Suzon et Mona, ce qui fait monter les larmes aux yeux d'Aloès.

– J'ai bientôt terminé ! claironne Jean devant son tas de petits pois. On pourra aller jouer après ?

– Après, oui, répond Mona. Mais tu vois bien que Suzon et Aloès en ont encore beaucoup.

Jean fusille Aloès du regard.

– Tu fais exprès d'aller pas vite, lui chuchote-t-il.

– Non, proteste Aloès. C'est plus difficile, les lentilles.

– Peureux, lâche Jean entre ses dents.

– Je suis pas p…

Un grincement l'interrompt. Mona et Clairette lèvent les yeux de leur ouvrage.

– Le voilà, dit Mona en délaissant aussitôt ses aiguilles. Je vais chercher Charme.

Penché sur le guidon d'une vieille bicyclette mal graissée, un homme au visage grave, vêtu d'un paletot sale, vient d'apparaître dans la cour de la ferme.

– Allez jouer, les enfants, dit Clairette.

– Mais j'ai pas terminé ! dit Aloès.

– Tu termineras plus tard, tranche Clairette. Jean, occupe-toi des petits ! Allez, ouste !

Jean repousse son tas de pois et fait un sourire en coin.

– Je les emmène à la rivière ! annonce-t-il.

Mais Clairette ne leur prête déjà plus attention, elle s'est approchée de l'homme à la bicyclette qu'elle entraîne vers l'intérieur de la ferme.

– C'est notre chance, murmure Jean à l'oreille d'Aloès. On fonce !

Il tire Suzon par une main, Aloès par une autre, et à peine Clairette a-t-elle quitté la cour en compagnie du visiteur qu'il oblige la petite troupe à se faufiler entre les immenses portes de la grange, vers l'échelle et la cache d'armes.

Le cœur d'Aloès s'est emballé, lui coupant la respiration et par conséquent les jambes qu'il sent devenir molles. Il prie de toute son âme : pourvu que sa vessie ne le trahisse pas.

– Je veux monter aussi ! déclare Suzon en s'engageant sur le premier barreau.

Son frère la fait redescendre aussi sec.

– Pas question ! Il nous faut une sentinelle, tu restes en bas et tu surveilles.

– C'est pas juste !

– C'est moi qui commande, dit Jean. Si tu cries, t'as une claque.

Suzon fronce les sourcils et lui tire la langue, mais elle se résigne à obtempérer.

– Allez, passe devant ! Grouille ! dit Jean à Aloès.

Aloès rassemble ce qui lui reste de forces et entreprend son ascension. Un barreau, deux barreaux, trois, quatre...

– T'es vraiment qu'une gonzesse ! souffle Jean. Plus vite !

Cinq barreaux, six, dix, et la tête d'Aloès émerge enfin dans la pénombre, au ras du vieux plancher. Il y est arrivé ! Et sa vessie n'a pas lâché !

Les deux enfants achèvent de se hisser, puis s'avancent sur le plancher inégal, jusqu'au tas de foin.

– Faut trouver les caisses ! Fouille de ce côté. Moi, je fouille par là.

À pleines brassées, Aloès commence à déplacer le foin, tandis que son aîné s'excite à l'autre bout du fenil :

– Y en a tellement ! On pourrait en prendre un et le garder ! Tu vas voir, on va planquer une boîte de munitions sous le lit, un fusil en haut de l'armoire ! On s'entraînera à tirer dans les bois et comme ça, si un boche vient chez nous, pan ! Et quand mon père reviendra, je lui dirai que j'ai défendu...

– Là ! s'écrie Aloès avec une fierté rayonnante. J'en tiens une !

Jean se précipite pour l'aider à dégager la caisse. À eux deux, pour y voir plus clair, ils la traînent vers les ouvertures rectangulaires qui font comme des meurtrières dans le mur de la grange donnant sur la cour.

– Bien joué, Aloès, le félicite Jean. Maintenant, va falloir faire sauter ce couvercle.

Les deux enfants examinent les fils de fer qui cadenassent la caisse d'une façon sommaire.

– J'ai vu une cisaille, en bas, dit Aloès.

– Va la chercher.

Se sentant pousser des ailes, Aloès dégringole au pied de l'échelle où Suzon boude toujours.

– Je peux monter, maintenant ? demande-t-elle.

– Laisse-nous, répond Aloès. Tu vois bien qu'on est occupés.

Sa peur a disparu au profit d'un sentiment à la fois doux et exaltant d'appartenance au cercle des braves. Muni de la cisaille, il se dépêche de rejoindre Jean, et quand un instant plus tard, grâce à son outil, le couvercle s'ouvre en dévoilant un lot de pistolets, Aloès se laisse contaminer par cette fièvre qui, depuis la veille, fait briller les yeux de Jean.

– Ils sont beaux ! s'exclame Aloès. Ils sont chargés, tu crois ?

Jean sourit.

– Y a qu'un moyen de le savoir, dit-il. Prends-en un !

À ce stade, Aloès ne peut plus se dégonfler. Il attrape la crosse d'un des pistolets et lève le canon droit devant.

– Eh ! s'écrie Jean. Le tourne pas vers moi, t'es fou !

C'est la première fois qu'Aloès fait peur à Jean. Une sensation inconnue, délicieuse, l'envahit. Il empoigne le pistolet avec davantage d'assurance, caressant la gâchette du bout des doigts.

– Allez, c'est mon tour ! réclame Jean, le visage crispé. Donne-le-moi !

– T'as qu'à en prendre un autre, répond crânement Aloès.

Imitant les gestes d'un chasseur, il se dirige à pas de loup vers une des ouvertures qui donne sur la cour. Il s'aplatit sur le plancher et vise les branches du tilleul en faisant « pan! pan! » avec sa bouche tandis que derrière lui, Jean fouille dans la caisse. Armé à son tour, il vient s'aplatir près d'Aloès.

– Maintenant, on va voir qui est le meilleur tireur !

Les deux garçons sont à présent côte à côte, embusqués, soudés comme des camarades de combat, à la vie à la mort. « Pan ! Pan ! »

– Tu vois l'oiseau posé sur la branche, là ?

Aloès ne voit pas l'oiseau, mais il dit oui, il encourage Jean. Pan !

– Et la gamelle du chien près de la porte, tu la vois ?

Aloès ne la distingue pas plus que l'oiseau, mais ce jeu l'amuse tellement ! Il rit. Vas-y, pan dans la gamelle ! Et tout à son bonheur de se sentir enfin l'égal de son persécuteur, le petit s'exclame :

– Je suis sûr que t'es pas cap de tirer pour de vrai !

Chapitre 33

Charme

– Eugène est là, annonce Mona en reprenant son souffle.

Charme dépose ses outils et essuie son front du revers de sa manche. Les réparations de fortune qu'il a entreprises sur les moyeux de la vieille charrette de Cytise devraient tenir, ne reste plus qu'à y atteler le bœuf.

Il s'approche de Mona. Dieu qu'elle est belle malgré sa pâleur ! Il la saisit par la taille et l'embrasse avec fougue. Depuis qu'il travaille pour le réseau d'Eugène, fini les querelles, fini les reproches. Charme en est certain, quand Mona saura qu'il prend le maquis pour de bon, elle l'aimera pour toujours ! Et il préfère risquer sa vie plutôt que risquer de perdre Mona.

– Qu'est-ce que tu as? demande-t-elle. On dirait que tu trembles. Tu as peur ?

– Peur? s'indigne Charme. Mais de quoi veux-tu que j'aie peur ? Allons-y.

Ils reviennent vers la ferme, traversent la cour, passent devant le puits et pénètrent dans la salle où Clairette a déjà servi de l'eau à Eugène, ainsi qu'un peu de ce liquide insipide à base d'orge grillé qui fait office de café depuis que plus personne n'a de café.

Les deux vieux amis se saluent d'une poignée de main.

– Le message d'alerte est tombé à l'aube, lui explique Eugène.

Des colonnes mobiles font route vers chez nous. Des saboteurs ont été parachutés de Londres hier soir. Tous les groupes sont sur le qui-vive. On a besoin du matériel au plus vite.

– Quand ? demande Charme.

– La nuit prochaine.

Eugène sort de sa besace une carte d'état-major qu'il déplie sur la table. Un peu en retrait, Mona et Clairette lèvent le menton pour voir, tandis que Charme se penche à côté d'Eugène.

– Le carrefour Vermot, juste après les étangs, tu connais ?

– Je vois.

– Il y a un chemin forestier qui monte vers l'Huis Mathieu, et tout au bout, après le gué, un champ qui fait comme une clairière.

Charme suit attentivement le doigt d'Eugène qui se déplace sur la carte.

– Le champ Voucoux ? intervient Mona.

– C'est ça, répond Eugène en se tournant vers elle.

– J'allais jouer par là quand j'étais petite, dit Mona. Ce sera facile.

Eugène se retourne vers Charme.

– Elle vient aussi ? Tu es sûr ?

– Pour cette fois, oui, on s'est mis d'accord.

– Et les enfants ? demande Eugène.

– Ils seront avec moi, dit Clairette.

– Alors on vous attendra entre trois et quatre heures du matin. Il faudra faire le trajet entièrement dans le noir. Si vous tombez sur une patrouille...

– Nous prenons le risque, l'interrompt Mona d'une voix calme.

Les deux hommes et les deux femmes demeurent silencieux dans la pénombre de la pièce, conscients des dangers terribles qui les attendent.

– Bien, dit Eugène. Je dois rejoindre mes hommes.

– Je t'accompagne, dit Charme en précédant son invité.

Laissant Clairette et Mona à l'intérieur, les deux vieux camarades d'Alfortville franchissent le seuil et surgissent dans la cour au moment où, par une des ouvertures dans le mur du fenil, un coup de feu claque, sec et net comme un fouet de coche.

Saisi, Charme tressaille. La douleur est si vive qu'elle lui coupe le souffle, l'empêchant de crier. Dans un réflexe de combattant aguerri, Eugène a déjà brandi le pistolet qu'il porte à la ceinture. Il se jette au sol et rampe pour s'abriter derrière le puits tandis que Clairette et Mona, épouvantées, se sont figées sur le pas de la porte.

– Charme ! hurle Mona.

Elle voit son homme, son amour, s'affaler dans la poussière.

– À l'abri ! ordonne Eugène.

Le chien Pardon s'est mis à aboyer, Clairette le retient d'une main. De l'autre, elle agrippe Mona pour l'empêcher de sortir. Au même moment, un cri déchirant leur parvient du fenil :

– Papa !

Chapitre 34

Aloès

– C'est pas moi ! dit Jean en lâchant son pistolet sur le plancher.

Pétrifié devant l'ouverture Aloès ne peut détacher les yeux de la silhouette affaissée de son père en contrebas. Il lâche lui aussi son pistolet et crie encore :

– Papa !

Jean trépigne à côté de lui, comme quelqu'un qui a la danse de Saint-Guy.

– C'est pas moi, c'est pas moi, répète-t-il.

Il flanque un coup de pied dans la crosse du pistolet encore fumant. L'objet glisse et vient buter contre les pieds d'Aloès.

– C'est Aloès ! hurle-t-il par l'ouverture. C'est Aloès qui a tiré !

Au bas de l'échelle, Suzon s'est mise à pleurer.

Derrière le puits, Eugène tient l'étage de la grange dans son viseur.

– Qui est là-haut ? vocifère-t-il.

– C'est nous ! C'est juste nous ! pleurniche à présent Jean. On voulait pas ! On voulait juste voir les armes ! C'est pas ma faute !

– Les enfants ! dit Eugène d'une voix de tonnerre. Écoutez-moi ! Vous allez descendre de là, les mains sur la tête ! C'est compris ?

Sur le seuil de la ferme, Mona tremble de tout son corps. Aloès aperçoit Clairette, blanche comme la lune, et le museau du chien, et son père qui est toujours par terre, et qui gémit à présent, recroquevillé sur lui-même.

– On descend ! crie Jean à côté de lui.

Aloès est incapable de bouger. Il sent les mains de Jean s'abattre sur ses épaules, le poids de la peur, et une force brute qui l'oblige à se retourner.

– Regarde-moi dans les yeux, toi !

Aloès fait face à Jean, qui le toise.

– C'est toi qui as tiré, espèce de crétin ! Si tu dis le contraire, je te tue, c'est compris ?

Hébété, Aloès ne répond rien. Ses oreilles bourdonnent. Sa vessie explose. Un jet brûlant inonde sa culotte et dégouline le long de ses jambes.

– Et voilà, crache Jean avec morgue. Mauviette, va. Passe devant ou je te fais lécher ta pisse.

Dans un état second, Aloès réussit à descendre, avec Jean sur ses talons, qui le garde à l'œil. Les joues pleines de larmes, Suzon s'agrippe à son grand frère.

– J'ai peur, geint la petite.

– Les mains en l'air, ordonne Jean. Faites comme moi.

Quand les trois enfants surgissent de la grange, penauds et à la file indienne, Eugène abaisse son arme. Clairette lâche Mona, qui se précipite vers Charme. Elle le bascule, elle l'étend, elle l'embrasse.

– Ça va ! dit-elle en se redressant. Il est blessé au genou. Seulement au genou !

CHAPITRE 34

Seulement au genou, c'est vrai.
Mais la rotule pulvérisée et le tendon sectionné.
Si bien qu'après, tu t'en doutes,
rien ne se passe comme Charme l'avait espéré.
Cette nuit-là, c'est Mona seule qui, à bord de la charrette, convoie les caisses d'armes et les jerrycans d'essence jusqu'au champ Voucoux.
C'est elle aussi qui en ramène le docteur Evrard, le chirurgien des maquisards, unique médecin du secteur en qui Eugène ait toute confiance.
Il lui faut trois heures pour extraire la balle, avec pour seul anesthésiant un litre entier d'alcool de contrebande.
Malgré toute sa science, le toubib est pessimiste.
Soignée dans les mauvaises conditions de cette époque où tout manque, la blessure de Charme risque de laisser des séquelles: il faut veiller à éviter l'infection, manger à sa faim, garder le lit, mais un tendon sectionné, ça ne se répare pas aisément…
Et il a raison. Plus rien ne sera comme avant.
Car à partir de ce jour-là, même si Charme ne le sait pas encore, il restera boiteux pour le reste de sa vie.
Infirme, comme Anzême.

Les semaines et les mois suivants, tout se précipite: le débarquement des Alliés en Normandie, des batailles meurtrières,

des bombardements, des massacres de civils, la libération progressive du territoire, Bayeux, Guéret, Rennes, Nantes, Limoges, Chambéry, puis Paris.
Le Morvan est libéré en septembre.
Charme assiste sans joie à la déroute de l'armée allemande ; finalement, la guerre est passée sans qu'il ait pu rejoindre le maquis, sans qu'il ait pu tuer un seul boche, sans qu'il ait pu briller aux yeux de Mona.
Et tout cela, par la faute de qui ? De son propre fils ! Ce gamin faiblard et maladroit qui se pisse dessus toutes les nuits en appelant sa mère !
Car sur le coup, affolé d'avoir provoqué le drame et terrorisé par la menace de Jean, Aloès ne s'est pas défendu.
Il est resté là, petit et muet, devant la douleur de son père étendu dans la cour.
Puis, à force d'entendre Jean répéter que tout était de sa faute, les souvenirs d'Aloès se sont embrouillés.
Était-ce vraiment lui qui avait tiré ? N'était-ce pas plutôt Jean ?
Il ne savait plus.
Il se revoyait maniant le pistolet, pan ! pan ! Il se revoyait le doigt sur la gâchette, lui qui est si maladroit !
Jean avait raison, il avait probablement appuyé dessus par mégarde.
Oui, bien sûr. C'était lui le coupable !

En 1945, après l'armistice et la capitulation de l'Allemagne, les prisonniers sont relâchés. Parmi eux, René Le Goff, qui arrive au village un beau jour, amaigri et pouilleux,
dans l'espoir de trouver sa femme et ses enfants au-dessus de l'école communale.
Les voisins lui indiquent les Chaumes et chuchotent dans son dos tandis qu'il s'engage sur la petite route en direction de la ferme :
« Il va en avoir, une surprise, celui-là, quand il verra que sa femme s'est trouvé un autre bonhomme ! »

Seulement, depuis qu'il a été blessé, Charme n'est plus celui qu'il était.
Rendu taciturne et amer, il traîne sa jambe comme un bagnard un boulet.
La nuit, il ne prend plus Mona dans ses bras.
Ce qu'il prend, en revanche, ce sont des cuites homériques et des coups de colère à vous givrer les os.
Alors malgré ce qui lui reste d'amour,
malgré son rêve de librairie aux volets bleus, malgré son attachement à Clairette et à Aloès, Mona choisit de tout recommencer avec Le Goff qui n'est pas rancunier et qui possède une baraque de pêcheur au Guilvinec.
Au début de l'automne, elle quitte les Chaumes avec Jean et Suzon.
La guerre est finie, l'honneur du mariage est sauf, tout rentre dans l'ordre.

Aloès se retrouve seul à la ferme, coincé entre sa grand-mère, le chien qui vieillit
et ce père abîmé qui ne desserre les mâchoires que pour l'engueuler.
Autour de lui, le monde entier est exsangue.
Des millions de Juifs ont été exterminés dans des camps dont on découvre, médusés, les premières images filmées par les soldats américains.
Des millions de civils sont morts dans les bombardements, des villes entières sont réduites à néant, des ponts, des voies de chemin fer, des routes rayées de la carte, des millions de familles ont été séparées, exilées, dépossédées de tout, deux bombes atomiques ont rasé Hiroshima et Nagasaki, les frontières ont bougé, il y a eu des viols, des pillages, des dénonciations, des vengeances, des famines, tellement de haine, et à présent tellement de joie que les deux se mélangent, et qu'on ne sait plus distinguer le bien du mal.

On tond le crâne des femmes qu'on soupçonne d'avoir couché avec l'ennemi. On les exhibe, rasées et à moitié nues sur la place publique, pour les châtier d'avoir rendu cocus leurs maris, mais plus encore : le pays.
Partout, on a décroché le portrait de Pétain, plus personne ne chante Maréchal, nous voilà. *La honte d'avoir laissé ce vieillard vendre la France à Hitler doit être balayée, oubliée, remplacée par un autre récit : celui des exploits de nos fiers soldats du maquis et des FFI qui ont combattu avec de Gaulle, avec Leclerc.*
Il faut rendre à la patrie sa fierté, sa virilité, se frayer une place in extremis parmi les vainqueurs.

L'Europe se retrouve scindée en deux blocs.
À l'Ouest, les territoires libérés par les Alliés, à l'Est les territoires libérés par les Soviétiques.
Deux idéologies, deux visions du monde qui, après avoir abattu leur ennemi commun, se regardent subitement en chiens de faïence : capitalisme contre communisme.
L'Allemagne est au centre de ce nouveau conflit.
Elle est coupée en deux par une nouvelle frontière, et la carte de Berlin ressemble à un gâteau partagé en quatre, chaque secteur restant occupé par un des vainqueurs, les troupes soviétiques à l'Est, les troupes américaines, françaises et britanniques à l'Ouest.

À l'école du village, Aloès aime s'asseoir au premier rang, car sinon il voit mal ce qui est écrit au tableau. Chaque jour, il écoute avec passion un tout jeune instituteur venu de Lyon, M. Giraud, qui s'évertue à ranger ce monde disloqué par catégories – les quatre saisons, les vertébrés et les invertébrés, les arbres à feuilles caduques et à feuillage persistant, les climats océaniques ou continentaux. Il aime que, le temps d'une dictée, accorder ou non le participe passé devienne la décision la plus importante qui soit.

Il aime apprendre tout, en penchant la tête sur ses cahiers : les tables de multiplication, la liste des fleuves, des départements et les poèmes de Jean Richepin.
Il est un de ces enfants de la guerre mal nourris, mal vêtus, susceptibles d'attraper la tuberculose, la scarlatine ou la coqueluche, un gamin craintif à qui M. Giraud va finir par conseiller de porter des lunettes tant il est myope, et qui va grandir dans une époque pleine de règlements de comptes, de récits héroïques plus ou moins faux et de désirs insatiables, une époque tournée vers la modernité, vers un avenir qui sera forcément meilleur.

Quant à Gaby, elle fait partie des personnes disparues dans la tourmente du conflit. Elle est peut-être morte. Elle est peut-être en vie.
Elle n'est même pas un souvenir dans la mémoire de son fils, juste une absence, un manque, un trou béant qu'il porte à l'intérieur de lui comme une femme porterait un enfant.

Quatorze ans plus tard

Troisième partie

Un grand chagrin

Avril 1959

Chapitre 35

Aloès

Un peu à l'écart du village, le cimetière hérisse ses croix de pierre sur le dos d'une petite butte qui domine les alentours. *Sans doute pour que les morts puissent éternellement profiter du panorama*, pense Aloès, même si pour l'instant, personne ne s'émeut de la beauté des collines et des vallons bocagers. D'abord parce qu'il pleut dru et que chacun rentre la tête dans son col, ensuite parce qu'on enterre Henri Beugnot, un enfant du pays.

Parti remplir ses obligations militaires l'an dernier, Henri aurait eu vingt et un ans dans quelques semaines s'il n'était pas tombé dans une embuscade de fellagas, quelque part entre Sétif et Tizi Ouzou. Au village, tout le monde connaissait ses éclats de rire tonitruants, son désir de reprendre la boucherie-charcuterie familiale et d'épouser Gisèle Turpin ; il aurait eu une belle vie, c'est sûr. Mais maintenant ? Qui épousera Gisèle ? Qui nous vendra des côtelettes quand le patron prendra sa retraite ?

Aloès marche au milieu du cortège, les verres de ses lunettes criblés de gouttes, Clairette à son bras. Charme n'est pas là. Comme chaque matin, il cuve sa cuite de la veille, et ce n'est pas plus mal, parce qu'il risquerait de se mettre à entonner une chanson grivoise au milieu de l'homélie du curé.

Aloès jette des regards en douce vers sa grand-mère, inquiet de la sentir si frêle, si tremblante, si hésitante. Ces derniers temps, Clairette mange de moins en moins, on dirait qu'elle oublie d'avoir faim et soif. Et puis, elle est agitée ou perdue dans ses pensées; il l'entend souvent gémir la nuit, à travers la cloison de sa chambre, comme une petite fille effrayée.

L'autre jour, elle lui a demandé où était Pardon.

– Le chien ? s'est étonné Aloès. Mais mamie, tu sais bien... il est mort quand j'avais huit ans.

Clairette a froncé les sourcils. Elle lui a demandé :

– Et quel âge as-tu, maintenant ?

– Heu... Dix-neuf ans, a répondu Aloès, interloqué.

Et hier, au milieu du souper, elle a subitement déclaré :

– Ça fait bien longtemps qu'on n'a pas vu Marty, tiens. Je me demande ce qu'il fabrique.

Heureusement, Charme n'était pas là, sinon il se serait énervé.

Charme s'énerve sans raison, contre tout, contre rien, surtout contre sa vieille mère et son *jeune con de fils*, comme il aime à le répéter.

À force de s'entendre dire qu'il est con, Aloès pourrait finir par le croire. Ce qui le sauve, c'est l'amour de Clairette et l'amitié précieuse de son ancien instituteur, M. Giraud, en compagnie duquel il a non seulement appris à lire et à écrire, mais à comprendre le monde au fil des longues conversations qu'ils tiennent, chaque mercredi, devant une théière bien remplie.

Quand Aloès a décroché haut la main son certificat d'études, M. Giraud a plaidé sa cause auprès de Charme pour l'envoyer continuer ses études secondaires en ville. Peine perdue, hélas, Charme a décrété que son fils devait rester à la ferme, c'est-à-dire à sa place :

– Non mais, vous nous avez regardés ? Une vieille et un boiteux ! Vous croyez que ça suffit pour s'occuper de tout ça ?

Charme a ouvert les bras pour englober la maison, l'étable, la grange et les quelques champs alentour rachetés après la guerre, comme s'il s'agissait d'une de ces exploitations modernes capables de nourrir tout un pays d'affamés.

– Je projette de m'agrandir de cinq hectares, d'accroître le troupeau et d'investir dans un tracteur. Un Ferguson, a-t-il ajouté, sèchement, comme si la marque américaine représentait une autorité ultime.

Depuis, M. Giraud n'a plus insisté, mais il a pris Aloès sous son aile. Il lui prête des livres, l'emmène au cinéma itinérant, et parfois même jusqu'à Nevers, au musée, pour poursuivre son éducation.

Mais pour l'instant, M. Giraud marche en queue de cortège, le visage verrouillé par la colère ; une colère qu'Aloès connaît bien, contre cette guerre en particulier et la bêtise humaine en général.

À l'avant, la famille Beugnot se serre derrière le corbillard : la mère d'Henri, le père d'Henri, les deux sœurs d'Henri, et leur cousin Léonard qui allait avec Aloès à l'école communale.

Cela fait trois ans maintenant que les jeunes partent faire leur service militaire de l'autre côté de la Méditerranée, pour maintenir l'ordre et pacifier l'Algérie paraît-il, tu parles. Grâce à M. Giraud, Aloès n'écoute plus ce que racontent la radio et la télévision, qui sont – c'est connu – contrôlées par l'État. Il lit plutôt des journaux comme *L'Humanité, France-Observateur, L'Express* et *La Croix*, où des voix courageuses s'élèvent pour dire les choses : ce qui se passe en Algérie n'a rien d'une opération de police.

Lors de leur précédente conversation, M. Giraud a dit à Aloès :

– La France se comporte en Algérie comme les nazis ici pendant l'Occupation.

– Mais de Gaulle ? a dit Aloès. Maintenant qu'il est revenu, ça va changer, non ?

– De Gaulle ne va pas assez vite, ni assez loin. Il faut en finir avec la colonisation. Donner l'indépendance au peuple algérien.

Aloès est convaincu, lui aussi, que c'est la seule réponse digne d'un pays qui se réclame des Lumières et des droits de l'homme. Mais que faire si cette guerre insidieuse se poursuit et qu'il doit y aller à son tour ? Déserter ? Chaque fois qu'il évoque cette possibilité, M. Giraud secoue la tête et soupire.

– Tu seras pourchassé par les gendarmes et envoyé en première ligne dans le djebel. Avec ta myopie et tes bras de sauterelle, tu ne survivras pas longtemps, mon pauvre.

– Alors quoi ?

– Alors, tu es coincé.

Pendant ce temps, voûtés de chagrin, accablés de pluie, les Beugnot progressent vers la butte. *Leurs épaules pleurent à la place de leurs yeux*, pense Aloès qui pense toujours à des choses comme ça, un peu bizarres.

Un jour, songe-t-il encore, il écrira un poème ou un livre pour raconter ces choses : la pluie, l'hypocrisie politique, religieuse et militaire, les enterrements. Il trouvera des phrases qui condenseront en peu de mots beaucoup d'émotions. Il essaiera de rendre l'effet que produit ce cercueil sur Léonard qui, comme lui, redoute d'avoir vingt ans et de recevoir en cadeau d'anniversaire son avis d'incorporation.

Un livre qu'on trouvera sur les étagères d'une librairie toute bleue, en Bretagne ou à Paris, tel est le rêve qui grandit secrètement dans l'esprit d'Aloès depuis qu'il est enfant. Seul M. Giraud est au courant, et l'encourage. Il dit que la littérature bourgeoise a besoin d'être réanimée par la voix des gens de peu, comme lui.

– Et Marty ? lui demande soudain Clairette. Où est-ce qu'il est ?

Aloès sursaute. Encore Marty ?

Il se penche à l'oreille de sa grand-mère. Il n'a pas le cœur de lui rappeler que Marty est mort depuis 1914. Alors comme hier, il invente :

– Il n'a pas pu venir, tu sais bien qu'il habite au bord de la mer, maintenant. C'est loin, la mer.

– Ah oui, j'avais oublié, se contente de murmurer Clairette. C'est bien, c'est bien. Peut-être qu'il voit Mona et les enfants, de temps en temps ?

– Peut-être, lui répond Aloès avec douceur.

Voilà le cortège devant les grilles.

Voici la procession qui serpente entre les tombes, jusqu'à l'emplacement prévu pour le nouveau mort.

Stoïque sous les trombes de flotte, le curé rassemble la communauté autour de lui comme une poule ses petits. Il prononce des paroles de la Bible destinées à réconforter les parents brisés. Il croit dur comme fer qu'Henri Beugnot est bienheureux au paradis, mais Aloès sait bien que non. Aussi insupportable que cela soit, Henri Beugnot n'est plus qu'un amas d'os et de viscères qui pourrissent déjà entre les quatre planches du cercueil, point à la ligne.

Tandis que les fossoyeurs le descendent lentement dans le trou, tandis qu'Aloès tente de retenir ses larmes, Clairette s'agite à côté de lui. Il serre un peu plus son bras, mais subitement la vieille femme s'écrie :

– Anzême ! Je te demande pardon, Anzême !

Et avant qu'Aloès puisse la retenir, Clairette est à genoux dans la terre boueuse, les mains jetées vers le cercueil, criant encore « J'ai menti ! J'ai menti aux gendarmes ! » avec une détresse de folle qui déclenche une houle d'indignation parmi l'assemblée, et quelques rires nerveux chez les enfants.

M. Giraud se précipite au secours d'Aloès. Ensemble, les deux hommes parviennent à tirer Clairette en arrière et à la remettre debout. Ils font signe au curé de continuer sans eux.

– Allons, allons…, dit doucement M. Giraud, venez par là, madame Balaguère.

À grand-peine, ils l'arrachent au cimetière.

– J'ai menti… j'ai menti, répète Clairette. C'était pour protéger mon fils, vous comprenez ? Pardon, pardon !

– Elle est épuisée, souffle M. Giraud à Aloès. Et elle a les mains glacées. Allons la mettre au chaud, chez moi.

Tenant fermement Clairette qui continue de marmonner des prénoms et des remords, ils prennent la route vers le cœur du village. En devenant l'instituteur, M. Giraud a récupéré l'appartement de fonction autrefois occupé par les Verchère, au-dessus de l'école. C'est là qu'Aloès et lui prennent le thé tous les mercredis en refaisant le monde.

– Entrez, madame Balaguère, je vais faire chauffer de l'eau.

Une fois assise et débarrassée de sa pèlerine trempée qu'Aloès accroche près du poêle, la vieille femme s'apaise. M. Giraud offre des biscuits.

– On n'est pas plus mal ici, n'est-ce pas ? sourit-il. Attendez, je vais vous mettre quelque chose pour que vous puissiez étendre vos jambes.

Il l'aide à s'installer au mieux. Ensuite, il attire Aloès à l'écart.

– Qui est-ce, Anzême ?

– C'était son mari. Mon grand-père. Il se serait noyé par accident dans la Seine, avant ma naissance. On n'a jamais retrouvé son corps.

– Un disparu, dit M. Giraud, songeur.

– Ces derniers temps, elle mélange tout, lui explique Aloès. Je me demande si elle n'est pas en train de perdre la mémoire.

– Et si elle était en train de la retrouver ? suggère M. Giraud.

– Comment ça ? réagit Aloès.

Et M. Giraud pousse un soupir :

– Les vieux mensonges tourmentent nos consciences, Aloès. Plus on s'évertue à enfouir la vérité, plus elle nous déborde.

Aloès essuie les verres de ses lunettes. Il se retourne vers Clairette qui s'est endormie, pâle, sur la banquette. Comment savoir ce que cache la mémoire de sa grand-mère ? Et son père, est-ce qu'il saurait ?

Un jour, se dit-il, il écrira un livre. Un grand livre plein de vérité sur les gens et sur les pays.

Juillet 1959

Chapitre 36

Charme

Avec rage, Charme jette le journal sur la table de la ferme, faisant s'envoler les mouches agglutinées sur la toile cirée.

– C'est toi qui as fait ça ? demande-t-il entre ses dents.

Aloès lève le nez de son bol de chicorée, seul aliment qu'il parvient à avaler depuis trois jours.

– Oui, dit-il.

– Pour qui tu te prends ?

C'est sur les conseils de M. Giraud qu'Aloès a envoyé son texte à *La République du Centre*. Un poème intitulé *À ma grande mère*, et qui commence à la façon de *L'Étranger*, ce roman d'Albert Camus que M. Giraud lui a fait découvrir : « Aujourd'hui, Clairette est morte. » S'ensuivent une dizaine de lignes pleines d'amour et de chagrin, qui ont convaincu la rédaction du journal par leur justesse, puis une photo prise naguère par M. Niault, le photographe de Sainte-Saverne, et l'avis d'obsèques juste en dessous. Clairette Balaguère, née Paquaud, sera inhumée aujourd'hui. Elle aurait eu soixante-cinq ans cet automne.

– Pour qui tu prends, hein ! répète Charme en élevant la voix. Petit merdeux, va ! Tu peux pas rester à ta place ? Faut toujours que tu fasses ton intéressant, c'est ça ?

L'haleine de Charme est chargée d'alcool, comme chaque matin, mais en pire. Aloès s'écarte pour se protéger de la gifle qui couve ; longtemps qu'il a appris à ruser avec la violence de son père.

Toute son enfance, Aloès l'a subie. Pendant qu'il apprenait ses leçons, par exemple, son père déboulait dans la pièce en chantant des trucs idiots, puis il éteignait la lampe sous laquelle étaient ouverts les manuels de mathématiques ou de grammaire. Aloès la rallumait. Son père l'éteignait de nouveau en ricanant. « Tu te crois plus malin que tout le monde, avec tes livres, hein ? Mais t'es pas un homme, t'es une lavasse ! », et clic, il éteignait de nouveau la lampe. Alors Aloès restait dans le noir jusqu'à ce que, lassé de ne rencontrer aucune résistance, Charme s'en aille. Puis il reprenait ses leçons, comme si de rien n'était.

– Tiens, dit Aloès en posant sur la table une bouteille d'eau-de-vie. C'est le père Beugnot qui me l'a donnée. Elle est pour toi.

Suspicieux, Charme observe le cadeau. Il maugrée :

– Le père Beugnot, hein… Qu'est-ce qu'il nous veut, çui-ci ?

– Rien, papa. Il a enterré son fils en avril. Tu viens de perdre ta mère. Il a seulement voulu se montrer gentil.

– Gentil, ouais ouais… Et sa fille ?

– Quelle fille ?

– Christiane. Tu crois que je te vois pas lui tourner autour ? Tu crois que je vous vois pas comploter dans mon dos ?

Aloès fronce les yeux derrière les verres de ses lunettes. Lui ? Tourner autour de Christiane Beugnot ? Jamais de la vie ! Il ne tourne autour d'aucune fille, d'ailleurs, quelle idée ? Tout ce qu'il veut, c'est écrire et qu'on lui fiche la paix, alors une fille…

– Remarque, reprend Charme subitement radoucis, que si tu l'épousais… Ma foi, on s'arrangerait. Avec la boucherie, ils ont dû mettre un paquet de pognon à gauche, les Beugnot, pendant l'Occupation…

Il rigole, puis débouche la bouteille d'eau-de-vie, songeur. En boit une gorgée, puis une deuxième.

– Faudra que je lui parle, au père Beugnot.

– De quoi ? se méfie Aloès.

– Mais tu t'es regardé ? lui rétorque Charme. Avec tes binocles et tes bras de grenouille, tu crois que tu peux faire la fine bouche ? Tu crois qu'il y en aura beaucoup, des filles qui voudront de toi ?

Coupant court à cette conversation absurde, Aloès saisit son bol de chicorée et va jeter ce qu'il en reste dans la cour.

– On doit être à l'église dans deux heures, dit-il à son père. Je vais me raser.

Seul au milieu des mouches, Charme demeure immobile dans la pénombre de la salle.

Depuis que Clairette ne s'est pas réveillée, voici trois jours, il n'a cessé de picoler que pour pisser. D'une main tremblante, il récupère le journal jeté sur la toile cirée. Il le déplie et l'étale à la page du poème, avec la photo de Clairette datant de 1940, presque jeune encore, et assurément jolie dans sa robe à fleurs.

« Aujourd'hui, Clairette est morte.
Elle était la mère de mon père
Et aussi la mienne en quelque sorte
Présence quand tout n'était qu'absence
Lumière quand tout n'était que nuit
Je lui dois une enfance
Je lui dois d'être en vie… »

Les yeux brouillés, incapable d'en lire davantage, terrassé tout à coup par ce qu'il espérait diluer dans l'alcool, Charme s'affale sur une chaise, prend sa tête entre ses mains, et éclate enfin en sanglots.

Chapitre 37

Aloès

Et voilà. Encore le cimetière. Encore les croix hérissées sur le dos de la butte, et ce chemin interminable depuis l'église, cette fois sous un soleil de plomb. Aloès songe qu'un jour, il écrira quelque chose pour dire ça: la lourdeur des pas de ceux qui suivent un corbillard, leur impression d'avoir les pieds ferrés comme les sabots d'un cheval.

C'est bizarre, sans doute, de penser à des phrases à un moment où il devrait plutôt pleurer, mais les phrases le protègent et lui donnent du courage. *Les phrases sont mes consolations.*

Aloès marche devant, avec son père hébété qui boîte et titube à son bras, et les derniers membres de la famille Paquaud à leurs côtés: une cousine de Clairette, un neveu et sa femme. C'est tout. Derrière eux, M. Giraud, puis la longue file des gens d'ici qui s'étire, noire et penchée, pareille à une colonne de fourmis suivant le curé.

Voilà le cortège qui arrive devant les grilles.

Voici la procession qui s'engage entre les tombes, jusqu'à l'emplacement prévu pour la nouvelle morte, puis le curé qui récite sa fichue Bible et dessine en l'air des signes de croix à l'aide de son goupillon. Au moment où il le tend à Charme, celui-ci recule et se cabre, comme un animal surpris par un serpent.

– Prends-le, papa. C'est pour bénir le cercueil, lui souffle Aloès.

Assommé de chaleur, l'ivrogne regarde son fils d'un œil vitreux. Il enlève son chapeau, tire de sa poche un mouchoir pour éponger son front moite, et subitement, son regard se fige vers un point, là-bas, au fond du cimetière.

– Ah ben merde alors ! s'exclame-t-il.

En même temps que tout le monde, Aloès tourne la tête et aperçoit quelqu'un. C'est une femme, menue, les cheveux ramenés en chignon au-dessus d'un visage trop maquillé, qui se tient à l'écart, dans l'ombre d'un if.

– Ah ben merde, répète Charme, ignorant toujours le curé et son goupillon.

Un murmure réprobateur parcourt l'assemblée des villageois.

Aloès se penche vers son père.

– Qui c'est ? Tu la connais ?

Il braille :

– Si je la connais ? (Il éclate d'un rire jaune, forcé.) Pour sûr que je la connais ! C'est ta mère !

Puis, sans cesser de rire, il recoiffe son chapeau, s'empare enfin du goupillon et exécute le signe de croix à la manière d'une pantomime avant de jeter l'ustensile au sol, aux pieds d'Aloès.

– Tiens ! beugle-t-il. Débrouille-toi avec ce truc ! Et débrouille-toi avec ta mère… moi, j'ai soif ! Si le bon Dieu a quelque chose à me reprocher, dis-lui qu'il pourra me trouver au bistrot !

Après une révérence grotesque, et sous les yeux ébahis de l'assemblée, Charme quitte le cimetière en traînant sa patte folle sur les graviers.

Entre-temps, M. Giraud s'est glissé à la hauteur d'Aloès. Il a posé une main ferme et rassurante sur l'épaule du jeune homme.

– Laisse-le, murmure-t-il, ça vaut mieux.

L'instituteur se baisse pour ramasser le goupillon, le tend à Aloès et l'aide à bénir le cercueil de Clairette tandis que dans leurs dos, comme des élèves dissipés, les villageois se chuchotent des commentaires. « Bientôt vingt ans qu'elle n'a pas donné de nouvelle ! » « Je l'ai connue, à l'époque, en 39. Elle nous prenait de haut, avec ses airs de Parisienne ! » « Elle est pas gênée, quand même ! Abandonner son mari et son fils pendant tout ce temps, et revenir comme ça. » « Tu as vu comment elle est habillée ? » « Elle aurait fricoté avec les boches pendant l'Occupation que ça m'étonnerait pas, tiens ! »

Dans un état second, Aloès regarde défiler un à un les membres de la procession qui, sans cesser de jeter des coups d'œil vers la femme immobile au fond du cimetière, s'acquittent de leur devoir et viennent lui présenter leurs condoléances. Mais c'est comme si on était déjà passé à autre chose, comme si on se dépêchait d'expédier la mort pour pouvoir s'occuper de la vie et du retour inattendu de Gaby. Si bien qu'à la fin, après la dernière poignée de main du dernier paroissien, plus personne ne songe à s'en aller : tout le monde attend la suite de cette affaire, et même le fossoyeur en oublie de reboucher le trou.

– Allez, allez, s'agace le curé en lui désignant la pelle.

L'homme d'Église se racle la gorge et entreprend *manu militari* de pousser les uns et les autres vers la sortie, jusqu'à ce que l'assistance se disperse enfin et qu'il ne demeure plus dans le cimetière qu'Aloès, M. Giraud et la femme au chignon.

– Viens, propose l'instituteur à Aloès.

Bras dessus, bras dessous, les deux hommes s'approchent du coin où Gaby est restée plantée.

Plus il s'approche, moins Aloès parvient à faire coïncider la réalité de cette femme avec l'infinité de ses fantasmes d'enfant. Combien de fois s'est-il imaginé la scène des retrouvailles ? Les embrassades, les pleurs, les rires, les explications les plus rocambolesques pour justifier sa disparition et cette joie immense qui exploserait dans sa poitrine ? Mais à cet instant, que voit-il dans l'ombre de l'if ?

Une inconnue, songe-t-il. Simplement, une inconnue.

– Ça va ? lui demande M. Giraud.

Aloès hoche la tête. Ensuite, il est là, à un mètre de cette femme qu'il a rêvé toute sa vie d'appeler maman et qu'il a envie d'appeler madame. Elle porte un tailleur, des chaussures de ville avec des talons, des bagues, on la croirait sortie d'un catalogue. Elle force un sourire. L'embarras dresse un mur invisible et compact entre eux.

– J'ai pris une chambre, il y a quelques jours, à Sainte-Saverne, finit par expliquer Gaby. J'étais venue pour te voir. Je voulais, enfin, j'avais envie de… Mais je ne savais pas comment… Et puis soudain, hier, quand j'ai lu le journal, j'ai pensé que c'était l'occasion de…

Aloès écoute la voix de Gaby, son accent traînant, étrange, parisien, et dont il ne reconnaît ni le timbre ni le débit. Il a l'impression d'entendre Arletty dans *Hôtel du Nord*, qu'il a vu un jour, au cinéma itinérant.

– Je suis désolée pour Clairette, continue Gaby. C'était une femme bonne, ta grand-mère. Ton poème était joli, il m'a touchée, je… Je suis désolée de t'avoir…

Elle n'arrive pas à dire « abandonné », alors elle dit « laissé ».

Ensuite, elle parle à toute vitesse. De l'époque, de Paris, de la débandade de 40, de la confusion, de la nécessité de survivre par tous les moyens, d'une occasion qui s'est présentée à elle, elle ne dit pas quoi mais « c'était une occasion *immanquable* », puis d'un départ à l'étranger, « en Amérique », dit-elle avec une fierté mal contenue, et de la vie incroyable qu'elle a menée là-bas pendant toutes ces années, « ah si tu savais. »

– J'avais toujours eu le rêve de vivre autre chose, de voir du pays, tu comprends ? Les femmes comme moi, c'est pas fait pour s'occuper d'un ménage, ça ne tient pas en place, il fallait que je… Et puis, je savais que tu étais entre de bonnes mains, pas vrai ?

Elle interroge du regard M. Giraud.

– Vous êtes de la famille ?

– Non, répond M. Giraud. Juste un ami.

Aloès serre fort le bras de l'instituteur. Il pense *la famille, ça ne veut rien dire, j'aime davantage cet homme que mon propre père et ma propre mère. Je n'ai plus que lui.*

Gaby se tait un moment, elle observe le cimetière, le panorama qui ondule doucement tout autour, les haies, les champs, les vaches.

– Ici, c'était trop petit, dit-elle. Je ne suis pas faite pour les endroits petits. Je vais retourner à Paris, d'ailleurs. Je te ferai connaître mon adresse, hein, si un jour tu passes là-haut.

Aloès esquisse un sourire. Il songe *je ne la reverrai jamais*. Et il constate *je ne ressens rien*.

Une semaine plus tard, Aloès reçoit son avis d'incorporation en tant qu'appelé du contingent dans un bataillon d'infanterie de l'armée de terre.
Ses documents militaires précisent qu'il doit en premier lieu se rendre dans une caserne pour faire ses classes, c'est-à-dire s'exercer au maniement des armes, à ramper dans la boue et à conduire des engins, mais ils ne précisent pas ce qui se passera ensuite. Tu me diras, c'est inutile : tout le monde sait qu'au bout de trois mois, les appelés sont embarqués pour l'Algérie.

Le jour où Aloès quitte les Chaumes, Charme est soûl comme un Polonais.
Il regarde son fils préparer son paquetage et il répète en rigolant :
« Ah ben, elle est belle l'armée française ! Regardez-moi ça !
Avec des recrues pareilles, si on est sûr d'une chose, c'est qu'on va perdre l'Algérie ! »
Du plat de la main, il se frappe la jambe en riant de plus belle.
Il ajoute : « Tu leur péteras bien les genoux, hein, aux bougnoules !
Tu sais bien le faire, ça, pas vrai ? »
Aloès ne dit rien. Depuis quinze ans, c'est la même chanson.
Si Charme n'a pas pu se battre et faire la preuve de son héroïsme, si sa vie n'est qu'un naufrage et si Mona est partie, c'est à cause de lui.
Alors dans un sens, il est soulagé de s'en aller, de s'éloigner de

son père pendant les deux années légales de son service.
Ce qui l'attend de l'autre côté de la Méditerranée risque d'être terrible, mais sans la protection de Clairette, supporter la haine de son père est désormais pour lui la pire des tortures.
Enfin, non.
La pire des tortures, c'est peut-être de devoir se séparer de M. Giraud.

Le dernier soir, Aloès le passe chez son ancien instituteur qui, pour une fois, n'a pas sorti la théière mais une bouteille de gevrey-chambertin 1935 qu'il gardait pour une grande occasion ; le départ d'Aloès est une grande occasion.
« Promets-moi de m'écrire souvent », lui demande l'instituteur.
« Je vous le promets, monsieur Giraud », répond Aloès les larmes aux yeux.
« Et si tu arrêtais de me vouvoyer ? dit encore M. Giraud. Et si tu m'appelais tout simplement Daniel ? »
Aloès acquiesce.
Finalement, les deux hommes n'ont qu'une quinzaine d'années de différence, Daniel n'a pas quarante ans, et ils se connaissent depuis si longtemps !
La bouteille de gevrey-chambertin bue, Daniel prend Aloès dans ses bras et le serre si fort contre lui que leurs battements de cœur semblent se confondre.
« Je t'attendrai ici avec la deuxième bouteille, pour fêter ton retour, lui dit M. Giraud. Tu as intérêt à revenir entier. »

Le lendemain, Aloès prend le train à la gare de Sainte-Saverne. Dans son compartiment, il y a d'autres jeunes appelés comme lui, qui rejoignent leur casernement, et sur le quai, des pères qui pleurent en secouant la tête.
Pour leur génération, se battre contre Hitler en 39 paraissait indiscutable, une réponse nécessaire à l'agression du tyran.

Mais aujourd'hui, cette nouvelle guerre que personne n'appelle guerre et dans laquelle la France s'enfonce depuis des années leur semble inutile.
Et pour nombre d'entre eux, injuste.

En cet été 1959, certes, l'opinion française reste changeante et divisée concernant ce qu'on appelle « la question algérienne ».
Des questions, on s'en pose beaucoup.
On se demande si ce sont les communistes qui, depuis l'étranger, manipulent la population musulmane et soufflent sur les braises de la révolte. Mais on se demande également si cette révolte n'est pas un peu – voire très – légitime.
La France a-t-elle rempli ce rôle de force civilisatrice qu'elle prétend avoir eu auprès des indigènes ? Leur a-t-elle véritablement apporté le progrès, l'éducation, la médecine moderne ?
Il se murmure que non. Que là-bas, les inégalités, le racisme et les abus de pouvoir ont depuis longtemps nourri la haine et le ressentiment envers les colons, la France, les Blancs.
Et comme on le sait, à force d'être piétiné, un peuple finit toujours par se révolter et par vouloir se venger.
D'où les attentats, les bombes qui explosent dans des bus, des restaurants, des stades, à Alger, à Oran, les enlèvements, les embuscades, les massacres d'Européens dans les villages, les mutilations, et le cycle infernal qui s'ensuit : représailles aveugles, terreur, assassinats ciblés, pendaisons, tortures, incendies et pillages.
L'armée française lutte contre les fellagas, le FLN contre la France, mais il y a aussi des Algériens autochtones qui s'en prennent à d'autres autochtones au motif qu'ils sont des traîtres, et des attentats de Français contre des concitoyens français, chacun défendant sa vision des choses, ses convictions, ses droits, sa terre, son avenir, si bien que tout le monde tue tout le monde.
Alors on fait quoi ?

On décide quoi, à Paris ?
Depuis cinq ans déjà, les différents gouvernements se succèdent, hésitent, tâtonnent.
Faut-il davantage « intégrer » l'Algérie à la France en donnant plus de droits aux populations indigènes ? Faut-il au contraire leur accorder l'indépendance totale ? Renoncer à l'Algérie ? S'en aller après plus de cent ans de présence, quitte à perdre douze départements et tout le pétrole du Sahara ? Ou existe-t-il une solution miracle, une sorte de donnant-donnant ? Et puis, que faire des Européens qui vivent et travaillent là-bas depuis plusieurs générations, ceux qu'on nomme les pieds-noirs ?
Rien n'est facile, tu l'imagines, et rien n'est sans conséquence grave dans cette affaire.
Quoi qu'il en soit, une majorité de métropolitains s'est depuis longtemps résignée à voir l'Algérie changer de statut. Comme le Maroc et la Tunisie.
Depuis la guerre d'Indochine et la défaite de Diên Biên Phu, beaucoup de Français de métropole ont compris que l'histoire est en marche, que l'Empire français est moribond et la décolonisation, inévitable.
Mais, tu le sais, les changements sont toujours difficiles à accepter, notamment pour les militaires de carrière, fidèles à l'idée de défendre les territoires qui appartiennent à la nation. Beaucoup de ces officiers sont revenus d'Indochine avec une haine viscérale contre la république et les politiciens ; ils voient dans ce nouveau combat la possibilité d'une revanche et de raviver le patriotisme. En Indochine, ils se sont heurtés à la résistance des « Viets », maintenant ils veulent écraser celle des « fell ».

Alors pour l'instant, tout le monde se bat, même ceux qui, comme Aloès, ne le veulent pas.

décembre 1959

Chapitre 38

Aloès

Seul au milieu de la foule des bidasses rassemblés sur le pont du bateau, Aloès accroche son regard aux façades blanches qui se déploient en paravent autour du port. Le mal de mer ne l'a pas quitté depuis Marseille. Il a passé la nuit à vomir, recroquevillé entre deux gerbes contre les bastingages, à prier pour mourir plutôt que continuer à subir ça.

D'autres soldats, aussi mal en point, lui ont en quelque sorte tenu compagnie ; petites silhouettes tordues, courbées en deux par-dessus bord, reprenant leur souffle à ses côtés. Pas un mot échangé, juste des regards éperdus. Maintenant, c'est le matin, le tangage s'est calmé ; personne n'est mort (en tout cas pas encore), Alger étale ses bâtiments devant lui, et l'odeur écœurante du mazout se mêle à celle, aigre, des vomissures, exacerbée par un soleil encore chaud.

Depuis qu'il a quitté son coin de campagne, Aloès va de surprise en sidération. Lui qui n'avait jamais pris le train, encore moins le bateau, lui qui n'avait jamais mis les pieds dans une vraie grande ville, lui qui n'avait jamais marché six heures d'affilée avec trente kilos sur le dos, lui qui n'avait jamais tiré un coup de feu (mis à part – croit-il – celui qui a bousillé le genou de Charme), lui qui n'avait jamais partagé sa chambre autrement qu'avec Jean et Suzon il y a si longtemps, le voilà qui vit dans la promiscuité permanente d'autres corps, ces dizaines de gugusses en uniforme, certains affublés d'un accent alsacien, corse ou picard, totalement illettrés, prêts à flinguer tout ce qui bouge avec leur fusil-mitrailleur. La plupart du temps, c'est inscrit sur son visage : Aloès est terrifié ou accablé de tristesse.

Chaque jour, et plusieurs fois par jour, il pense à Daniel Giraud. Son seul réconfort, ce sont les lettres qu'il lui écrit et les lettres qu'il reçoit de lui. Mais à présent qu'il a quitté la caserne et le sol de la métropole, il s'inquiète que les courriers circulent moins facilement. Sans ce lien, il le sent, il sera encore plus vulnérable et perdu, il pourrait presque en mourir. Alors il conserve comme un talisman, dans une poche de son uniforme, la dernière lettre de son instituteur.

Il en connaît des passages par cœur :

Mon très cher Aloès,

J'ai eu un choc affreux aujourd'hui en apprenant la mort de Gérard Philipe. Rends-toi compte, il n'avait que trente-six ans. Moi qui suis à peine deux ans plus vieux, je mesure l'injustice de cette mort. Il était d'une beauté sidérante, et son talent d'acteur m'avait transpercé le cœur lorsque je l'avais vu jouer Le Cid *au festival d'Avignon. Aujourd'hui, je pleure cet homme, mais sais-tu ce qui me chagrine le plus ? C'est de savoir que tu ne pourras jamais, toi, le voir jouer comme je l'ai vu jouer. J'aurais tant aimé te faire connaître cette joie, et t'emmener à bord de ma vieille 4CV jusqu'au Palais des Papes ! Nous aurions dîné en ville, entendu les cigales jusqu'à la tombée du soir, et dans les prémices de la nuit, nous aurions vu surgir sa silhouette de gamin facétieux…*

Dîner en ville. Avignon. Cigales. Palais. Prémices.

Chaque mot écrit de la main de Daniel fait dans l'esprit d'Aloès l'effet d'une porte ouverte sur autre chose, loin de cette réalité dure et vulgaire où il se consume depuis le début de ses classes : la corvée de chiottes, les blagues salaces de ses compagnons, les ordres aboyés par les sous-officiers, les insultes, les humiliations, les pets lâchés sous les draps. Et à présent… quoi ? La guerre ? Vraiment ?

Un coup dans les flancs le sort de son hébétude.

– Eh ! grogne un rouquin. Tu vois pas ? Avance !

Le bateau est à quai, la passerelle arrière abaissée, et ça pousse derrière tandis qu'à terre une armada d'infirmières tout sourire distribuent aux nouveaux venus des bonbons et des paquets de cigarettes. On se croirait à la kermesse.

Ensuite, la colonne des appelés s'étire jusqu'à l'embouteillage de camions où il faut grimper, s'entasser de nouveau, et se laisser conduire vers on ne sait quel cantonnement. Les plus chanceux demeureront à Alger, les moins veinards se retrouveront affectés dans un poste isolé en plein djebel.

Aloès finit assis sur un banc, à l'arrière d'un half-track, serré entre un petit gars édenté et un grand balèze dont un œil dit merde à l'autre.

– Je m'appelle Norbert, lui annonce ce dernier en lui tendant une pogne épaisse comme un oreiller. Norbert Le Moulec, je viens du Guilvinec, en Bretagne.

– Le Guilvinec ? répète Aloès.

– Tu connais ?

– Non, mais j'ai de la famille… enfin, des amis qui… Jean et Suzon Le Goff, ça te dit quelque chose ?

Le visage du balèze se fend d'un large sourire.

– Les enfants de Mona et René ? La libraire et le mécano ?

Aloès en a le souffle coupé. Ça alors ! Parmi les milliers de troufions débarqués de ce rafiot, il faut qu'il tombe sur un qui les connaît !

– Mona a vraiment ouvert sa librairie, alors ? s'exclame-t-il joyeusement. Comment vont-ils ?

Le sourire de Le Moulec se crispe.

– Ah. Tu n'es pas au courant pour Jean ?

Aloès fronce les sourcils et secoue la tête.

– Il s'est tué, il y a deux ans. Un accident bête, en sautant d'un rocher. Il voulait épater les filles, il avait trop bu.

– Oh, murmure Aloès.

– Tu ne l'avais pas vu depuis longtemps ?

– Depuis la guerre. On était petits.

– Je vois. *L'autre* guerre, commente le grand balèze, puisqu'il faut toujours qu'il y en ait une autre.

Tandis que le convoi s'ébranle, les deux jeunes recrues poursuivent leur conversation, secoués par les cahots de la route inconnue et dangereuse qui s'ouvre devant eux, mais rassurés par le hasard de cette rencontre qui les soude aussitôt l'un à l'autre.

Quand je vais raconter ça à Daniel, songe Aloès.

Depuis qu'il correspond avec M. Giraud, il constate qu'il n'a plus besoin d'imaginer écrire un livre. Quand on l'aime vraiment, un seul lecteur peut suffire, se dit-il.

Janvier 1960

Chapitre 39

Daniel

« Mon très cher Aloès,

J'ai reçu ta lettre d'hier comme un coup à l'estomac. Le déplacement de ton bataillon m'a énormément contrarié, et t'imaginer à présent dans ces casemates de montagne aux avant-postes des zones interdites me rend malade. La description que tu fais de tes nuits de garde, dans le froid mordant, exposé aux attaques surprises des fellagas m'a tout simplement ôté le sommeil à moi aussi. J'espère que ta myopie va finir par convaincre tes gradés que tu ne peux pas faire la sentinelle comme les autres, c'est dangereux. J'espère qu'ils vont s'en rendre compte et te confier une autre fonction. Tu m'as raconté que certains appelés étaient affectés dans les écoles de village pour instruire les petits paysans ? Tu n'as hélas pas les diplômes, mais je peux certifier si besoin par une lettre au commandement que tu en as les capacités. Tu y serais tellement plus à ta place !

En attendant, serre les dents et je t'en supplie, si tu subis une attaque, défends-toi, et tire. Je comprends cette déchirure morale qui te traverse : tirer sur des gens dont tu comprends la révolte est un dilemme invivable ! C'est hélas le lot cruel dans toute guerre : c'est ta peau ou la leur. Et quelle que soit mon opinion en la matière, je t'avoue bien humblement qu'entre ta vie et celle d'un inconnu, fût-il une victime de l'oppression coloniale, je choisis sans hésiter… ta vie.

Voilà à quoi nous confronte l'existence, Aloès : à réévaluer sans cesse nos priorités. Et j'admets sans honte que dans le cas qui nous occupe, je reste d'abord ton ami avant d'être un petit penseur politisé de province.

À propos de province, je vais essayer de te distraire un peu. Sais-tu quel événement fait jaser le village depuis trois jours ? Figure-toi qu'à Sainte-Saverne, le patron du café de la Gare a fait installer un téléviseur dans sa salle ! Déjà qu'il avait eu le téléphone et l'eau courante avant tout le monde, cet homme sera bientôt sur la Lune avant les Américains ou les Russes ! Tu aurais vu l'attroupement, le premier soir ! La vieille Mme Jouillat, qui est pourtant à moitié aveugle, a gagné la palme du commentaire selon moi. Imagine-la, avec son parler d'ici et ses « r » qui roulent : « Je vois pas à quoi ça peut servir, un outil pareil. Y feraient mieux de nous inventer la machine à rendre moins con ! » Ah que j'ai ri ! Pourtant, tu le sais, je suis un progressiste, et dès que j'en aurai les moyens, je remplacerai volontiers ma vieille 4CV… Contre une Dauphine dernier cri, par exemple ! Il n'empêche que mes élèves ne parlent plus que du téléviseur, et je sens que cette modernité va faire concurrence aux devoirs que je leur donne, ça m'inquiète. Les choses ne sont jamais d'un bloc, n'est-ce pas ?

Mon cher Aloès, j'espère de tout mon cœur que tu auras prochainement une permission (pour venir voir le téléviseur), mais je suppose que c'est encore trop tôt. Alors fais attention à tes abattis.

Tu as l'air d'avoir sympathisé avec ce Norbert Le Moulec qui t'a appris ce que sont devenus Mona, Suzon, et ce pauvre Jean. Tu me l'as décrit comme un sacré costaud. Alors un dernier conseil : si ça canarde, reste près de lui.

Je t'embrasse en bon camarade.

Daniel.

PS : au moment où j'allais cacheter l'enveloppe, j'apprends par la radio une autre nouvelle triste, pardonne-moi de terminer là-dessus, mais je veux tout partager avec toi. Albert Camus est mort hier dans un accident de voiture. Quarante-six ans. Broyé contre un platane dans l'habitacle d'un bolide, et voilà toute la littérature et la philosophie orphelines. Lui qui était né en Algérie justement, et qui espérait si fort la réconciliation des deux peuples, il ne verra pas la résolution de cette guerre…

Pour finir, maigre consolation, je me dis que je vais garder ma 4CV. Elle n'ira jamais assez vite pour me tuer, et je tiens à honorer ma promesse : boire la deuxième bouteille de gevrey-chambertin en ta compagnie.

Que ce jour arrive vite. »

Mars 1960

Chapitre 40

Seul dans la lumière crue de midi, Aloès se dédouble. D'un côté, il y a son esprit, et de l'autre, son corps. Alors que le premier hurle d'horreur, le second se borne à obéir aux ordres.

– Descendez ! crie l'adjudant. Allez ! Allez !

Avec Norbert, et avec la douzaine d'autres camarades de sa patrouille, le corps d'Aloès saute du GMC, godillots, casque, fusil, quatorze kilos sur le dos. C'est à présent un corps agile, rendu efficace par l'entraînement, capable de supporter ce qu'il ne supportait pas autrefois, avec des muscles plus secs, plus proéminents ; un corps d'homme, enfin.

– Allez ! Allez ! répète l'adjudant. On ne réfléchit pas, on fait notre devoir ! Au nom de ces pauvres gars !

Et Aloès fait ce qu'on lui demande : il ne réfléchit plus.

Ça se passe quelque part entre deux pentes rocailleuses, sur une piste de misère qui serpente vers un oued. La mémoire d'Aloès enregistre des détails sans importance : un paquet de cigarettes tombé dans les buissons, le poudroiement de l'air saturé de particules sableuses, le frisson de la palmeraie en contrebas, le silence, les mouches.

– Les fils de pute, dit quelqu'un.

Le corps d'Aloès continue d'obéir : il se joint à ceux des autres, se penche au-dessus des cadavres, réprime un haut-le-cœur.

– Qu'est-ce qu'on fait de la main, mon adjudant ? demande une voix.

L'esprit d'Aloès a cessé de hurler. Il refuse de voir ce que ses yeux voient. C'est-à-dire les gorges taillées au rasoir, le sang répandu, noir et déjà sec, et cette main arrachée qui gît deux mètres plus loin que le bras à qui elle appartenait, sans parler du reste. Tout ça n'existe pas, non non non.

– Tas d'ordures, crevures, enculés !

Les mains d'Aloès s'emparent des pieds d'un premier cadavre, tandis que Norbert soulève le haut du corps.

– Vas-y, l'encourage Norbert, je le tiens.

À eux deux, ils soulèvent et déposent le mort dans le GMC, pendant que les autres font pareil avec les huit autres cadavres qui finissent empilés sur la plateforme du camion militaire. L'adjudant et quatre autres appelés tiennent les alentours en joue, prêts à tirer sur les crêtes, parce que c'est un piège bien connu : une embuscade peut en cacher une autre.

– Sale race, enrage encore une voix. On va venger nos potes, ils ont même pas idée comment...

Ça y est, l'esprit d'Aloès a totalement quitté son corps. Il est ailleurs, dans un endroit blanc, où tout est paisible, inodore, indolore.

Son corps, pourtant, remonte dans le GMC. Avec les morts qui sont devenus des choses et qu'il faut ramener au poste, pour qu'ensuite on puisse les identifier et les rendre à leurs mères, à leurs pères, à leurs fiancées. Sauf qu'ils ne pourront plus jamais être embrassés, bercés, nourris, touchés.

Le camion remonte la piste en cahotant, dans cette lumière magnifique du djebel. Entre les arbustes et les rochers, de temps un temps, surgissent les touffes charnues et piquantes de cette plante du désert qu'on trouve aussi au Maroc et qui a inspiré à Charme, autrefois, le prénom de son fils : un aloès.

– Hé, ça va ? demande Norbert.

– Oui, répond Aloès.

– T'es bizarre, l'ami. Pourquoi tu souris ?

– Je souris pas, dit Aloès.

– Ben si, dit Norbert.

– Je pensais à autre chose, explique Aloès.

Quand la patrouille arrive au poste de garde, sur les hauteurs, le drapeau tricolore flottant en haut du mât, il faut de nouveau obéir aux ordres : redescendre un par un les corps mutilés, rendre les bons morceaux à chacun, les enrouler dans des linceuls de fortune, les stocker comme on stockerait de la viande, à l'ombre et à l'abri des bêtes sauvages.

Le sang des morts a taché les uniformes des vivants. Leurs mains, leurs avant-bras. Aloès se nettoie avec l'eau d'un seau, mais ça ne part pas, ou pas vraiment.

– Arrête de sourire, lui demande Norbert. Ça me fout les glandes.

Aloès passe le reste de la journée à surveiller son visage. Dès qu'il sent ses zygomatiques se contracter, il se dépêche de les détendre.

Les camarades ont sorti les bouteilles de cognac. C'est du mauvais, du bas de gamme, mais fort en alcool. En le mélangeant à de l'eau gazeuse, ça fait pchiit, ça vous envoie dans le cosmos.

D'habitude, Aloès ne boit pas avec les autres. Il a tellement peur de devenir comme son père qu'il préfère rester à l'écart de la grande beuverie, à lire un livre, et tant pis s'il se fait traiter d'intello et de pédale par les autres, de toute façon Norbert le défend toujours. Mais aujourd'hui, c'est différent. Son esprit et son corps se sont coupés l'un de l'autre, alors son corps décide de boire, et on s'en fout. Oui, on s'en fout ! Puisque c'est la guerre ! Puisqu'il y a des humains qui coupent les mains, les têtes ou les couilles d'autres humains, ça sert à quoi de lire des livres, franchement ?

– Ah ben tiens, v'là le binoclard qui veut sa part ! s'esclaffe Rampin, un gros rougeaud venu du Jura et qui s'en prend à Aloès dès qu'il le peut.

– Tais-toi, Rampin, grogne Norbert, et file-lui la bouteille. On a tous un sale cafard, aujourd'hui.

La bouteille remplie du mélange explosif passe de bouche en bouche, dans une communion religieuse. Et à chaque nouvelle gorgée, Aloès se sent devenir plus léger. L'alcool déferle dans ses veines, tout devient facile : parler comme les autres, dire des conneries, rire avec les autres, se moquer de la mort. Cesser d'avoir peur.

Quand la nuit tombe, les ordres tombent aussi : demain, le bataillon effectuera une opération de contrôle. C'est-à-dire qu'on ira ratisser les villages le long de l'oued. On trouvera coûte que coûte les « fell » planqués par leurs complices, tous ces abrutis de paysans qui nous prennent pour des courges ! Oui, explique Rampin, on débusquera ceux qui ont massacré ces huit malheureux camarades. Un crime pareil ne peut pas demeurer impuni, il en va de l'honneur de la France, et si les paysans se foutent de notre gueule, on leur fera comprendre qui on est.

– Qui est-on ? demande Aloès, ivre mort.

– On est des durs ! lui répond Rampin. Même toi, le freluquet, t'es un dur !

Enveloppé par l'ivresse, Aloès sourit. Et Norbert lui sourit aussi, l'air de dire, tu vois, ça y est, tu fais partie de l'équipe maintenant. C'est bizarre, mais ça fait chaud au cœur, et ce soir-là, Aloès ne pense pas une seule fois à Daniel.

Daniel appartient désormais à un ailleurs lointain, comme en dehors du réel. Il habite dans cet endroit blanc, inodore, indolore, ce recoin où se sont réfugiées la conscience et l'humanité d'Aloès.

Chapitre 41

Daniel

« Mon cher Aloès,

Il doit y avoir des problèmes d'acheminement de courrier car je n'ai pas eu une lettre de toi depuis bientôt dix jours… Enfin, j'ose penser que c'est uniquement un problème de logistique, s'il te plaît rassure-moi bientôt.

Ici, ça y est, ce sont les vacances de printemps. Je ne retrouverai mes chères têtes blondes que début mai, et ce temps loin d'eux va me paraître bien long. Pas autant que tous ces mois sans te voir, bien entendu, mais vois-tu, les enfants réclament tellement d'attention que les journées passent plus vite, et maintenant que je connais la date de ta prochaine permission, c'est un doux supplice d'effeuiller le calendrier jusqu'au mois de juin !

J'ai vu ton père, hier. Au bistrot, tu t'en doutes. Il jouait aux cartes avec ses acolytes habituels, Simonot, Gobley et Challard. On s'est salués de loin. Il ne m'a jamais apprécié, et je le lui rends bien, mais sache qu'il n'avait pas l'air différent de d'habitude ; en tout cas, il est toujours de ce monde.

Une qui m'a demandé de tes nouvelles, c'est Christiane Beugnot. Je l'ai toujours trouvée gentille, cette gamine, et plus sensible que la moyenne. Je lui ai dit que tu allais au mieux, sans manquer de lui communiquer la date de ta prochaine permission. Quand elle a su que tu serais de retour pour deux semaines au moment de la Saint-

Jean, elle a rougi. Je ne veux pas me mêler de ce qui ne me regarde pas, mon cher Aloès, mais sache que tu as une prétendante ! Eh bien, quoi ? Il faudra sans doute songer à te marier, un de ces jours, non ?

Pour ma part, comme tu l'as compris au fil de nos conversations, j'ai manqué plusieurs occasions autrefois. Maintenant, à presque quarante ans, je me dis qu'il est trop tard pour fonder une famille. Vivre seul est mon destin, sans doute. Et puis, des enfants, j'en ai des classes entières depuis plus de quinze ans, il faut croire que ça me suffit ! Je mourrai donc comme un vieux moine. Mais entouré quand même d'amis précieux, tels que toi.

J'attends avec impatience tes mots et je t'embrasse en frère,

Daniel. »

Juin 1960

Chapitre 42

Aloès

Plus le train approche de la gare de Sainte-Saverne, plus Aloès se demande si cette permission est une bonne chose. Depuis qu'il est arrivé en métropole – d'abord à Marseille, puis à Bourges où il a trouvé une correspondance vers Nevers – tout ce qu'il voit l'assomme ou lui donne des bouffées de rage. Les autos rutilantes qui circulent, les tramways, les bus bondés d'hommes et de femmes affairés, souriants, tranquilles, les magasins aux vitrines criardes qui vantent des nouveautés – arrivages d'aspirateurs, de frigidaires ou de fers à repasser électriques – les gens assis aux terrasses des restaurants en robe légère ou en chemisette, les files d'attente devant les cinémas pour voir *La dolce vita*, les sorties d'école où s'agglutinent des mamans avec des landaus, même les arbres en fleurs sur les avenues lui filent la nausée.

Mais que font donc tous ces gens ? À quoi pensent-ils ? À quoi servent-ils, pendant que de l'autre côté de la mer, au nom de la France, on oblige des hommes de vingt ans à pointer des fusils sur la tempe d'innocents, puis à mettre le feu à leurs maisons ? Quelle est donc cette planète sur laquelle il vient d'atterrir, où personne ne se soucie de rien sauf d'acheter des choses ?

Certes, l'indifférence n'est pas totale. Il a vu les journaux dans les kiosques qui reprennent des parties du discours prononcé la veille par le général de Gaulle, à la télévision. Un discours entamé à la manière d'un conte pour enfants : « *Il était une fois un vieux pays, tout bardé d'habitudes et de circonspection [...], il s'était, après de grands malheurs, comme replié sur lui-même. Il n'avait plus de charbon, il n'avait pas de pétrole [...]* » Un discours au cours duquel le général a répété qu'il fallait mettre un terme à la colonisation, accepter le « *grand mouvement d'affranchissement des peuples de toute la Terre* », y compris en Algérie où « *tout sera fait pour que le peuple algérien ait la parole dans l'apaisement* », et tout ça, même si on avait le droit d'être nostalgique de l'empire « *comme on peut regretter la douceur des lampes à huile* »... *Foutaises !* a pensé Aloès. Alors c'est ça ? La France envoie sa jeunesse au casse-pipe en attendant que les vieux cessent de se cramponner à un passé révolu ?

Dans le compartiment du train où, éreinté de fatigue, il tente de s'endormir, deux vieilles en tablier fleuri jettent depuis tout à l'heure des regards courroucés vers une jeune femme dont la jupe trop courte dévoile les genoux. Indifférente à leur réprobation manifeste, la jeune femme croise et recroise les jambes. Elle lit un livre intitulé *Aimez-vous Brahms...*, de Françoise Sagan. Quand les yeux d'Aloès se posent sur elle, elle soutient son regard, et c'est lui qui finit par baisser la tête. Non parce qu'il éprouverait pour cette femme un quelconque désir, au contraire ! Il lui en veut d'être là, insouciante dans son corps lisse et bien portant ; il pourrait presque la gifler.

Pour contenir cette violence qui monte en lui, il entreprend un inventaire du paysage qui défile derrière la vitre. Les arbres à feuillage caduc et à feuillage persistant. Les pâturages où paissent les ovins et les bovins. Les cumulus et les stratus. Il classe, il range ce monde complexe et incompréhensible, selon la méthode employée jadis à l'école par Daniel.

Dans ses dernières lettres, il ne lui a rien raconté de sa guerre. Impossible. Les mots ne sont pas venus pour décrire le déchaînement de sang, de terreur, de haine qui s'est emparé de ses camarades, ni la virée dans ce bordel de Tizi Ouzou où toute la frustration sexuelle du bataillon s'est transformée en orgie dégueulasse, ni les pleurs de certains, la nuit, étouffés dans leurs mains. Encore moins la mort de trois d'entre eux dans une embuscade, encore moins tout ce qui se murmure sur les séances de torture infligées à ceux qu'on soupçonne d'appartenir au FLN. Les décharges électriques directement sur les couilles, ce genre de choses.

Pour tromper le silence, Aloès s'est mis à inventer. Il s'est mis à raconter des bobards à Daniel. Des menus fantaisistes et pantagruéliques, des farces de chambrée, des balades en montagne semblables à des excursions touristiques, ajoutant à cela le portrait amusant de certains de ses compagnons. Daniel est-il dupe ? En tout cas, il semblait, dans ses derniers courriers, se satisfaire de ces mensonges. Et maintenant qu'Aloès traverse la France avec cette impression de débarquer dans une pièce de théâtre, il se dit que oui, chacun ici a décidé d'ignorer la vérité. Les « événements d'Algérie », après six années, tout le monde en a ras le bol. Les gens préfèrent penser aux vacances d'été qui approchent et à la toile de tente qu'on ira planter à La Tranche-sur-Mer. Sauf que d'ici deux semaines, Aloès n'ira pas au camping. Il devra faire le chemin à l'envers et passer de nouveau de la paix à l'horreur. Comme le lui a soufflé Norbert au retour de sa propre perm, « J'ai détesté aller là-bas et je déteste revenir ici. Je crois que je ne pourrai plus jamais être bien nulle part. »

Au Guilvinec, Norbert a pu voir Suzon et Mona. Il a pu leur raconter comment Aloès et lui sont devenus amis, leur apprendre de vive voix le décès de Clairette et l'apparition de Gaby au cimetière. En retour, Suzon lui a confié une lettre. Ce qu'elle contient a profondément troublé Aloès. Il en parlera peut-être à Daniel. Et il verra s'il la montre à Charme.

Enfin, voilà la gare de Sainte-Saverne.

Cœur battant et visage verrouillé, Aloès descend du train. Là, au bout du quai, dans son pantalon à pinces et ce veston clair qui lui va si bien, il aperçoit Daniel qui lui fait un signe de la main, et son émotion est telle que toute la rage accumulée s'évanouit subitement, ne laissant bientôt la place qu'à la précipitation, à l'embrassade, à ce corps-à-corps qui, mieux que n'importe quels mots, dit la détresse insondable et la joie sans mesure des retrouvailles.

– Tu m'as manqué, murmure Daniel.

Et il l'étreint si fort qu'Aloès sent soudain venir les larmes refoulées depuis des mois.

– Toi aussi, tu m'as manqué. Affreusement manqué.

CHAPITRE 42

Je ne te fais pas de dessin, Saule.
Mais tu t'en doutes, à l'époque, l'homosexualité est un tabou absolu. Considérée comme une maladie mentale, elle doit à tout prix demeurer secrète. On n'en parle pas, surtout dans les campagnes.
Et ce dont on ne parle pas n'existe pas.

Quand Aloès comprend, lors de cette fameuse permission, que l'amitié puissante qui le lie à Daniel est en vérité un amour, un amour fait de désir physique autant que de connivence intellectuelle, il prend peur.
Que faire de cette attirance ?
Y céder, au risque d'être dénoncé ?
Et sinon, comment supporter d'y renoncer ?
Plus âgé, plus lucide et expérimenté, Daniel trouve les mots pour le réconforter et le protéger.
Dans le petit appartement au-dessus de l'école, combien d'heures passent-ils, ensemble, à pleurer, se consoler, pleurer encore, avant d'élaborer une sorte de plan B qui leur permettra de vivre leur passion sans s'attirer les foudres de la société ?
La timide et sensible Christiane Beugnot contribue, sans le savoir, à ce plan : plutôt qu'un obstacle, elle devient une solution.

Le soir de la fête de la Saint-Jean, au bal du village, Aloès l'invite

à danser. Une fois, puis une deuxième fois, et encore une.
Sous les guirlandes et les lampions, et sous les yeux de tout le village, le corps aminci et sculpté d'Aloès Balaguère fait valser celui, un peu gauche, de cette brunette de dix-huit ans qui va devenir ma mère.
Aussitôt complices, les gens jugent que ces deux-là sont faits pour s'entendre, on approuve.
Dans cette société d'après-guerre avide d'enfants et d'insouciance, quoi de plus normal que des fiançailles ?
Alors avant même qu'Aloès en fasse la demande, le père Beugnot vient trouver Charme, un beau matin, aux Chaumes.
Les deux hommes boivent la goutte.
Ils parlent peu, mais parlent bien.
D'un côté la boucherie-charcuterie – qui rapporte à l'époque une jolie rente –, de l'autre les grands projets de Charme pour la modernisation de la ferme, les hectares en plus, le remembrement qui permettra de cultiver plus vite et davantage, les aides de l'État et de l'Europe, le fameux tracteur Ferguson, les nouvelles bêtes qu'on mettra à stabuler dans un grand hangar propre, en tôle ; l'alliance des deux familles s'annonce prospère. Puisqu'il n'y a plus de femme aux Chaumes, Christiane s'y installera. Elle prendra à sa charge les travaux domestiques, et puisque le père Beugnot n'a plus de fils, il aura un gendre de remplacement.
Tope là.

Et quelques jours plus tard, mon père et ma mère sont officiellement fiancés.

Le soir même,
dans l'appartement au-dessus de l'école, Aloès prend une cuite phénoménale, et je suppose que cela ne te choquera pas si je te dis qu'avant Christiane, c'est lui qui, cette nuit-là, connaît sa première fois dans les bras de Daniel.

Fin juin, Aloès reprend le train à Sainte-Saverne pour retourner en Algérie. Au moment des adieux, sur le quai, il y a sa future femme, son futur beau-père et l'homme de sa vie.
Charme, bien entendu, n'a pas fait le déplacement. Son fils a beau faire la guerre et être en passe de se marier, à ses yeux, il reste le gamin pisseux et malhabile d'autrefois, la cause de ses malheurs.

Dans sa poche, Aloès conserve la lettre de Suzon, bien repliée sur son aveu. Au milieu de tant d'émotions, il n'a pas trouvé le bon moment pour l'étaler sous le nez de son père. Il le fera, se promet-il, quand tout ça sera fini.

Un an plus tard

1961

Chapitre 43

Aloès

Accoudé au bastingage, hypnotisé par les mouvements amples de la houle qui soulève la coque du *Kairouan*, Aloès réalise subitement qu'il n'a plus le mal de mer. Cette faiblesse semble avoir disparu, comme les autres – la peur, les larmes, tout ce que l'adjudant appelait « vos sensibleries de fillettes – passées à la broyeuse des deux ans de ce service militaire qui s'achève. « Service », tu parles ! *L'hypocrisie continue,* se dit Aloès tandis que les façades du port d'Alger disparaissent à l'horizon. Et la guerre aussi, puisque quelque part sur la Méditerranée, dans un autre bateau, une cargaison de nouveaux appelés du contingent fait route vers les montagnes de Kabylie pour remplacer les anciens combattants qui, comme lui, rentrent chez eux.

Les pauvres gars, songe Aloès.

Sur le pont qui penche, les chansons du départ s'épuisent peu à peu, mais certains soldats s'acharnent encore à gueuler « La quille ! La quille ! » en vidant des bières jusqu'à s'en rendre malades. Aloès ne leur en veut pas, il les comprend. Il comprend leur soulagement d'en avoir terminé avec l'horreur, avec la fatigue, la saleté, l'injustice, et il comprend aussi cette trouille inavouable qu'ils ont tous de ne plus être capables de revenir à la vie ordinaire, aux habitudes civiles. Après avoir *tout vu,* comme ils disent pudiquement, après avoir pataugé dans la boue immonde de l'âme humaine, comment faire pour s'attabler en famille et parler du temps qu'il fait ? Comment reprendre son travail à l'usine, à l'atelier, aux champs ? Comment caresser le chien ou chanter une berceuse à son enfant quand on a dans la tête des souvenirs de femmes violées et de cadavres émasculés ? Comment aller danser, léger, au bal du 14 Juillet ? Comment aimer quelqu'un lorsqu'on passe ses nuits à faire des cauchemars ?

– Hé, ça va ? lui demande Norbert.

– Oui, répond Aloès.

– T'es bizarre, l'ami. Pourquoi tu fais cette tronche ?

– Je fais pas de tronche, dit Aloès.

– Ben si, dit Norbert.

Et ils se mettent à rire sans bruit, côte à côte dans la lumière du soir. Cet échange est devenu leur refrain, leur code d'amitié rien qu'à eux deux, une façon de se dire ce qu'ils ne peuvent pas se dire autrement.

– Alors, tu viendras, hein ? reprend Norbert.

– Au Guilvinec ? Oui, je viendrai. Promis.

– Avec ta femme, hein ? J'ai bien envie de voir à quoi elle ressemble, ta Christiane !

Aloès hoche la tête. Lui aussi, d'une certaine façon, se demande à quoi ressemble Christiane, étant donné qu'il ne l'a revue qu'une seule fois, en coup de vent, lors de sa permission de Noël et qu'ils n'ont pas trop su quoi se raconter. Aussi étrange que ce soit, le mariage est prévu pour bientôt ; cette idée lui fiche presque plus les jetons que d'aller crapahuter dans la caillasse du djebel.

– Et toi ? demande Aloès à Norbert. Tu comptes te marier ?

– Oh, moi, tu sais, je suis un vieux loup solitaire, sourit Norbert. Tout ce qui m'intéresse, c'est mon filet de pêche.

Aloès jette un regard à son pote. Depuis des mois, il s'interroge. Malgré sa carcasse de balèze et ses pognes en battoirs, est-ce qu'il ne serait pas un peu de la bagouse, lui aussi ? Aloès a bien intercepté, quelquefois, des regards ou des gestes équivoques, mais il n'est pas sûr.

– Je ne sais pas si je viendrai avec Christiane, ajoute-t-il, pensif. Elle a l'air timide, pas sûr qu'un voyage pareil lui plairait. Mais j'ai mon ami, tu sais, Daniel ?

– Bien sûr, ton ancien instituteur. Tu m'as parlé de lui un million de fois.

– Eh bien, lui, c'est sûr, ça lui plairait de venir en Bretagne. Et puis, il a une auto. Une 4CV.

– Alors tope là, mon ami. Viens avec qui tu voudras, mais viens. Mona et Suzon seront si heureuses de te revoir.

Et c'est sur cette promesse où le passé et l'avenir s'entremêlent que les deux amis se quittent, le lendemain matin, à Marseille, chacun partant de son côté vers son destin, et abandonnant derrière lui son uniforme de soldat comme une mue de serpent, un chiffon qu'il tentera en vain d'oublier jusqu'à la fin de ses jours.

Chapitre 44

Daniel se tient au bout du quai à Sainte-Saverne. Fidèle au rendez-vous, ému. Mais depuis qu'ils se sont dévoilés l'un à l'autre, les deux hommes font preuve de prudence et de retenue. Pas d'effusion en public, ça vaut mieux. Alors, une poignée de main, une accolade virile, et Daniel s'empare du sac d'Aloès.

– Viens voir, j'ai une surprise pour toi, dit-il.

Il entraîne Aloès vers la petite place, derrière la maison du garde-barrière. Garée sous un platane, une voiture rouge aux élégantes lignes courbes attend sagement ses passagers : la fameuse Dauphine.

– Le concessionnaire m'a proposé un crédit avantageux, alors finalement, j'ai cédé à la tentation, rougit Daniel. C'est le modèle Gordini, avec jantes ajourées. Trente-six chevaux. Elle peut monter à cent vingt kilomètres-heure.

Ayant dit cela, il tend les clés à Aloès.

– À toi l'honneur !

Troublé, Aloès ôte ses lunettes, en essuie les verres, et passe la manche de sa chemise sur son front moite. Lui qui a appris à conduire pendant ses classes sur des jeeps et des camions militaires, se sent mal à l'aise à l'idée de prendre le volant de ce petit bijou fragile.

– Allez viens, l'encourage Daniel. Tu vas faire une entrée triomphale au village !

Aloès pousse un soupir. Il n'ose pas lui dire qu'il ne sait plus vivre avec les objets, les choses, ni les gens normaux.

– Merci, dit-il, mais je… Je suis trop… J'ai peur de…

En le voyant soudain si pâle, Daniel comprend sa maladresse. Il s'excuse aussitôt, il s'en veut :

– Mais que je suis bête ! dit-il. J'étais tellement à la fête de venir te chercher avec mon jouet que j'en ai oublié d'où tu reviens. Tu dois être épuisé, mon pauvre. Pardon. Monte, tu conduiras une autre fois.

Soulagé, Aloès prend place côté passager.

Une fois à l'abri de l'habitacle, alors que les larmes lui montent aux yeux, il saisit la main de Daniel et la serre.

– Je ne sais pas si je vais y arriver, avoue-t-il.

Daniel le dévisage avec une tendresse débordante.

– Arriver à quoi ? demande-t-il.

– À tout, dit Aloès.

– Je serai là. On fera face. Je t'aiderai de mon mieux.

Daniel met le contact et démarre. Par la vitre de la Dauphine, Aloès regarde défiler les maisons de Sainte-Saverne, les devantures des boutiques de la grand-rue, les bistrots, les ateliers des artisans en bordure du cours d'eau, et l'église qui, assise au sommet, couve sa paroisse comme une mère jalouse.

– Tu sais que là-bas, les fellouzes brûlent les églises ?

– Oui, dit Daniel d'une voix sombre. J'ai lu ça.

– Eh bien moi, je l'ai *vu*, rétorque Aloès. Et tu sais quoi ? Je me dis que les églises n'ont rien à faire là-bas. Qu'ils ont raison d'y mettre le feu. Qu'ils ont raison de vouloir débaptiser toutes ces villes conçues pour imiter les nôtres au beau milieu du désert. Est-ce que tu te rends compte qu'il y a, là-bas, une autre Strasbourg ? Des bourgades nommées Saint-Louis, Saint-Joseph, Lafayette ou Bellevue ? Il y a même un patelin qui porte le nom d'*Armée-Française* ! Armée-Française ! Est-ce que ce n'est pas insultant, ça ? Est-ce que ce n'est pas pure provocation pour un Berbère ou un Kabyle qui n'a même pas de quoi nourrir ses gosses de voir les colons se prélasser sur la place du Maréchal-Joffre ?

Submergé par le flot de paroles et la révolte d'Aloès, Daniel se contente de conduire et d'écouter. Il quitte maintenant les faubourgs de Sainte-Saverne par les routes du Morvan qui serpentent entre les haies et le quadrillage des prés.

– Diderot ! Descartes ! énumère encore Aloès. Comment la France a-t-elle pu imaginer un système aussi indécent ? Comment des types ont-ils pu, depuis cent trente ans, donner des noms de philosophes à ces endroits, et dans le même temps réquisitionner les terres des paysans et laisser leurs enfants en guenilles, sans éducation, sans soins ? Comment ont-ils pu croire que c'était *pour leur bien* ?

Aloès frappe le tableau de bord du poing. Daniel sursaute, manquant de faire un écart.

– Et tu sais le plus marrant ?

– Non, répond Daniel avec l'humilité de celui qui n'y était pas.

– Ben si ! Le plus drôle, c'est que je viens de perdre deux ans de ma vie pour défendre cette absurdité ! Et si de Gaulle continue d'hésiter face aux menaces des partisans de l'Algérie française et de tous ces fachos, on sera bientôt plus d'un million de pauvres gusses dans le même cas ! Quel gâchis !

Quand Daniel arrive avec la Gordini sur la place du village, il ne triomphe en rien ; il roule au pas, comme si la honte avait encrassé le moteur. Devant la boucherie-charcuterie Beugnot où on a dressé un buffet de bienvenue, la future belle-famille d'Aloès l'attend, sourires jusqu'aux oreilles, flanquée du maire, de Charme Balaguère en personne et de tous ceux qui aiment les grands événements bien arrosés, ce qui fait pas mal de monde. Une chance, songe Daniel, que personne n'ait eu l'idée de convoquer la fanfare.

Au dernier moment, il pose furtivement sa main sur la cuisse d'Aloès. Il dit :

– J'ai entendu tout ce que tu as dit, et je te comprends. Mais ici, personne ne…

– Je sais, tranche Aloès. C'est pour ça qu'à partir de maintenant, je n'en parlerai plus. Plus jamais.

Et il sort de la Dauphine, avec sur le visage ce sourire bizarre, un peu figé. Celui qui, là-bas, foutait les glandes à son copain Le Moulec.

Comme je te l'ai dit, Saule, il n'y a pas de héros dans notre histoire. Seulement des hommes que la violence du monde laisse sans voix.

Et c'est dans ce silence écrasant qu'a lieu le mariage de mes parents.

La scène se déroule au milieu du mois d'août 1961.
À cette date, la guerre froide est à son apogée. L'Ouest et l'Est du monde se défient à l'aide de missiles atomiques braqués l'un contre l'autre, et au moment où Christiane revêt sa robe blanche pour se rendre à l'église, au moment où Aloès noue sa cravate, Berlin se réveille coupée en deux par un mur de barbelés qui va, au fil des semaines, devenir un vrai mur, épais, en béton armé surmonté de miradors et censé séparer le Bien du Mal, et empêcher – surtout – les habitants de foutre le camp à l'Ouest.
En quittant les Chaumes ce jour-là à bord de la Gordini de Daniel Giraud,
mon père se sent comme cette ville : condamné à vivre à moitié, amputé pour toujours d'une part de lui-même.

Août 1961

Chapitre 45

Christiane

Depuis qu'elle est née, Christiane ne fait pas de bruit.

Réfléchie, serviable, d'humeur toujours égale, elle ne pose ni question ni problème.

On ne lui connaît qu'une seule amie, la Francine de l'Huis Challard. Une gentille fille qui n'a pas inventé l'eau chaude, avec qui elle se promène quelquefois le dimanche.

Depuis la mort de son frère aîné en Algérie, Christiane veille sur sa mère inconsolable, et sur sa jeune sœur, Simone, dont le comportement impulsif donne du fil à retordre à leur père. Le reste du temps, elle tient la caisse à la boucherie-charcuterie, emballe les commandes et coupe le jambon, ou bien elle brode. C'est fou ce qu'elle aime broder ! Des nappes, des serviettes, des mouchoirs, n'importe quoi pourvu qu'elle ait *quelque chose à faire*.

Ce que Christiane ne dit à personne (pas même à elle-même), c'est qu'elle étouffe dans cette famille endeuillée. Et quelqu'un qui étouffe, justement, ça ne fait pas de bruit.

De deux ans plus jeune qu'Aloès, elle l'a toujours observé, de loin, sans rien laisser paraître. À l'école communale, dans la classe unique de M. Giraud, elle s'arrangeait toujours pour se mettre au premier rang, non loin de ce garçon appliqué, qui, comble du chic, était le seul du village à porter des lunettes.

Les autres garçons, ceux qui ne portaient pas de lunettes, lui semblaient effrayants. Ils parlaient trop fort, se battaient comme des chiffonniers, lançaient des cailloux, disaient des gros mots, arrachaient les ailes des mouches et torturaient les chats. Aloès, à l'inverse, parlait d'une voix douce, lisait des livres et fuyait les bagarres ; sa sensibilité lui plaisait.

Et puis, il était malheureux, ça se voyait. Mal aimé par son père qui lui parlait comme à un chien, sans mère, sans frère ni sœur, toujours dans les jupes de sa grand-mère, il faisait de la peine à Christiane et avivait chez elle un obscur sentiment maternel. Dans ses rêveries, parfois, elle se voyait le recueillir comme on recueille un animal égaré : elle le trouvait sur le pas de sa porte un matin d'hiver, recroquevillé, les mains bleues de froid, alors elle l'enveloppait dans une couverture, l'asseyait près du feu, et lui servait un délicieux chocolat « y'a bon Banania » comme dans les réclames radiophoniques. Reconnaissant, Aloès lui souriait, il était *enfin* heureux ; Christiane trouvait dans ce fantasme un réconfort presque érotique.

Plus tard, à l'occasion des fêtes de village, des communions, des mariages, des comices agricoles, des foires, elle s'était mise à attendre une invitation à danser. Mais hélas, soit Aloès ne venait pas aux fêtes, soit il demeurait assis dans son coin, un œil sur son père qui s'adonnait sans limite à la boisson, l'autre sur sa grand-mère qui commençait à perdre un peu la boule. Si bien que, timide et mal à l'aise, Christiane restait, elle aussi, sur sa chaise.

« Celle-là, murmuraient les mauvaises langues, elle finira vieille fille. » Et finir vieille fille, dans la bouche des commères, était la pire des condamnations.

Mais Christiane s'en fichait. Mieux valait n'épouser personne plutôt qu'un de ces garçons rudimentaires qui au moindre mot de travers lui aurait flanqué une torgnole. Les torgnoles, son père les distribuait assez généreusement à la maison, elle n'était pas en manque, merci bien.

Puis, Henri était mort – le fils aîné, l'héritier de la boucherie-charcuterie Beugnot, créée par le grand-père en 1906 – et tout s'était trouvé chamboulé. D'émotion, le père Beugnot n'avait plus menacé quiconque de torgnole, il était devenu pensif, préoccupé, en un mot (et c'est triste à dire) plus humain.

Quelque temps après l'enterrement, un jour qu'il n'y avait personne dans la boutique, son père avait pris Christiane entre quat'z'yeux.

– J'ai bien réfléchi. Tu es une fille sérieuse, lui avait-il dit d'une voix lugubre (c'était la première fois qu'il faisait un compliment à Christiane), et puisque ton frère n'est plus là, quand le temps sera venu, j'envisage de te léguer mon affaire.

Christiane n'avait pas moufté, le regard rivé aux rides soucieuses qui barraient le front paternel.

– Ainsi, tu pourrais continuer à tenir les comptes, à passer les commandes, à la limite tu pourrais façonner les saucisses, mais pour le reste ?

D'un geste majestueux de propriétaire, M. Beugnot avait désigné les couteaux à désosser, les feuilles des tranchets aiguisées comme des rasoirs, les quartiers de viande de cinquante kilos suspendus à leurs crochets dans la chambre froide, avant de s'écrier :

– Il nous faut un homme ! Et par conséquent, il te faut un mari.

Christiane suivait sans peine le raisonnement de son géniteur : il y avait des choses réservées aux femmes, d'autres choses réservées aux hommes, ça ne se discutait pas.

– J'ai pensé au fils Mouchin, avait lâché son père. Il est bien, costaud comme pas deux, travailleur…

Là, quand même, Christiane n'avait pas pu retenir un hoquet. Le fils Mouchin ? Cette brute ? Ce crétin ? Avec ses oreilles en chou-fleur ? Plutôt se faire hara-kiri avec un couteau à désosser ! Sans prévenir, sa voix calme et douce s'était affermie pour se frayer un chemin jusqu'à ses lèvres :

– J'épouserai Aloès Balaguère, avait-elle dit. Sinon, je préfère renoncer à la boutique.

Estomaqué, M. Beugnot avait protesté, puis durant des semaines, il avait tenté d'ôter cette lubie de la tête sa fille. Aloès Balaguère n'était ni costaud ni travailleur ! Un doux rêveur, un bigleux tout juste bon à faire l'école aux enfants (comme son ami, là ! Le Lyonnais !), non non, c'était donner de la confiture aux cochons !

Mais Christiane, pour une fois, tenait bon. Son père ne l'impressionnait plus, elle refusait de brader sa main et sa vie, c'était à prendre ou à laisser. Si bien que, faisant contre mauvaise fortune bon cœur, M. Beugnot avait fini par se ranger au caprice de Christiane et il avait cherché à se rapprocher de Charme Balaguère.

Quelque temps plus tard, quand Christiane avait vu Aloès se diriger vers elle, au bal de la Saint-Jean, elle avait compris que l'arrangement entre les deux chefs de famille était en passe d'aboutir. Sa résistance passive avait payé : elle s'était sentie subitement puissante. Puissante… et terrifiée.

Et voilà, se dit-elle le soir du mariage, en sentant arriver avec angoisse la fin de la noce et par conséquent, le moment crucial où elle va se retrouver seule avec Aloès.

– Tu vas savoir comment faire ? lui demande Francine, qui ne l'a pas lâchée d'un pouce depuis l'église.

Le regard plein de détresse, Christiane secoue la tête. Tout ce qu'elle sait de la nuit fatidique se résume à des abstractions : consommer le mariage, accomplir le devoir conjugal, des trucs comme ça. Elle sait aussi que ça suppose d'être nue dans un lit avec son homme, mais après ? Est-ce qu'il lui faudra subir des assauts dégoûtants, comme les vaches ou les juments qu'on voit dans les prés ? Est-ce qu'il lui faudra aider son mari durant ces acrobaties ou bien juste attendre qu'il ait fini ? Pour elle, rien que d'être *nue* – qui plus est devant quelqu'un – est impensable !

– Il paraît que ça fait mal, ajoute Francine qui, décidément, n'est pas finaude.

Ce «ça» tourmente Christiane depuis des semaines. Elle a beau se représenter vaguement l'anatomie d'Aloès et la sienne, elle ne voit pas comment ni pourquoi il faudrait absolument emboîter ceci dans cela. C'est ridicule, non?

– Bah... c'est la vie, faut bien! raisonne Francine.

Ce dialogue se déroule à minuit bien sonné, dans la cour des Chaumes rendue méconnaissable par les guirlandes de papier crépon, les lampions, les chaises renversées et les enfilades de tables couvertes des reliefs du festin qu'on viendra débarrasser demain. Les vieux sont partis se coucher, des enfants se sont endormis sous les tables, et les derniers fêtards titubent sous le tilleul au son d'un accordéon mourant. Aloès est parmi eux, avec deux ou trois gars de son âge, et son ancien instituteur, Daniel, qui n'est pas en reste. À eux seuls, ils chantent si fort qu'ils font autant de boucan que toute la noce réunie.

– Tu devrais aller chercher ton mari, conseille Francine à Christiane. Plus vite ce sera fait, plus vite tu seras débarrassée.

Christiane observe l'alliance qu'elle porte désormais à l'annulaire. En l'espace d'une journée, elle est passée du statut de fille à celui d'épouse, elle a changé de nom, son avenir s'est subitement déployé sous ses yeux (habiter aux Chaumes, entretenir la ferme, s'occuper de la basse-cour, faire des enfants) et pourtant, rien n'a changé.

– Allez! la pousse Francine. On doit toutes passer par là, c'est pas la fin du monde.

Chapitre 46

Aloès

Seul avec son lourd secret, Aloès précède Christiane jusqu'à la chambre.

Depuis des semaines, et plus encore depuis que les noceurs se sont dispersés, Aloès redoute ce moment. Comme il l'a répété cent fois à Daniel, il en est sûr, *il ne va pas y arriver*. Et maintenant qu'il y est, il se sent presque aussi malade que sur le pont du bateau qui l'emmenait en Algérie, deux ans plus tôt.

Il ouvre la porte, aide Christiane à franchir le seuil en la tirant un peu par la main, et allume le plafonnier. Après tout, maintenant que Charme a fait installer l'électricité dans toute la maison, autant s'en servir.

– Je préférerais qu'on reste dans le noir, se rapetisse Christiane.

Étourdi d'alcool et d'émotions contraires, Aloès dévisage la jeune femme. Avec ses grands yeux effarés, elle ressemble à une enfant perdue au milieu des bois ; elle lui fait de la peine. Il réalise qu'à part les vœux prononcés tout à l'heure devant le curé, puis devant le maire, ils n'ont pas échangé plus de dix mots durant cette journée.

– Et si on parlait un peu ? propose Aloès, sans trop savoir de quoi.

Pour lui, tout est bon pour gagner du temps. Et quand il voit le soulagement repeindre le visage de Christiane, il se dit qu'il en est de même pour elle.

– Assieds-toi, propose-t-il.

Aussitôt, Christiane se blottit au pied du lit. Tout au bout, dans le renfoncement de la soupente. Et elle serre ses jambes l'une contre l'autre. Et elle commence à se ronger l'ongle de l'annulaire où brille son alliance toute neuve.

– Tu as froid ? lui demande-t-il.

On est en août, il fait une chaleur de four dans la chambrette, mais Christiane dit oui, un peu. Aloès lui tend une couverture, et elle s'enroule dedans.

– C'est mieux ?

– Oui, confirme Christiane, dont le corps ressemble à présent à celui d'une chenille dans sa chrysalide.

Comprenant qu'elle est aussi peu pressée que lui, Aloès entrevoit sa chance d'échapper au cauchemar qui le poursuit. Après tout, rien ne les oblige à passer à l'acte, n'est-ce pas ? Qui saura ce qui arrive – ou *n'arrive pas* – dans cette chambre ? Personne !

– Tu as l'air très… gentille, dit-il.

Christiane hoche la tête. Elle s'accroche à ce mot comme un naufragé à un débris flottant. Elle dit à Aloès que lui aussi, il a l'air gentil. Puis, ça lui échappe, elle ajoute :

– Pas comme ton père…

Elle se mord aussitôt la lèvre, embarrassée.

– Il te fait peur ? l'aide Aloès.

– Un peu, avoue Christiane qui doit désormais vivre sous le même toit que Charme. Il est tellement imprévisible. Et puis, il te traite si mal !

Aloès pense à la lettre de Suzon. Son autre secret. Et subitement, c'est de ça qu'il a envie de parler avec Christiane. Pour gagner du temps, sans doute, mais aussi parce qu'il a l'intuition qu'elle comprendra.

Il lui raconte alors l'histoire de la cache d'armes pendant l'Occupation, la nuit où Jean et Suzon ont espionné les maquisards, jusqu'au coup de feu qui a rendu son père boiteux. Et comme Christiane l'écoute avec intérêt, il continue. Il lui explique comment il a rencontré Norbert en Algérie, la coïncidence, Le Guilvinec, puis il se lève, et va chercher la fameuse lettre qu'il conserve glissée entre ses livres, sur une étagère.

– Contrairement à ce que j'ai toujours cru, ce n'est pas moi qui ai tiré sur mon père, dit-il. Regarde, c'est écrit ici.

Émue par la confiance qu'Aloès lui accorde, Christiane se penche pour lire le passage qu'il lui désigne.

« *Maintenant que Jean est mort,* a écrit Suzon, *je ne vois pas ce qui m'empêcherait de te dire la vérité. Mon frère s'est toujours comporté en tyran avec moi, et surtout avec toi. Mais sous ses grands airs, c'était un lâche. Il m'a avoué un jour, en rigolant, que c'était lui qui avait tiré. Il n'a pas fait exprès de blesser Charme, bien sûr, il n'était qu'un gosse d'à peine huit ans à l'époque. En revanche, il t'a sciemment fait porter la faute à sa place, et ça m'a révoltée. Je sais que ton père t'en veut horriblement depuis, et j'ai besoin de rétablir la vérité. Montre-lui cette lettre. Ça ne changera rien à ce qui s'est passé, mais ça changera peut-être son…* »

– Et alors ? Tu lui a dit ? s'enquiert Christiane.

– Non.

– Pourquoi ?

Aloès soupire et hausse les épaules.

– Parce que c'est trop tard, dit-il. Je ne serai jamais le fils que mon père aurait voulu.

Il va à la fenêtre. Déjà, la ligne d'horizon pâlit au bout du champ de seigle et on entend chanter les merles. L'alcool continue de lui tourner la tête, mais il a l'habitude maintenant. Il pense à Daniel, sa gorge se serre. Il songe qu'il ne sera jamais heureux et cette pensée l'accable. Il se retourne vers Christiane. Elle non plus, elle ne sera jamais heureuse, se dit-il. Pourquoi faut-il jouer cette comédie ? Est-ce que c'est ça, la vie ? Jouer un rôle ?

– Je voudrais que tu saches, ajoute-t-il, que… Je ne sais pas si je pourrai…

Christiane, qui s'était détendue, se crispe à nouveau.

– … si je pourrai reprendre la boucherie, finit-il par lâcher.

– Ah ça ! s'exclame-t-elle, soulagée. Eh bien, ce n'est pas si grave, peut-être qu'on trouvera un moyen de…

– Oui, c'est ce que j'ai pensé. On trouvera un moyen. Parce que moi, en vérité, la viande, je… Ce qui me plaît, tu vois, c'est autre chose.

– Je sais, sourit Christiane. Tu n'es pas comme les autres. Je l'ai compris depuis longtemps. Toi, tu es doux.

Si tu savais, songe Aloès, en se rappelant les choses atroces qu'il a faites en Algérie, sans parler de ses amours clandestines dans la chambre de Daniel, leurs gestes parfois brutaux pour exprimer leur désir, leur flamme, leur passion interdite.

– Doux ?

– Oui, affirme Christiane avec conviction. Par exemple, tu possèdes des livres. Tiens ! Je suis sûre que tu connais des poèmes !

Aloès hoche la tête. Il sait par cœur ceux d'Apollinaire, de Verlaine, de Rimbaud et de Jean Richepin. Il demande à Christiane si elle veut en entendre un, et elle joint les mains, ravie de la tournure inoffensive que prend cette nuit de noces.

C'est une cour carrée et qui n'a rien d'étrange
Sur les flancs, l'écurie et l'étable au toit bas
Ici près, la maison ; là-bas, au fond, la grange
Sous son chapeau de chaume et sa jupe en plâtras…

Cette nuit-là, Aloès récite plusieurs poèmes, d'une voix de plus en plus lente et fatiguée, dans le noir de la chambre conjugale. Au petit matin, les deux jeunes mariés dorment tête-bêche, chacun encore bien boutonné dans son costume.

Elle ne sentit pas lui courir sous la plume
De ces grands souffles fous qu'on a dans le sommeil
Pour aller voir la nuit comment le ciel s'allume
Et mourir au matin sur le cœur du soleil

À Francine qui lui demande le lendemain comment « ça » s'est passé, Christiane répond « très bien, très bien », et c'est tout.
Si Aloès s'est juré de ne plus parler à personne de sa guerre, Christiane ne parlera pas davantage de la sienne. Question de survie.
À partir de là, un accord tacite lie mes parents.
Ils partagent leur vie, leur nourriture, leur espace, les revenus de la ferme et de la boucherie, et ils dorment dans le même lit, mais ils ne se touchent pas.

Cet automne-là, la guerre d'Algérie continue de faire des morts, y compris en métropole.
Des attentats visant les forces de l'ordre se multiplient. Depuis 1958, quarante-sept policiers ont été tués par des terroristes, en service ou chez eux, et une centaine gravement blessés.
Les négociations pour l'indépendance ont été suspendues, et un couvre-feu interdit aux Algériens de la région parisienne de sortir de chez eux après vingt heures trente. En secret, la fédération de France du FLN organise une manifestation pour contester cette mesure injuste.
Le soir du 17 octobre, des milliers d'hommes, de femmes et d'enfants se rassemblent, sans armes, dans les rues de Paris.
Sous les ordres du préfet Maurice Papon, les forces de police, elles, sont lourdement armées. Elles ont pour consigne d'empêcher la

manifestation. Tout le monde est à cran.
Et les coups de feu partent, les coups de matraque pleuvent. Des autobus sont réquisitionnés pour rafler un maximum de personnes, et en pleine nuit, des manifestants sont jetés depuis les ponts, par-dessus les parapets. On ne sait pas précisément combien se noient dans la Seine.
Des témoins disent : beaucoup.
Le préfet et l'État étouffent l'affaire.

En 1962, un accord est enfin trouvé qui débouche sur un cessez-le-feu après sept ans de guerre. Quelques semaines plus tard, l'Algérie proclame son indépendance. Les troupes du contingent remontent fissa dans les bateaux, on plie les drapeaux tricolores, et à Alger, dans la liesse populaire qui s'ensuit, les règlements de comptes commencent.
Les Algériens musulmans qui s'étaient enrôlés dans l'armée française sont désignés comme traîtres et menacés de mort ; certains parviennent à s'enfuir, d'autres sont exécutés.
Les pieds-noirs, ces civils européens qui vivaient là-bas, pour certains depuis plusieurs générations, sont rapatriés et ils sont près d'un million à débarquer au fil des mois dans les ports de Marseille, de Nice ou de Port-Vendres, souvent avec une seule valise et nulle part où aller.

Au village, protégé des commérages par son statut d'homme marié, Aloès continue de voir Daniel le plus souvent possible. Et lorsqu'il lui arrive de rester un peu tard, voire de passer la nuit chez son ami au prétexte d'avoir trop bu pour remonter aux Chaumes, Christiane ne lui en fait pas le reproche. Chacun des deux s'arrange avec l'autre, tout ce qui compte c'est qu'on leur fiche la paix. Et pendant quelque temps, ça marche. Mais une année passe, puis deux, trois, et les regards se posent avec insistance sur le ventre toujours plat de Christiane.

CHAPITRE 46

« Et alors ? Quand est-ce que vous nous faites un petit ? » demandent les bonnes âmes.
C'est l'époque où les campagnes se dépeuplent, où les jeunes sont attirés vers les villes comme des papillons autour d'une lampe, on a besoin de bébés.
Au bistrot, des plaisanteries grossières reviennent aux oreilles de Charme.
« Alors, Balaguère ? On dirait que ton fils a pas trouvé le mode d'emploi ? »
Tandis qu'à la boucherie, les clients lâchent des allusions désagréables devant le père Beugnot.
« Et ton gendre, dis donc ? Faudrait peut-être qu'il passe un peu moins de temps chez son ami l'instituteur et un peu plus dans le lit de sa femme ! »

Je suppose qu'à force, la situation devient intenable.
Alors pour faire taire les ragots, Aloès et Christiane se résignent à consommer le mariage.

1965

Chapitre 47

Christiane

Depuis que son ventre s'est arrondi, Christiane trône en souveraine derrière la caisse de la boucherie. Au village, les mauvaises langues qui lui prédisaient jadis la désolation du célibat puis de l'infertilité ont cessé de ricaner. Maintenant qu'elle est rentrée dans le rang, Christiane récolte l'approbation générale. Les clientes s'empressent de la féliciter, de lui souhaiter le meilleur : un bon gros garçon.

– Un colosse de la trempe de ton frère Henri !

– Ça ne le ramènera pas, bien sûr, mais...

– Un petit-fils, ce serait une consolation pour ta pauvre maman !

C'est une époque et un endroit où il est impossible de revendiquer son droit à une quelconque intimité ; tout le monde se mêle de tout, mais Christiane sait y faire. Persuadée d'attendre une fille, elle se contente de sourire, d'emballer les entrecôtes et de remplir le tiroir-caisse.

Jusqu'ici, c'est toujours le père Beugnot qui officie en maître à la boucherie, tandis qu'Aloès se contente de venir prêter main-forte le samedi et les jours de foire. Malgré son peu de goût pour la profession, il a appris à distinguer une bavette d'un aloyau, à manier les hachoirs et à dénerver les foies de veau, mais quitte à ne pas faire ce qu'il aime, il préfère encore s'occuper des travaux de la ferme, et pour l'instant, l'arrangement tient. Dans l'esprit de Christiane, tout est programmé. Quand l'enfant naîtra, c'est Simone, sa jeune sœur de dix-huit ans, qui prendra sa place à la caisse de la boutique, et si les affaires continuent de marcher comme elles marchent, M. Beugnot envisagera peut-être l'embauche d'un apprenti. Quant à Aloès, il a promis d'être davantage à ses côtés et de devenir un bon père, lui qui n'a connu que le mépris du sien.

Chaque fois que Francine rend visite à Christiane, elles évoquent le futur accouchement, et Francine grimace :

– Tu sauras comment faire ? Non, parce que… Il paraît que ça fait *très* mal.

Christiane hausse les épaules. Elle est mariée, elle est enceinte, alors elle n'a plus peur de rien. Tout glisse sur elle, même les inepties de Francine, même les soupirs de sa mère, et même les grossièretés de Charme quand il a trop bu.

Chaque soir, lorsqu'elle s'allonge sous les draps, elle pose ses mains sur son ventre et elle repense à la petite fille qu'elle était, si timide et si mal dans sa peau. Elle soupire d'aise face à ce bel avenir qui s'ouvre devant elle. Les temps sont prospères, les guerres sont lointaines, la France se reconstruit à vitesse grand V et le progrès s'invite partout, même ici. Le mois dernier, Aloès a décidé d'acheter une auto. Pas une rouge comme celle de son ami Daniel, mais une Ami 6 break de couleur crème, plus discrète et plus pratique. Et puis, pour l'arrivée du bébé (début juin), il projette d'offrir à Christiane une machine à laver le linge et de tapisser les murs de leur chambre avec du papier peint – celui que Christiane préfère, avec les petites fleurs de toutes les couleurs. « Du papier peint ? a bougonné Charme. Et pis quoi encore ? C'est bon pour les Parisiens, ces conneries-là. À la campagne, les fleurs, elles sont dehors, pas dedans ! »

Mais c'est justement ce qui plaît à Christiane ! Avoir les choses de la ville ! *Ça va faire des envieuses*, songe-t-elle avec un brin de satisfaction.

Le 6 mai, sur le coup de sept heures du soir et alors qu'elle sert une dernière cliente juste avant la fermeture, Christiane sent une douleur lui traverser les reins, puis lui enserrer le ventre comme un étau. Le souffle coupé, elle glisse de son trône, et se retrouve assise par terre, dans la sciure qui jonche le carrelage. Un liquide chaud se répand sur ses cuisses.

– Elle accouche ! s'écrie la cliente. Vite ! Quelqu'un !

Chapitre 48

Aloès

Ça tambourine à la porte du petit appartement au-dessus de l'école. Aloès sursaute. D'un bond, Daniel quitte le lit, enfile un pantalon et un tricot de corps. Avant d'aller voir ce qui se passe, il se tourne vers Aloès et pose un doigt sur ses lèvres.

– Monsieur Giraud ! Monsieur Giraud ! appelle une voix féminine sur le palier.

Daniel entrouvre la porte. C'est Simone, la sœur cadette de Christiane. Il l'a eue comme élève autrefois, une gamine futée mais impossible à tenir. D'ailleurs ça se confirme, elle est essoufflée, les joues écarlates, et elle trépigne comme une diablesse sur le paillasson.

– Je cherche Aloès ! Il est avec vous ?

Daniel secoue la tête. Il dit que non. Il demande pourquoi.

– C'est Christiane ! piaille Simone. L'enfant ! Ça y est !

– Hein ? Qu'est-ce que tu veux dire par « ça y est » ?

– Ben, il est arrivé ! D'un seul coup, pan !

– Pan ? répète Daniel, incrédule.

– Heureusement, papa était là, et aussi une cliente ! Ils ont fait venir le docteur !

À l'autre bout de l'appartement, Aloès est déjà debout, rhabillé, le cœur battant la chamade. Il vient d'entendre les phrases décousues de Simone, il est abasourdi.

– Comment va Christiane ? demande Daniel.

– Ça va, ça va, dit Simone. Il faut que je trouve Aloès !

– Il est sans doute… aux champs, propose Daniel.

– Sans doute pas ! Sa voiture est garée devant la mairie. Vous êtes sûr qu'il n'est pas ici ?

Simone se hisse sur la pointe des pieds, cherchant à voir par-dessus les épaules de Daniel qui barre l'entrée avec détermination.

– Alors il est peut-être allé en ville par l'autocar ? suggère encore l'instituteur, même s'il paraît stupide de prendre l'autocar quand on a sa propre auto.

Simone lève les yeux au ciel et lâche un soupir bruyant.

– Bon, ben… Si vous le voyez, dites-lui de venir immédiatement chez mes parents.

Alors qu'elle tourne les talons, Daniel a la présence d'esprit de lui demander :

– Et l'enfant ?

Dévalant déjà l'escalier, Simone lance :

– C'est une fille ! Elle est petite, mais vivante !

Caché dans la chambre, Aloès attrape au vol ces trois mots – fille, petite, vivante – qui s'inscrivent en lettres de feu dans sa mémoire. Il attend que Daniel ait refermé la porte pour jaillir dans la pièce, débraillé, hirsute.

– Je suis papa ? C'est ça ? demande-t-il. Papa d'une petite fille ?

Et devant le visage ébahi de Daniel, il répète la même phrase sur le mode exclamatif : « Je suis papa ! Je suis papa ! » Il saute en l'air, il tourne sur lui-même comme une toupie, il ne sait plus ce qu'il fait ni où il est, et Daniel le regarde, éperdu, un peu jaloux de ne pas pouvoir partager ce bonheur si singulier avec lui.

– Il faut que j'y aille, décrète Aloès en enfilant ses chaussures. Il faut que je…

– Attends, l'arrête Daniel. Je viens de mentir à Simone, et j'ai bien l'impression qu'elle ne m'a pas cru. Personne ne doit te voir sortir d'ici pour l'instant, sinon…

Aloès se fige. Il ouvre la bouche, et il se jette contre Daniel pour le serrer contre lui. Ce secret, cet amour honteux qu'il enterre au fond de son âme depuis des années finit par l'empêcher de respirer. Il prend Daniel par la main, il le tire vers la porte, il crie :

– Viens avec moi ! Viens ! J'en peux plus de faire semblant ! Je veux que tu voies ma fille ! Je veux que tu sois à côté de moi quand je vais la prendre dans mes bras pour la première fois ! Je veux que tu…

– Tais-toi ! l'interrompt sèchement Daniel. Tout le village va t'entendre !

L'instituteur va chercher un verre d'eau dans la cuisine. Il le tend à Aloès.

– Assieds-toi. Tu vas attendre calmement que la nuit tombe, et tu te faufileras dehors à ce moment-là. Tu as juste le temps de trouver un prétexte, une histoire pour expliquer ton absence.

– Mais…

– Reviens sur terre, Aloès, pour l'amour du ciel ! Nous autres, nous n'aurons jamais le droit de nous aimer au grand jour, et tu le sais très bien !

– Mais je…

– Dois-je te rappeler l'amendement Mirguet voté au Parlement ? s'énerve Daniel. Pour la société, nous sommes un fléau, une gangrène qu'il faut éliminer ! Nous en avons parlé mille fois. Je risque ma place d'instituteur, et toi, tu risques de perdre tout ce que tu as. Tu crois que les Beugnot te laisseront voir ta fille s'ils découvrent ta vraie nature ?

La dureté du regard de Daniel cloue Aloès sur le fauteuil. Sous l'effet euphorisant de la naissance de sa fille, il s'est cru plus fort qu'il ne l'est, plus fort que le reste du monde. Quelle folie. Daniel a raison, bien sûr. Qu'il soit devenu père ne change rien à cette vérité imbécile : il ne sera jamais libre, jamais heureux, jamais lui-même.

Une heure plus tard, quittant enfin l'appartement en toute discrétion, puis se présentant chez ses beaux-parents (en bredouillant des explications confuses, une panne, la nécessité de se rendre en ville, un ennui qui l'a retardé), il n'éprouve plus qu'un mélange nauséeux de chagrin et de culpabilité.

Autour de Christiane, très pâle et assoupie sous les couvertures avec sa toute petite fille serrée contre son cœur, la famille se relaie, bouleversée.

– Le docteur a dit que le bébé pèse à peine deux kilos, lui chuchote Mme Beugnot, les larmes aux yeux. C'est petit, mais par miracle, elle respire bien et elle a pris le sein.

– Pour le moment ça va, explique à son tour M. Beugnot, mais…

– Mais quoi ? s'inquiète Aloès.

– Le docteur pense qu'elle restera fragile. Qu'il faudra bien s'en occuper, la faire suivre à l'hôpital si nécessaire, lui donner des fortifiants, que sais-je. Personne ne peut garantir qu'elle…

Il ne parvient pas à achever sa phrase. À bout de nerfs, Mme Beugnot se met à sangloter, et Simone coule un regard oblique vers Aloès. Cinglante, elle lui jette :

– Voilà ce qui arrive quand on a du sang de navet dans les veines.

CHAPITRE 48

En dépit du prétendu sang de navet de son père et de sa naissance prématurée, la petite s'accroche à la vie.
Entourée d'attention, choyée comme jamais aucun autre enfant de la famille ne l'a été, la miraculée prend du poids, et après quelque temps, les inquiétudes au sujet de sa santé s'estompent. On s'extasie sur son solide appétit, ses pleurs vigoureux, ses joues qui s'arrondissent; c'est sûr, elle va vivre!
Dans ces circonstances, elle aurait pu s'appeler Victoire, mais en accord avec la tradition de la famille Balaguère, Christiane et Aloès lui choisissent un prénom de fleur, une fleur aux pétales bleus comme ses yeux: Véronique.

Plus Véronique grandit, plus Christiane rayonne de bonheur. Partout où elle est, la petite attire les compliments. On trouve qu'elle ressemble à sa mère, qu'elle a le regard rêveur de son père, on trouve qu'elle est vive et amusante, on la devine intelligente, et avec sa frimousse de bébé Cadum, on lui prédit de rendre fous tous les garçons.
En attendant, à la surprise générale, c'est Charme qui en est le plus amoureux.
À cinquante ans passés, au contact de sa petite-fille, l'acariâtre boiteux s'est subitement adouci jusqu'à en oublier sa violence, son amertume, et découvrir en lui des trésors de patience et d'affection que la petite lui rend bien.

Depuis qu'elle sait marcher, elle suit son grand-père où qu'il aille : dans les allées du potager, à la basse-cour, et même jusqu'à l'étable toute neuve où stabulent désormais plus de vingt vaches de race charolaise dont on tire les généreux biftecks de la boucherie Beugnot.
Christiane n'aime pas trop que Charme emmène sa fille de-ci de-là, surtout quand il a bu. Mais d'un autre côté, si son beau-père devient enfin agréable à vivre, elle ne va pas s'en plaindre. Et tandis qu'Aloès monte sur l'escabeau et entreprend de poser le fameux papier peint fleuri sur les murs de la chambre, Charme se dévoue corps et âme à l'enfant.
Par la fenêtre ouverte, Aloès entend parfois son père chanter une comptine à Véronique, « à dada sur mon bidet quand il trotte il fait des pets », *puis éclater avec elle d'un rire jamais entendu auparavant.*

En ce milieu des années soixante, alors que le président John F. Kennedy s'est fait assassiner, que les États-Unis commencent à bombarder le Vietnam, que des scientifiques évaluent les effets bénéfiques du LSD sur les troubles mentaux et que la contre-culture hippie se diffuse largement depuis San Francisco en proposant de faire l'amour plutôt que la guerre, les Français sont partagés entre l'envie de tout changer et celle, inverse, de ne rien changer du tout.
À l'élection de décembre, c'est l'hésitation. La France va-t-elle passer à gauche ? Finalement, le peuple opte pour la stabilité et c'est le vieux général de Gaulle qui est reconduit à la tête du pays. Malgré cela, les mentalités évoluent doucement.
Si on n'envisage pas encore de légaliser la contraception (et encore moins l'avortement), les femmes mariées ont maintenant le droit d'ouvrir un compte en banque personnel ou d'exercer une profession sans le consentement de leur époux.
Une loi est votée qui permet aux jeunes hommes de vingt ans

de troquer le service militaire contre un service de coopération civile à l'étranger ou dans les territoires d'outre-mer.
Il y a encore ici et là des attentats de l'OAS, une guerre secrète avec l'État, mais dans l'ensemble des foyers français on n'a plus très envie de s'empoisonner l'existence avec tout ça.
On achète un tourne-disque pour écouter Bob Dylan chanter Like a Rolling Stone *ou Hervé Vilard se lamenter que* Capri, c'est fini.
On ne parle plus de l'Algérie. Ce qui compte, c'est d'avancer, de produire de la richesse, d'aller plus loin, plus vite, plus haut ou plus bas peu importe, tant que c'est nouveau, étonnant, moderne.
Pour propulser les voitures, les fusées, les trains, faire tourner les usines et les lave-linges, on a besoin d'énergie.
Un programme de construction de centrales nucléaires, lancé dès le début des années cinquante, nous fournit à présent une petite partie de l'électricité, mais ça ne suffit pas, il faut extraire davantage de charbon.
Sauf qu'on manque de bras.
Alors on va recruter des jeunes paysans marocains en leur faisant miroiter des bons salaires. Ils débarquent par centaines dans les mines du Nord et de Lorraine, éberlués, sous la neige. On leur donne un bleu de travail, une lampe, un marteau-piqueur, et ils descendent à mille mètres sous terre. Avec un casque, mais souvent sans contrat de travail.

Aux Chaumes, à la grande joie de Christiane, Aloès achève de tapisser la chambre. Fini les murs tristes, simplement passés à la chaux. Ce qu'il faut, ce sont des couleurs, à profusion !
Alors avant de remiser brosses et escabeau, puisqu'il reste quelques rouleaux de papier peint, Aloès propose à Christiane d'en mettre aussi dans la petite chambre de Véronique.
Oh oui ! Des fleurs, des fleurs partout ! Jusqu'au plafond !
Désormais, rien qu'en allant se coucher, on aura la confirmation qu'une page est définitivement tournée, et que la guerre et la

misère, qui sont de couleur noire, ne peuvent plus nous atteindre. Même les Allemands, qu'on a tant haïs, deviennent des partenaires.
Quelques années auparavant, c'était impensable, et pourtant: l'amitié franco-allemande se met en place. Les deux pays signent des traités de coopération économique, scientifique, culturelle. Désormais, les villes françaises seront jumelées avec des villes allemandes et les élèves apprendront à se connaître et à parler la langue de l'autre, à travers des voyages scolaires.
Combien de millions de morts aura-t-il fallu pour en arriver là? Peut-être qu'un jour, on fera pareil avec l'Algérie?

Au village, la vie a retrouvé son rythme immémorial et ordinaire: les saisons, les foins, les moissons, les communions, les mariages, et lorsqu'il y a un enterrement, c'est en général celui d'une personne âgée qui a poussé son dernier soupir dans son lit.

Jusqu'au drame de juillet 1967.

13 juillet 1967

Chapitre 49

Aloès

Seul dans la chaleur de juillet, Aloès traverse à grandes enjambées la cour de la ferme. Il est quinze heures, pas un souffle d'air sur les Chaumes. Il entend bourdonner les mouches, tinter les cloches des vaches un peu plus loin, le grincement d'une poulie quelque part, et le joyeux babil de Véronique du côté des clapiers. Après la sieste, Charme a proposé à la petite d'aller choisir le lapin qu'on cuisinera demain pour la fête nationale. « Moi je le tuerai et toi, tu lui enlèveras son pyjama » ; elle a aussitôt dit oui, et ils sont partis main dans la main.

Christiane est à la boutique. Aloès sait qu'elle n'aime pas que Charme reste seul avec Véronique. Mais le vieux a juré ses grands dieux qu'il ne boirait pas une goutte, alors malgré sa mauvaise conscience, Aloès lui a confié la gamine. Parce que demain, Daniel part en vacances dans sa famille, du côté de Lyon, où son jeune frère se marie, si bien que les deux hommes ne se verront pas avant un mois. Un mois entier ! Autant dire : une éternité. « Arrange-toi pour me rejoindre », l'a supplié Daniel. Aloès a donc trouvé un prétexte pour s'éclipser (un rendez-vous fictif avec une coopérative agricole tout aussi fictive, à trente kilomètres d'ici) et, le cœur battant, il tire de sa poche les clés de l'Ami 6 avant de mettre le contact.

Depuis que Simone a manqué découvrir leur secret, les deux

amants redoublent de prudence ; ils ont mis au point divers stratagèmes pour se voir sans attirer l'attention, de plus en plus en loin du village. À la belle saison, Daniel gare sa Dauphine à couvert dans un sous-bois touffu, Aloès passe le prendre dans sa propre voiture, et ils s'enfoncent ensemble vers des recoins de ce Morvan désert qui abrite leurs amours mieux que n'importe quel hôtel, mieux que ces bars louches qu'on trouve dans les grandes villes aux abords des gares.

Le temps d'un après-midi, dans le lit que leur font les hautes fougères, ils s'aiment, ils parlent, ils s'évadent, et – Daniel s'arrangeant toujours pour garnir un panier de pique-nique – ils mangent, ils boivent, ils se réinventent un monde.

Parfois, nus comme des vers, ils trouvent un ruisseau où se baigner.

Souvent, Aloès récite un poème et Daniel lui demande pourquoi il n'écrit plus.

– Avec la boucherie, avec Christiane et Véronique, je n'ai plus le temps, se justifie Aloès.

– Quel dommage, lui reproche Daniel. Je suis sûr que tu pourrais écrire de grandes choses !

Ils finissent par se disputer, et au moment de se quitter, ils éprouvent un désespoir si fort qu'ils menacent de rompre. Mais dès le lendemain, ils renouent.

Ce jour-là, Aloès revient de son escapade aux alentours de sept heures du soir. La lumière est rasante, de chaque côté de la route les champs de blé mûr et de seigle explosent de nuances dorées. À l'approche de la ferme, cependant, Aloès aperçoit des lueurs bleutées, pulsatiles, qui n'ont rien de naturel. Saisi d'inquiétude, il appuie sur l'accélérateur, l'Ami 6 déboule en trombe dans la cour de la ferme et Aloès doit piler pour ne pas heurter les deux fourgons de la gendarmerie qui stationnent là, moteurs éteints mais gyrophares allumés.

Il jaillit de sa voiture, cavale jusqu'à la maison, n'y trouve personne, retraverse la cour à toute allure, jette un œil vers la grange, le fenil, les clapiers, rien, et ce n'est que plus loin, près des grandes portes coulissantes de la nouvelle étable, qu'il voit l'attroupement : une demi-douzaine de gendarmes, le père Beugnot assis par terre, et la silhouette renversée du tracteur Ferguson au milieu de tout ce monde.

Aloès se fige. Seul à l'orée de la catastrophe qu'il pressent, il ne peut plus faire un pas. Il voit les pâturages, les collines sèches tout autour, les haies d'aubépine, de fusain, de troène, il voit le toit de tôle ondulée, il entend meugler les vaches à l'intérieur parce que c'est l'heure de la traite, mais son corps refuse de bouger. Et soudain, c'est exactement comme en Algérie quand il a sauté du GMC sur la piste qui descendait vers l'oued : il se dédouble. D'un côté, son esprit hurle déjà de douleur, de l'autre ses jambes finissent par se remettre en marche toutes seules.

Les gendarmes se retournent vers lui en l'entendant arriver.

Le père Beugnot redresse la tête. Son visage est méconnaissable. Aloès y voit la détresse et la rage. Où est Christiane ? Où est Charme ? Où est Véronique ?

– Monsieur Balaguère, lui dit un des gendarmes en lui attrapant le bras.

Aloès regarde l'homme. Il le connaît. Il vient de Sainte-Saverne. Sur le coup, il ne retrouve pas son nom, mais il lui sourit. Et face à ce sourire bizarre, l'autre éprouve un malaise pénible. Il ôte son képi. Il dit :

– Monsieur Balaguère, il y a eu un accident ici…

Aloès a vu le tracteur renversé, les roues tristement dressées vers le ciel.

– Ces engins-là sont tellement lourds ! continue le gendarme, navré. Il suffit qu'une roue de la remorque verse dans une ornière, et vlan. Ça entraîne le timon et l'attelage se couche.

Quand votre femme est rentrée… c'était comme ça. Et il était trop tard.

– Mon père est mort ? demande Aloès d'une voix étale.

Le gendarme transpire. Son front goutte. Il dit :

– Non. Votre père a… il a juste été éjecté.

Aloès sent peser sur lui tous les yeux de tous les hommes amassés là. Il sait déjà que le pire s'est produit, mais son esprit est ailleurs, il flotte. Il hante cet espace-temps sans nom, l'endroit où sont enfermés ses secrets : les corps mutilés ou torturés qu'il a vus en Algérie, mêlés aux douceurs du corps de Daniel.

– Monsieur Balaguère, reprend le gendarme, je suis au regret de… C'est votre petite.

– Véronique ?

– Oui, Monsieur Balaguère. Votre papa a sans doute voulu lui faire plaisir, on suppose qu'elle était sur ses genoux pendant qu'il conduisait.

– Il était ivre ?

– Qui sait ? Peut-être qu'il avait bu quelques verres…

Aloès ferme les yeux. Bien sûr. Bien sûr que Charme avait bu. Comment a-t-il pu croire au serment d'un ivrogne ?

– Quand l'engin s'est renversé, achève péniblement le gendarme, votre fille est tombée et s'est retrouvée prise dessous. L'ambulance est partie voici une heure, avec votre femme qui est gravement choquée, votre père légèrement blessé et votre petite. Mais pour elle, hélas, il n'y avait déjà plus rien à faire.

CHAPITRE 49

Si tu viens un jour au village, Saule, je t'emmènerai au cimetière. Vers le fond, près du vieil if, tu trouveras le carré réservé aux enfants. Parmi les petites tombes, il y a celle de Véronique, avec sa pierre qui, sobrement, résume l'indicible : 1965-1967.

Pourtant, un an et demi après cette tragédie, tandis qu'un vaste mouvement de révolte traverse le monde comme un frisson, Christiane est de nouveau enceinte.
Pendant que du Japon à l'Allemagne, en passant par le Mexique, Chicago, Rome ou Paris, une partie de la jeunesse cherche à s'émanciper et manifeste jusqu'à l'émeute contre toutes sortes d'abus et d'oppressions parfois contradictoires, ma mère ne bouge plus : elle m'attend.
Elle rêve que je vienne remplacer la petite morte. Ou plutôt, elle rêve que je sois l'exacte copie de Véronique.
Elle voudrait que je guérisse l'immense douleur qui l'a submergée et dans laquelle elle a cru se noyer jusqu'à ce que mon père lui suggère de consommer le mariage une deuxième fois.

Au début de l'automne 1969,
les manifestations contre la guerre du Vietnam mobilisent toujours plus de jeunes aux États-Unis et ailleurs, tandis que la guerre froide étend son ombre menaçante jusque sur la Lune où un astronaute américain vient de faire ses premiers pas en

damant le pion aux Soviétiques.
Emblème de toutes les contestations, le concert de Woodstock vient de se dérouler dans un champ boueux pendant trois jours et trois nuits, avec Joan Baez, avec Jefferson Airplane, avec les Canned Heat, beaucoup de drogues et la guitare de Jimi Hendrix.
L'année d'avant, sur ordre de Moscou, plus de 6 000 chars, 800 avions et 400 000 soldats ont envahi la Tchécoslovaquie où des réformes visaient à assouplir le régime totalitaire et à abolir la censure pour instaurer un « socialisme à visage humain » : beaucoup trop risqué pour le pouvoir soviétique. Prague n'a pas pu résister à une telle offensive. Le désir de liberté a été tué dans l'œuf.
Pour exprimer leur colère et leur désespoir face à la répression, des étudiants se sont immolés par le feu.
« Il n'est pas possible de faire taire tout le monde », a écrit l'un d'eux avant de se tuer.
La même année, aux États-Unis, Martin Luther King a été assassiné.
Puis Bob Kennedy, le frère de John.
Fraîchement élu sur la promesse d'un retour à l'ordre moral, le président Nixon a promulgué une loi interdisant toute expérimentation scientifique autour du LSD, désignant ce produit comme la cause des agissements d'une génération devenue incontrôlable.
En France aussi, le pouvoir redoute l'anarchie, voire la guerre civile. Les grèves et les émeutes de Mai 68 ont provoqué une telle peur du chaos qu'au mois de juin, la droite a remporté les élections législatives. Il faut se reprendre en main, rentrer dans le rang, calmer le jeu.

Si mes parents s'intéressent à tout ça, c'est de loin.
Aux Chaumes, il n'y a pas encore de téléviseur et le poste de radio, calé sur l'ORTF, diffuse Riquita, jolie fleur de Java, *de Georgette Plana, ou* Alouette, *de Gilles Dreu.*

Dans ce coin de campagne, à l'écart des autoroutes qui se construisent un peu partout sauf par ici, la vie est à la fois pleine et vide, lente et irrémédiablement emportée, malgré tout, par le flot du changement.
Les nouvelles règles de la Communauté économique européenne, la lutte contre l'alcoolisme qui entraîne l'interdiction des bouilleurs de cru, la volonté de rentabiliser les terres en les regroupant, en utilisant de nouveaux engrais chimiques ou des machines modernes mettent de nombreuses petites fermes en difficulté.
D'ailleurs, on ne dit plus « fermes », on dit « exploitations agricoles ».
On ne dit plus « paysans », mais « agriculteurs ». Et tout le monde se sent tiraillé entre l'envie d'avoir un peu de confort – les WC dans la maison, l'eau courante au robinet, des vacances (des vacances !), un lave-vaisselle – et le souhait que tout reste comme avant.
Mais tu le sais bien, rien ne reste jamais comme avant.
Par exemple, l'histoire d'amour entre Aloès et Daniel.
Si forte fût-elle, elle n'a pas survécu au chagrin et au sentiment de culpabilité. Elle s'est achevée comme elle était née : dans le silence et la honte. Daniel a demandé sa mutation ; il est définitivement reparti du côté de Lyon.
De toute façon, à cause de l'exode rural, il n'y a plus assez d'élèves pour maintenir la classe unique de l'école communale. Désormais, les enfants du village devront se rendre à Sainte-Saverne pour étudier.

Depuis la mort de Véronique, Charme n'est plus qu'une ombre. Il ne parle plus, ne s'occupe plus des vaches ni des lapins, et quitte rarement son lit. Lorsqu'il entend le moteur d'un tracteur dans les parages, il se met, paraît-il, à trembler.
Quant au Ferguson, je crois qu'il a terminé à la casse.

Malgré tout, la boucherie Beugnot continue de faire des affaires et, claquemuré dans sa résignation, mon père y tient sa place. Il attendrit les biftecks, il désosse les jambons, il ne rêve plus d'écrire des phrases et ne récite plus de poèmes.
Ma mère brode.
Tout le monde retient son souffle.

Le 19 octobre 1969, dans une clinique propre et moderne de Nevers, Christiane Balaguère accouche d'un bébé en bonne santé de trois kilos huit cent cinquante.
Déception générale : je suis un garçon.

Quatre ans plus tard

Quatrième partie

Une grande absence

1973

Chapitre 50

Olivier

C'est l'été, je joue dans la cour de la ferme, au pied du tilleul.

Je porte un short en éponge, un chapeau en tissu, une paire de sandalettes.

Par la fenêtre ouverte au-dessus de la pierre d'évier, j'entends bourdonner le poste de radio. C'est l'heure où je ne dois sous aucun prétexte déranger ma mère qui écoute son émission favorite.

« Quinze heures sur RTL, Ménie Grégoire répond à votre courrier… »

J'ai l'habitude de m'occuper tout seul, je ne m'ennuie pas. Mon père m'a récemment rapporté un cadeau de Paris : un garage miniature, en plastique coloré, et une collection de petites voitures que je fais passer d'un étage à l'autre en imitant des bruits de moteur avec ma bouche.

« Chère Ménie, depuis un mois, je vis un véritable cauchemar. »

Vroum vroum vroum.

« Il m'arrive quelque chose de naturel, pourtant, dans la vie d'un couple : j'attends un deuxième enfant. Mais je ne désire pas cet enfant. Je n'en veux pas. »

Vroum vroum.

« Alors je voudrais vous poser une question. J'ai encore des médicaments datant de mon précédent accouchement. À forte dose, ils provoquent l'accouchement. Ai-je le droit de les prendre maintenant ? »

Vroum vroum.

« Allô, madame Ménie ? Je vous appelle pour vous confier quelque chose. Mon mari a toujours eu recours au procédé le plus simple pour nos rapports, c'est-à-dire qu'il vient me chercher quand ça lui plaît sans s'occuper de rien d'autre. Ça ressemble fort à ce qui se passe au poulailler. Il s'ensuit pour moi des souffrances atroces et la hantise d'être encore enceinte. »

Dans un savant ballet, je fais monter et descendre mes petites voitures le long de la rampe. Le chien des voisins aboie au loin. Je rassemble quelques cailloux pour créer des accidents sur le parcours de mes bolides.

Vroum.

« Chère Ménie, je vous écoute tous les jours avec attention. Quand j'entends toutes ces filles qui veulent faire l'amour et avoir des expériences sexuelles, je me demande ce qu'elles ont dans la tête. J'ai vingt-quatre ans, mariée depuis un an, j'ai eu quelques flirts, mais je n'ai jamais été tentée de faire l'amour comme ça, pour le plaisir. Pas besoin de pilule et de trucs, ce qu'il faut, c'est que le mari se contrôle. »

Vroum vr… Bling.

Un fracas de verre brisé dans la cuisine. Je me redresse, je tends l'oreille. Soudain, j'entends ma mère crier :

– Mon Dieu ! Non ! Non !

Mon cœur se pétrifie dans ma poitrine.

– Par pitié ! Non !

Je reprends ma respiration. À pas de loup, je m'approche de la fenêtre de la cuisine. Le rebord est bas, mais je dois quand même me hisser sur la pointe des pieds pour voir ce qui passe à l'intérieur. Mes yeux s'accommodent à la pénombre de la pièce.

Ma mère me tourne le dos, mais je devine ce qu'elle regarde : c'est mon grand-père Charme debout dans l'encadrement de l'entrée. Hirsute, les bretelles de son pantalon battant sur ses hanches, les yeux fous, il tient dans ses mains un fusil de chasse. Le canon est tourné vers sa propre gorge. Il éructe :

– Je l'ai tuée ! J'avais bu ! Comme mon père quand il est tombé du pont ! J'suis un assassin, un maudit assassin !

Mes mains sont agrippées au rebord. Je suis fasciné par cette gorge mal rasée dans laquelle s'enfonce l'acier du fusil.

– Je vais me tuer aussi ! hurle le vieux.

– Ne fais pas ça ! supplie ma mère. Pense au petit !

– Je l'aime pas, ce gosse ! C'est Véronique que je veux ! Ma petite ! Ma petite !

C'est la première fois que j'entends ce prénom : Véronique. Personne ne m'a jamais parlé d'elle. La scène, comme une image d'Épinal, se grave dans ma mémoire.

Après ça, je ne sais plus trop. Peut-être que ma mère parvient à raisonner mon grand-père, ou qu'il a trop peur d'appuyer sur la gâchette ? Toujours est-il qu'il ne se fait pas sauter la cervelle, ce jour-là, dans la cuisine des Chaumes. Mais c'était moins une. Alors on fait venir un docteur, il y a des conciliabules, des réunions d'adultes aux mines graves : mon père, bien entendu, mais aussi mon grand-père Beugnot, ma grand-mère, ma tante Simone, qui discutent à voix basse, sous la lampe, jusqu'à tard le soir.

Seul enfant parmi les adultes, je m'arrange pour écouter aux portes. J'entends ma grand-mère parler avec ma mère :

– Comme si on n'avait pas assez de malheurs comme ça... Et Simone, en plus de tout !

– Pour ça, j'ai trouvé une adresse, lui murmure ma mère.

– Quelqu'un de sûr ?

– Oui. C'est la Francine qui y est allée. Elle en a fait passer deux.

Quelle adresse ? Deux quoi ? Je ne comprends rien mais j'éprouve une immense curiosité pour ces mystérieuses histoires de grandes personnes.

Peu de temps après, mon grand-père Charme n'habite plus avec nous à la ferme. On le fait interner à l'hospice des vieux, à

Sainte-Saverne, et le fusil de chasse retrouve sa place, accroché au mur, au-dessus de la porte.

On récupère la chambre vacante, et c'est Simone qui vient habiter chez nous. « Parce qu'elle est souffrante », me dit-on quand je demande pourquoi.

J'aime beaucoup ma tante. Même souffrante, je la trouve drôle et belle ; je suis heureux qu'elle vienne remplacer ce vieux boiteux débraillé qui me faisait peur et qui ne m'aimait pas.

Chaque soir, je demande à ma mère si je peux apporter à Simone son bouillon de poule et son cachet de fortifiant.

– Oui, oui, soupire ma mère, va.

Je monte l'escalier avec le bol qui me brûle les doigts. Je trouve Simone allongée dans son lit, pâle et fatiguée. Elle m'accorde néanmoins un sourire et tapote le couvre-lit :

– Viens me tenir compagnie, mon Olivier. Je me sens si triste.

Je lui demande si elle a mal. Elle me répond :

– Oui, au cœur.

– Prends ça, dis-je en lui tendant le bol, ça va te guérir.

Je ne sais pas encore que le bouillon de poule, même accompagné d'un somnifère, n'agit que modérément sur les chagrins des femmes enceintes abandonnées par leurs amants. Je ne sais pas encore que, malgré « l'adresse » recommandée par Francine, le bébé n'a pas voulu *passer*, et que dans la France des années soixante-dix où l'avortement ne sera légal que deux ans plus tard, être « fille-mère » est toujours une honte, un déshonneur, la pire des avanies.

Surtout, j'ignore que Simone collecte chaque soir le cachet que je lui apporte, et qu'elle le range quelque part en attendant d'en avoir suffisamment pour tuer un cheval.

Un soir, je la découvre plus pâle que jamais dans le lit. Les yeux fermés, elle ne répond pas quand je lui parle. Je sens qu'il se passe quelque chose, je crie :

– Maman ! Maman !

Ma mère accourt et déboule dans la chambre. Elle flanque des claques à Simone, qui finit par entrouvrir les yeux. Son corps est mou comme un drap.

– File chercher ton père ! m'ordonne ma mère. Il est à l'étable ! Dis-lui de foncer au village et d'appeler le docteur !

Je dévale les escaliers. J'entends ma mère appeler « Simone ! Simone ! » et se désoler qu'on n'ait toujours pas fait installer le téléphone.

Est-ce la tentative de suicide de Charme suivie de celle de Simone qui précipite la décision de mon père?
Voit-il, dans ces gestes désespérés, un avertissement pour lui-même s'il continue de mener une vie qui ne lui correspond pas?
Toujours est-il qu'après le lavement d'estomac de ma tante (et la soudaine disparition de sa grossesse par la même occasion), Aloès ne retourne plus travailler à la boucherie. Fini les foies de veau, fini les faux-semblants.
Durant des semaines, je l'entends se disputer à voix étouffée, le soir, avec ma mère.
Je colle mon oreille à la porte.
Il est question de liberté, d'oxygène, de bonheur, de vérité.
Ma mère supplie et pleure.
Elle tente de lui opposer le qu'en-dira-t-on, la honte, les problèmes d'argent, sa peur de la solitude.
Si le mot «divorce» est prononcé, je m'empresse de l'oublier.

Un beau jour de 1974, je surprends mon père chargeant plusieurs valises dans le coffre de l'Ami 6.
Il s'est déjà absenté plusieurs fois pour passer du temps à Paris, mais jusqu'ici, une seule valise lui suffisait.
Il m'ébouriffe les cheveux en disant: «Je m'en vais plus longtemps que d'habitude, Olivier.»
Il a les larmes aux yeux. Je comprends qu'il nous quitte pour de bon.

Je lui demande s'il va encore à Paris.
Il dit oui. Il évoque sa vieille maman, Gaby, chez qui il voudrait s'installer pour commencer, il évoque un lien qu'il voudrait renouer.
Il regarde partout autour de lui, la grange, le fenil, l'étable, le tilleul, le vieux puits qu'on a fini par condamner depuis qu'on a fait installer l'eau courante.
Il me dit: « Et maintenant qu'il y a le téléphone à la maison, ce sera plus pratique. Je t'appellerai, bonhomme. Tu me raconteras ce que tu fais à l'école, et moi... »
Il n'achève pas sa phrase.
Je lui demande quand il m'appellera.
Il répond « souvent » et il démarre l'Ami 6.
Je reste planté au milieu de la cour, plus immobile que le tronc du tilleul, tandis que les pensées confuses se bousculent dans ma tête d'enfant.
Tant de choses ont été dites sans être expliquées, comment pourrais-je m'y retrouver?

Ensuite, j'attends les coups de téléphone de mon père tous les soirs en rentrant de l'école, pendant des mois.

Au bout d'un moment, je cesse d'attendre.

Un an plus tard

1975

Chapitre 51

Christiane

« Chère Ménie,

Depuis que je suis née, je ne fais pas de bruit. On a souvent dit de moi que j'étais réfléchie, serviable, d'humeur égale, une fille modèle en somme, et c'était vrai. J'étais sage, je ne posais pas de question, je ne posais pas de problème.

En 59, Henri, mon frère aîné est mort en Algérie. J'avais dix-huit ans. Ce drame a brisé notre famille. Ma mère était inconsolable, mon père était hébété, perdu. Alors je me suis sentie obligée de veiller sur ma jeune sœur, Simone. Elle n'avait que treize ans à l'époque, et elle était d'un tempérament beaucoup plus vif que le mien, très impulsive. Quand je n'étais pas après elle, ou au chevet de ma mère qui sombrait dans la dépression, je tenais la caisse à la boucherie-charcuterie familiale, sur la place du village, pour aider mon père. Mes seuls loisirs personnels ? La broderie. Nappes, serviettes, mouchoirs, tout y passait pourvu que j'aie quelque chose à faire. Mais la vérité, chère Ménie, et je n'en prends conscience que maintenant, c'est que j'étouffais à petit feu dans cette famille en deuil. Et quelqu'un qui étouffe, voyez-vous, ça ne fait pas de bruit.

Pour échapper à tout ça, j'ai adopté la stratégie de tant de femmes depuis des générations : je me suis mariée. Pour fuir un piège, on se précipite dans un autre, c'est classique. Contre l'avis de mon père, j'ai choisi un jeune homme du coin que je connaissais depuis la communale. Pourquoi lui ? Parce qu'il était doux, rêveur, plus cultivé que les autres garçons, et parce que mon instinct me disait qu'il ne me ferait pas de mal. Quel mal, me direz-vous? Eh bien… je ne pouvais pas l'énoncer clairement à l'époque. Maintenant, j'ose vous l'écrire car vous connaissez nos malheurs : contrairement à bien des mâles de mon entourage, je savais qu'il ne chercherait pas à me forcer sexuellement. Et pour cause ! Comme je le devinais, il était davantage attiré par les hommes que par les femmes.

Mon mari avait un ami proche (très proche), c'était de notoriété publique, mais dans nos campagnes, vous le savez : tant que ces choses-là ne sont pas revendiquées, pas exposées, on s'arrange.

Je me suis donc « arrangée » durant douze ans. Mon mari a été suffisamment gentil pour me faire deux enfants, mais hélas la première, ma petite fille chérie, est morte dans un accident à l'âge de deux ans. Puis j'ai eu un fils en 69. C'est un gentil garçon, c'est sûr, mais huit années se sont écoulées et pas un instant ne passe sans que je pense à ma fleur, ma Véronique. Elle me manque toujours atrocement, mais c'est une déchirure que je garde pour moi. Je ne veux pas encombrer mon fils avec mes souvenirs.

Bref, j'en viens à ce qui se passe dans ma vie présente.

Il y a bientôt un an, mon mari est parti. Il m'a laissée ici, dans la ferme qui appartient à sa famille depuis toujours, et lui, il est monté à Paris pour vivre selon ses goûts, c'est-à-dire avec d'autres hommes comme lui. Aux dernières nouvelles, il avait trouvé un travail, chez un imprimeur je crois, mais nous n'avons plus guère de contact.

Je dois vous confier que sa décision m'a d'abord révoltée et bouleversée. J'ai eu l'impression que, malgré la présence de mon petit garçon (qui a presque six ans maintenant), j'allais mourir de chagrin et de solitude. Or, si je vous écris, Ménie, c'est pour témoigner de mon expérience, et pour que d'autres femmes abandonnées comme moi reprennent espoir. Non, je ne suis pas morte ! Non, je ne suis pas anéantie ! Je dirais même le contraire ! Depuis un an, que de chemin parcouru… Après le désarroi et le choc, figurez-vous que j'ai l'impres-

sion de vivre enfin et de respirer pleinement, pour la première fois depuis ma naissance. Vous n'êtes pas étrangère, chère Ménie, à cette transformation. Grace à vos émissions, les idées modernes arrivent jusqu'aux villages, les psychanalystes que vous invitez à votre micro sont très intéressants, et les femmes de la campagne, comme moi, commencent à changer. Par exemple, voici deux ans, ma jeune sœur a failli mourir d'avoir voulu avorter clandestinement. Et aujourd'hui, enfin, quelle victoire, la loi autorise toutes les femmes à le faire dans des conditions médicales dignes de ce nom. Les choses avancent, nos batailles ne sont pas vaines !

Et moi, sans homme à la maison, j'entame à trente-cinq ans une existence plus intéressante. Voyez comme je me débrouille : j'ai passé mon permis de conduire, et j'ai acheté d'occasion une Peugeot 304. Avec ma sœur, qui est venue vivre près de moi, nous formons une sorte de foyer joyeux et plus libre que si nous étions sous le regard de ces messieurs. Nous partageons les tâches domestiques, nous nous occupons ensemble de mon fils, nous travaillons alternativement à la boucherie de notre père et nous avons entièrement réorganisé la ferme. Plus d'élevage, sauf quelques chèvres pour le fromage et des poules pour les œufs. Nous vendons nos confitures, nos conserves de légumes, et nous envisageons même de créer un rayon traiteur à la boucherie. Les journées sont bien remplies, c'est vrai, mais le soir venu, nous disposons chacune de toute la place dans nos grands lits. Je n'ai jamais si bien dormi de ma vie !

L'autre jour, en riant, Simone m'a affirmé qu'elle ne se marierait jamais, jamais, jamais. Elle a beaucoup évolué, elle aussi, sur tous les sujets de la vie. Après avoir eu plusieurs amants qui l'ont fort mal traitée, elle assure désormais préférer les femmes ! J'ai dit « c'est une épidémie » et nous avons énormément ri. Puis j'ai pensé à ma petite Véronique, et je lui ai fait intérieurement la promesse de mener pour elle une belle vie, une vie libérée de tous les poids qui ont écrasé nos mères et nos grands-mères. Je compte bien, d'ailleurs, éduquer mon fils dans le respect des idées nouvelles, chère Ménie. Il est mûr pour son âge (il a d'ailleurs appris à lire tout seul), je le laisse souvent écouter votre émission à mes côtés.

À propos d'émission, j'ai pu voir il y a quelques jours le débat sur les homosexuels qui est passé sur Antenne 2 dans Les Dossiers de l'écran *et qui a provoqué tant de réactions. Mon fils n'était pas couché, il jouait à côté de moi pendant l'émission. Je ne sais pas ce qu'il a compris, mais je suis sûre qu'il n'en a pas perdu une miette.*

Je me dis que la société change, que les droits progressent, que le conformisme recule, et c'est bien. Je suis plus libre que ma mère! Et avec un peu de chance, quelles que soient ses attirances, j'espère que mon petit garçon sera plus heureux que son père dans sa vie d'homme!»

1976

Chapitre 52

Olivier

C'est l'automne, c'est dimanche, il pleut sur les Chaumes, je viens d'avoir sept ans. Mao est mort, Brejnev tient fermement l'URSS sous sa coupe, la guerre du Vietnam s'est achevée par la chute de Saïgon et la victoire des Khmers rouges. Moi, je lis *Les Trois Mousquetaires*, allongé sur mon lit, dans cette chambre recouverte jusqu'au plafond d'un papier peint fleuri qui ne m'était pas destiné.

J'ai choisi le volume parmi ceux que mon père a laissés sur les étagères dans la chambre d'à côté, qu'occupe désormais ma mère en célibataire. Seuls objets personnels ayant appartenu à Aloès Balaguère, les livres opèrent sur moi une absolue fascination. Sans m'en rendre compte, je cherche dans leurs pages la présence qui me manque. Ou mieux encore, une explication, une solution à cette énigme douloureuse : pourquoi mon père m'a-t-il abandonné ? S'il n'aime plus ma mère, est-ce parce qu'il préfère les hommes, comme ceux que j'ai vus à la télévision un soir ? Ma mère semblait captivée par leurs témoignages, au point que je me suis posé la question. Mais dans ce cas, le mystère reste entier. Car si mon père aime les hommes, pourquoi ne m'aime-t-il pas, moi ?

Alors je mène mon enquête, je fouille dans les histoires des autres pour comprendre ce que je ne comprends pas. J'ai déjà lu les poèmes de Jean Richepin, de Paul Verlaine, puis *L'Étranger* d'Albert Camus ; tout ça me passe largement au-dessus de la tête. Les aventures de ce D'Artagnan me plaisent davantage, qui commencent au moment où le père offre à son fils quinze écus, un cheval et une épée afin qu'il parte sur les routes pour devenir un homme. Voilà comme les choses devraient se passer, me dis-je. Lorsque les fils sont assez grands et costauds, ce sont eux qui quittent leurs pères. Pas le contraire.

– Olivier ! appelle ma mère depuis la cuisine.

Je ne réponds pas. Quand je lis, je deviens sourd et aveugle au reste du monde. Quand je lis, l'univers se déploie, je sens passer à travers moi des siècles d'histoire, des géographies lointaines, la lame glacée du chagrin et l'incandescence de l'amour. Tout est plus intense, plus intéressant. Difficile alors de revenir aux choses ordinaires.

– Olivier ! Tu es là-haut ?

À l'école de Sainte-Saverne, j'occupe déjà une place de bête curieuse. Fils unique, élevé par deux femmes, lecteur compulsif, je décroche les meilleures notes dans toutes les matières. Sauf en conduite, à cause des bagarres. Le premier qui me cherche récolte mon poing dans la gueule. Or, j'ai deux ennemis jurés : Antoine Pleutin, le fils du pharmacien, et Vincent Grimont, le fils du notaire. Ces deux-là sont des crâneurs doublés d'imbéciles, jaloux comme des poux. Ils habitent des maisons à trois étages, au cœur du bourg, ils ne supportent pas que je sois le premier de la classe et ils me regardent de haut parce que je vis dans une ferme. Quand ils passent près de moi, ils disent « Hé, vous trouvez pas que ça sent le fumier par ici ? » Ils ricanent, font « meuh meuh » ou « cot cot cot » en se pinçant le nez.

– Olivier ! Trois fois que je t'appelle !

« *D'Artagnan n'était pas de caractère à lâcher ainsi un homme qui avait eu l'insolence de se moquer de lui. Il tira son épée entièrement du fourreau et se mit à sa poursuite.* » Je jubile. À peine quelques pages lues et ce fringant Gascon me plaît comme un frère.

– Olivier !

La porte de ma chambre s'ouvre brutalement et ma mère apparaît dans le cadre, contrariée, et vêtue d'un pantalon de velours rouge que je ne connais pas.

– Bon sang ! Tu pourrais répondre quand je t'appelle !

– Je lisais.

– Francine est arrivée. Viens dire bonjour, quand même.

Je soupire. Je ferme le livre à regret et je suis ma mère dans l'escalier, jusqu'à la cuisine où flotte une odeur de chien mouillé alors que nous n'avons pas de chien. C'est le manteau de Francine qui sent comme ça ?

– Oooh mais qui voilà ? dit-elle en me regardant arriver. Qui c'est, ce grand garçon ?

Ma mère me pousse vers son amie. Francine penche vers moi son gros visage rugueux.

– Et alors ? Il est où mon bisou ?

De mauvaise grâce, je frôle sa joue, sans respirer. Et dire qu'elle va me garder pendant quatre jours, quelle plaie !

Tante Simone entre à son tour dans la pièce, foulard noué sur sa crinière brune, sac à la main et cigarette aux lèvres. Je n'ai toujours pas compris ce qu'elle et ma mère vont faire, pendant quatre jours, loin d'ici. Tout ce que je vois, c'est qu'elles ont l'air très contentes de me laisser.

– Olivier n'est pas de bonne humeur, se sent obligée de préciser ma tante à Francine (comme si ça ne se voyait pas).

– Eh bien, alors ? Il est jaloux ? Il ne veut pas laisser sa maman ? se moque Francine. Mais tu vas voir, mon lapin, on va bien s'amuser, tous les deux. Tu aimes jouer aux petits chevaux ?

Je hausse les épaules.

– Il a eu le Puissance 4 pour son anniversaire, tente de corriger ma mère. Il est très fort !

– Va pour le Puissance 4, dit Francine. Et puis, il paraît que vous avez un téléviseur couleur maintenant ?

– Il peut regarder un peu, mais pas quand il y a école le lendemain, prévient ma mère.

– Bien, chef, sourit Francine. Et pour l'école, je t'aiderai à faire tes devoirs.

Je lève les yeux au ciel. Pour ça, pas la peine, je me débrouille, merci bien. Je demande :

– C'est bon ? Je peux retourner lire dans ma chambre ?

– Allez, Olive, me sourit tante Simone. Quatre jours, c'est pas la mer à boire ! On va partir, viens m'embrasser.

Contrairement à celle de Francine, la peau de Simone est toute douce, elle sent bon le tabac brun et le savon de Marseille. Mais je suis tellement furieux contre elle et ma mère que j'éprouve le besoin de les punir. Les larmes aux yeux, je tourne les talons et je lance :

– Bonnes vacances.

Je n'ai pas le temps de m'engouffrer dans l'escalier que ma mère me rattrape par la manche de mon pull. Elle me tire vers elle et s'agenouille à ma hauteur.

– Mais qu'est-ce que c'est que cette attitude, Olivier ? De quelles vacances tu parles ? Je te l'ai expliqué dix fois : Simone et moi, nous avons du travail, une cause à défendre, et des personnes très importantes à voir !

J'ai envie de crier : « *Et moi ? Je suis pas important, moi ?* » Sauf que les yeux de Christiane me carbonisent, alors je ne dis rien. Ce que ma mère m'a expliqué dix fois, c'est que Simone et elle se rendent en ville, à une sorte de rassemblement organisé par un « collectif » de femmes, pour parler de sujets politiques auxquels je ne comprends rien.

– Tu réalises l'ampleur de ce qu'il nous reste à accomplir ? me demande ma mère. Tu n'as pas envie que les femmes deviennent vraiment les égales des hommes ?

J'observe un silence prudent. Si je dis non, c'est la claque assurée. Mais ce qui me fait peur, c'est que ma mère et ma tante finissent par faire comme mon père : qu'elles s'en aillent, qu'elles m'abandonnent ici, avec Francine, avec Antoine Pleutin et Vincent Grimont, pour toujours.

– Tu n'es pas le centre du monde, Olivier, cingle encore ma mère. Je ne suis pas à ton service exclusif, figure-toi, et j'ai le droit d'avoir une vie au-dehors. Ce ne sont pas quatre jours sans nous qui vont te tuer.

Je pense aux trois mousquetaires, à l'épée de D'Artagnan, au refuge que je vais trouver dans ma lecture. Malgré tout, mon menton tremble.

Debout derrière ma mère, Francine me fait les gros yeux. Elle dit :

– Eh bé, eh bé ! On ne t'a jamais appris qu'un vrai garçon, ça ne pleure pas ?

Paris, 1976

Chapitre 53

Aloès

Seul devant le miroir de l'armoire, Aloès arrange de son mieux le foulard autour de son cou. Depuis deux ans qu'il vit ici, dans ce meublé de la rue Rodier, il se peaufine un look façon Bee Gees – cheveux sur les épaules, barbe, rouflaquettes – qui selon lui le rajeunit. Dès qu'il sort de l'imprimerie, il troque la blouse réglementaire grise et informe pour une chemise cintrée à col pelle à tarte, un pantalon moulant à pattes d'éléphant et des bottines pointues super disco. Comme tout le monde, il a envie de plaire. D'aimer, d'être aimé, bref, d'exister.

À l'imprimerie, impossible de draguer. Il y a bien un ouvrier typographe qu'Aloès trouve charmant et avec qui il échange quelques banalités de temps à autre, mais ça ne va pas plus loin. Alors pour tromper la solitude, il traîne du côté de Pigalle ou vers les cinémas du boulevard Magenta, ou bien il s'assied à la terrasse d'un bistrot, guettant un signe, un regard, un geste. Quant aux rencontres furtives dans les pissotières, il a fini par y renoncer ; trop dégradant.

La veille, dans le journal, à la page des faits divers, il est tombé sur un article qui racontait la mésaventure de deux hommes pris en flagrant délit au moment où ils escaladaient les grilles du jardin des Tuileries. « *Il est de notoriété publique que les Tuileries, après la fermeture, servent de lieu de rencontre aux homo-*

sexuels de la capitale», écrivait le journaliste avant de conclure, ironique: «*Ces deux-là auraient dû se faire pincer pour outrage à la pudeur. Nos acrobates s'en tirent avec une amende moins embarrassante pour leur réputation!*» Habitué au ton méprisant employé par le journaliste, Aloès a refermé le journal sans s'en émouvoir, mais le cœur battant. Ce soir, c'est décidé: tant pis pour le risque, il ira rôder du côté des Tuileries.

À la nuit tombée, il descend vers la Seine. Ses bottines à talonnettes claquent sur le macadam; rue de Rivoli, il arrive au Louvre, sa chemise entrouverte flotte sur sa poitrine, il respire vite, longeant les grilles à la recherche d'un endroit discret, facile à escalader. Côté Seine, quelques silhouettes traînent, promeneurs nocturnes poussés comme lui par la nécessité et le désir. Soudain, des éclats de voix montent des jardins.

Aloès s'immobilise sur le trottoir, aux aguets. Il y a d'abord une cavalcade, puis des craquements de branches dans les haies et brusquement, des ombres jaillissent de l'ombre, tombant des grilles comme des rats affolés quitteraient les cales d'un navire.

– Vite! Par ici!

– Non, par là!

Ils sont quoi? Cinq, six? À fuir devant quelque chose ou quelqu'un qu'Aloès ne voit pas, et à s'éparpiller en direction des quais, disparaissant dans l'entrelacs et la circulation des voies sur berge. Ne reste bientôt plus qu'une silhouette, immobile sur le trottoir, un fuyard qui s'est manifestement tordu la cheville en sautant et qui reprend son souffle, ramassé sur lui-même.

Aloès s'approche.

– Besoin d'aide? demande-t-il.

L'homme tressaille, lève sur lui un regard de biche traquée, puis le jauge en l'espace d'une seconde.

– Reste pas là, dit l'homme. Fiche le camp, ils arrivent!

– Qui ça «ils»? Les flics?

– Non, pire! Les fafs! Fous le camp, je te dis!

L'homme a parlé avec un léger accent. Il est plus jeune qu'Aloès. Un brun, assez grand, vêtu d'une veste à franges. Il se tient la cheville en grimaçant. Au moment où il tente de poser le pied au sol, il pousse un gémissement de douleur.

Comme en écho, il y a un cri étouffé du côté du jardin, suivi d'une nouvelle cavalcade. Un « sale pédé » grogné d'une voix hargneuse précipite la suite : Aloès tend la main à l'homme, l'autre accepte de se laisser aider, et s'appuyant sur l'épaule d'Aloès, il entreprend de clopiner sur le trottoir.

– Pas vers les quais. Trop dangereux, dit-il. Vers la Concorde !

Leur fuite, le long des grilles, tandis que quelques voitures filent en sens inverse, se passe comme dans un travelling pénible, au ralenti. À cause de la boiterie du jeune homme, Aloès ne peut s'empêcher de penser à son père.

– Comment tu t'appelles ? demande-t-il pour chasser cette pensée.

– Carl.

– Ton accent… Alsacien ?

– Non. Allemand. De Cologne, mais je suis en France depuis bientôt quat…

Il ne termine pas sa phrase. Cinquante mètres devant eux, un homme vient d'escalader et de sauter à son tour sur le trottoir. Visiblement mal en point, il s'effondre.

– Merde ! dit Carl en retenant Aloès par la manche. Viens par là.

Il le tire dans l'angle mort des réverbères, juste à temps. La minute d'après, trois malabars surgissent à leur tour par-dessus les grilles. Leurs pieds lourdement chaussés atterrissent sans dommage à côté du type qui rampe au sol. Ils l'entourent aussitôt, le bourrent de coups, lui crachent dessus.

– Sale pédale ! On va te les faire bouffer, tes couilles !

Terré dans l'obscurité, Aloès écarquille les yeux. Un souvenir oublié se superpose soudain à la scène : c'est le visage hargneux de Jean, en 1944, le jour du coup de feu qui a fracassé le genou de Charme dans la cour des Chaumes. «*C'est toi qui as tiré, espèce de crétin! Si tu dis le contraire, je te tue.*» Sa terreur d'enfant lui revient en boomerang, oreilles bouchées, vessie douloureuse, l'humiliation de se faire dessus. «*Mauviette, va. Passe devant ou je te fais lécher ta pisse!*»

Aloès lâche subitement le bras de Carl. Une révolte vieille de trente ans lui essore les tripes.

– On ne peut pas les laisser faire!

– Tu es fou, ils vont te mass...

Aloès s'en moque. Il sort de l'ombre et se précipite vers le groupe de tortionnaires, retrouvant les gestes des commandos, les postures, l'adrénaline des combats dans le djebel algérien, à la différence près qu'il n'a pas d'autre arme que son corps tendu par la rage.

– Fachos!

Il se jette sur le premier qui se présente, lui balance un direct en pleine face, et se fracasse une phalange sur la figure du deuxième encore sidéré par cette riposte venue de nulle part. Au moment où le troisième le ceinture et lui tord le bras dans le dos, des sirènes de police retentissent. Une patrouille dans le secteur. Les trois mastards se regardent, hésitent. Aloès en profite pour déjouer la clé de bras et décocher un coup de coude, pile dans le foie du type qui se plie en deux.

Les sirènes se rapprochent, on voit bleuir la nuit au rythme syncopé du gyrophare, et dans un éclair halluciné, Aloès revoit le tracteur renversé, les yeux blêmes du gendarme cherchant à lui annoncer la mort de Véronique, et toutes les peines, toutes les horreurs qu'il a subies jusqu'ici sans rien dire semblent se condenser dans cette nuit, sur ce bout de trottoir parisien; il sent qu'il pourrait tuer un de ces mecs à mains nues.

– On se casse d'ici! dit celui qui saigne du nez.

– On te retrouvera, toi, saloperie de tantouze!

– Ouais, planque-toi bien parce qu'on oubliera pas ta gueule !

Ils abandonnent derrière eux leur victime recroquevillée, tandis que Carl rejoint Aloès. À eux deux, ils aident le malheureux à s'asseoir, à reprendre ses esprits.

– Bien amoché, mais conscient, évalue Carl. Pauvre gars. Le mieux, c'est qu'il se fasse ramasser par les poulets. Au moins, il dormira au chaud.

Le jeune Allemand dévisage Aloès.

– Les héros sont rares, je serai honoré de t'offrir un verre. J'habite de l'autre côté du pont, rue de Verneuil.

Aloès jette un coup d'œil vers la rive gauche, avant de revenir à son protégé. Sa beauté, tout à coup, le terrasse. Et le désir fulgurant qu'il éprouve efface toute la rage, toute la solitude, toute la violence.

Il sourit. Il dit :

– Allons-y.

C'est ainsi que cette nuit-là, Aloès fait la connaissance de Carl Baumann et en tombe fou amoureux.

Issu d'une famille aisée et cultivée, le jeune Allemand vient d'hériter non seulement d'un confortable appartement, mais de la galerie d'art contemporain montée par un oncle. Il connaît du monde, il fréquente les cocktails, les boîtes de la rue Sainte-Anne, les premiers bars gays du Marais, les lieux underground, les militants du Groupe de libération homosexuelle; à son contact, mon père se dépouille de ses dernières frusques de provincial. Aloès le sait, pour gagner sa liberté, il doit oublier d'où il vient. Oublier les champs et l'odeur des vaches. Oublier les insultes de son père, la boucherie de son beau-père, la guerre d'Algérie, le carcan du village et du mariage, tout effacer, tout renier, même Daniel.

Dans le sillage de Carl, il se met à lire des journaux alternatifs, libertaires, militants, essaie diverses drogues, change de look au gré des modes, écoute en boucle David Bowie, Elton John ou Iggy Pop.
Il rencontre de drôles de types, de drôles de nanas, des artistes, des esthètes, des révoltés, des malins, des visionnaires.
Parmi ces derniers, il y a une petite bande de passionnés qui bricolent des émissions de radio clandestines.

CHAPITRE 53

À l'époque, faire de la radio en dehors du monopole de l'État est un exercice périlleux. D'abord parce qu'il faut grimper sur les toits des immeubles les plus hauts pour y poser les émetteurs pirates, ensuite parce que, redoutant la diffusion d'idées anarchiques, le pouvoir cherche à garder un strict contrôle sur l'information. Souvent, les flics débarquent pour saisir le matériel, poursuivre les fauteurs de troubles et embarquer ceux qui ne courent pas assez vite. Il arrive que mon père et ses amis passent une nuit en garde à vue. Mais une fois dehors, les uns et les autres se cotisent pour racheter du matériel, on trouve une nouvelle planque, un nouveau toit pour y planter l'émetteur, et le jeu du chat et de la souris recommence. C'est révolutionnaire, moderne, excitant; mon père aime tout ce qui est excitant.

Le plus souvent, il couche avec Carl, mais Carl couche aussi avec d'autres hommes, alors mon père couche avec d'autres hommes, et cette liberté si neuve, si peu probable jusqu'ici, provoque en lui un vertige, un besoin frénétique d'exprimer ce qu'il a étouffé jusqu'ici.
Il se remet à écrire.
Il entame un roman. Il place un article dans une revue confidentielle. Il propose des textes de chansons à quelqu'un qui connaît quelqu'un, renonce à son premier roman, en commence un deuxième, le juge aussitôt mauvais, investit alors les formes brèves: il compose des poèmes.
Il n'aboutit rien, ne publie rien, mais chaque soir, en revenant de l'imprimerie, il renoue avec une part oubliée de lui-même.
Il se forge une philosophie radicale et libératrice, qui consiste à vivre tous les plaisirs à cent à l'heure, sans se soucier du lendemain.
Au milieu de tels bouleversements, je te le demande, Saule: quelle place pouvait bien occuper un enfant d'à peine dix ans?

1979

Chapitre 54

Olivier

Je suis dans la cour de l'école, à Sainte-Saverne. C'est la veille des vacances de Pâques, les devoirs sont rendus, les carnets du deuxième trimestre déjà remplis, si bien que M. Besson, notre maître, a prolongé la récréation. Sous le préau, les filles sautent à la corde, discutent en petits groupes et jouent à l'élastique, tandis que la troupe des garçons profite de ce temps supplémentaire pour organiser une nouvelle partie de foot.

J'ai marqué trois buts durant le match précédent, dont un de la tête. Après cet exploit, même Antoine Pleutin et Vincent Grimont, ces faces de pet, sont venus me serrer la main d'un air grave. Nous sommes toujours ennemis jurés, mais ils commencent à piger qu'il vaut mieux m'avoir avec eux que contre eux. De toute façon, je m'en moque : grâce à mes excellents résultats scolaires, je vais sauter la dernière classe de l'école primaire pour entrer directement au collège le plus réputé de Nevers. L'an prochain, tchao la compagnie, j'abandonne ces deux crétins à leur triste sort. Et un jour, qui sait, je ferai peut-être comme mon père ? C'est du moins ce que M. Besson a laissé entendre lorsqu'il nous a reçus, ma mère et moi, l'autre jour. « Si Olivier continue comme ça, il pourrait décrocher une place dans un grand lycée parisien ! »

J'aimerais bien.

La seule chose qui me chiffonne à l'idée de quitter mon école, c'est Ariane.

Je jette un regard vers le préau. Elle est là, adossée au mur, vêtue de sa salopette rouge qui lui donne cet air un peu cow-boy qui me plaît tellement. Elle nous observe de loin. Je veux croire que c'est moi qu'elle regarde.

Subitement inspiré, je lance :

– Et si on proposait aux filles de jouer avec nous, pour une fois ?

Concert de protestations parmi mes imbéciles de camarades.

– Ah non, les filles, elles savent pas jouer !

– Pis quoi encore ?

– Les filles, c'est mou !

– Elles comprennent rien aux règles !

– Si on les bouscule, elles vont tout rapporter au maître !

– De toute façon, elles voudront même pas ! Elles vont abîmer leurs habits !

Si ma mère et tante Simone entendaient ça, elles sauteraient à la gorge de mes camarades en les traitant de phallocrates décérébrés. Je tiens bon :

– Vous avez peur d'elles ou quoi ? On n'a qu'à leur demander. Et si elles acceptent, vous pariez combien qu'elles vous mettront la pâtée ?

– Arrête ton char, Balaguère ! menace Vincent Grimont. Le foot, c'est pas un sport de chichiteuses !

Mort de rire, Antoine Pleutin commence à se dandiner et à faire des gestes avec ses mains, comme s'il maniait un éventail. Puis, prenant une voix pointue, il imite Michel Serrault dans *La Cage aux folles* :

– Oh mes chéris ! Oui, je suis une vieille tata, oui je mets du fond de teint !

Cette réplique déchaîne aussitôt les rires. Le film est passé à la télé, il y a quelques jours. Tout le monde l'a vu sauf moi parce que ma mère et tante Simone ont préféré regarder l'émission littéraire *Apostrophes* sur Antenne 2.

– Ben alors, ça te fait pas rire, Balaguère ? continue Antoine. C'est parce que ton père est pédé, c'est ça ?

Le sang quitte mon visage. Mes poings se serrent comme ceux de Stallone dans *Rocky* (ce film-là, j'ai pu le voir avec Francine la dernière fois qu'elle est venue me garder).

– Je te permets pas de parler de mon père, Pleutin.

– Oh là là, minaude Antoine, j'ai touché un point sensible, on dirait !

– Ta gueule !

– Ben quoi ? renchérit Vincent en faisant une bouche en cul-de-poule. Tout le monde le sait, que ton père est pédé ! Il paraît que c'est même pour ça qu'il t'a laissé !

Au moment où je vais me jeter sur lui pour lui crever les yeux, j'entends crier mon nom à l'autre bout de la cour. Je me retourne. C'est Ariane. Elle court vers moi dans sa salopette rouge.

– Olivier ! Olivier !

Je m'immobilise, le cœur battant comme un tambour. Prononcées par Ariane, les trois syllabes de mon prénom me bouleversent.

– Olivier !

Essoufflée, elle achève sa course devant moi. Ses joues sont si rouges ! Son regard si intense !

– Le maître te cherche. Il y a quelqu'un qui veut te voir. Viens !

Ayant dit cela, elle me prend par la main, et cette main qui l'instant d'avant s'apprêtait à enfoncer le nez de Vincent, à défoncer la mâchoire d'Antoine, est à présent docile et inoffensive dans celle d'Ariane.

Nous courons tous les deux vers le préau, puis nous nous engouffrons dans le couloir, et c'est le plus beau jour de ma vie.

Dans la salle de classe désertée par les élèves, je découvre M. Besson qui m'accueille avec un sourire contrit. Je hausse les sourcils en avisant ma mère debout devant le tableau. Qu'est-ce qu'elle fait là ?

– Mon petit, dit M. Besson, prends tes affaires, tu rentres chez toi.

– Mais ? dis-je interloqué. Maintenant ?

– Oui, maintenant, confirme M. Besson.

– C'est ton grand-père, m'explique ma mère.

– Charme ?

Elle hoche la tête, les yeux embués de larmes et ça m'étonne un peu car je sais qu'elle ne l'a jamais aimé. D'ailleurs, depuis qu'il est enfermé dans son hospice, nous ne lui avons que très rarement rendu visite. Serrant plus fort la main qu'Ariane m'a laissée, je lui demande :

– Il est mort ?

– Ce matin, dit-elle.

La main d'Ariane réagit dans la mienne. Pour l'avoir lu quelque part, je sais que la mort, par une mystérieuse alchimie, donne à celui qui s'en approche un statut à part, une sorte de majesté que j'envisage aussitôt de mettre à profit... Sait-on jamais, Ariane pourrait avoir envie de m'embrasser pour me consoler ?

– Ton père a été averti par l'hospice, ajoute ma mère. Il a téléphoné aux Chaumes. Il arrivera après-demain, par le train du soir.

Là, j'accuse le coup. Si le décès de mon grand-père m'indiffère, le retour inopiné de mon père me plonge dans la panique. Cinq ans que je ne l'ai pas revu. Cinq ans que je le cherche à travers les livres qu'il m'a laissés, d'André Gide à Louis Aragon, d'Oscar Wilde à Georges Perec, livres entre lesquels j'ai même découvert par hasard une lettre écrite par une certaine Suzon. Il y était question d'une cache d'armes pendant la Seconde

Guerre mondiale, de la blessure qui a rendu mon grand-père boiteux et dont, apparemment, mon père était accusé à tort. Tant d'énigmes autour de lui ont fini par le rendre, à mes yeux, aussi fictif qu'un personnage de roman.

Je pense à Antoine et Vincent, cinq minutes plus tôt, en train de se moquer de lui. Ont-ils raison ? Aloès va-t-il débarquer ici drapé dans un peignoir rose bonbon et maquillé comme une diva ? Mes oreilles se bouchent, ma vision s'altère et une vague acide me soulève le cœur.

– Olivier ?

La voix d'Ariane est la dernière chose que j'entends avant de vomir dans la corbeille à papier de M. Besson.

Après ça, me dis-je au comble du désespoir, elle n'aura plus jamais envie de m'embrasser !

Chapitre 55

Le soir même, je tombe malade et la fièvre monte à 40. Ma mère et tante Simone se relaient à mon chevet. Elles érigent autour de moi un rempart de poches de glace qui fondent à vue d'œil au contact de mon corps brûlant. Toute la nuit, elles m'écoutent délirer, chanter, rire et pousser des cris. Sous l'effet des hallucinations, je vois bouger les murs et le plafond de ma chambre. Les mains tendues devant moi, je semble vouloir cueillir les fleurs du papier peint.

– Y en a partout, il faut les arracher ! Vous sentez cette odeur ?

Et je vomis de plus belle.

Au petit matin, épuisées, ma mère et ma tante font venir le docteur qui diagnostique une grippe carabinée, me prescrit aspirine, cataplasmes et plusieurs jours de repos. Si bien que le lendemain soir, quand mon père débarque à la gare de Sainte-Saverne puis aux Chaumes, conduit par Simone dans la 304, je ne le vois pas.

Shooté à l'aspirine et au camphre, je dors.

Le surlendemain, quand on enterre Charme Balaguère, je suis toujours hors service, embaumé comme un pharaon dans le sarcophage de mon lit.

C'est Francine qui veille sur moi tandis que les opérations se déroulent. Je loupe le préchi-précha hypocrite du curé, dans cette église où mon grand-père ne mettait jamais un orteil. Je loupe la procession jusqu'au cimetière. Je loupe la mise en bière et les commérages des paroissiens qui ont beaucoup à dire au sujet de notre famille, car le bruit court que le défunt n'est pas mort d'une mort naturelle. Le vieux boiteux se serait pendu dans les douches de l'hospice.

– Pendu ! Mon Dieu ! Vous vous rendez compte ?

Après l'enterrement, il paraît que mon père vient s'asseoir au bord de mon lit. Qu'il me parle, qu'il s'inquiète, qu'il pose sa main sur mon front, qu'il se désole de ne pas pouvoir discuter avec moi. Moi, je ne me souviens de rien. Je dors, dors, dors, jusqu'au moment où il doit reprendre le train vers Paris où son employeur l'attend à l'imprimerie.

Lorsque j'émerge de mes limbes, au matin du cinquième jour, pâle et faible comme un nouveau-né, je trouve Francine endormie dans un fauteuil à côté de mon lit. Elle ronfle, la tête en arrière, abandonnée à la fatigue. Je tousse pour la faire revenir à elle, et elle finit par entrouvrir ses yeux bovins.

– Ah, Olivier, enfin ! me sourit-elle.

Elle tâte mon front, prend mon pouls, pousse un soupir : il semblerait que je sois guéri.

– Ta mère est à la boucherie, m'explique-t-elle, et Simone à la fanfare.

La fanfare est la nouvelle lubie de Simone, qui s'est mis en tête d'apprendre le tuba, même si je la soupçonne surtout de s'envoyer en l'air avec un ou deux types de la section cuivre.

– Tu as tout raté, me raconte encore Francine avec excitation. Oh là là, tu aurais vu ton père ! Méconnaissable ! Habillé tout en noir, avec un blouson en cuir, bronzé, je te jure, il ressemblait à Belmondo, tu sais, dans *Peur sur la ville* ?

Les images du film que j'ai vu à la télé me reviennent aussitôt. Les cascades en hélicoptère, l'allure de Bebel en flic viril et décontracté, avec son flingue glissé dans son holster, c'est-à-dire à l'exact opposé des personnages de *La Cage aux folles*. Pourvu qu'Antoine Pleutin et Vincent Grimond l'aient croisé au bourg ! Pourvu que sa dégaine ait cloué le bec de ces deux minables !

– Regarde, ajoute Francine, il a laissé quelque chose pour toi.

Elle me tend un paquet, et je défais l'emballage.

Sur une couverture blanche et épaisse, le nom de mon père en petites lettres d'imprimerie, suivi d'un titre : *L'Anvers du décor, poèmes*.

Sur la page de garde, d'une écriture serrée, mon père m'a dédicacé l'ouvrage : « Olivier, tu es sans doute un peu jeune pour découvrir l'envers du décor. Alors grandis vite, sois heureux et pardonne-moi d'être moi. Aloès. »

En plus de la dédicace, il a laissé entre les pages un plan du métro de Paris sur lequel il a entouré la station la plus proche de chez lui : « Anvers ».

Partagé entre un sentiment de fierté (mon père a écrit un livre !) et une colère immense (je m'en fous, de son bouquin, tout ce qui m'importe c'est qu'il me manque !), je referme le recueil et le planque sous mon oreiller.

– Ben pourquoi tu me le montres pas ? s'étonne Francine en louchant vers l'oreiller. Qu'est-ce que c'est ?

– Rien, dis-je. Juste un livre.

Puis, assommé, je me rendors. Jusqu'au lendemain matin, où je trouve la force de quitter ma chambre et de descendre l'escalier sur mes jambes amaigries.

Dans la cuisine, noyées dans la fumée de leurs cigarettes, Simone et ma mère sont en train de feuilleter ce qui ressemble à un énorme grimoire.

Ma mère m'accueille avec un large sourire :

– Ah te voilà, Olivier ! Viens voir !

Ma tante pointe du doigt l'épais volume ouvert devant elles.

– J'ai emprunté ce catalogue d'échantillons au marchand de tissus à Sainte-Saverne. Viens t'asseoir, tu vas nous aider à choisir.

– Choisir quoi ? dis-je, encore embrumé.

– Eh bien, le nouveau papier peint de ta chambre. Tu as tellement déliré sur les fleurs ! Ça nous a décidées.

– On aurait dit que tu faisais un *bad trip* à l'acide ! rigole ma tante.

– Après ce qui vient de se passer, soupire ma mère, faire ces travaux va nous changer les idées. Francine nous aidera, mais puisque ce sont les vacances, toi aussi tu vas mettre la main à la pâte.

Tout engourdi, je viens m'asseoir sur les genoux de Simone.

– Regarde celui-là, me dit-elle, il est pas chouette avec ses grandes rayures orange ?

– Moi je préfère celui-ci, dit ma mère en désignant des vagues vertes et bleues. On dirait la mer.

– Qu'est-ce que tu en penses, Olivier ?

Sous mes yeux, les énormes motifs dansent et se confondent. Je pâlis, et soudain, je bondis des genoux de Simone pour courir jusqu'aux toilettes.

Dans mon dos, j'entends ma mère s'interroger :

– Hum. Peut-être qu'il faudrait quelque chose de plus sobre ?

C'est ainsi que nous passons les jours suivants à couper et à ajuster les lés d'un papier peint uni et marron qui recouvre progressivement celui que mon père avait posé quatorze ans plus tôt. Seule fantaisie graphique : une frise qui vient souligner les plinthes, sur laquelle sont imprimées des silhouettes de Zorro brandissant son épée.

Nous ne sommes pas trop de quatre pour réaliser cet exploit. À la fin, les mains pleines de colle, Francine prend du recul pour admirer le résultat.

– Eh ben voilà ! Fini les fleurs ! s'exclame-t-elle gaiement. Tu as une vraie chambre de garçon, maintenant !

À ces mots, ma mère devient blême. Elle n'a pas le temps de

descendre de l'escabeau qu'elle éclate en sanglots. Simone se précipite. Au passage, elle fusille Francine du regard.

– C'est malin !

– Ben quoi ? Qu'est-ce que j'ai dit ? demande Francine.

Ma mère pleure de plus belle, et je reste une fois de plus à l'écart des choses, penaud, avec mon cutter et mon rouleau à maroufler. Les adultes sont si mystérieux... Il me faudrait d'autres outils pour les comprendre. Ce que je comprends néanmoins, c'est que si ma mère pleure, ce n'est pas à cause du papier peint, mais à cause de ce qu'il représente. Est-ce en rapport avec cette Véronique dont personne ne parle jamais ?

Je repense à la dédicace de mon père. « Grandis vite, Olivier »...

Il a raison, c'est ce que je vais faire. Grandir vite. Pour pouvoir, comme D'Artagnan, quitter la maison de mon enfance, devenir un homme, et comprendre ce qu'il y a derrière les silences de ceux qui m'entourent. Accéder à *l'envers du décor.*

À l'automne suivant, j'entre au pensionnat, à Nevers.
Désormais, cinq jours sur sept, je vis enfermé là, comme un poisson dans un bocal.
Et chaque nuit, dans le dortoir, je serre les dents pour supporter vingt autres gamins qui reniflent en réclamant leur mère.
À presque dix ans, je suis aussi terrorisé qu'eux, bien sûr.
Aussi perdu. Mais je ne le montre pas, je ravale mes larmes.
Car je me suis donné une mission, un objectif qui ne souffre aucun relâchement, aucune faiblesse : dans le secret de mon imaginaire, Jean-Paul Belmondo m'attend à Paris, station Anvers, un livre de poésie glissé dans son holster.
Pour pouvoir le rejoindre, je n'ai qu'une stratégie : l'excellence.

CHAPITRE 55

Quatre années passent

Quatre années
durant lesquelles certaines choses demeurent :
à Berlin, le Mur
au Vatican, le pape
au Liban, la guerre
en Angleterre, la reine
dans les territoires israélo-palestiniens, le conflit
en Afrique du Sud, l'apartheid,
Au téléphone, le silence de mon père
et dans mon cœur, cette secousse chaque fois que je croise Ariane
à Sainte-Saverne.

À l'inverse, d'autres choses changent.
En 1981, après l'élection de François Mitterrand, la France entre dans une nouvelle ère. On abolit la peine de mort.
L'homosexualité cesse d'être un délit.
On autorise les radios libres à émettre légalement sur la bande FM.
Alors qu'il était interdit d'avorter voici seulement quelques années (comme tu le sais, tante Simone a failli le payer de sa vie), la Sécurité sociale rembourse à présent l'IVG.
La durée du travail passe de 40 à 39 heures, les salariés ont droit à une cinquième semaine de congés payés et à la retraite à soixante ans.

Je revois encore ma mère et tante Simone, en mai de cette année-là, se sauter dans les bras devant le téléviseur quand elles apprennent que leur candidat vient d'être élu – d'autant plus fières que Mitterrand est un député d'ici, du Morvan.
Elles sont tellement heureuses.
« En l'an 2000, me dit ma mère (qui a un petit coup dans le nez ce soir-là), plus personne n'aura faim, plus personne ne sera malade, nous aurons des voitures volantes et la paix régnera sur la Terre. »
Elle croit au progrès, et j'y crois avec elle.
Aux informations, je regarde fasciné, le premier TGV (le orange), circuler entre Paris et Lyon, avec des pointes à trois cents kilomètres à l'heure.
L'avenir est là. Dans la fluidité. La vitesse. Et dans l'effacement des campagnes qui ne sont plus que des paysages flous et anonymes entre deux grandes villes.

Au même moment, il y a des manifestations, des émeutes, des grèves.
À Varsovie contre le régime communiste, en Grande-Bretagne contre le régime ultralibéral de Margaret Thatcher.
De temps à autre, des attentats à la bombe : à la gare de Bologne, à Beyrouth, à l'aérogare d'Orly, en Corse, ce qui n'empêche personne d'aller au cinéma voir E.T. *ou* L'Empire contre-attaque*.*
Au même moment, la variole est rayée de la surface du globe grâce au vaccin.
Au même moment, Bob Marley meurt d'un cancer généralisé à trente-six ans et Romy Schneider de tristesse, à quarante-trois.
Au même moment, le divorce est légalisé en Espagne, pays pourtant si catholique.
Au même moment, il y a des marées noires en Bretagne. La télé montre des oiseaux mazoutés, les côtes polluées par les boulettes

d'hydrocarbure, et chacun se désole tout en jetant ses papiers par terre, car la réalité n'en finit pas de faire un pas en avant et trois pas en arrière.

Dans les bars, les jeunes jouent à des jeux d'arcade sur des engins gros comme des flippers, écoutent Michael Jackson et The Police en mâchant des Hollywood Chewing Gum.
Tout le monde a le poster de Midnight Express *dans sa chambre. Y compris Ariane, chez qui je vais passer des samedis entiers sans jamais oser lui toucher la main.*

Au cours de ces quatre années-là, à l'écart de toute agitation, je lis cent quatre-vingt-treize livres (je tiens la liste à ta disposition, Saule), j'apprends l'allemand, le latin, des rudiments de grec, je continue de jouer au foot et je prends 35 centimètres.

Juin 1983

Chapitre 56

Olivier

Seul à l'arrière du car scolaire qui me ramène vers le village, je regarde défiler les collines rondes, les champs carrés, les clochers triangulaires et le patchwork des pâturages où des vaches immobiles semblent avoir été disposées par la main d'un enfant sur une maquette. Voilà à quoi ressemble ma campagne, me dis-je, à une éternité figée, à un dessin, au concept d'elle-même. J'ai bientôt quatorze ans et je m'impatiente de vivre. Or, on ne vit pas, ici ! On attend, on s'ennuie. Ou bien on espère des choses : qu'il pleuve, qu'il ne pleuve plus, qu'il ne fasse pas trop froid ni trop chaud, que la terre rende. Et après ? Est-ce que c'est ça, la vie ? Sûrement pas. J'ai d'autres idées en tête. De grandes idées ! Et depuis une heure, plié dans mon carnet de correspondance, le passeport vers ma nouvelle vie.

Le car marque son arrêt à Sainte-Saverne, et mon cœur fait une pirouette quand je reconnais, à la terrasse du café de la Gare, la silhouette familière d'Ariane. Longtemps qu'elle a troqué sa salopette rouge pour un jean et un T-shirt – comme tout le monde – mais je la reconnais toujours entre mille. Je saisis mon sac, et je descends en trombe. S'il y a bien une personne à qui j'ai envie d'annoncer la nouvelle, c'est elle.

– Olivier ! sourit-elle en me voyant arriver.

J'ai toujours aimé sa manière de prononcer mon prénom ; dans sa bouche, il perd sa banalité pour retrouver sa majesté d'arbre.

Elle est en compagnie de sa mère et de Sido, sa petite sœur, devant un verre de grenadine. Depuis l'école primaire, Ariane aussi a pris des centimètres, mais pas seulement en hauteur. Elle s'est agrandie de partout, des hanches, des cuisses, de la poitrine. Autant de débordements qui me rendent fou de désir et d'inquiétude.

– Assieds-toi avec nous, dit-elle.

– Il fait si chaud, tu veux une grenadine ? me propose sa mère, qui m'aime bien.

Je dis oui.

– On va trinquer ! déclare Ariane. On a plein de choses à t'annoncer !

– Et moi donc, dis-je.

Ariane me regarde avec cette intensité qui m'intimide. Depuis le temps qu'on se fréquente, un peu chaque week-end, un peu à chaques vacances, et depuis le temps que je n'ose pas l'embrasser, je lui ai en revanche beaucoup parlé. Notamment de mon projet d'excellence qu'elle m'a illico encouragé à poursuivre. Elle plisse les yeux.

– Attends, dit-elle, tu veux dire que… tu as la réponse ? LA réponse ?

J'opine et je désigne mon sac. Ariane porte ses mains vers sa bouche.

– Tu es admis ? C'est ça, Olivier ? Tu es admis à Paris ?

Soudain étourdi, je n'arrive plus à articuler un mot. Quatre ans que je travaille pour ça, quatre ans que je vise une moyenne générale au-delà de 16, quatre ans que je tanne mes profs pour m'aider à y arriver, et des mois qu'avec la complicité de ma prof principale, j'envoie des lettres au rectorat, à toutes les directions ou sous-directions de l'Éducation nationale, pour enfin tenir le courrier officiel du grand lycée parisien qui m'ouvre ses portes à la prochaine rentrée.

– Mais c'est génial ! s'exclame Ariane en me sautant au cou.

Je tente de calmer les palpitations qui me font trembler de l'intérieur ; peine perdue, c'est comme si mes organes prenaient la consistance d'une *jelly* anglaise. Et je prie pour que tout ça ne dégénère pas, car depuis que j'ai vomi dans la corbeille à papiers de M. Besson, chaque fois que j'éprouve une émotion forte, ça recommence : mon estomac se retourne et je ne maîtrise plus rien.

Ariane pivote vers sa mère, malicieuse.

– Alors ? On lui dit ?

– Pfff, soupire sa petite sœur que la nouvelle n'a pas l'air de réjouir.

– Vas-y, l'encourage sa mère.

– Nous aussi, on part à Paris ! m'annonce Ariane, lumineuse. Papa est muté ! Toute la famille déménage, on aura même un appartement de fonction super grand et super beau !

Je reste bouche bée devant mon verre de grenadine qui vient d'arriver, tandis que Sido rouspète qu'elle va devoir quitter ses copines et que c'est pas juste.

– La nouvelle est tombée hier, mon mari a obtenu une promotion, m'explique la mère d'Ariane. C'est une chance inouïe. Nous serons logés boulevard Saint-Germain, tu viendras nous voir ?

– Je...

– Bien sûr que tu viendras ! décrète Ariane.

Et là, sous la table du café de la Gare, je sens ses doigts attraper ma main et la serrer dans la sienne. C'est comme dans *Le Rouge et le Noir* que j'ai lu cet hiver, quand Julien Sorel ose s'emparer de la main de Mme de Rênal dans le jardin nimbé d'ombre. Un moment volé, un délice sensuel qui me chavire et me cloue à ma chaise.

– Tu vas loger où ? m'interroge sa mère.

Je ne sais même plus où j'habite, dans l'immédiat, mais prenant mes désirs pour la réalité, et bien que sans nouvelle d'Aloès depuis mille ans, je réponds :

– Chez mon père, près du métro Anvers.

Puis, n'étant hélas pas un héros de Stendhal, je dois me précipiter vers les toilettes du café pour y dégobiller ma grenadine.

Paris, 1er septembre 1983

Chapitre 57

Aloès

– Tu aurais pu m'en parler plus tôt ! grogne Carl devant la tasse de café et le verre de whisky qui constituent son petit déjeuner. Combien de temps il va rester ?

Embarrassé, Aloès hausse les épaules. Il feint le détachement alors qu'il n'en dort plus depuis qu'il a parlé avec Christiane, au téléphone, voici deux semaines.

– Je sais pas trop, répond-il. Un mois ou deux, peut-être, le temps qu'il trouve autre chose ?

– Mmm, se renfrogne Carl. Il n'a vraiment pas d'autre recours que toi, à Paris ? Je veux dire... un endroit plus convenable pour un gamin ? Tu as vu le bordel, ici ? Où est-ce qu'on va le caser ?

– J'ai pensé qu'on pourrait... lui installer un matelas dans ton bureau ? Temporairement, bien sûr.

Carl pousse un soupir. S'ensuit une de ses quintes de toux impressionnantes qui inquiètent Aloès et dont Carl se moque éperdument. Ayant repris son souffle, il demande :

– Et il est au courant qu'on est pédés, ton filleul ? Non, parce que... un petit gars de province admis à Henri-IV, j'imagine qu'il est sage comme une image, le pauvre coco. Il va pas se plaindre à ses parents s'il nous voit à poil ? Sans parler du reste ?

– Non, non, ça ira, dit Aloès. Sa mère est très ouverte d'esprit.

– Et son père ?

Intérieurement terrassé de honte, Aloès s'entend répondre :

– Son père ? Il est mort.

– Ah, dit Carl. Alors… affaire réglée.

– Tu veux dire que c'est OK ? On l'accueille ?

– Puisque tu tiens tellement à jouer les bons parrains…

Carl sourit, s'envoie cul sec le verre de whisky et allume une cigarette, fin de la discussion. Aloès respire. Il rince son bol, embrasse Carl sur le front et annonce qu'il part à la radio.

– Bonne émission, mon chou. Je te rappelle que c'est le vernissage de Jérôme, ce soir. On se retrouve à la galerie ?

– Oui, bien sûr.

– Alors je vais me recoucher un moment pour être en forme ce soir, ajoute Carl.

– C'est vrai que tu as une petite mine, lui sourit Aloès.

– C'est cette foutue grippe qui m'empoisonne, dit Carl. Elle va bien finir par passer.

– Bien sûr. Mais peut-être que…

– Que ?

– Non. Rien. Repose-toi.

Carl a dix ans de moins qu'Aloès, ce qui ne l'empêche pas de vieillir, lui aussi. Parfois, Aloès s'inquiète pour sa santé et pour la sienne au passage. Depuis quelque temps, une rumeur se répand qu'une maladie inconnue touchant essentiellement les homosexuels masculins, une sorte de « cancer gay », serait en train de gagner du terrain. Des publications médicales ont mentionné des cas aux États-Unis, en Europe, en Haïti, en Afrique, mais on ne sait pas de quoi il s'agit précisément. Quand Aloès a osé en parler à Carl, ce dernier s'est agacé : « Et puis quoi encore ? Après des années de lutte, les pédés obtiennent enfin des droits, la société commence enfin à changer, et badaboum ? Un châtiment divin qui tombe du ciel ? Arrête ton char, Ben-Hur, je ne marche pas dans la combine ! »

Fin de la discussion.

Aloès traverse le vaste salon jonché de cendriers qui débordent, de vêtements sales (ou propres) et de bouteilles vides. Ce ne serait pas du luxe, songe-t-il, d'embaucher une nouvelle femme de ménage avant l'arrivée d'Olivier. Carl a viré la précédente après la disparition d'une œuvre qu'il conservait dans son bureau. Il y en avait pour une fortune, il a préféré accuser la femme de ménage plutôt qu'un de ses « amis d'amis » qui viennent traîner ici, les soirs de fête. Depuis, l'appartement de la rue de Verneuil ressemble à une porcherie.

Aloès claque la porte de l'appartement, dévale les escaliers, et comme chaque jour prend la rue à rebrousse-poil, passe devant chez Gainsbourg et file vers la bouche du métro à Saint-Germain-des-Prés. L'époque où il travaillait à l'imprimerie et traînait son désespoir du côté de Pigalle lui paraît presque lointaine, à présent. Sa vie a tellement changé depuis qu'il connaît Carl ! Pas étonnant que Christiane ait eu un mal fou à retrouver sa trace. Pourtant, de coup de fil obstiné en coup de fil obstiné, elle a fini par remonter la piste jusqu'à Fréquence Pink.

– Tu travailles chez eux, alors ?

– Comme technicien, oui. C'est toujours bénévole pour l'instant, mais j'apprends le métier. J'espère bientôt animer une nocturne.

– C'est bien, a dit Christiane. Sinon, à part ça, tu te souviens que tu as un fils ?

– Christiane…

– Je ne te reproche rien, Aloès. Chacun fait ce qu'il peut. Mais Olivier a grandi et il a besoin de toi, maintenant. J'ai fait ma part, il est temps que tu prennes le relais et tes responsabilités de père.

Elle lui a expliqué mon acharnement à réussir, la réponse du lycée prestigieux, mon besoin d'être logé dans la capitale.

– Tu sais, j'habite à titre gratuit chez mon ami Carl, lui a précisé Aloès. Je ne suis pas sûr qu'il…

– Et c'est comment, chez lui ? Petit ?

– Non… enfin, c'est…

– Ce Carl, il t'aime ? a encore voulu savoir Christiane.

La question, si frontale, a pris de court Aloès. Carl aime tellement de gens ! Il est, en somme, l'incarnation de l'amour !

– Alors il comprendra que tu héberges ton fils, a tranché Christiane. Olivier fait sa rentrée le 5 septembre, je le mettrai dans le train le 4. Si tu ne peux pas aller l'attendre à Austerlitz, donne-moi ton adresse, il se débrouillera pour venir.

Aloès a eu envie de se défiler, de dire « c'est plus compliqué que ça », mais ça aurait supposé qu'il révèle à Christiane les détails de sa vie dissolue. Impossible. De l'autre côté, comment annoncer à Carl qu'il a un fils de bientôt quatorze ans dont il n'a jamais mentionné l'existence ?

Depuis qu'ils se fréquentent, Aloès ne lui a presque rien dit de sa vie d'avant. S'il soulève un coin du voile, il redoute le pire : Carl lui en voudra horriblement, la confiance sera rompue, il va le quitter, le mettre à la porte, lui couper les vivres ! Impossible.

Une fois assis dans la rame du métro qui l'emmène vers la rive droite, Aloès observe son reflet dans la vitre. À bientôt quarante-cinq ans, le corps usé par les excès de ces dernières années, il se sent fatigué. Très fatigué.

Paris, 4 septembre 1983

Chapitre 58

Olivier

Il y a toujours un écart entre ce qu'on a imaginé et ce qui arrive. Ce jour-là, donc, Jean-Paul Belmondo ne m'attend pas à la station Anvers avec un livre de poésie dans son holster. Juste mon père (cet inconnu), vêtu d'un gros pull en mailles chinées et d'un jean délavé, sur un quai de la gare d'Austerlitz.

– Salut, me dit-il.

– Salut, dis-je.

On se dévisage, chacun cherchant chez l'autre une ressemblance, un point commun. Il n'a plus beaucoup de cheveux. Je lui trouve l'air vieux, mais j'aime bien ses yeux.

– C'est ta valise ? me demande-t-il en désignant ma valise.

Je dis oui. Nous regardons la chose en similicuir bourrée à craquer de vêtements bien repassés (dont j'aurai bientôt honte) et de livres déjà lus que je trimbale avec moi. Je ne sais pas lequel de nous deux se sent le plus bête.

Pour rompre la glace, il propose :

– Tu veux boire un café ?

Je ne bois jamais de café, mais pour lui faire plaisir, je dis oui.

Il s'empare de ma valise et on va s'asseoir à la brasserie, en face de la gare.

– Ta mère, ça va ?

Je hoche la tête. Je n'ose pas lui raconter que ce matin, au moment des au revoir sur le quai de la gare de Nevers, c'était non seulement Christiane qui pleurait, mais aussi Simone et Francine. Trois mères pour le prix d'une en quelque sorte, et un père en prime : ça fait beaucoup pour une seule journée, sans compter le train que je viens de prendre tout seul pour la première fois et cette ville immense qui me saute à la figure, avec son bruit de circulation, sa grisaille et sa drôle d'odeur. J'ai eu beau lire, dans les romans de Flaubert ou Balzac, l'arrivée à Paris de Frédéric Moreau ou de Lucien de Rubempré, petits provinciaux comme moi, je me sens à leur image, comme un jeune rat sorti de son trou.

– Bon, écoute, me dit mon père, il faut qu'on se mette d'accord sur quelque chose d'important, toi et moi.

Il tripote, nerveux, l'emballage du sucre resté sur le bord de sa tasse. À mon grand étonnement, il me demande :

– Tu as lu mon recueil de poèmes ?

L'Anvers du décor, mon Dieu. Depuis des années, je ne sais pas quoi faire de ce truc. J'ai fini par le laisser en haut d'une étagère.

– Oui, j'en ai lu un peu… Pas tout, juste quelques-uns, dis-je avec embarras.

– Rassure-toi, je ne te demande pas un avis littéraire, sourit mon père. Je sais que mes poèmes sont plutôt médiocres. C'est juste pour savoir… si tu as compris qui je suis.

À ce moment-là, c'est plus fort que moi, je repense à Antoine Pleutin et à Vincent Grimond, ces deux crétins, en train de se moquer dans la cour de récré de l'école primaire. À mon envie de leur casser la gueule.

– Je sais que tu vis avec un autre homme, maman me l'a expliqué, dis-je. C'est bon, ça ne me dérange pas.

Aloès me dévisage avec soulagement.

– Tant mieux, tant mieux.

Puis il me déballe le petit laïus qu'il a préparé, m'assurant qu'il est heureux de pouvoir me rendre service, pas de problème, mais qu'il faut que je sache que, en fait, son ami Carl n'est pas au courant que... Enfin, ce qui est compliqué, c'est que... Je l'écoute attentivement, en fronçant les sourcils. Il s'embrouille. Il se reprend. Il parle de son boulot à l'imprimerie qu'il a fini par plaquer pour devenir journaliste à la radio, mais que pour l'instant c'est juste associatif, ça ne paye pas, bref je comprends que sans ce fameux Carl (qui, lui, a beaucoup d'argent), mon père serait à la rue. Alors pour éviter de faire des vagues, il me demande un service :

– Ne dis à personne que tu es mon fils, Olivier. Ici, tu seras mon filleul. Juste mon filleul que j'héberge pour quelque temps, OK ?

Soufflé, je reste d'abord sans réaction. Mon père contemple le fond de sa tasse, puis relève les yeux, inquiet de mon silence.

– Tu as compris, hein ? C'est pas contre toi, Olivier, c'est juste que je n'ai jamais dit à Carl ni à quiconque que tu...

– J'ai compris, dis-je.

– Ce sera plus simple pour toi, en plus. Parce que ma façon d'être, les gens que je fréquente, tu vois, c'est pas vraiment... Enfin, pour ton lycée, pour tes copains, c'est mieux que je sois ton parrain.

– OK.

– Tu n'es pas fâché, au moins ?

– Non non.

– Tant mieux, soupire-t-il encore, j'avais peur que tu le prennes mal.

Il consulte sa montre.

– Ouh, le temps file. On y va ? Je travaille, moi, ce soir !

C'est ainsi que je m'installe chez Carl Baumann, rue de Verneuil, et dans le pitoyable mensonge de mon père (pardon, mon parrain).
Avec fierté, il me montre qu'il a passé l'aspirateur dans la pièce encombrée qui sert de lieu de stockage pour la galerie d'art de Carl. J'y bénéficie d'un coin, d'un matelas posé par terre et d'une pile de cartons en guise de table de travail.
« Ça ira ? » me demande-t-il.
« Oui, oui, ça ira. »
« Tant mieux, tant mieux. »
Carl et Aloès ne sont presque jamais là le soir. Soit ils travaillent, soit ils sortent avec des amis. Je dois donc me débrouiller pour me faire à manger – boîtes de conserve, pâtes à l'eau, à moi de voir.
Quand par miracle ils sont là, c'est pour improviser une fête.
Et qui dit fête dit musique jusqu'à cinq heures du matin : si ça me dérange, je n'ai qu'à mettre la tête sous mon oreiller.
Ça ira ?
Oui, oui, ça ira.
Tant mieux, tant mieux.
Le lendemain, je ne dois pas m'étonner de voir passer des hommes et des femmes entièrement nus dans la cuisine, même quand certaines femmes ont des sexes d'homme et inversement. Je ne dois pas m'étonner non plus de trouver, sur les tables basses, des traces de poudre blanche et des sachets d'herbe,

pas plus que je ne dois poser de questions au sujet des ustensiles qui traînent dans la salle de bains.
Quand Carl se sert un whisky à huit heures du matin, surtout: ne pas froncer le nez.
Quand il tousse, quand il se tord de douleur dans les toilettes, même consigne.
Mon père (pardon, mon parrain) m'a expliqué que, si je ne voulais pas passer pour un provincial naïf, je devais conserver, en toutes circonstances, un air détaché et blasé. C'est à ce prix-là que je peux me fondre dans le décor et espérer prolonger mon autorisation de séjour.
Ça ira?
Oui, oui, ça ira.
Tant mieux, tant mieux.

Vingt minutes de bus séparent la rue de Verneuil du lycée.
En vingt minutes, chaque matin, je change de planète.
Ça ira?
Oui, oui, ça ira. Je m'adapte.
Je suis un caméléon.
J'arrive toujours à l'heure, je franchis la porte et, pareil à un moine, je fais vœu d'obéissance aux règles de la communauté.
Je travaille énormément, je suis discret et poli, je rends mes devoirs, j'élargis ma culture générale, je m'intéresse à l'actualité culturelle, à la politique, à la marche du monde.

En ce début des années 80, c'est la crise.
La France n'avait déjà pas de pétrole, maintenant il paraît qu'elle n'a plus d'argent, et plus tellement de charbon. Fini les promesses de progrès, l'heure est à la rigueur, il faut se serrer la ceinture.
L'inflation monte à 14%, les exploitations minières licencient, le chômage explose. En Lorraine, dans le Nord, on incite les travailleurs marocains recrutés dans les années fastes à rentrer

chez eux. Sauf qu'entre-temps, la plupart d'entre eux ont réussi à faire venir femme et enfants. D'autres enfants sont nés ici, qui vont à l'école et parlent le français comme vous et moi. Alors c'est où, chez eux ?

La guerre froide divise toujours le planisphère en deux camps. Les relations entre les pays membres de l'Otan et le bloc soviétique, qui s'étaient un peu détendues, se dégradent de nouveau et la course aux armements nucléaires reprend.
D'un côté, les missiles soviétiques SS-20 pointés vers l'Europe de l'Ouest, de l'autre, le président américain Ronald Reagan qui désigne l'URSS comme « l'empire du mal » et entend – en représailles – déployer des missiles Pershing nouvelle génération en Europe de l'Ouest.
Des manifestations pacifistes ont lieu. Plus d'un million de personnes défilent en Allemagne, des centaines de milliers aux Pays-Bas, en Belgique, au Royaume-Uni.
En France, Mitterrand déclare que « les pacifistes sont à l'Ouest, mais les missiles sont à l'Est » et que « seul l'équilibre des forces peut conduire à de bonnes relations ».
Finalement, les manifestants ne sont pas écoutés et les missiles américains sont positionnés. Du coup, les Soviétiques augmentent le nombre de leurs SS-20, et nous sommes au bord de la guerre nucléaire.

Pendant que Boy Georges et son groupe Culture Club *chantent* War, war is stupid and people are stupid, *une guerre civile déchire le Sri Lanka, neuf cents kilos d'explosifs soufflent l'ambassade américaine à Beyrouth, et après avoir envahi l'Afghanistan, les troupes soviétiques se perdent dans les montagnes de l'Hindou Kouch comme les Américains dans la jungle du Vietnam.*
Pendant ce temps, une équipe de chercheurs de l'institut Pasteur

identifie le rétrovirus à l'origine du syndrome d'immunodéficience acquise (le sida), et tout le monde va voir Le Retour du Jedi *et* Les Gremlins.

Dans ma classe de seconde, je me sens à part.
Je ne porte pas les mêmes vêtements que les autres, je ne parle pas avec la même aisance, je ne pars pas en vacances sur la Côte d'Azur et ma famille ne ressemble à aucune autre.
Dans l'appartement de Carl, je me sens seul.
Dans Paris, dans le métro, dans ma tête, je me sens seul.
Pourtant, je n'imagine pas un instant retourner dans ma cambrousse.
Je fais l'expérience terrifiante de me sentir nulle part chez moi.
Quand ma mère me téléphone, elle me demande si ça va.
Je réponds oui, oui, ça va.
Elle soupire : tant mieux, tant mieux.

Ce qui me sauve, cette année-là, ce sont les moments que je passe chez Ariane, boulevard Saint-Germain.

1984

Chapitre 59

Olivier

Ariane n'avait pas exagéré, l'appartement de fonction qui a été attribué à la famille depuis que son père a été nommé au Conseil d'État est carrément immense, plein de couloirs, de recoins, de portes qui s'ouvrent sur des passages et de mystérieux escaliers de service.

– On s'y perd, me dit systématiquement sa mère lorsque j'arrive. Ariane est dans sa chambre, tu vas retrouver le chemin ?

– Oui, merci madame Fournier.

– Par pitié, Olivier, appelle-moi Madeleine. Depuis le temps qu'on se connaît ! Allez, file. Et tu restes dîner, hein ? J'ai fait des lasagnes (ou, selon les soirs, du gratin de chou-fleur, un petit salé aux lentilles...) pour un régiment.

– Eh bien dans ce cas… oui, d'accord.

– Je te l'ai déjà dit, Olivier : tu es ici chez toi.

– Merci mada… Madeleine.

Le temps que j'atteigne la chambre d'Ariane, Sido surgit et se retrouve pendue à mes basques comme de la limaille de fer sur un aimant.

– Ah non ! rugit Ariane en voyant sa petite sœur derrière moi. Tu as *ta* chambre, moi j'ai *ma* chambre ! Ouste !

– Mais je m'ennuie, proteste Sido. Je peux rester un peu avec vous ? Juste un peu, s'te plaît !

Ariane s'apprête à expédier sa sœur d'un coup de pied aux fesses jusqu'aux îles Fidji. J'intercède en sa faveur :

– Bah, elle nous embête pas, elle peut bien rester un peu.

Ariane roule des yeux comme dans un cartoon de Tex Avery, rouspète, soupire, puis finit par céder. Je sais qu'elle rêve d'intimité et de m'avoir pour elle seule. Moi, bien sûr, je ne suis pas contre… Mais en vérité, j'adore trouver ici ce que je n'ai jamais eu ailleurs.

Je fais un clin d'œil à Sido, qui aussitôt demande :

– On joue à quoi ?

Je consulte Ariane du regard.

– Cluedo ?

– OK. Mais juste une partie. Et après elle dégage.

Finalement, on en fait deux, assis en rond sur le parquet en point de Hongrie, tandis que Stevie Wonder chante *I Just Called to Say I Love You* à moins que ce ne soit Soft Cell et son entêtant *Tainted Love* dont Ariane connaît les paroles par cœur, et pendant quelques instants, loin des excentricités de la rue de Verneuil, j'ai l'impression délicieuse d'avoir une vie normale. Surtout au moment suprême, toujours un peu avant vingt heures, où Madeleine Fournier lance son cri de guerre :

– Les enfants ! À table !

La cuisine, avec son carrelage en damier noir et blanc, me fait l'effet d'un havre de paix, avec sa table dressée pour cinq, la présence hiérarchique de M. Fournier qui vient de rentrer du travail, la buée sur les vitres, la casserole fumante sur la gazinière, et cette façon de vivre qui ressemble à une publicité pour la purée Mousline.

– Comment ça va, au lycée ? m'interroge souvent le père d'Ariane. Tu t'en sors avec les maths ?

M. Fournier sait que ce n'est pas mon point fort, contrairement aux lettres et à l'histoire-géo. Il a une manière de s'intéresser à moi qui me donne envie d'être à la hauteur, hélas le bilan de mes dernières notes n'est pas brillant. M. Fournier m'encourage quand même :

– Tu sais Olivier, un 12 sur 20 à Henri-IV, ça vaut un 16 ailleurs !

Il me demande aussi ce que j'ai envie de faire plus tard, quand j'aurai décroché mon bac, question que ni Aloès ni Carl ne me posent jamais. D'ailleurs, ils ne me posent aucune question – pas plus que ma mère, pour qui ma scolarité et ma vie parisienne sont une énigme.

– Tu devrais penser au droit, me conseille M. Fournier.

– Olivier ne veut pas faire du droit, papa, soupire Ariane.

– Ah oui ? Et que veut-il faire, selon toi ?

Ariane me sourit. Elle hausse les épaules :

– Je sais pas, moi, un truc plus... marrant !

Je serais prêt à tout pour plaire à Ariane, elle le sait. Elle lance :

– Guitariste dans un groupe de rock !

M. Fournier s'adosse contre sa chaise et dénoue sa cravate.

– Tu joues de la guitare, Olivier ?

– Pas vraiment, monsieur Fournier.

Il sourit.

– Je t'en prie, Olivier, appelle-moi Pierre. Pas vraiment, ça veut dire pas du tout ?

– C'est ça, dis-je.

Et Pierre part d'un éclat de rire joyeux.

Un samedi de printemps, je suis assis comme d'habitude sur le parquet de la chambre d'Ariane tandis qu'elle cherche un nouveau disque à mettre sur sa platine. Nulle trace de Sido dans les parages ; la petite a fini par se faire de nouvelles copines, elle est invitée à un anniversaire.

– J'ai acheté le nouveau disque de Téléphone, ça te dit ?

Ariane pose le diamant sur le vinyle et vient se rasseoir à côté de moi. Elle sort une cigarette et m'en propose une. On écoute *Un autre monde* en fermant les yeux. Sa jambe est si près de ma jambe que j'ai l'impression de sentir le grain de sa peau à travers l'épaisseur de mon jean. Pendant que le chanteur rêve d'une autre terre, Ariane bat la mesure. Je l'imite, nos mains s'effleurent, mon cœur s'affole. Combien de fois ai-je fantasmé le moment où enfin nos lèvres se toucheraient ? Est-ce là ? Est-ce maintenant ?

– Attends, j'ai mieux ! dit Ariane en se relevant subitement d'un air décidé.

Comme si elle avait lu dans mes pensées, elle change Téléphone pour l'irrésistible slow de Scorpions qui caracole en tête du hit-parade et, avec un sourire tout aussi irrésistible, elle m'invite à la rejoindre.

J'écrase ma cigarette. La guitare électrique arpège les accords de l'intro. Mes jambes me portent à peine.

Une seconde après, pourtant, je me tiens debout devant elle. Je la dépasse d'une demi-tête, mais pour l'audace, c'est Ariane, comme toujours, qui domine : elle lève les bras, enlace ma nuque, puis vient doucement poser sa poitrine ronde contre mon torse, si bien qu'au moment où le chanteur entame *Time, it needs time*, mes mains sont déjà sur ses hanches, et nous voilà en train de tourner, en chaussettes, serrés l'un contre l'autre et plus rien n'existe.

La guitare se distord pendant le solo. Je respire une fois par minute grand maximum, évoluant dans la chanson comme quelqu'un qui marche sous l'eau. *I'm still loving you, I'm still loving you*, et Ariane lève son visage vers le mien tandis que le mien se penche, et c'est beaucoup plus dingue que dans mes rêves, beaucoup plus dingue que le baiser entre Solal et une autre Ariane (celle de *Belle du Seigneur* que j'ai lu le mois dernier) parce que c'est réel, voilà, c'est *ma réalité* : j'embrasse enfin Ariane Fournier.

Dans le silence qui suit la fin de la chanson, ni elle ni moi ne savons plus quoi faire. Alors nous restons enlacés, immobiles au milieu de la pièce, redoutant de briser quelque chose par un geste, un mot malvenu.

La platine de l'électrophone tourne à vide, on entend les voitures passer sur le boulevard. Je rouvre les yeux. Ariane me sourit, je lui souris. Nous nous embrassons de nouveau, puis encore, encore et encore, émerveillés.

Durant les semaines et les mois qui suivent, je crois que je ne fais rien d'autre qu'embrasser et enlacer Ariane en écoutant des disques et en fumant des clopes.
Enfin, sans doute que j'arrive à bosser un peu car à la fin de l'année scolaire, je passe quand même (mais de justesse) en classe de première, dans la section la moins convoitée, la littéraire, tandis qu'Ariane est admise en seconde dans un autre lycée.

Sans que j'ai eu besoin d'exposer en détail ma vie chez Carl, les parents d'Ariane ont compris que je me sentais mieux chez eux. Un pacte tacite se met en place : ils prennent en charge la réussite de mes études, ma santé affective et mon équilibre mental. En échange, je deviens en quelque sorte le fils de la famille, le garçon qu'ils n'ont pas eu.
Trois nuits par semaine, je dors dans une des chambres d'amis du vaste appartement. Ou plus exactement, je fais mine de m'y coucher, attendant que le silence règne pour rejoindre Ariane dans la sienne, à pas de loup.
Et trois nuits par semaine, comme dans la chanson d'Indochine qui cartonne à ce moment-là sur les ondes, je suis avec elle.
Le matin, au petit déjeuner, chacun fait comme si de rien n'était. Tant que mes notes remontent (elles remontent), tant que celles d'Ariane restent bonnes (elles sont excellentes), tant que je complimente Madeleine sur ses hachis ou ses paupiettes (je les

dévore), et tant que je m'assieds sagement à côté de Pierre, le dimanche soir, pour regarder l'émission d'actualités 7 sur 7 *à la télé, ce qui se passe la nuit entre Ariane et moi ne fait l'objet d'aucun commentaire.*
Seule Sidonie laisse entendre qu'elle n'est pas dupe lorsqu'elle nous demande, d'un air innocent, si nous avons bien dormi, ce qui ne manque jamais de me faire rougir comme une pivoine et de la faire pouffer dans son bol de chocolat.

Les soirs où je reviens rue de Verneuil, je croise parfois Aloès entre deux fêtes, deux cuites ou deux nuits blanches à la radio. Nous échangeons quelques phrases, mais ses efforts pour s'intéresser à moi me gênent plus qu'ils me réconfortent. Parfois il m'annonce que Christiane a téléphoné et qu'elle attend que je la rappelle.
Dans le combiné, la voix de ma mère me paraît tout droit sortie d'une époque révolue. Elle me parle de la ferme qui périclite, de tel vieux qui vient de trépasser dans un des hameaux, de l'épicerie du village qui va fermer, de Simone qui a finalement rencontré un type avec qui elle envisage de partir (et même de se marier), de mes grands-parents Beugnot qui aimeraient que je leur écrive.
Je promets de le faire.
Je ne le fais pas.

Quand par inadvertance je tombe nez à nez avec Carl, sortant de la cuisine ou la salle de bains, il me lance : « Ah? Tu es toujours là, toi? »
Ce n'est pas un reproche. Juste un étonnement sincère.
Je vois bien que cet homme n'habite plus tout à fait sur la Terre.

Ainsi s'écoule notre étrange cohabitation, jusqu'à ce jour de mars 1985 *où les choses prennent subitement une nouvelle direction.*

Mars 1985

Chapitre 60

Olivier

Je viens de rentrer de ma journée de cours, accablé d'avance par la masse de travail qu'on nous a collée sur le dos.

M. Biguet, mon prof d'histoire-géo, passionné par les évolutions de la guerre froide, a improvisé ce jour-là un cours sur Mikhaïl Gorbatchev. Cet homme encore jeune, avec son étrange tache de vin sur le front, vient tout juste de remplacer le cacochyme Tchernenko à la tête du Parti communiste en URSS. Selon mon prof, il s'agit d'un changement majeur qui va en amener d'autres, le monde va entrer dans une ère nouvelle, et pour que nous en comprenions bien les enjeux, il nous a flanqué un contrôle pour le lendemain, sans tenir compte du devoir de français que nous avons à rendre pour le même jour. Les élèves ont eu beau protester, il n'a rien voulu savoir ; j'envisage donc de boire un litre de café et d'engloutir un pot entier de pâte à tartiner pour affronter une nuit blanche de révisions. Mais en voyant Carl, roulé en boule sur le canapé, au milieu d'un marécage de mégots, de Kleenex et de bouteilles à moitié vides, je change mes plans. Quelqu'un est en train de pleurer devant moi : cela me paraît plus urgent que les relations internationales et l'œuvre de Maupassant.

Je fais un pas dans le salon. Bêtement, je dis :

– Quelque chose ne va pas ?

Carl sursaute. Il me dévisage avec effroi. Puis sa bouche s'ouvre, ses lèvres se contractent et il explose:

– Je vais mourir!

Son cri me cueille. Je laisse tomber mon sac de classe au pied du canapé. Les effluves du whisky renversé me font tourner la tête.

– Je vais mourir! répète Carl. J'ai trente-six ans et je vais crever! *Scheisse!*

Inutile d'avoir fait allemand première langue pour comprendre ce que ça veut dire.

Tandis que les sanglots secouent son corps maigre, je demeure immobile, désemparé par la violence de l'émotion. Depuis dix-huit mois que j'habite chez lui, je n'ai vu Carl que sanglé dans le costume de son excentrique et flamboyant personnage. Y compris quand il se balade à poil devant tout le monde, il est pareil à un acteur sur une scène, toujours en train de jouer un rôle. Mais à cet instant, alors qu'il est décemment vêtu d'un pull en cachemire et d'un pantalon, il m'apparaît dans sa véritable nudité.

Sans réfléchir, je viens m'asseoir à côté de lui sur le canapé. Puis j'ouvre mes bras, et je le serre contre moi.

– *Ich will nicht sterben… Ich will nicht…*

Du haut de mes même pas seize ans, j'essaie de consoler cette peine inconsolable. Je bredouille quelques mots, je ne sais plus lesquels, et Carl pleure sur mon épaule, bave sur ma chemise, répétant en boucle qu'il va mourir, jusqu'à ce que, terrassé, il s'endorme.

C'est dans cette position incongrue que mon père (pardon, mon parrain) nous découvre un quart d'heure plus tard, revenant de je ne sais où.

Son regard croise le mien, interrogatif. Je n'ose plus bouger de peur de réveiller la tornade de larmes qui s'est enfin calmée.

– Qu'est-ce qui se passe? articule silencieusement Aloès.

Entre-temps, j'ai aperçu l'enveloppe déchirée par Carl, tombée par terre avec son contenu: des résultats d'analyses portant le tampon de l'hôpital Saint-Louis. Je la désigne à mes pieds.

Aloès se penche pour la ramasser et je le regarde pendant qu'il déchiffre les colonnes de gauche à droite. Je le vois pâlir, lâcher la feuille, puis s'affaler comme une voile contre nous, sur ce canapé chic imbibé de tabac et d'alcool.

– Carl…, gémit mon père. Mon chéri, pourquoi tu ne m'as rien dit?

Carl sort de sa torpeur. Il agrippe la main de mon père.

– Je suis allé consulter pour cette tache qui est apparue, tu sais?

– Sur ta jambe?

– Oui. C'était juste pour ça, tu comprends? Mais le dermatologue a voulu faire une biopsie. C'est lui qui m'a prescrit les analyses complémentaires.

Les yeux de mon père deviennent noirs, j'ai l'impression d'assister à l'extinction d'un soleil. Alors c'est ça? Tout ce dont il a entendu parler, les rumeurs au sujet de ce cancer gay, puis les révélations scientifiques plus sérieuses dont on se chuchote l'horreur entre deux éclats de rire comme pour conjurer le sort, ce ne sont pas des inventions?

– Un sarcome de Kaposi? demande-t-il.

Carl hoche la tête. Tous deux le savent, cette atteinte sur la peau est un des premiers symptômes du sida. Autrement dit, une condamnation à mort. Et moi, je ne peux m'empêcher de penser à Mikhaïl Gorbatchev, à la tache mauve qu'il porte sur son front et qui semble dessiner les contours d'une île, comme si elle annonçait d'autres catastrophes.

– Je… Je ne voulais pas le croire, bredouille encore Carl. Je suis… Je suis désolé, Aloès. Il va falloir que tu fasses des examens, toi aussi.

Subitement, Carl se redresse et me regarde, moi. Son visage n'est plus qu'un brouillon. Avec une compassion désarmante, il me dit :

– Si par malheur j'ai contaminé ton père, Olivier, je te… je te présente toutes mes excuses.

Je ressens une brusque détonation dans la poitrine qui se fragmente en quelque chose de brûlant. Mon père baisse la tête. Il murmure :

– Tu avais compris, alors ?

– Qu'Olivier est ton fils ? sourit tristement Carl. Bien sûr, grand benêt. Je suis malade, mais pas aveugle : il est ton portrait craché.

Mon père fait alors un geste qui achève de me bouleverser. Il glisse son bras derrière Carl et vient, très doucement, poser sa main sur ma joue.

Ensuite, nous restons là, tous les trois, serrés à étouffer, avec l'impression que le temps n'existe plus.

Quelques semaines plus tard

Chapitre 61

– Tu viens moins souvent, me fait remarquer Madeleine Fournier en fouettant sa vinaigrette. Il y a bien dix jours qu'on ne t'a pas vu, non ? Au fait, tu aimes les asperges ?

– Oui, j'adore, merci.

– Des ennuis chez toi ?

– Non, non, dis-je.

Madeleine Fournier pousse un petit soupir.

– Ariane m'a dit que tes notes du deuxième trimestre ont baissé, c'est vrai ?

Je me dandine d'un pied sur l'autre sur le carrelage à damier de la cuisine. Le soleil du soir entre à flots par la fenêtre ouverte sur la cour intérieure. On entend quelqu'un jouer du piano dans un autre appartement et, au loin, les cloches de l'église Saint-Thomas-d'Aquin sonner sept heures. J'aimerais bien qu'Ariane se dépêche d'arriver pour pouvoir m'éclipser avec elle et couper court à cet interrogatoire.

Je me justifie :

– Un simple passage à vide. J'ai été un peu enrhumé avant les vacances de Pâques, mais ça va mieux. Je vais remonter mes moyennes.

– Tu en es parfaitement capable, Olivier. En venant de notre campagne, tu as beaucoup plus d'obstacles à franchir que la plupart de tes camarades parisiens, mais accroche-toi, fais-toi confiance.

Madeleine interrompt son discours pour ouvrir son four et y glisser le gratin qu'elle vient de préparer.

– Ceci dit… je me demandais si ton père accepterait une invitation à dîner un de ces prochains soirs ?

Aïe. La tuile. Moi qui m'évertue à dresser des murs entre mes espaces, à les rendre étanches l'un à l'autre, imaginer mon père ici, dans cette lumière, me semble carrément indécent.

– Euh… Eh bien, peut-être. Mais le souci, c'est qu'il travaille beaucoup. En soirée, surtout.

– Dans une radio libre, c'est ça ?

– Oui, il est ingénieur du son, mais bientôt, il aura sa propre émission. Il a des horaires très décalés.

– Alors un dimanche midi ? suggère Madeleine avec enthousiasme. Transmets-lui la proposition, nous serions enchantés de faire sa connaissance, depuis le temps.

– Je lui dirai, Madeleine. Promis.

Elle ajoute un peu de moutarde à sa sauce avant de me regarder.

– Tu sais, Olivier, Ariane tient beaucoup à toi. Je l'ai vue malheureuse, ces derniers temps. Tu n'as pas… une autre copine, au moins ?

Désarçonné, je secoue la tête et je ne peux retenir un rire nerveux. Si elle voyait ma vie, Madeleine Fournier comprendrait que multiplier les conquêtes n'est vraiment pas mon souci. Depuis que Carl connaît le nom de sa maladie, mon père et moi nous relayons pour qu'il ne soit jamais seul. Son corps déjà maigre s'affaiblit de jour en jour, il dégringole, et il n'y a pas de traitement, pas d'espoir. Parfois, la nuit, je l'entends vomir et se vider aux toilettes. Une seule bonne nouvelle dans ce désastre : les analyses sanguines de mon père ne montrent aucun signe d'infection.

– Ne vous inquiétez pas pour ça, dis-je à Madeleine. Il n'y a personne d'autre qu…

– Ah justement, la voilà ! s'exclame Madeleine en voyant Ariane débouler, les joues rouges, dans la cuisine.

Je me tourne vers elle, plus ému que je ne le voudrais. J'ai envie de lui dire que moi aussi, je tiens follement à elle, mais je n'ose pas me jeter dans ses bras devant sa mère.

– Tu restes dormir ici ? me demande-t-elle sans préambule.

– Si tu veux bien, dis-je.

– Je veux bien, sourit-elle.

Ses yeux brillent avec cette intensité qui m'a toujours foré le cœur à cent mètres. Elle tend la main vers moi.

– Tu viens ?

– Le dîner sera prêt dans trente minutes ! nous lance Madeleine tandis que nous nous éloignons dare-dare vers la chambre.

Au bout du long couloir qui protège notre intimité, Ariane referme la porte sur nous et m'embrasse avec cette urgence fiévreuse qui me fait oublier tous mes soucis. Nous nous enroulons l'un contre l'autre sur son lit, bouche contre bouche, poitrine battante contre poitrine battante, aussitôt éblouis d'amour et de soulagement.

– J'ai eu peur que tu me quittes, murmure Ariane dans mon cou. Pourquoi tu ne viens plus me voir ?

À l'école de Sainte-Saverne, Ariane n'a jamais cautionné les moqueries d'Antoine Pleutin et Vincent Grimont au sujet de mon père, mais nous n'avons jamais évoqué ouvertement son mode de vie. Alors lui expliquer ce qui se passe rue de Verneuil ? Je la serre fort contre moi avec la sensation de reprendre pied sur la terre ferme. Malgré le morceau de plomb que j'ai dans la gorge, je parviens à répondre :

– Je n'ai aucune intention de te quitter. Si tu n'étais pas là, je coulerais à pic.

Ariane se redresse sur un coude. Son regard sérieux me donne envie de tout lâcher malgré la terreur que j'ai de la perdre si je lui avoue l'irruption de cette maladie honteuse, incurable et implacable dans mon univers. Le sien me paraît si protégé, si équilibré, si exempt de souillure… Je ne sais même pas si Ariane a déjà entendu quiconque prononcer le mot « sida ». Quant à Madeleine et Pierre, avec leur abonnement à la Comédie-Française, leurs nouveaux amis de la paroisse et leurs soirées paisibles en famille, est-ce qu'ils m'accepteraient encore sous leur toit s'ils *savaient* ?

– Pourquoi tu pleures ? Qu'est-ce qui t'arrive, Olive ?

Je me sentais tellement coupable, Saule.
Coupable de tout, de rien. Coupable de n'être que moi-même, c'est-à-dire ce garçon décevant depuis ma naissance, depuis que – même sans en avoir la preuve – je n'avais pas été à la hauteur des attentes de mes parents pour remplacer ma sœur morte sous le tracteur Ferguson.
Cette culpabilité me collait à la peau comme une enveloppe.
J'avais beau me démener pour devenir un brillant élève, un fils discret, un garçon poli, un amoureux attentif, et à présent un garde-malade solide, rien n'y faisait, je me sentais en dessous de tout.
Alors ce jour-là, au lieu d'avouer ma détresse et mon besoin de soutien, au lieu de faire confiance à l'intelligence et à l'amour d'Ariane, je m'efforce de ravaler mes larmes et je me tais.

C'est le plus mauvais choix que je puisse faire: celui qui, de dissimulation en mensonge, va me conduire à devenir mon propre ennemi.
Mais ce jour-là, fidèle aux hommes de ma famille, j'obéis à ce code d'honneur désastreux qui exige de nous, depuis la nuit des temps, d'avoir l'air fort alors que nous ne le sommes pas.

Nous arrivions à la fin du troisième trimestre.
Au prix d'un effort surhumain, j'ai réussi à empêcher ma

moyenne de sombrer, mais mon passage en classe de terminale est compromis.
C'est dans ce moment d'extrême fragilité que Terence Szovat apparaît soudain dans mon paysage.

Juin 1985

Chapitre 62

Pour la deuxième fois de la semaine, je viens de passer une partie de la nuit à veiller Carl avec mon père.

Désormais, nous ne sommes pas trop de deux pour affronter le séisme de la maladie : quand l'un craque, l'autre reprend la main décharnée du malade dans la sienne, et ainsi de suite jusqu'à ce que l'angoisse s'apaise et qu'il trouve le sommeil. Après ces épreuves, franchir les murs du lycée pour assister à un cours sur le mouvement romantique au XIXe siècle me paraît aussi inutile qu'idiot.

– Je t'interdis de sécher, me dit mon père en constatant mon découragement ce matin-là.

Lui, barbe d'une semaine, les yeux hagards. Moi avec mes cernes violets jusqu'au milieu des joues. Nous deux, au petit jour dans la cuisine, soulagés d'avoir vaincu, côte à côte, l'adversité de la nuit.

Je le provoque :

– Tu peux me dire à quoi ça sert, la littérature, face à autant de souffrance injuste ?

Songeur, il regarde couler le café. Il en boit deux tasses avant de me répondre.

– La littérature est une consolation, Olivier. Dépêche-toi de t'habiller et d'aller chercher la beauté hors d'ici avant que je te mette un coup de pied au cul.

Ça me fait sourire.

– C'est bien la première fois que je tu affiches un peu d'autorité, dis-je.

Il sourit à son tour, mais tellement fatigué.

Je lui demande encore :

– Et toi ? La poésie, tout ça ?

Il hausse les épaules.

– Moi ? C'est trop tard. J'ai renoncé à la beauté quelque part en Algérie, il y a bien longtemps.

C'est la première fois qu'il prononce devant moi ce mot – Algérie. Je vois ses épaules se voûter sous un fardeau invisible, et dans le silence qui suit, j'attends qu'il me parle de la guerre, mais ça ne vient pas. Ce qui vient, en revanche, c'est un autre nom qu'il n'a jamais mentionné : celui de Daniel Giraud, son ancien instituteur, son père spirituel, son premier amour. Ému aux larmes, il me raconte leur liaison secrète, l'assentiment silencieux de ma mère, la Gordini, leurs rendez-vous furtifs dans les bois. Je pourrais rester avec lui pendant des heures, à l'écouter parler de sa vie avant ma naissance – j'aimerais lui poser des questions sur Véronique, aussi –, mais la radio qui marche en sourdine dans un coin de la cuisine annonce soudain le flash de huit heures, et Aloès me fourre mon sac de classe dans les bras.

– Allez file, Olivier, m'ordonne-t-il. Je suis désolé que tu assistes à la déchéance de Carl. Occupe-toi de ton avenir, maintenant.

Je cours pour attraper le bus, mais alourdi par toutes ces émotions, j'arrive trop tard. Essoufflé, je m'assieds sous l'abri. Et pendant que j'attends le bus suivant, je ne peux m'empêcher de songer à ce paradoxe terrible : le sida qui est en train de tuer Carl est en train de faire naître, en même temps, un lien inespéré entre mon père et moi. J'en pleurerais si j'avais encore la force de pleurer.

Quand j'arrive enfin devant le lycée, les portes sont fermées. Je reste planté là, hésitant, sur le trottoir, écrasé par la majesté de ce bâtiment qui a vu passer Clovis roi des Francs, Louis XIII et la Révolution française, effrayé à l'idée de me faire engueuler par le concierge. C'est à ce moment-là qu'une voix surgit derrière moi et dit :

– Toi aussi t'es à la bourre, Balaguère ?

Je me retourne. C'est Terence Szovat, avec son nom imprononçable, ses cheveux en pétard et son look impossible : blazer, cravate, chaussures en peau de crocodile.

– Ma mère a oublié de me réveiller, dit-il. On a déjà manqué les dix premières minutes du cours de français. Autant rater l'heure complète. Viens, je t'offre un jus.

Ce n'est pas une question, c'est un ordre ; je suis de toute façon trop fatigué pour résister au charisme du type le plus populaire de la classe.

Nous nous asseyons dans un café de la rue Descartes.

– Tu vois, Balaguère, là ? me dit-il en pointant du doigt le trottoir d'en face. C'est l'École polytechnique. Un peu derrière, il y a la Sorbonne. Là, le lycée Louis-le-Grand. Là-bas, le Collège de France, Normale sup, les Arts déco, Sciences Po un peu plus loin, et en descendant vers la Seine les Beaux-Arts et la faculté de médecine. Tout ça, mon pote, dans un périmètre minuscule. Un concentré du savoir. Et tu sais ce que ça veut dire ?

Abasourdi, je murmure que non.

– Ce que ça veut dire, petite tête, c'est que nous sommes au cœur du réacteur. Au cœur du pouvoir. *The place to be.*

– Et ?

Terence colle son dos contre le dossier de la chaise et étend ses longues jambes comme s'il était sur un transat. Il étire ses bras, ouvre la bouche et bâille :

– Et toi, tu sabotes la chance de ta vie, mec ! Voilà ce qui se passe ! Tu as les capacités pour devenir un grand homme, mais tu t'arranges pour louper ton passage en terminale ! Pourquoi ?

Soufflé, je cherche quoi répondre. Mes yeux vont et viennent de ma tasse de café à l'arrière-salle, en panique. Alors Terence se penche vers moi et m'oblige à le regarder. Il dit :

– Je vais te dire pourquoi, Balaguère. Parce que t'es un plouc. Et le problème des ploucs, c'est qu'ils ont un complexe d'infériorité. Ils s'imaginent que c'est plus facile pour les autres, alors ils brandissent l'étendard de l'injustice sociale et ils renoncent. Ah ! La bonne excuse !

Je ne trouve toujours rien à répliquer tant l'aplomb de ce type me sidère. Mais ce qu'il fait ensuite me sidère encore plus. Il m'attrape par l'épaule et il me dit :

– Je t'explique ce qu'on va faire, toi et moi, Balaguère. On va faire équipe. Toi le plouc, et moi le fils de bonne famille. Le conseil de classe a lieu dans trois semaines. En tant que délégué, j'ai assez de pouvoir pour plaider ta cause. Je compte devenir avocat ou procureur, je sais pas encore. Faut que je m'entraîne, tu seras mon premier client. Mais comme j'ai pas encore les diplômes, t'as de la chance, je te fais ça gratos. Donc, je plaide devant le conseil pour que tu passes en terminale malgré tes notes médiocres, je leur promets de ne pas te lâcher d'un pouce l'an prochain, et toi, en échange, tu arrêtes de faire le con. Tu te mets au boulot, et tu deviens quelqu'un. Tope là ?

Sa paume est ouverte devant moi. Il attend que je tape dessus avec la mienne. Il m'encourage avec un clin d'œil :

– Allez, vends-moi ton âme, Balaguère. Tu vois bien que je suis le diable, non ?

Nous avons étudié la légende de Faust et la pièce de Goethe qui porte son nom en cours d'allemand. Il éclate d'un rire tonitruant, paye nos cafés, et lorsque nous quittons le bistrot, il est déjà trop tard pour reculer. Terence m'a choisi, je suis désormais son protégé. Sa cause à défendre.

Trois semaines plus tard

Chapitre 63

Ariane et moi, assis par terre dans sa chambre, sur le parquet en point de Hongrie. Son épaule contre mon épaule. L'odeur de son shampooing qui se mélange à celle de nos clopes, et le téléphone gris de l'entrée que nous avons branché dans le couloir, puis tiré jusqu'ici pour être certains d'être les premiers à décrocher.

Sur la platine, Ariane a mis un album de Dire Straits qui vient de sortir, *Brothers In Arms*.

– Ça parle d'un soldat en train de mourir sur un champ de bataille loin de chez lui. J'adore, dit-elle. Pas toi ?

– Si. C'est planant.

– Et la guitare ! J'adore cette guitare... Elle raconte aussi quelque chose, on dirait qu'elle chante.

Moi, ce que j'adore, c'est être là, contre elle, à l'abri. Peut-être parce que nous nous connaissons depuis l'enfance, parce que nous avons grandi dans la même campagne, Ariane me donne sans le savoir la force de surmonter toute la dégueulasserie du monde. Le sida, la couche d'ozone trouée par la pollution, les armes partout, nucléaires ou non, et la famine en Éthiopie qui gonfle le ventre des enfants pour qui on chante *We are the World* au hit-parade. Tant que je suis avec elle, rien ne peut m'atteindre. Pas même les résultats du conseil de classe qui vont tomber d'un moment à l'autre.

– Tu lui as bien donné le numéro d'ici, à ton Savate ? me

demande Ariane pour la énième fois. Tu es sûr qu'il va appeler ?

– Tu ne connais pas Terence ! dis-je en riant. Quand il promet quelque chose, il le fait. Et plutôt deux fois qu'une !

Je lui ai raconté comment ce drôle de type avait déboulé dans ma vie avec sa volonté de me sauver. Je lui ai décrit son allure singulière, ses goûts d'aristocrate, et sa façon de parler avec l'emphase d'un homme politique sur une tribune, sans doute pour se montrer à la hauteur d'un père qu'il n'aperçoit qu'en coup de vent, entre deux voyages d'affaires autour du globe. Entre nous, nous l'avons surnommé Savate pour simplifier son patronyme imprononçable.

– Szovat, c'est d'origine hongroise, dis-je. Comme ton parquet. D'ailleurs, dans sa tête, c'est exactement pareil.

– Qu'est-ce que tu veux dire ? rit Ariane.

Je caresse du bout des doigts la géométrie parfaite des lattes posées en chevrons :

– Ben, regarde. Tout est agencé au millimètre, harmonieux. Ordonné, quoi.

– Pas comme dans ta tête à toi ! rit encore Ariane.

Je soupire, et c'est au milieu de mon soupir et d'un riff de guitare de Mark Knopfler que la sonnerie grêle du téléphone nous fait tressaillir.

– Vas-y, décroche !

– Mais si c'est pas Terence ? dis-je. Non, vas-y, toi !

Elle prend le combiné, dit « Allô ? » et fronce les sourcils avant de répondre :

– Oui, oui, il est là. Je vous le passe.

Elle me regarde, étonnée. « Ton père », articule-t-elle en silence.

Je pâlis. Il a bien longtemps que j'ai donné le numéro des Fournier à Aloès, mais en l'espace de presque deux ans, jamais, jamais il n'a téléphoné.

D'une main soudain moite, je m'empare à mon tour du combiné.

– Il faut que tu viennes vite, Olivier, me lance mon père d'une voix chevrotante. Carl est en train de… J'ai appelé les secours. J'ai peur qu'il soit trop tard. Essaie d'arriver avant eux !

Mon estomac se creuse sous l'effet du stress.

– J'arrive !

Je laisse tomber le téléphone et je bondis sur mes pieds.

– Qu'est-ce que se passe ? s'alarme Ariane.

– Rien, rien ! Faut que je retourne rue de Verneuil !

Devant mon visage décomposé, Ariane se dresse.

– Je viens avec toi ! Je ne sais pas ce qui se passe là-bas, mais j'en ai marre de tes cachotteries, à la fin ! Arrête de faire semblant d'aller bien, Olivier !

Je la regarde, paniqué. J'enfile mes chaussures. Je joins mes mains l'une à l'autre.

– Par pitié, laisse-moi régler mes problèmes, dis-je. Tu ne peux pas venir. Pas là. C'est impossible.

Et sans un baiser, sans pouvoir rien ajouter, je la plante là. Je traverse en courant le couloir qui mène vers la sortie du grand appartement.

Quand j'arrive, en nage, rue de Verneuil, mon père n'est pas seul. Dans sa douleur panique, il a rameuté autour de lui les plus proches amis de Carl. Les fêtards, les folles exubérantes, les travelos, les toxicos, ses ex-amants et les artistes de la galerie, tous ceux qui ont pu se libérer en cette fin d'après-midi : trente personnes qui vont et viennent d'une pièce à l'autre, une cigarette et un verre à la main pour certains, et pour tous la mine grave et la larme à l'œil.

Éberlué, je joue des coudes jusqu'à la chambre du fond. Carl y est étendu, à peine conscient, minuscule dans cette pièce qui pue le renfermé et les médicaments. Mon père est à genoux près de lui, la tête sur sa poitrine.

– Papa, dis-je.

J'ai tellement pris l'habitude de l'appeler Aloès qu'il sursaute en m'entendant prononcer ces deux syllabes.

– Olivier est là, Carl, murmure-t-il. Regarde, il est là. Il est arrivé…

Je m'approche. Les yeux de Carl semblent être engloutis dans son crâne comme dans du sable. Il entrouvre les paupières. Un fin sourire passe sur ses lèvres desséchées.

– Je vais partir, me dit-il. Prends bien soin de ton père. Sous ses airs de dur à cuire, c'est une vraie mauviette.

Je hoche la tête, incapable de retenir un rire, incapable de retenir mes larmes.

– Et ne t'inquiète pas, j'ai pris les dispositions nécessaires… Vous pourrez rester ici. Même sans moi, ajoute Carl.

– Ce n'est pas le plus important, proteste mon père.

– Si, tranche Carl. Olive doit continuer ses études. Il va réussir, ton fils, et il fera de grandes choses, j'en suis sûr. Quant à toi…

Sa voix flanche. Son souffle est si compressé.

– Toi, Aloès, tu dois lancer ton émission. Et puis… l'écrire enfin, ce roman. Tu me le promets ?

Mon père hésite, les yeux noyés de larmes. Faire une telle promesse ? À un mourant ? Finalement, il hoche la tête, puis c'est le branle-bas général car les pompiers viennent d'arriver, toutes sirènes hurlantes.

Ils sont plusieurs à débarquer au milieu de cette foule composite de visages trop maquillés, de corps trop bronzés et d'âmes meurtries. Brancard. Respirateur. Défibrillateur.

– Où est le malade? Poussez-vous ! On a besoin de place, allez, dégagez !

Les oiseaux de nuit quittent l'appartement et s'abattent au grand jour sur le trottoir, tandis que mon père s'accroche au brancard.

– Vous ne pouvez pas venir, monsieur, dit l'un des pompiers. Jeune homme, faites-le reculer.

Je me cramponne à mon père, je le tire doucement en arrière.

– Où est-ce que vous l'emmenez ? crie Aloès. Dans quel hôpital ?

– À la Pitié, lui répond l'autre pompier.

Debout au milieu de la rue, mon père pleure en répétant ce mot comme une supplique pendant que les pompiers enfournent Carl dans la gueule du camion. Et nous restons arrimés l'un à l'autre, sans trop savoir lequel empêche l'autre de tomber.

Autour de nous, l'étrange faune des amis de Carl se resserre, bienveillante et malheureuse, tandis qu'un second cercle se forme, composé de curieux et de voisins qui se sont attroupés pour observer la scène. Entre les immeubles, le gyrophare du camion semble imiter de façon dérisoire l'ambiance d'une boîte de nuit.

– C'est pas juste, c'est pas juste…, sanglote mon père.

Et tout à coup, au milieu des badauds inconnus, deux visages familiers se détachent : celui d'Ariane et celui de Terence. Côte à côte, avec leurs yeux effarés braqués vers moi.

Je n'en reviens pas de les voir ici. Leur présence me bouleverse.

Une fois le camion disparu au bout de la rue, ils prennent leur courage à deux mains et brisent le cercle pour s'approcher de moi. Mon père est toujours vissé à mon bras, avec ce chagrin qui lui déforme le visage.

Ariane est la première à parler.

– Est-ce qu'on peut faire quelque chose pour t'aider ? me demande-t-elle.

Je ne sais pas quoi répondre. À son tour, Terence m'explique :

– Après le conseil de classe, j'ai téléphoné chez Ariane, comme tu me l'avais demandé. Mais tu venais juste de partir. Ariane était complètement angoissée. Alors je lui ai proposé qu'on se retrouve devant chez toi. On ne savait pas… On voulait juste…

Il écarte ses grands bras en signe d'impuissance et ce geste intempestif fait sortir mon père de sa torpeur. Il regarde Ariane. Puis Terence. Il demande :

– Vous voulez bien rester avec mon fils ? Moi, je dois absolument aller à la Pitié-Salpêtrière.

Je l'attrape.

– Je viens avec toi, papa.

– Non, Olivier. Ils ne te laisseront pas entrer, de toute façon. Toi, tu restes ici. Avec tes amis.

Il se détache de moi. Je le vois s'avancer vers un chauve en tenue de motard qui le prend contre lui, le console, et après un bref conciliabule, lui indique la Yamaha rouge garée sur le trottoir d'en face.

– Cyril va m'accompagner, me lance mon père avec un sourire plein de reconnaissance.

Puis il s'adresse de nouveau à Ariane et Terence :

– Je peux compter sur vous, alors ? Pour qu'Olivier ne soit pas seul ce soir ?

– Vous pouvez compter sur nous, monsieur, affirme Terence sur un ton sans appel.

Ariane me saisit par la main et avec la même fermeté, elle ajoute :

– Ce soir, et tous les autres soirs.

Mon père les remercie d'un signe de la tête, puis je le vois enfiler un casque et s'installer derrière Cyril sur la Yamaha.

– Pense à ranger un peu et à aérer ! me lance-t-il. Ça fera plaisir à Carl quand il reviendra !

La gorge nouée, je lui promets de le faire, puis je lève la main, et je le vois s'éloigner sur la moto.

Dans la rue, l'attroupement se désagrège peu à peu. Les amis de Carl viennent me dire au revoir, bon courage, on est là si tu as besoin, et nous nous retrouvons bientôt, Ariane, Terence et moi, surpris par ce silence si particulier qui suit les catastrophes.

– Bon. Alors on y va ? me demande Ariane. J'adore faire le ménage, moi.

– Moi, j'ai jamais essayé, rigole Terence, mais j'ai toujours aimé espionner la femme de ménage. Vous allez voir comme je suis doué pour passer l'aspirateur !

– Moi, ma spécialité, c'est la vaisselle très sale, exagère Ariane.

– Et manier le plumeau ! s'extasie Terence. J'en rêve !

Leurs efforts pour me faire sourire me donnent envie de pleurer. Je déglutis pour refouler mes larmes. Je sais que Carl ne reviendra pas, tout le monde le sait. Mais parfois, ça fait du bien de faire semblant d'y croire.

– Hé, au fait, me dit Terence en me suivant vers l'entrée de l'immeuble, le conseil de classe a tranché. Tu es admis en terminale, petite tête.

Quelques jours plus tard, Carl meurt sans faire de bruit dans une chambre stérile de la Pitié-Salpêtrière.
Le jour de son incinération, au cimetière du Père-Lachaise, Ariane et Terence sont avec moi.
Ils sont venus sans rien dire à leurs parents, qui les en auraient sûrement dissuadés de peur qu'ils soient contaminés par l'air ambiant.
Et en les voyant prendre place dans la procession des amis réunis en nombre pour dire adieu à Carl, je me dis que nous venons, tous les trois, d'entrer pour de bon dans la gravité de l'existence. Dans l'âge adulte, peut-être.

Le 25 juillet de cette même année 85, Rock Hudson, une star du cinéma hollywoodien, est admis en urgence à l'hôpital américain de Paris après un malaise. Il demande à son attachée de presse de faire un communiqué dans lequel il révèle être atteint du sida. Lorsque la nouvelle se répand, la maternité de cet hôpital est prise de panique et toutes les chambres se vident en quelques heures.
La peur et l'ignorance qui entourent le sida provoquent des réactions absurdes, en chaîne. Lorsque Rock Hudson veut retourner chez lui, aucune compagnie aérienne ne l'accepte sur un vol régulier, si bien qu'il doit affréter un jet privé pour repartir aux États-Unis.

Là-bas, ce n'est pas tant l'annonce de sa maladie qui dérange ou émeut, mais l'aveu de son homosexualité.
Comment un homme si viril, incarnant des personnages de séducteur et de gendre idéal à l'écran, peut-il en réalité préférer les hommes ?

Au mois d'octobre suivant, sa mort fait les gros titres des journaux du monde entier.
Mon père punaise un à un les articles sur le mur de la cuisine.
Il faudra encore du temps, me dit-il, pour que les préjugés tombent, mais dans cette marée de douleur, quelque chose – malgré tout – est en train de changer.

Cet été-là, je retourne aux Chaumes pour voir ma mère.
Là-bas aussi, quelque chose a changé. Est-ce que c'est elle ?
Est-ce que c'est moi ? Est-ce que c'est ce coin de campagne ?
Toujours est-il qu'en posant ma valise dans la chambre d'enfant où j'ai passé tant d'heures à dévorer Les Trois Mousquetaires *et à rêver d'une autre vie, je me sens soudain étranger à tout, en proie à un chagrin que je ne comprends pas.*
« Ça va, Olivier ? » s'enquiert ma mère quand je descends la rejoindre dans la cuisine.
Ça va, ça va.
Tant mieux, tant mieux.
Des mouches bourdonnent contre les vitres.
Au milieu de la cour, le vieux tilleul étend son ombre sur le sol poussiéreux. Je me revois en train de jouer là, avec mon garage et mes petites voitures, tandis que ma mère écoute Allô Ménie *à la radio.*
Je revois mon grand-père, les bretelles battant ses cuisses, le canon d'un fusil tourné contre lui-même. Ce souvenir m'éclate au visage.
Et là, sans prévenir, je crève le silence : je demande à ma mère qui était Véronique.

Ma mère s'arrête de bouger, comme si j'avais appuyé sur la touche Pause d'un magnétoscope.
Elle me regarde, glacée.
Puis elle se remet à bouger, mais au ralenti.

Ce jour-là, elle me raconte enfin ce qu'au fond je savais déjà : avant moi, elle a eu une fille.
Elle me raconte sa naissance prématurée, les inquiétudes, le soulagement, la joie de vivre de l'enfant, sa complicité avec Charme, puis le tracteur renversé, le petit corps resté coincé dessous.
Ce jour-là, elle m'emmène au cimetière et nous restons tous les deux sans rien dire devant la minuscule tombe.
Au retour, elle va dans sa chambre, grimpe sur un tabouret et descend une boîte du haut de l'armoire.
Elle l'ouvre devant moi et étale son contenu sur la table de la cuisine : une demi-douzaine de photos floues et mal cadrées, un hochet, une paire de chaussures de bébé, une robe, un pyjama.
Elle dit : « Elle aurait eu vingt ans cette année. »
Puis elle remet tout dans la boîte et elle monte se coucher.

Le reste de mes vacances est maussade.
Simone a fichu le camp au bras d'un type rencontré par petites annonces. Elle l'a rejoint à Nice où il tient un restaurant ; il lui a promis de lui faire un enfant avant ses quarante ans.
Mes grands-parents Beugnot ont vendu la boucherie.
Ils ont donné à Christiane une partie de l'argent, mais ça ne suffira pas.
Est-ce pour cela que ma mère m'annonce qu'elle « fréquente quelqu'un », elle aussi ?
Il s'appelle Yvon, il est artisan, il a monté sa petite boîte – il paraît que ça marche pas mal. Il est un peu vieille France, il n'aime pas les chiens, mais à part ça, elle le trouve suffisamment bien pour elle.

Il vient nous voir un dimanche après-midi.
À peine a-t-il garé sa Citroën BX bleu métallisé dans la cour que je le trouve déjà con.
Mon impression se confirme quand il me prend par l'épaule comme si on se connaissait déjà, et qu'il demande à ma mère si elle n'a pas fait brûler le déjeuner comme la dernière fois.
Il m'envoie une bourrade: « Parce que ta mère, hein, c'est pas ce qu'on appelle un cordon-bleu, haha! »
J'ai envie de crier: « Allô, Ménie? » Mais Christiane a quarante-quatre ans, elle se sent vieillir, elle redoute la solitude, et il faut que je l'admette: ce n'est pas moi qui vais revenir lui tenir compagnie à la ferme, ni réparer la plomberie ou remplacer les ardoises du toit. Alors je me tais.

Quand je reprends le train vers Paris quelques jours après, j'éprouve un soulagement immense à l'idée de retrouver la frénésie, le bruit, l'anonymat de la capitale.
La prochaine fois que je ferai le voyage vers les Chaumes, je le sais, je ne serai définitivement plus d'ici.
En invité pressé, je réduirai la durée de mes vacances.
Jusqu'au moment, sans doute, où je ne viendrai plus du tout.

Six mois plus tard

Avril 1986

Chapitre 64

C'est un dimanche après-midi frais et gris, avec des bourrasques qui détrempent les trottoirs, chassent les promeneurs vers les bouches du métro et colorent les joues d'Ariane comme des pommes de reinette.

Je ne l'ai pas vue beaucoup ces dernières semaines, trop occupé par les révisions du bac blanc, puis par l'angine qui a cloué mon père au lit. Alors tandis que nous attendons Terence, je l'enlace contre le kiosque à journaux qui jouxte la station Ménilmontant. Elle sourit, se laisse embrasser un peu, puis cherche à se défaire de mon étreinte.

– Hé. Tu m'étouffes, Olive...

– Hein ? Moi, je t'étou...

– Ah ! le voilà ! s'écrie-t-elle en m'échappant tout à fait.

Je me retourne au moment où notre ami, imperméable beige et chapeau de feutre enfoncé sur sa tignasse en bataille, surgit du métro et craque une allumette dans le creux de ses mains. Depuis qu'il a décidé de ressembler à son auteur fétiche, Georges Simenon, il s'est mis à fumer la pipe comme un vieux.

– Salut les ploucs ! lance-t-il en s'avançant vers nous.

Ariane se hisse sur la pointe des pieds pour lui faire la bise. Je lui serre la main.

– Désolé pour le retard, dit-il en mâchonnant sa pipe. Maman voulait à tout prix me retenir pour sa partie de bridge, j'ai dû ruser.

– Moi, c'est avec le devoir de géométrie que j'ai dû ruser, soupire Ariane. Pythagore et Thalès attendront. C'est notre dernier jour ensemble, et je hais définitivement les séparations.

– Moi aussi, dis-je. Trois semaines, ça va être long.

– Surtout sous la surveillance de M. Biguet, grimace Terence. Sainte Vierge ! Sa tronche du petit-déjeuner jusqu'au coucher, je ne sais pas si je vais le supporter...

J'envoie un coup de coude à Terence.

– Arrête ton cirque, tu l'adores ! « Le meilleur prof d'histoire-géo de Paris ». Tu l'as même écrit dans le journal du lycée !

– Et puis vous, au moins, vous serez ensemble, maugrée Ariane.

Elle se glisse entre nous, et bras dessus, bras dessous, nous prenons la direction du local.

Prévu depuis des mois, ce voyage scolaire en Allemagne ne peut pas tomber plus mal. Il va non seulement me priver d'Ariane pendant toute la durée des vacances de Pâques, mais m'obliger à laisser mon père. Et, en ce moment, je n'aime pas ça. Car contre les dernières volontés de Carl, la famille Baumann a entrepris de nous expulser de l'appartement. Aloès refuse de céder, mais à côté des articles sur Rock Hudson, ce sont les avis d'huissiers qu'il punaise à présent dans la cuisine. J'ai l'impression d'être assis sur un siège éjectable.

– Bon. Ne pensons pas à demain, propose Terence. *Today is today. Heute ist heute.*

– Et on va assister à un concert privé des Hot Banana ! trépigne Ariane. Tu es génial de nous incruster à ce live, Olivier.

– Bah. C'est mon père qui est génial, en vérité.

– Ça..., admet Terence avec respect.

À présent que mon secret n'est plus un secret, Terence et Ariane ont élu la rue de Verneuil comme meilleur QG pour notre trio, et mon père meilleur parent du monde. Ce qui, vu notre histoire à tous les deux, n'a pas manqué de me surprendre.

– Il n'a peut-être pas été à la hauteur quand tu étais petit, Olive, mais mon père ne vaut pas mieux, commente souvent Terence. Et toi, au moins, tu n'as pas une mère qui te couve jusqu'à la nausée.

– Et puis chez toi, c'est rock'n'roll ! s'emballe Ariane qui apprécie de manger des chips et de décapsuler une bière dans le canapé en guise de dîner – chose impensable, bien sûr, dans le domaine de Madeleine Fournier.

À dire vrai, ça me fait plaisir que les deux personnes qui me sont les plus chères se sentent bien rue de Verneuil, mais je ne peux m'empêcher de voir qu'Ariane et Terence idéalisent ma réalité. Je ne leur en veux pas, mais depuis leurs cocons respectifs, ils m'envient une liberté très relative, et que je paye au prix fort.

Le énième nouveau local de Fréquence Pink est situé au fond d'une arrière-cour humide et miteuse qu'Ariane trouve illico pleine de charme. Je remarque, garée dans un coin, la Yamaha rouge de Cyril.

– Olivier ! m'interpelle une voix rauque.

Surgissant du sous-sol, je reconnais Lydie, une des journalistes de la radio, souvent croisée rue de Verneuil, du temps où on l'appelait encore Marc.

Elle vient m'embrasser. Après une nuit sans dormir, ses joues piquent un peu et son Rimmel ne fait plus illusion, mais elle s'en moque et moi aussi.

– Comment ça va, mon loulou ? Les études ?

– Ça va, ça va. Le bac dans deux mois.

– Il va décrocher la mention Très Bien, prédit aussitôt Terence.

Je rougis malgré moi.

– Bof… Mention Bien, déjà, ce serait…

– Mais tu as 17 de moyenne générale, Olive ! Et tout ça grâce à qui ?

– Grâce à toi, Terence, dis-je, bien obligé.

– Bon, et après ? me presse Lydie. Journaliste, ça te plairait pas ? Tu sais que tu peux compter sur moi pour te pistonner, hein, poussin ! J'ai mes entrées dans toutes les rédactions de Paris !

Elle part dans un éclat de rire, nous claque une bise à chacun, et s'en va à travers la cour en se tordant les chevilles sur ses talons compensés.

– A-do-rable, approuve Terence en tirant sur sa pipe.

– Ils sont tous adorables, ici, dis-je. En cas de galère, mon père dit qu'on pourra toujours dormir sous la console d'enregistrement. Allez, venez voir. C'est au sous-sol.

Je les guide dans l'escalier, puis dans le dédale des caves aménagées en studios. La radio a beau gagner chaque jour de nouveaux auditeurs, c'est toujours le système D pour survivre. Lorsqu'il a fallu vider le squat précédent, je suis venu donner un coup de main : deux jours complets à charger des racks de matos, puis à les décharger. Chaque recoin est encore encombré d'archives, de cassettes, de vinyles et de câbles enroulés dans lesquels on se prend les pieds.

– Salut Olivier !

– Salut, salut.

– Eh Olive ! Tu viens pour le live des Hot Banana ? C'est au fond là-bas. Tu trouveras ton père.

Dans mon sillage, Ariane et Terence sont silencieux. Impressionnés, je crois. Et quand nous passons la dernière porte, j'entends Ariane pousser un soupir d'aise. Au centre d'une pièce à peine plus grande que sa chambre, les quatre membres du groupe sont en train de brancher leurs instruments, d'installer la batterie, de préparer le set en fumant des clopes et en buvant des canettes. Ils ne s'étonnent pas de nous voir.

– Salut.

– Salut.

Derrière la vitre, un casque sur les oreilles, mon père nous fait signe de nous asseoir au fond, et nous prenons place au creux d'un canapé déglingué. Ariane entre nous deux, rayonnante.

– J'en reviens pas, j'en reviens pas…, répète-t-elle en dévorant des yeux les musiciens qui commencent à répéter.

Au milieu d'un arpège du guitariste, je la vois se pencher pour chuchoter quelques mots à l'oreille de Terence et je ne peux pas m'empêcher de m'en mêler.

– Vous faites des messes basses ?

– Pff, t'es bête, Olive. Je disais juste à Terence qu'il a du chemin à parcourir avant d'avoir le niveau !

– Comment ça ?

– Ben… à la guitare ! Il t'a pas dit ? Sa mère lui a offert une Fender pour son anniversaire. Mais pour l'instant, c'est laborieux !

Elle rit. Je sens une pointe acérée me traverser la poitrine. Terence ? Avec une guitare électrique ? Qu'est-ce que ça veut dire ? Mais je n'ai pas le temps de lui demander quand ni où elle l'a entendu jouer. Quittant sa cabine vitrée, mon père surgit dans la pièce.

– Le direct dans trois minutes, les gars ! Tout est OK ?

Les musiciens hochent la tête et mon père se tourne vers nous. Heureux. C'est sa première émission en tant qu'animateur, et pour une première, c'est sûr, il va faire un carton.

– Merde ! lui dis-je.

– Je prends, Olive !

Il file dans le studio pour lancer son générique, et juste après, sa voix nous parvient depuis une petite enceinte fixée dans un coin : « Il est dix-sept heures, les loulous, bienvenue dans votre nouveau rendez-vous ! C'est *L'instant punk* sur Fréquence Pink. Avec ceux qui vont vous en mettre plein les oreilles aujourd'hui… les Hoooot Bananaaa ! »

Ariane m'attrape la main. Elle glisse ses doigts entre les miens.

– Il est bon, me chuchote-t-elle.

Je m'apprête à confirmer quand la voix de mon père jaillit de nouveau :

« Cette première, je te la dédie, Carl Baumann. Allez, chéri ! Danse avec nous, depuis le paradis des pédales ! Musiiiique ! »

Le morceau démarre. Batterie, basse, guitare, chant. Tout le long, nous sommes trois à pleurer dans le canapé déglingué.

26 avril 1986

Chapitre 65

Seuls à l'arrière de l'autocar scolaire, chacun avec son Walkman, mais avec la même cassette dedans, Terence et moi regardons défiler le paysage de chaque côté de cette autoroute allemande qui file entre Berlin et Hambourg. C'est Ariane qui nous a offert les cassettes juste après l'émission, pour que nous pensions à elle pendant le voyage. Dix-neuf jours qu'on les écoute en boucle.

Cassette ou pas, cela dit, je pense à elle tout le temps. Et quand je vois Terence mimer les accords de Robert Smith sur *Push*, je me demande à quel moment il va se décider à me parler de cette guitare Fender reçue pour son anniversaire…

Dix-neuf jours, donc, que nous sommes à Hambourg. Chaque matin, nous allons en cours dans un Gymnasium jumelé avec notre lycée ; les après-midi, M. Biguet et notre prof d'allemand nous emmènent en visite.

L'auberge de jeunesse où nous sommes installés, dans le quartier d'Altona, me rappelle le pensionnat de Nevers. Dix mecs par chambrée, extinction des feux à vingt et une heures, lavabos et douches collectives. La différence, c'est que personne ne réclame sa mère le soir avant de dormir. Il s'agit plutôt de manigancer des plans pour retrouver les filles et aller fumer en douce à l'arrière du réfectoire.

C'est chouette, mais j'ai hâte de rentrer. La seule fois où j'ai eu mon père au téléphone, il avait l'air fatigué, essoufflé.

« Tu n'es pas malade, au moins ?» « Non, non, ça va. » Je n'avais plus que cent pfennigs à remettre dans la fente de l'appareil, on a été coupé.

Assise deux rangées devant nous, une des filles de la classe ne cesse de se retourner pour me regarder. Je finis par froncer les sourcils, et elle me fait signe de soulever le casque de mes oreilles. À moitié ensommeillé, je m'exécute mollement.

– T'écoute quoi ? me demande-t-elle.

– The Cure, dis-je. L'album *The Head on the Door.*

– Et ton pote Terence ? veut-elle savoir.

– Le même.

Elle lève les yeux au ciel.

– Et… il voudrait pas se décoller de toi, pour une fois ? Venir à côté de moi pour écouter autre chose ?

Je la trouve gonflée. J'aime bien. Je souris.

– Tu veux que je lui demande ?

– Ben… ouais. Vas-y.

Je secoue Terence qui s'endort contre la vitre, son chapeau sur les yeux.

– Eh ! Y a Hélène qui voudrait te parler. Je crois qu'elle veut sortir avec toi.

Il soulève à son tour le casque de son Walkman.

– Hein ?

– Hélène Jeanson, mec. Elle t'attend. Elle te veut.

Terence me dévisage d'un œil blasé. Avant de rabattre son chapeau, il soupire :

– Elles me veulent toutes.

Dans le genre gonflé, Terence décroche le podium. J'insiste :

– Le voyage est presque fini et t'es sorti avec personne. Pourquoi tu te ferais pas Hélène ? T'aime pas embrasser ?

– C'est bon, Olive, laisse-moi tranquille avec ça.

– T'es pédé ?

– Non.

– Ben alors ? Décoince. Elle est cool, Hélène ! Vous iriez bien ensemble, si tu veux mon avis.

Sous son chapeau, Terence bougonne. Je l'agace peut-être, mais lui aussi, il m'agace ! Que cache-t-il, à la fin, derrière son look improbable, son air constamment détaché, son assurance tranquille et ses ambitions dévorantes ? Qu'y a-t-il à l'envers de ce décor qu'il s'est si minutieusement construit ?

Je me lève et je m'avance dans la travée centrale jusqu'à Hélène.

– Alors ? Il a dit quoi ?

– Il a dit qu'il veut bien sortir avec toi, dis-je. Ce soir, pendant la fête.

– Vraiment ?

– Ouais. Mais tu vois comment il est, Terence. C'est un timide qui s'ignore, il faut que tu prennes les devants. Si tu l'invites à danser, à mon avis, c'est dans la poche.

Les deux filles sur les sièges voisins ont tout entendu. Elles se penchent vers Hélène en faisant ah là là avec leurs mains. Elles l'encouragent. Sortir avec Terence Szovat ! C'est la classe, ça !

Content de moi, je retourne m'asseoir au moment où notre prof d'allemand s'empare du micro pour nous apprendre des choses dans la langue de Goethe au sujet des endroits que nous traversons. Il a la voix éraillée d'avoir parlé toute la journée. Cette excursion à Berlin, avec les passages laborieux de frontières entre l'Ouest et l'Est, la visite au pas de charge du Reichstag, puis de la Porte de Brandebourg jusqu'à Checkpoint Charlie, l'a épuisé. Nous, nous avons tous été très impressionnés d'être face au Mur, presque entièrement recouvert de graffitis et de fresques du côté Ouest tandis qu'on apercevait les miradors, les barbelés et le no man's land côté Est.

Il abrège, et c'est M. Biguet qui reprend le micro :

– Quant à ce soir, les enfants, c'est vrai, c'est la fête de fin de voyage et vous aurez le droit de vous amuser. Mais soyez sympas avec vos vieux professeurs. Par pitié, respectez les consignes : pas d'alcool, pas de fugue, et pas de... rapprochements excessifs.

Les rires et les sifflets fusent dans l'habitacle.

Hélène se retourne une dernière fois vers moi et me lance un clin d'œil.

Le soir, on pousse les tables pour transformer le réfectoire de l'auberge de jeunesse en piste de danse. Dans les dortoirs, dans les sanitaires, ça grouille de garçons et de filles survoltés, qui se maquillent, ne savent pas comment s'habiller, s'aspergent de déodorant et de parfum bon marché.

Quand nos correspondants allemands arrivent, la sono crachote un tube de Michael Jackson et nos profs sont en train de remplir des saladiers de chips sous une banderole « *Willkommen* » découpée dans du papier crépon.

Je remarque que les profs du Gymnasium ont des mines graves. L'air préoccupé, ils se réunissent avec les nôtres dans une salle contiguë, à l'abri des décibels, mais je les vois à travers la vitre et je me demande ce qui se passe.

Je rejoins Terence à l'arrière du bâtiment pour fumer une clope pendant qu'il tire sur sa pipe avec son air indéchiffrable de vieux loup de mer.

– Ça va ?

– Ça va.

– T'as du feu ?

Il me prête son briquet, morose ; depuis le début de la journée, il n'a pas décroché un seul mot aimable, et lui aussi, je me demande ce qu'il a. Je fume en observant le ciel. Toute la semaine, il a fait chaud, on se serait cru en plein été. Ce soir, le temps tourne à l'orage.

– Alors ? Tu as réfléchi ? dis-je.

– À propos de quoi ?

– À propos d'Hélène. Tu vas sortir avec ?

Terence ne répond pas. Il regarde le bout de ses pompes en croco. Pour changer de sujet, je soupire :

– Le temps est lourd, non ?

– C'est toi qui es lourd, Olivier.

Je sursaute et je me braque, furieux.

– Moi ? Lourd ? Non mais je rêve ! Depuis ce matin tu fais la gueule, et c'est moi que tu traites de lourd ? Qu'est-ce que t'as, à la fin ?

Il me dévisage comme quelqu'un qui va sauter d'un pont.

– J'ai un truc à te dire, Oli...

Il est interrompu par deux élèves de notre classe qui surgissent subitement devant nous.

– Eh ! Vous n'avez pas entendu ? Les profs nous appellent depuis dix minutes ! Ils ont un truc à nous annoncer, apparemment il y a eu un accident !

– Quel accident ?

– On sait pas. Ça a l'air sérieux. Vous allez vous faire engueuler s'ils vous voient fumer, venez !

J'écrase mon mégot, Terence éteint sa pipe, et nous rejoignons la troupe des Français et des Allemands rassemblés dans le réfectoire devenu silencieux.

C'est M. Biguet qui tient le micro. Sous la banderole « *Willkommen* », les autres adultes font des têtes de trois pieds de long.

– Les enfants, nous venons d'apprendre une nouvelle que nous devons vous communiquer. Vous nous voyez, mes collègues et moi, un peu soucieux, mais ne vous inquiétez pas outre mesure. Ce que nous allons vous dire ne signifie pas que nous sommes en danger pour l'instant.

M. Biguet fait une pause, remonte ses lunettes sur son nez. J'attends avec les autres, dans un silence épais, tandis que le tonnerre commence à gronder au loin.

– Très tôt ce matin, reprend notre prof d'histoire-géo, une

explosion s'est produite dans une centrale nucléaire située en Ukraine. Vous voyez où est cette république soviétique, n'est-ce pas ? Cela signifie qu'il y a environ mille cinq cents kilomètres entre nous et l'accident.

Un frisson passe, malgré tout, dans les rangs.

– Il semblerait, d'après ce que l'on sait, qu'un réacteur soit gravement endommagé sur le site de Tchernobyl. Il y aurait, en conséquence, des fuites radioactives…

Je regarde autour de moi. Plusieurs élèves ont mis leurs mains sur leurs bouches. Tous les regards sont braqués vers M. Biguet. Sauf celui de Terence, qui est posé sur moi.

– Je vous le répète, répète M. Biguet, il n'y a pas lieu d'avoir peur. Cependant, en conformité avec les premières consignes des autorités allemandes, il convient de prendre quelques précautions.

Comme en réponse, un éclair zèbre le ciel derrière les baies vitrées du réfectoire. Quelqu'un crie. Tout le monde sursaute.

– Bon, comme vous l'avez noté, un orage arrive sur la ville. La consigne est simple : personne ne doit sortir s'il pleut. Est-ce que c'est compris ?

Un brouhaha s'élève dans la salle. Forçant la voix pour le couvrir, quelqu'un demande :

– Ça veut dire que la pluie est radioactive ?

– Ça veut dire…, répond M. Biguet, que nous n'en savons rien. Il s'agit, je vous l'ai expliqué, d'une simple mesure de précaution.

– Mais si c'est radioactif, crie quelqu'un d'autre, ça veut dire qu'on peut mourir !

Cette phrase déchaîne un concert de hurlements mêlé de rires plus ou moins nerveux et de phrases incrédules. Au coup de tonnerre qui suit, le silence se fait brutalement.

À présent, plus personne ne regarde M. Biguet. Nous sommes tournés vers la baie vitrée qui donne sur l'extérieur, sur la pelouse impeccable et la rue calme, sur les belles demeures du quartier d'Altona, sur les arbres majestueux qui bordent les trottoirs, et plus loin, sur le ciel assombri de gros nuages.

– Regardez ! s'exclame une fille. Les éclairs !

– Quoi ? demande une autre.

– Ils sont verts !

Je sens soudain la main de Terence sur mon épaule.

– Si c'est la fin du monde, me dit-il, autant se bourrer la gueule, qu'est-ce que t'en penses ?

De la poche de sa veste, il extrait une petite flasque argentée.

– Vodka. J'en ai une bouteille entière planquée sous mon matelas.

Je souris. Et il sourit enfin, lui aussi.

Pendant que l'orage éclate pour de bon, déversant sur Hambourg un déluge de pluie venue de l'Est et probablement toxique, Terence et moi prenons une cuite méthodique, allongés sur les lits superposés, dans l'obscurité du dortoir désert.

À travers les étages, on entend la musique qui, malgré tout, fait danser les autres dans le réfectoire.

L'alcool nous brûle l'estomac et dénoue nos gorges.

– Pourquoi tu m'as pas dit que tu as eu une guitare pour ton anniversaire ?

– Comment tu le sais ?

– C'est Ariane.

– Ah.

La flasque est déjà vide. Il me passe la bouteille. Je bois directement au goulot.

– Alors ? Pourquoi tu m'as rien dit ?

– J'avais peur que tu m'en veuilles.

– De quoi ?

Je lui rends la vodka.

– De... ben... de vouloir lui plaire.

– À qui ? À Ariane ? Qu'est-ce qu'il y a ? T'es amoureux d'elle ou quoi ?

Un silence. Terence boit deux gorgées. Je reprends :

– C'est ça que tu voulais me dire, tout à l'heure, quand on fumait dehors ?

– Mmm.

– Soit plus précis, mec.

– Oui. Je suis amoureux d'elle.

– Putain, Terence. Elle le sait ?

Nouveau silence. Les lits superposés tanguent comme des chalutiers dans la nuit stroboscopique.

– Oui, elle le sait, m'avoue Terence.

Mon cœur bat à tout rompre. J'ai l'habitude, maintenant, d'affronter l'adversité. Mais là, je dois rassembler tout mon courage pour demander :

– Et elle ?

Terence me refile la bouteille de vodka.

– Oui.

– Quoi, oui ?

J'ai presque crié. Je suis accroché à la bouteille comme si ma vie en dépendait.

– Elle aussi, Olivier, elle est tombée amoureuse de moi.

– Mais non ! dis-je. Mais quand ? Vous vous êtes vus sans moi, c'est ça ? Et tu lui a joué de la guitare, comme un pauvre type ? Putain, Terence ! Tu l'as embrassée ? Vous avez…

Il pleut toujours, on entend les coups de tonnerre par-dessus la musique.

– J'ai promis à Ariane de t'en parler pendant le voyage, dit Terence. Mais plus les jours passaient, moins j'y arrivais.

– C'est pour ça que tu fais la gueule depuis ce matin ?

– Mmm.

– Et moi ? dis-je, soudain perdu.

– Toi ? Mais… elle t'aime aussi, Olivier. Elle nous aime tous les deux. Comme dans *Jules et Jim*. Tu vois ?

J'avale plusieurs goulées. Je sens monter la brûlure dans ma poitrine. *Jules et Jim* ? Connerie ! Je secoue la tête. Non, bien sûr que non. Ariane me l'a dit, *je l'étouffe*.

Une pensée odieuse me traverse l'esprit. Je dis :

– Alors je m'en fous que ce soit la fin du monde ! Pourvu qu'on crève tous, tiens, avec cette saloperie de radioactivité ! Et toi le premier, Terence Szovat !

Je me lève de mon lit. Je fais trois pas dans le noir et je vomis la vodka comme jadis la grenadine que Madeleine Fournier m'avait offerte, au café de la Gare, à Sainte-Saverne. Il y a mille ans, quand je n'étais encore qu'un enfant.

Trois ans plus tard

Cinquième partie

Une grande colère

1989

Chapitre 66

– Vous allez avoir vingt ans dans quelques semaines, me dit la nana derrière son bureau.

Comme si je ne le savais pas.

– Vous ne pensez pas qu'il serait temps de faire quelque chose de votre vie, monsieur Balaguère ? D'avoir un cadre ? De bâtir quelque chose de solide, de donner un sens à votre avenir ?

Je m'y attendais, elle essaie de me vendre sa camelote, évidemment. En guise de commentaire, je pousse un soupir tandis qu'elle étale les pièces de mon dossier devant elle.

– Alors je résume, dit-elle. Vous n'avez pas le bac... Seulement le *niveau* bac.

Je croise les bras sur ma poitrine, je colle mon dos à la chaise. J'attends, buté.

– Si je comprends bien, vous avez cessé d'aller en cours quelques semaines avant les épreuves. Vous ne vous êtes pas présenté à l'examen, alors que vous étiez un excellent élève dans l'un des meilleurs lycées de France. Comment ça se fait ?

– Mon père était malade. Je me suis occupé de lui.

La nana me fixe avec ses yeux de fouine. J'hésite à lui jeter le mot sida à la figure.

– Donc, pas le bac. Et pas d'autre diplôme. Vous n'avez pas le permis, non plus. Vous n'avez pas d'expérience professionnelle, en tout cas je n'en vois pas la trace. Alors, qu'est-ce que vous avez, dites-moi ?

– Des amis, dis-je.

– Tant mieux pour vous, jeune homme. Mais ce ne sont pas vos amis qui vont vivre à votre place. Si ?

Je lève les yeux au ciel.

– Et de la famille ? Il vous en reste ?

J'ai envie de lui dire « Et ta sœur ? Elle en a, de la famille ? » Cette idée me fait sourire ; elle prend mon sourire pour de la désinvolture.

– Bon, écoutez. Si vous n'avez pas envie de collaborer, je ne vais pas vous forcer. J'ai d'autres rendez-vous, figurez-vous.

– J'ai ma mère, dis-je avec lassitude. Sauf que je ne la vois plus.

– Pourquoi ?

– Parce qu'elle vit dans un trou paumé avec un trou du cul.

La nana pince les lèvres et demande :

– Votre beau-père, je suppose ?

Je hausse les épaules. Quand je pense à Yvon avec sa BX pourrie, son gros bide et ses blagues vulgaires, ni le mot « beau » ni le mot « père » ne me paraissent appropriés.

– De toute façon, ma mère ne m'a jamais vraiment aimé. Elle voulait une fille. Je ne l'ai pas revue depuis l'enterrement de mon père.

Mon interlocutrice se replonge dans mon dossier.

– C'était en... 1987, c'est ça ?

– Le 5 janvier. Il est mort le 1er janvier, on l'a enterré le 5.

Je parle sec. J'ai le visage dur. J'ai envie de lui faire mal, à cette bonne femme. Enfin, pas à elle personnellement, je ne la connais pas. Mais à ce qu'elle représente : les institutions, la société, l'ordre. Tout ce qui me sort par les yeux. J'ai envie de tout lui balancer à la gueule, le sordide de cette période-là : mon retour d'Allemagne le cœur brisé, ma décision de couper définitivement le contact avec Ariane et Terence, la découverte terrifiante que mon père développe une pneumopathie, ses nouveaux tests sanguins qui révèlent la présence du VIH, puis sa chute, rapide, inexorable, dans la maladie. J'ai envie de lui demander si elle a déjà tout perdu en l'espace de si peu de temps, mais je me retiens. Je ne veux pas de sa compassion. Je préfère qu'on me foute la paix et qu'on aille droit au but.

– Alors ? Vous allez me la faire, cette lettre ?

Agacée, elle secoue la tête.

– Je n'ai pas terminé, monsieur Balaguère. Cessez d'être agressif.

Je jette un coup d'œil vers la pendule au-dessus de la porte. Presque une demi-heure que je suis là. J'ai besoin d'une clope.

– Je peux fumer ?

– Non. Où vivez-vous depuis que vous avez été expulsé du logement que vous occupiez avec votre père ?

– À gauche, à droite. J'ai des amis, je vous l'ai dit.

– Et ces amis qui vous logent, ils vous nourrissent aussi ?

Nouveau haussement d'épaules. J'ai absolument besoin de la lettre de cette psychologue, mais je me méfie. Si je lui raconte ma vie en détail, est-ce qu'elle ne va pas transmettre les informations aux autres administrations ? Aux flics, au fisc ?

– Vous travaillez sans être déclaré, c'est ça ? Bon. Et les drogues ? Vous en prenez ?

– …

– Alcool ?

– À votre avis ?

Elle coche des cases sur un formulaire. Je ne sais pas si j'en fais trop ou pas assez. Je me ronge un ongle. Je pense à Franck, à Karine et Ben, qui m'attendent pour répéter. Je songe à Cyril, à Lydie, à leurs conseils pour obtenir le précieux papier. « Dis-lui que tu es gay ! » « Dis-lui que tu as des idées suicidaires ! »

Je serre les mâchoires avant de marmonner :

– De toute façon, si vous m'envoyez là-bas, je ferai une connerie.

– Qu'est-ce que vous dites ?

Je répète plus fort. Et en articulant, cette fois :

– Je ferai une connerie.

– C'est-à-dire ?

Une idée lumineuse me vient :

– C'est dans mes gènes. Il n'y a que des morts violentes dans ma famille. Maladies, accidents inexpliqués, suicides. Mon grand-père paternel, par exemple. Il s'est pendu dans les douches de l'hospice où on l'avait enfermé. À Sainte-Saverne, en 79. Vous pouvez vérifier.

Cette fois, je le vois à son visage, j'ai fait mouche avec le mot « pendu ». L'armée a besoin de recrues, mais elle redoute par-dessus tout les gens fragiles. Un type qui se pend dans une caserne, c'est des emmerdes assurées avec les journalistes, les familles, mieux vaut ne prendre aucun risque.

J'observe la nana, qui hésite, puis se décide. Elle coche une nouvelle case, et, sans un mot, détache une feuille de son carnet. Ça y est, elle écrit son compte-rendu.

Intérieurement, je jubile. Extérieurement, je reste dur et froid. Déterminé.

La psy signe son papier, y met un coup de tampon, le glisse dans mon dossier et me rend le tout.

– Bonne chance pour votre entretien avec le médecin-chef.

Je me lève, enfile mon blouson, un vieux cuir que Cyril m'a donné auquel j'ai ajouté toute une quincaillerie de badges, de clous et d'épingles à nourrice. Au moment où je vais passer la porte de son bureau, elle ajoute :

– Pensez quand même à faire quelque chose de votre avenir, jeune homme. Croyez-moi, le temps passe plus vite que vous ne le croyez.

Je tire une clope de mon paquet, je la glisse entre mes lèvres et je m'en vais.

L'avenir, ça n'existe pas. *No future*. Il n'y a que le présent.

Et moi, tout ce qui m'importe à ce moment-là, c'est qu'on ne m'envoie pas faire le zozo dans une caserne avec une bande de décérébrés pendant un an. Apprendre à manier un fusil ? Jamais de la vie, je suis pas un blaireau. D'autant qu'en cas de guerre, puisqu'elle sera nucléaire, tu peux me dire à quoi ça me servira de savoir faire mon lit au carré et de marcher au pas ?

Quelques semaines plus tard, après un passage devant le médecin-chef des armées, je suis réformé pour de bon. Catégorie P4, ce qui signifie que mes « troubles mentaux » signalés par la psychologue sont incompatibles avec le service militaire. Je suis le premier homme de ma famille à échapper à ce cirque.
Je ne te raconte pas, Saule, la bringue que je fais le soir même. Ivres morts, Franck et Ben me tapent dans le dos en répétant « Bienvenue au club, mec ! ».
Un peu plus âgés que moi, ils ont eux-mêmes réussi à se faire réformer pour les mêmes motifs quelque temps plus tôt. L'un en allant se précipiter tête la première contre une armoire métallique du réfectoire le jour de son arrivée (six points de suture, quand même) et l'autre en simulant une crise de nerfs dans le bureau de recrutement (une semaine d'hôpital psychiatrique).
À présent, et puisque Karine ne risque pas d'être appelée, « K-FArnaüm est sauvé ! » gueule Franck en sautant partout.

K-FArnaüm, c'est le nom de notre groupe. Avec le A de « anarchie », et avec le K de « punk ». Ou de « rock ». Ou de « Karine », comme tu veux, puisque c'est elle la cheffe. Nous répétons deux fois par semaine dans le garage de ses parents, en proche banlieue. Karine à la guitare, Ben à la basse, Franck à la batterie, et moi, le chanteur.
Le premier que j'ai rencontré, c'est Ben parce qu'il habite

au-dessus de chez Cyril, rue de Belleville, et que depuis la mort d'Aloès, parmi les gens adorables qui travaillent à Fréquence Pink, c'est lui (l'homme à la Yamaha) qui m'héberge le plus souvent. J'aurais pu, comme l'avait envisagé mon père, installer un campement de fortune sous une console du studio, mais ça n'a pas été nécessaire : les uns et les autres se plient en quatre pour m'accueillir.
À force de croiser Ben avec sa basse sur le dos dans l'escalier de l'immeuble, j'ai fini par lui parler. On s'est échangé des CD, on a fumé des clopes, on s'est raconté nos vies dans les grandes lignes, et on s'est rendu compte qu'on partageait la même idée de l'existence, à savoir que tout ça est une vaste blague, qu'il vaut mieux en rire qu'en pleurer, et surtout, surtout : faire en sorte de ne pas s'emmerder.
C'est sur cette base solide qu'est née notre amitié.
Ensuite, Ben m'a présenté à ses potes, et à sa cousine, Karine. Ils m'ont adopté. Je les ai adoptés. Ils sont devenus ma tribu élective.
De fil en aiguille, comme je ne savais jouer de rien mais que j'avais une bonne oreille et des trucs à dire, ils m'ont collé au micro.
À nous quatre, depuis un an maintenant, nous produisons une musique énervée, bruyante, rédemptrice et vaguement intello parce que c'est moi qui écris les paroles.
Mais bon. Les paroles, personne ne les entend vraiment.
Ce qui compte, c'est l'énergie.
Et celle qui nous définit le mieux à ce moment-là, Saule, c'est la rage.

Après ma rupture avec Ariane et Terence, j'ai rejeté en bloc tout ce qu'ils représentaient à mes yeux : leur confort bourgeois, tranquille, épargné, leurs ambitions de bons élèves, leurs codes vestimentaires, leurs idées conformistes, leur volonté servile d'entrer dans la caste des puissants, et je n'ai plus remis les pieds sur la rive gauche de la Seine. Désormais, loin de l'élitisme de mon ancien lycée, je me sens plus à l'aise entre les marginaux de Fréquence Pink et le pavillon ouvrier des parents de Karine.

En dehors de ces deux bulles, la société me paraît plus hostile que jamais à l'égard des gens comme moi. Ni paysan ni citadin, ni inculte ni érudit, ni fort ni faible, je suis un peu tout cela à la fois et je me sens pareil à un organe transplanté dans un corps qui chercherait sans cesse à le rejeter.

En cette fin des années quatre-vingt où l'ultralibéralisme à l'américaine triomphe, où chacun est invité à rêver de fortune, à vouloir acquérir un corps musclé, une voiture de luxe et des actions en Bourse, la greffe ne prend pas sur moi. Je n'ai pas le permis; je n'ai même pas de compte en banque.

Tout ce que j'entreprends ne vise qu'à une chose: faire taire la douleur. Je bois, j'inhale, je fume, je gobe à peu près tout ce qui passe, excepté les trucs trop durs, ça non, je n'y touche pas. Le reste du temps, l'amitié, le sexe et la musique me rappellent que je suis vivant. Et qu'il existe, peut-être, un idéal de beauté digne d'être poursuivi dans ce monde matérialiste si médiocre.

Karine, qui oscille entre des périodes de grande joie et de grande noirceur, m'offre sans retenue son corps et son âme. Je ne suis pas fou amoureux d'elle, ni elle de moi, mais on s'en fiche, on s'amuse bien et on passe le temps.

Et puis, sortir avec une fille guitariste aux cheveux orange, qui fume des pétards, qui se perce les oreilles avec des trombones, tu comprends, c'est une sorte de revanche. Parce que, j'en suis certain, si elle la voyait, Ariane lui envierait son allure délurée, sa liberté, et par extension, elle regretterait amèrement de m'avoir préféré Terence.

Parfois, je pense: «Ah, tu voulais du rock'n'roll, Ariane? Eh bien, regarde ma vie.» Et j'évite de trop imaginer la sienne.

CHAPITRE 66

Chez les Gomez, ce n'est ni la rue de Verneuil ni le boulevard Saint-Germain, c'est un autre type de planète.
Il y a deux chiens, deux chats, du linge qui sèche sur les radiateurs, des gosses qui cavalent dans tous les coins parce que Sylvia, la mère de Karine, est nounou, et la télé est allumée en permanence dans le salon.
Qu'il y ait, en plus, du rock déglingué dans le garage ne dérange personne, au contraire.
Après nos répètes, quand Fernando, le père de Karine, revient crevé de sa journée de conducteur d'engins dans le BTP, on vient s'asseoir avec lui devant la télé. Il nous offre à boire, on discute, il nous demande comment ça va, si on progresse, si on va bientôt faire des concerts ; il s'intéresse à nous, il nous aime bien.
Pour lui qui a fui l'Espagne étouffée sous le régime autoritaire de Franco, pour lui qui voue une détestation viscérale à la religion autant qu'aux militaires, voir sa fille traîner avec des apprentis rockers un peu glandeurs comme nous est un signe de bonne santé mentale.
Il dit « profitez de votre jeunesse, ne vous laissez jamais asservir ».
Et quand j'ai besoin d'argent, il m'embarque dans sa camionnette, il me prête des gants, un casque, et me fait bosser au black sur ses chantiers.
À sa façon, c'est un punk.

C'est comme ça qu'un soir, en revenant avec lui d'une journée harassante à pelleter du ciment, alors qu'on s'apprête à boire une bière devant le journal télévisé, j'assiste, sidéré, à une autre fin du monde.

9 novembre 1989

Chapitre 67

Nous sommes quelques minutes avant vingt heures dans cette banlieue populaire, au nord de Paris. La nuit englobe la zone pavillonnaire et les barres de HLM tout autour. Du dehors nous parviennent des pétarades de mobylettes trafiquées et des éclats de voix. Du dedans, les miaulements des chats qui attendent près de leurs gamelles, une publicité vantant les pouvoirs de séduction d'un déodorant pour homme, et le soupir vaporeux du fer à repasser que la mère de Karine actionne en attendant que l'eau des spaghettis frémisse.

Assise par terre, jambes en tailleur, Karine laisse sécher les ongles de ses mains fraîchement vernis de noir. Moi, je contemple avec dépit mes paumes pleines de cloques. Même décapsuler ma bière m'arrache une grimace de douleur.

– C'est le métier qui rentre, rigole Fernando. Regarde les miennes.

Il n'arrive même plus à déplier ses doigts gonflés et calleux. Vingt-cinq ans de travaux de force, ça laisse des traces.

– Heureusement que vous n'êtes pas guitaristes, commente Karine en soufflant sur ses ongles.

– Et toi, heureusement que tu n'as pas besoin de gagner ta croûte, lui lance sa mère. Non mais, regardez-moi cette princesse. Lève tes fesses et va plutôt nourrir les chats au lieu de dire des âneries.

– Mon vernis est pas sec, objecte Karine au moment où

débute le générique du journal télévisé.

Fernando retire ses chaussures. Il étend ses jambes, pose les pieds sur la table basse. Je porte la bouteille à mes lèvres quand Christine Ockrent apparaît à l'écran. Incrusté en bas sur un fond noir, le premier titre du journal s'étale en lettres rouges: «*RDA : la fin du Mur*».

Je manque lâcher ma bière.

«*Il n'y a plus de rideau de fer entre les deux Allemagnes*», annonce la journaliste. «*Berlin-Est décide d'ouvrir totalement ses frontières pour les candidats à l'émigration comme pour les voyageurs.*»

– Ben merde, fait Fernando. Je savais que ça bougeait là-bas, mais à ce point-là ?

Christine Ockrent énumère les autres grands titres – en Chine, Deng Xiaoping passe la main à son dauphin, les tableaux volés de Picasso retrouvés, le groupe Bérurier Noir se sépare (ça, ça m'intéresse aussi) – avant de revenir à l'événement numéro un.

«*Madame, monsieur, bonsoir. 9 novembre 1989. Retenons bien cette date. Le mur de Berlin est toujours là, mais d'une certaine manière, il n'existe plus. Le rideau de fer, qui depuis vingt-huit ans sépare les deux Allemagnes, et, comme une longue blessure, les deux Europes, ce Rideau de fer a été effacé par la pression d'un peuple sur un régime à bout de force.*»

Je pose la bouteille sur la table et me penche vers l'écran avec la sensation d'être arraché à un long sommeil. Depuis trois ans que j'ai quitté le lycée et toutes mes habitudes, je ne m'intéresse plus tellement à ce qui se passe en dehors de mon périmètre. Peut-être parce que je l'ai fait jusqu'à l'écœurement, je n'ouvre plus un seul bouquin. Encore moins un journal. Je n'écoute que des radios musicales et si, par l'intermédiaire de Cyril ou de Lydie, je me sens toujours concerné par la lutte contre le sida, le reste m'indiffère. Mais là, c'est subitement toute l'histoire du siècle qui déferle au milieu du salon des Gomez, et je me revois debout à côté de Terence devant la porte de Brandebourg le fameux jour où la centrale de Tchernobyl a explosé.

– J'y étais, dis-je en pointant l'écran de la télé.

– Ah bon ? Tu es allé à Berlin ? me demande Fernando.

Je hoche la tête. Je précise que c'était « avant », dans mon autre vie.

– N'oublie pas qu'Olivier a fait allemand première langue chez les bourges, commente Karine sur un ton à la fois ironique et blasé.

Pour elle qui a effectué sa chaotique scolarité à Aubervilliers, mon passé d'excellence à Henri-IV semble toujours représenter une vague menace, quand bien même j'ai fini par tout foutre en l'air. Elle n'aime pas que je parle de cette époque, alors j'évite d'y faire allusion, mais là, je ne peux pas m'empêcher de repenser à mon prof d'histoire. M. Biguet nous avait prédit que l'arrivée de Gorbatchev à la tête de l'URSS allait conduire à des changements majeurs : il ne se trompait pas puisque l'impensable semble être en train d'arriver.

– C'est comme à la mort de Franco, reprend Fernando, on n'y croyait pas. Mais les pires salopards et les pires régimes sont aussi mortels que vous et moi. On peut construire un mur, les enfants. Mais on peut aussi le démolir. N'oubliez pas ça.

Manifestement agacée, Karine souffle sur ses ongles, jette un regard vers son père, puis vers moi. Sans rien dire, elle se lève, disparaît dans la cuisine où je l'entends verser des croquettes dans les gamelles des chats.

– Profites-en pour mettre les pâtes, ça bout ! lui lance Sylvia.

– Ouais ouais…

À l'écran, il n'y a pour l'instant aucune image de Berlin. Ce qui se passe est trop frais, les caméras n'ont pas eu le temps d'arriver. Il y a juste un correspondant qui intervient par téléphone pour raconter que des centaines de personnes totalement incrédules sont en train de se masser aux points de contrôle et de franchir la frontière à pied, sous les yeux des Vopos qui, au lieu de donner l'alerte et de leur tirer dessus, demeurent impassibles. «*Es ist unglaublich!*» commente le correspondant.

– Qu'est-ce que ça veut dire ? me demande Fernando.

– Que c'est incroyable.

– *Si. Es increible*, confirme-t-il dans sa langue.

L'idée qu'au même moment Ariane est peut-être en train d'assister à cet événement historique devant un autre poste de télé me fait frissonner. Est-elle dans le salon de l'appartement familial boulevard Saint-Germain ? Peut-être en compagnie de Pierre, de Madeleine, et de Sidonie (qui, d'ailleurs, doit avoir drôlement grandi) ? Et dans ce cas, où est ce traître de Terence ? Assis à la place que j'occupais moi-même, le dimanche soir, lorsqu'on regardait ensemble *7 sur 7* ? Je saisis la bouteille de bière par le goulot et la vide d'un trait tellement cette idée me débecte.

Derrière nous, Sylvia pose enfin son fer à repasser et annonce que les spaghettis sont prêts. Elle ajoute que chacun peut aller remplir son auge dans la cuisine, parce qu'elle, elle est crevée, elle va se coucher, salut la compagnie.

– Y a du ketchup et du râpé pour ceux qui veulent, dit-elle avant de quitter la pièce sans un regard pour son mari.

Fernando pousse un soupir, se lève du canapé et va chercher sa pitance tandis que Karine allume une cigarette et m'envoie un regard sombre. Je ne sais pas si c'est à cause de l'ambiance tendue qui règne depuis quelque temps entre ses parents ou bien si c'est pour une autre raison.

– À quoi tu penses ? me demande-t-elle.

– À rien, dis-je.

– Menteur.

– Je pense aux Allemands de l'Est et de l'Ouest qui sont

restés séparés pendant trente ans et qui vont peut-être enfin se retrouver cette nuit.

– Menteur.

Elle tire sur sa clope. Renfrognée, elle me flanque un petit coup de pied dans la cuisse.

– Tu penses à ton voyage en Allemagne et aux gens de ton ancien lycée.

– Et alors ?

– Alors tu penses à elle, Oli. Tu penses *toujours* à elle.

Je secoue la tête. Je dis :

– J'en n'ai rien à foutre, d'elle.

– C'est ça. Et dans ta dernière chanson ? Le fantôme qui te poursuit, c'est pas elle peut-être ?

Obstiné, je m'enfonce dans le déni :

– La chanson parle de mon père.

– Bien sûr. Prends-moi pour une conne.

La mauvaise pente
Chanson écrite pour K-FArnaüm
Paroles : Olivier Balaguère

Animal à sang froid
Dans mon vivarium
Je te vois près d'chez moi
Délire maximum
Dans la rue l'autre fois
Au métro Charonne
J'sais pas si c'était toi
Ou bien ton fantôme

Et je glisse sur la mauvaise pente
Et la nuit quelque chose me hante
Et je crie plus fort que je chante
Et ma vie est une mort lente

Animal pélagique
Dans mon aquarium
J'te vois dans le public
Douleur maximum
Présence fantomatique
Au Bus Palladium
Je te vois véridique
Même quand y a personne

Et je glisse sur la mauvaise pente
Et la nuit quelque chose me hante
Et je crie plus fort que je chante
Et ma vie est une mort lente

Décembre 1989

Chapitre 68

À Châtelet, c'est l'heure des sorties de bureau, les couloirs du métro sont bondés de gens sérieux, gris et fatigués. Ils ont les bras chargés de mallettes, de parapluies et de paquets parce que c'est bientôt Noël. Ça me fait rigoler de slalomer au milieu d'eux, libre et pauvre, avec mon blouson en cuir piqué de badges Sex Pistols, mes cheveux peroxydés, ma paire de Creepers et mes yeux rouges. J'ai envie de leur demander s'ils sont heureux, là, serrés comme des cons sur les Escalators, non mais franchement, on dirait des automates. Est-ce que ça leur plaît de mener cette vie ? Est-ce qu'ils ne feraient pas mieux de s'arrêter ? De fumer un petit joint, de se détendre, et de survoler les choses comme des oiseaux ? Regardez-moi ! Vous les voyez, mes ailes ?

Au détour d'un couloir, par inadvertance, je rentre en plein dans un type. Il fait tomber ses courses, il m'engueule. « Petit con, tu peux pas faire attention ? » Au lieu de l'aider à ramasser ses affaires, je me marre et je pars en rase-motte. Bon, je reconnais que j'ai peut-être un peu forcé la dose. Il vaut mieux que je remonte à l'air libre, de toute façon j'ai besoin de marcher.

La nuit est tombée, il pleut un peu, et la Seine reflète les halos brouillés des lampadaires place de la Concorde. J'observe l'autre rive. Celle où je n'ai pas remis les pieds depuis que la famille Baumann a récupéré l'appartement de Carl, c'est-à-dire depuis l'enterrement de mon père. Qu'est-ce que je fous là ?

Je tâte la poche arrière de mon jean pour vérifier que l'enveloppe y est toujours. Oui, elle y est: trente grammes de papier qui m'ont coûté des nuits d'insomnie.

J'ai dit à Karine que j'avais des trucs à faire à la radio, que Lydie avait besoin de moi, et que je ne viendrais pas chez elle ce soir. Elle ne m'a pas cru. On s'est engueulés. De toute façon, Karine a toujours peur que je la quitte d'une seconde à l'autre. À force, c'est ce qui va arriver.

Je longe le fleuve dans le vent de décembre qui me givre les mains. Mon cœur cogne trop vite, trop fort, j'en ai le souffle coupé, mais tant pis, j'avance.

Depuis le 9 novembre, c'est comme si une barrière invisible s'était effondrée, en même temps que le mur de Berlin, à l'intérieur de ma tête. Tout ce sur quoi j'avais cru tirer le rideau m'envahit: Ariane, Terence, mon père, ma mère, les Chaumes, la famille Fournier, M. Biguet et ces années d'efforts au collège puis au lycée, pour m'extraire de ma foutue cambrousse... Pour ça, autrement dit pour rien. Alors ce soir, après avoir grillé deux gros pétards et relu dix fois mes feuillets d'insomniaque, j'ai pris la décision d'aller là-bas. Puisque mon ancienne vie me hante, je vais à mon tour hanter le boulevard Saint-Germain. C'est le principe de l'antidote.

Je passe devant l'Assemblée nationale et les façades hautaines des ministères. Terence avait raison: tant de pouvoir concentré dans si peu d'espace! Lui, ça le fascinait. Moi, ça me donne envie de foutre le feu ou de prendre la Bastille une deuxième fois.

J'avance malgré tout sur ce trottoir familier avec le désir fou de revoir Ariane, ne serait-ce que quelques minutes. Ses joues comme des pommes, son regard sérieux, sa façon unique de prononcer mon prénom, son audace et ses rêves de guitare, tout est gravé dans ma mémoire au burin du chagrin.

Quand j'aperçois l'entrée de son immeuble, je fais un

brusque détour. Je traverse le boulevard, je contourne le square et je m'arrête contre les grilles le temps de reprendre mes esprits. Est-ce que je vais pousser la porte cochère, prendre l'ascenseur et aller sonner chez les Fournier comme à l'époque où Madeleine me répétait que j'étais chez moi ? Bien sûr, ce n'était qu'une façon de parler. N'empêche, c'était bien de faire semblant d'y croire.

L'autre option consiste à déposer l'enveloppe dans la boîte aux lettres, mais bon…

Je suis là, debout, hésitant, quand une voix dans mon dos me sort de mes pensées.

– Tu aurais du feu, s'te plaît ?

Je me retourne sur une jeune fille de dix-sept ou dix-huit ans, avec un look de bourge typique du quartier et une cigarette plantée comme un couteau entre ses dents. Je trouve mon briquet et lui tend la flamme dont la lueur, un instant, nous enveloppe.

– Olivier ? s'exclame-t-elle soudain.

Stupéfait, je recule. Elle me dévisage, perplexe, dans la lumière diffuse des réverbères. Je fronce à mon tour les sourcils.

– Sidonie ?

Un sourire éclate sur son visage en même temps que son rire.

– Mais c'est dingue ! s'écrie-t-elle. J'ai failli ne pas te reconnaître ! Tes cheveux !

Je passe une main sur ma crête peroxydée avec l'embarras d'un gamin pris en faute.

– Ah ça… euh, ouais j'ai changé des trucs…

– J'adore ! fait-elle. Tu ressembles à Sid Vicious !

– Hein ? Tu connais Sid Vicious, toi ?

Sidonie hausse les épaules sous la laine peignée de son duffle-coat. Elle tire sur sa cigarette.

– J'ai plus dix ans, Olivier.

– Oui, bien sûr.

Elle sourit de plus belle.

– C'est incroyable de te revoir ! Je pense à toi souvent, tu sais ! Enfin, je veux dire... on parle de toi, parfois, à la maison. On se demande ce que tu deviens, tout ça. Qu'est-ce que tu fais ici ?

L'émotion est si forte que je ne trouve pas de mensonge valable. Je dis :

– Je sais pas trop, Sido. Je... j'ai eu un coup de nostalgie, j'avais envie de revenir dans le coin et... (Je ravale le nœud dans ma gorge et pour faire diversion, je désigne sa cigarette.) Dis donc, Madeleine et Pierre savent que tu fumes ?

– Non, avoue Sidonie, toujours en riant. C'est pour ça que je sors, même quand il pleut. Les parents ne supportent pas de me voir grandir. C'est chiant d'être la petite dernière.

– C'est vrai que tu as changé.

– Je passe le bac en fin d'année, dit-elle.

Pour me donner une contenance et du courage, j'allume une clope à mon tour. Mais c'est Sidonie qui reprend :

– Tu as disparu du jour au lendemain, Olivier, qu'est-ce qui s'est passé ? Ariane a été très...

– Très quoi ? Soulagée ?

C'est sorti tout seul. Un crachat.

Sidonie secoue la tête, le regard subitement grave. Elle regarde autour de nous, le boulevard détrempé, les fenêtres allumées dans les étages des immeubles, les quelques passants qui promènent leurs chiens. Elle dit :

– J'ai froid, pas toi ? Je me doute que ce n'est pas sur moi que tu avais envie de tomber ce soir, mais Ariane est en voyage. On va boire un café ?

Nous échouons dans le premier bistrot qui se présente, à l'heure où les habitués en sont à leur troisième pastis. Personne ne fait attention à mon allure de mauvais garçon quand nous prenons place tout au fond, sur les banquettes. Les miroirs installés de chaque côté me renvoient l'image de notre improbable duo ; Sidonie avec ses cheveux longs et soyeux tombant sur son cardigan à boutons nacrés, moi avec mes rangées de boucles d'oreilles, ma mine de déterré, ma coupe hirsute et mon jean troué.

– Bon, commence Sidonie, il vaut mieux que tu le saches tout de suite : Ariane et Terence se sont fiancés cet été.

Je reçois la nouvelle comme une gifle. Je ne le montre pas. Je laisse seulement échapper un ricanement.

– Fiancés ? Comme c'est touchant. On se croirait dans un conte pour enf...

Impitoyable, Sidonie interrompt mes sarcasmes :

– Ils vont se marier l'année prochaine, quand Terence reviendra de son année d'Erasmus, dit-elle en plongeant un sucre dans son café. Il a intégré Sciences Po, tu savais ? En deuxième année, il doit faire un séjour à l'étranger, alors il est parti début septembre à Berlin. Ariane est allée le rejoindre il y a quelques semaines, au moment de la chute du Mur. Elle est entrée à l'école de journalisme, alors tu penses, elle ne pouvait pas rater cette occasion d'être au cœur de l'événement. Mais ils vont revenir bientôt. Tu connais maman : hors de question que nous ne soyons pas réunis pour fêter Noël. Terence repartira ensuite à Berlin pour finir l'année.

Je ne bronche pas. J'enregistre froidement cette suite d'informations que Sidonie m'assène sans prendre de pincettes. Mais derrière sa brutalité, je décèle une sorte de tact : en allant droit au but, elle m'évite d'avoir à poser les questions les plus humiliantes.

– Si tu veux voir Ariane, elle sera chez nous entre janvier et juin, sans Terence, conclut-elle.

Je hausse les épaules. Sidonie continue :

– Je crois qu'elle serait heureuse de te parler, Olivier.

– Ah oui ? Et de quoi ? De ses brillantes études et de son futur mari ?

Sidonie se laisse aller contre le dossier de la banquette et lève ses yeux vers moi. Ils sont beaucoup plus clairs que ceux d'Ariane, mais son regard a la même intensité.

– Je n'aime pas Terence, dit-elle.

– On est deux, dis-je.

– Je t'ai toujours préféré, Olivier. Toi, tu ne mens pas.

– Bien sûr que si. Tout le monde ment.

– Peut-être. Mais toi, si tu mens, ce n'est pas pour faire souffrir les autres. C'est juste pour te protéger.

Cette réflexion inattendue me trouble. Je regarde Sidonie avec un intérêt nouveau.

– Tu trouves que Terence fait souffrir qui ? Ariane ?

Elle soupire.

– Je trouve qu'Ariane était plus heureuse à l'époque où tu étais avec elle. Quand tu étais là, tout était plus joyeux.

Je me remémore mon année de seconde, puis celle de première et je n'y trouve aucune joie.

– C'est parce que tu étais petite, Sidonie. Tu ne te rendais pas compte.

– Peut-être, dit-elle encore.

Elle tend la main vers les badges accrochés au revers de mon blouson.

– Sex Pistols, The Clash, The Damned… Fini Dire Straits et Téléphone, alors ?

– J'étends mon répertoire, dis-je. Je fais partie d'un groupe.

– Génial ! s'éclaire Sidonie.

– Génial, je ne sais pas. On joue comme on peut, mais on s'éclate bien.

– Comment ça s'appelle ?

– Le groupe ? Bah, c'est confidentiel, tu ne connais pas.

– Dis toujours.

– Mais non, tu connais pas, je te dis. On n'a fait qu'un seul concert, et encore… c'était juste pour les potes. Mais on va en faire d'autres.

– J'aimerais bien venir, sourit Sidonie.

Je lui souris en retour, attendri. L'imaginer dans le garage des parents de Karine est si incongru !

– Bon, justement… il faut que j'y aille, dis-je. On m'attend.

– Où est-ce que tu habites, maintenant ?

Comme toutes les bêtes blessées, j'ai envie de mordre. Sèchement, je lâche :

– Chez ma copine.

– Ah, fait Sidonie.

– C'est la guitariste de K-FArnaüm.

– Capharnaüm ? répète-t-elle amusée.

– Ouais. Mais avec le A de anarchie et le K de punk.

– Je vois l'idée. Cool. Tu vas bien, alors ? Tu es heureux ?

Sa question me paraît d'une candeur renversante. Je jette quelques francs sur la table pour payer nos cafés et j'élude :

– Je préférerais que personne ne sache qu'on s'est vus. Promets-moi de ne rien dire à Ariane, Sido.

Elle hoche la tête, fait mine de cracher par terre en guise de serment, puis me regarde comme un toubib qui ausculte un malade en phase terminale.

– Tu n'as pas répondu à ma question, Olivier.

– Laquelle ? Celle sur le bonheur ?

– C'est la seule qui vaille, non ?

Agacé, je balaie d'un regard la salle du bistrot. Il faut que je me tire de cet endroit où je n'ai plus ma place, et vite.

– Pour les gens comme toi, oui, sans doute. T'auras qu'à en discuter avec ton prof de philo, parce que moi, j'ai plus le temps pour ces conneries.

Je la vois rougir, puis pâlir. Tant pis.

Je me lève, et je m'enfuis.

CHAPITRE 68

Alors que je traverse la Seine vers la rive droite, je sens l'enveloppe dans la poche arrière de mon jean. Elle pesait trente grammes à l'aller, j'ai l'impression qu'elle pèse maintenant trente tonnes.

Ce soir-là, je me réfugie Chez Saïd, un bistrot de Belleville où j'ai l'habitude d'aller quand je me sens mal.
J'étale devant moi les quatre ou cinq feuillets de la lettre que j'ai écrite pour Ariane. Je la relis encore et encore, jusqu'à l'écœurement.
Comment ai-je pu croire que ma prose ferait renaître quoi que ce soit de positif dans son cœur?
L'expression du désespoir n'attire que ceux qui en ont le goût. Ou au moins l'habitude. Or, Ariane n'est pas de ceux-là.
Ariane est apte au bonheur: elle va se marier, elle va devenir journaliste, elle va sans doute avoir des enfants, une vie normale dans un monde dont elle connaît et accepte les règles.
Terence et elle ont en commun ce que je n'ai justement pas: une famille, un cadre, des ambitions et les moyens qui vont avec.
Ils sont faits pour la réussite et ils sont faits l'un pour l'autre, voilà la vérité cruelle que Sidonie m'a jetée au visage.
Tandis que moi, il n'y a qu'à me regarder: je suis bon pour la galère, la marge.

Ce soir-là, bière après bière, j'enterre mes dernières illusions et je dis adieu à Ariane pour de bon.
Et ces adieux, Saule, sont un adieu à tout ce qui, de près ou de loin, pourrait ressembler à l'idée d'une vie rangée, convenable.
Dans un monde où règne la compétition, l'appât du gain, le désir

de dominer ou de détruire, dans un monde qui se dit civilisé mais qui laisse volontiers crever les plus faibles, je ne vois pas comment je pourrais protéger quiconque.
Je ne jouerai pas à ce jeu.
Je resterai libre et sans attaches.
Je ne me marierai jamais. Et je ne serai jamais le père d'un enfant.
Je m'en fais la promesse.
Puis je déchire la lettre en plusieurs morceaux, je replace les morceaux dans l'enveloppe, et ne sachant qu'en faire, j'enfonce le tout entre le rembourrage du siège et le dossier de la banquette où je suis assis.
Cette banquette, scellée dans le mur, incrustée dans le carrelage depuis cent ans, fait une tombe idéale pour ma littérature d'amoureux : tout le monde viendra s'asseoir dessus.

Au petit matin, ivre et malheureux, je décide de rejoindre Karine par le premier train de banlieue. Arrivé au pavillon, j'entre par le garage, je monte sur la pointe des pieds jusqu'à sa chambre et je m'écroule contre elle.
Réveillée en sursaut, Karine me traite de tous les noms. Nous nous battons sous les draps, à coups de poing, à coups de dents, avant de faire l'amour avec hargne, comme deux enfants qui scellent un pacte de sang.

Deux ans plus tard

1991

Chapitre 69

Ça couvait comme un feu dans des gaines électriques : après des années de fatigue, de disputes et de rabibochages bancals, les parents de Karine ont fini par se séparer. Ils ont rendu les clés du pavillon, Sylvia est retournée vivre chez sa mère, Fernando a trouvé un deux-pièces, et dans cette tempête, K-FArnaüm a perdu le garage qui abritait ses répétitions.

Mais comme la vie ne peut pas toujours être moche, à cette même période, Franck a été embauché à la mairie comme agent administratif et grâce à ses nouvelles relations, il nous a dégotté un local au sous-sol de la MJC.

C'est là, dans ces trente mètres carrés éclairés aux néons, entre ces murs en béton sur lesquels court la tuyauterie du bâtiment, que nous mettons au point, depuis plusieurs mois, une maquette de dix titres. Et c'est là que ce soir, nous avons rendez-vous avec un manager potentiel, un jeune mec qui nous a vus récemment en concert dans une MJC du département voisin et qui, paraît-il, nous a trouvé bons.

– Rappelle-moi comment il s'appelle ? demande Franck à Ben.

– Marceau, répond Ben.

– Drôle de blaze.

– Ouais. C'est un drôle de type, confirme Ben. Je crois qu'il vient d'une famille d'aristos. Si j'ai bien compris, il a monté sa boîte en s'associant avec son oncle qui dirige un label.

– Tu parles, fait Franck. Quel label ?

– J'ai pas retenu le nom, j'étais trop bourré quand on s'est parlé après le concert de l'autre soir. Mais je crois que c'est sérieux pour une fois.

J'écoute la conversation d'une oreille distraite tout en me préparant un joint. J'ai passé une sale journée à écumer les agences d'intérim. Quand Karine va arriver, elle va me demander si j'ai trouvé une mission, il va bien falloir que je lui annonce que j'ai fait chou blanc et qu'à l'heure qu'il est, je ne vois pas comment payer ma part du prochain loyer. Alors si ce manager tombé du ciel pouvait propulser K-FArnaüm dans la lumière, avec un peu de chance, on pourrait décrocher le statut d'intermittent du spectacle. Karine ne serait plus obligée de servir de l'essence et de laver des pare-brise à l'autre bout du département, ni moi de charrier des palettes ou des brouettes...

Au fond du local, sur l'estrade, Franck installe ses cymbales avant de s'asseoir derrière sa batterie et de se lancer dans une petite impro en solo. Je l'écoute un moment, j'allume mon pétard et je pousse un soupir en me renversant dans le canapé trop mou qu'on a récupéré chez Emmaüs. Au pire, me dis-je en pensant toujours au loyer, je proposerai à Karine qu'on vienne dormir ici... C'est pas Byzance, bien sûr, mais c'est plus grand que le studio qu'on loue près de la gare.

Je contemple les amplis Marshall, les *flight case* empilés çà et là, les autocollants et les affiches de concerts punaisées aux murs. Mes pensées divaguent. Je repense à la cuisine, rue de Verneuil, où mon père affichait ses résultats d'analyses à côté des articles découpés dans les journaux. Et aussi à ma chambre d'enfant, là-bas, aux Chaumes, où je n'ai jamais pris le temps d'afficher quoi que ce soit, comme si je ne m'y étais jamais senti le bienvenu. Depuis ma naissance, j'ai l'impression d'être un perpétuel squatteur.

– Alors ? Qu'est-ce qu'elle fout, ta meuf ? me demande Ben.

On avait dit dix-huit heures, il est la demie. Le mec va arriver et on sera pas prêts !

Je hausse les épaules. Sans doute un retard de bus, comme d'habitude. Ou bien un client de dernière minute à la station, qu'est-ce que j'en sais ?

– C'est bon, t'énerve pas, dis-je. Je vais voir si elle arrive.

Je remonte de notre sous-sol pour faire le tour de la MJC. C'est l'heure où les mômes finissent leurs cours de poterie ou de théâtre, des grappes de parents discutent devant l'entrée ; mieux vaut que je reste à bonne distance avec mon pétard.

Alors que je cherche à apercevoir la silhouette de Karine du côté de l'arrêt de bus, mon regard se fige, subitement accroché par une autre silhouette familière. Elle me tourne le dos, en pleine conversation avec un petit rondouillard qui tient un casque de mobylette à la main. Elle ne porte ni la salopette rouge de son enfance, ni le jean et le T-shirt de son adolescence, mais un trench ceinturé à la taille, et même si je ne vois pas son visage, je jurerais que c'est Ariane. Mon estomac se retourne. Ariane ici ? Comment est-ce possible ? J'en lâcherais mon pétard pour aller voir de plus près, mais à ce moment-là un bus s'arrête, ouvre ses portes, et Karine surgit parmi les passagers.

Elle passe devant Ariane et le type au casque sans leur prêter attention, fonçant vers moi comme une tornade.

– Désolée du retard, me lance-t-elle. Que c'est loin, ce job de merde ! J'en ai marre, je te jure, je vais filer ma dém !

Alors qu'elle se hisse vers moi pour m'embrasser, elle suspend son geste.

– Qu'est-ce que t'as ? me demande-t-elle. T'es bizarre. T'as vu un zombie ou quoi ?

Je réalise que mes yeux sont restés fixés au loin, vers la femme en trench qui, entre-temps, s'est volatilisée parmi la foule des parents.

– Non, ça va, dis-je. Je… Je t'attendais.

– Hmm, t'as fumé, bougonne Karine devant ma mine ahurie.

– Oui, un peu.

– Avant l'audition devant le manager, c'est malin, rouspète-t-elle encore en s'engouffrant dans l'escalier qui mène au sous-sol. Tu fais vraiment n'importe quoi, Oli !

Je reste en arrière, abasourdi, doutant à présent de mes sens. Ce n'est pas la première fois que j'ai l'impression de voir Ariane, mais ça faisait un moment que ça ne m'était plus arrivé. Je baisse la tête vers le mégot qui se consume entre mes doigts. Karine a raison, je fume trop.

Je me dépêche de rejoindre les autres.

À peine le temps de répéter une ou deux chansons que le fameux Marceau débarque dans notre local. Petit et rondouillard, il se débarrasse de son blouson, de son écharpe et d'un casque de mobylette qu'il dépose sur le canapé.

– Salut ! nous lance-t-il.

Pendant que les autres vont lui serrer la main, je reste planté derrière mon micro, envahi par un malaise diffus. Ce type est bien réel. Alors quoi ? Ariane était-elle vraiment là, elle aussi, ou est-ce que je deviens dingue ?

– Et sinon, là-bas, celui qui prend racine, c'est notre chanteur, dit Karine à notre invité. Olivier !

Je reviens à moi. Elle me fusille du regard, persuadée que je plane à cause du joint. Mais la vérité, c'est que je plane dans mes souvenirs, prisonnier de ce passé que je ne parviens pas à oublier.

Et je glisse sur la mauvaise pente
Et la nuit quelque chose me hante
Et je crie plus fort que je chante
Et ma vie est une mort lente

Juillet 1992

Chapitre 70

Assis près de Ben qui conduit, je somnole. Le temps est couvert, un peu orageux, on devine des éclairs là-bas, au-dessus de l'océan. Dans le minibus, tout le monde essaie de dormir, alors Ben a mis la radio en sourdine, mais je reconnais le riff implacable de *Smells Like Teen Spirit*. Tandis que Ben marque le tempo sur le volant, je pense au succès fulgurant, planétaire, de Nirvana et de Kurt Cobain.

On peut dire que K-FArnaüm est loin du compte ! Voilà ce que je me dis après quinze jours de cette tournée calamiteuse.

On se réjouissait tous, pourtant. Quand Marceau (notre nouveau manager, donc) nous a annoncé qu'il nous avait décroché une dizaine de dates sur la côte vendéenne en plein mois de juillet, on s'est senti pousser des ailes. Enfin le vent de l'aventure ! Enfin la route ! Ça allait nous changer des salles de banlieue et des bars de la région parisienne.

La réalité n'est hélas pas à la hauteur de nos rêves. Deux concerts annulés au dernier moment, une bagarre avec les fans d'un groupe local qui nous a valu quelques ennuis avec les flics, un court-circuit qui a bousillé un ampli, une panne d'essence, l'accueil mitigé des organisateurs, les nuits sans repos dans nos tentes de camping, sans parler des disputes incessantes avec Karine ; j'en ai ras le bol.

Je jette un coup d'œil vers le fond du minibus.

Karine est allongée sur les genoux de l'autre con. Qu'elle aille se faire voir.

L'autre con, c'est Christophe, dit simplement Tof, l'accordéoniste. Une idée de Marceau. Fusionner le punk et le bal musette, tu parles d'un coup de génie. Pour l'instant, le seul truc qui fusionne vraiment, c'est Karine avec ce naze. Ça me dépasse.

– Je crois que c'est là, me dit Ben en indiquant une allée qui s'enfonce dans la pinède.

Peu après, un panneau « Camping de la Dune » nous confirme que nous arrivons à notre dernière destination.

– C'est vous, le groupe ? nous demande le patron à l'entrée. Les Pharaons, c'est ça ?

– K-FArnaüm, rectifie Ben en levant les yeux au ciel.

– Ouais bon, fait l'autre, c'est pareil. Tant que vous faites danser les clients… L'estrade est là-bas. Vous pouvez vous garer près du snack.

Ben me regarde. Je regarde Ben. Il a pris un coup de soleil, il a le nez qui pèle. Il me fait de la peine.

– Bon, direction le snack, soupire-t-il.

– Direction la gloire, dis-je.

Nous déchargeons le matos dans les odeurs de graillon, sous les regards indifférents des employés du camping. Il n'y a que quelques mômes, en claquettes et slip de bain, pour venir papillonner autour de nous, intéressés par les guitares.

– Tu sais en jouer ? me demande un blondinet haut comme trois pommes.

– Moi ? Non. C'est elle qui joue.

Je désigne Karine qui s'évente, assise sur un *flight case*.

– Une fille ? grimace le môme. C'est bizarre, ça.

– Si tu viens tout à l'heure, tu verras, elle joue super bien, dis-je.

– Elle est belle avec ses cheveux verts, reconnaît le gamin. C'est ta copine ?

Je soupire. Les enfants ont l'art de mettre les pieds dans le plat. Je dis :

– Ben, je sais pas. T'as qu'à aller lui demander.

Et puisque les enfants prennent tout au premier degré, je vois le blondinet se hisser résolument sur l'estrade et se diriger vers Karine. Merde, quel con, j'aurais mieux fait de me la boucler. Je me carapate vers le minibus pour aller chercher le reste du matériel.

Une minute plus tard, alors que je déroule des câbles, le môme est de retour et me tire par le bas de mon T-shirt. Il affiche un sourire rayonnant.

– Elle a dit qu'elle reste ta copine, mais à condition que tu l'épouses.

– Hein ?

– Oui. Elle a dit ça.

Je fronce les sourcils et me retourne vers Karine qui fait semblant de regarder ailleurs. Allons bon. Qu'est-ce que c'est que cette nouvelle provoc à deux balles ? Des jours qu'elle me fait la gueule, qu'elle fricote sous mon nez avec l'autre abruti, et voilà qu'elle veut me mettre la bague au doigt ? Elle qui, depuis toujours, clame que le mariage est un piège à cons ?

Je lâche mes câbles, plante le blondinet, et m'approche d'elle.

– Ça va pas, non ?

Elle pivote vers moi, me décoche un de ses fameux regards en flèche. Et là, sur cette estrade, dans ce camping minable, au milieu de l'odeur écœurante des beignets, elle m'annonce :

– Je suis enceinte, Olivier.

Le lendemain

Chapitre 71

Karine et moi, allongés sur la plage, dans les premières lueurs de l'aube. Refroidi par la nuit, le sable de la dune s'égraine, liquide, entre mes mains. Autour de nous, personne. Juste une douzaine de bouteilles de bière vides et des mégots plantés en guise de dérisoire barrage contre l'Atlantique.

Tout coule, ce matin-là: le sable, la dune, la mer, la bière, les yeux de Karine.

Au cours de cette harassante nuit blanche, j'ai répété ma rengaine: je ne veux pas devenir père, c'est au-dessus de mes forces, je ne veux pas d'enfant. « Regarde-nous, bon sang. On n'a pas un rond, on vit dans un studio qu'on arrive tout juste à payer, on n'est pas faits pour devenir parents. J'ai même pas envie de devenir adulte dans cette société déprimante, alors pitié. »

– En plus, tu me détestes, dis-je en cherchant à clore définitivement le débat.

– C'est faux, se défend-elle. Je ne te déteste pas.

– Mais si. Tu ne me supportes plus, ça se voit.

– Parce que tu ne fais aucun effort, Olivier. Tu te fiches de tout.

– Je me fiche de tout parce que le monde se fiche de nous. La vie est tellement absurde!

– Justement! Un bébé, ça lui donnerait du sens.

Cette phrase me fait bondir. Si je reproche à mes propres

parents de m'avoir mis au monde pour les consoler, je ne vais certainement pas commettre la même erreur !

Toujours butée, Karine me défie :

– Et si je décide de le garder quand même ? Toute seule ?

À bout d'arguments, je pousse un cri rageur. Je me lève, ankylosé, bourré, épuisé, et je pars droit devant moi, vers les vagues.

– Olivier !

– Merde !

Pile à ce moment-là, le soleil passe par-dessus la dune. La surface de l'océan s'illumine, éblouissante et douloureuse.

– Olivier !

Je ne réponds pas. Je voudrais être ailleurs. Ou quelqu'un d'autre. J'en ai marre. Je retire mes baskets et j'entre dans l'eau.

Malgré tout ce bordel, et aussi étrange que ça paraisse, le concert d'hier soir a été le meilleur de la tournée. Aucun pépin technique, le son était à peu près bien réglé, et chacun de nous, miraculeusement, a été bon. Même ce con de Tof avec son piano à bretelles, je dois le reconnaître.

D'abord méfiant, le public disparate du camping s'est laissé peu à peu séduire par nos morceaux. Des gosses se sont mis à sauter devant l'estrade, puis leurs parents les ont rejoints. Et quand on a joué la reprise des Stranglers, *Golden Brown*, ce sont des couples de vieux qui sont venus valser devant nous. Oui, valser ! Et putain, c'était chouette ! J'ai même mentalement remercié Marceau d'avoir eu l'idée de l'accordéon, parce que pour une fois, la sauce commençait à prendre. Quand on est descendus de l'estrade, sous les applaudissements, on avait tous la banane. J'avais presque oublié ce que Karine venait de m'annoncer.

Et puis patatras, la joie est retombée.

Les vagues viennent s'enrouler autour de mes mollets, puis de mes cuisses, plaquant la toile de mon jean sur ma peau. Des goélands flottent un peu plus loin sur la houle, et plus loin encore, des bateaux de pêche se détachent sur le fauve du ciel. C'est beau. Tellement beau que je continue d'avancer, aimanté vers le large, délicieusement soulagé de mon corps et de toutes mes colères, de tous mes chagrins. La mer me porte, me lave, me soulève jusqu'au ciel, et le ciel m'englobe. Pendant un bref instant d'extase, je me sens appartenir tout entier à l'univers, comme si chacune de mes cellules pouvait se dissoudre dedans. Et c'est là que je la vois, nageant à quelques mètres de moi, le visage baigné de soleil... Mais oui, c'est elle ! C'est Ariane qui, comme jadis dans la cour de l'école de Sainte-Saverne, vient à ma rencontre pour me proposer de jouer à quelque chose. Dans un ravissement absolu, je lui souris, et je m'avance encore tandis que le fond sableux se dérobe sous mes pieds à chaque mouvement de la houle. *Tout est si simple*, me dis-je. *Mais oui ! La vie est un jeu d'enfant !*

Je sens soudain la main de Karine me retenir par l'épaule.

Ce contact brise ma transe, je me retourne.

La côte me semble étrangement lointaine, avec ses dunes herbeuses et le drapeau du club de plage qui claque au vent. Karine me dévisage d'un drôle d'air. Je constate qu'elle a de l'eau jusqu'aux aisselles. Moi aussi, d'ailleurs.

– OK, tu as raison, me dit-elle. Ce serait de la folie de garder ce bébé. On n'est pas prêts. Je vais avorter.

Ses yeux sont brouillés de larmes, d'eau de mer et de mascara. Elle me tend la main et ajoute :

– C'est toi que je veux garder, Oli. Et je te rappelle que tu ne sais pas nager.

J'accepte son aide sans rien dire, et je me laisse guider vers le rivage. La fatigue me donnerait presque envie de pleurer.

Nous touchons la terre ferme au moment où les premières familles débarquent sur la plage, avec leurs parasols et leurs bouées gonflables. Je me retourne une dernière fois vers le large. Ariane n'est plus là, bien sûr. Elle n'a jamais été là.

– J'ai faim, me dit encore Karine. Pas toi ?

– Si.

Tandis que nous remontons en direction du camping, elle dit encore :

– C'était bien, hier soir, finalement, non ?

– Ouais. Carrément.

– Je me disais… Si on ne fait pas d'enfant, on pourrait peut-être faire un disque ?

Je lui souris, engourdi, épuisé.

– Ça me paraît moins risqué.

– Tof a un pote qui joue du trombone.

– Du trombone ? Heu… On s'éloigne de plus en plus du punk, là.

Elle rit.

– Mais peut-être qu'on se rapproche du succès ?

Je ne crois pas que j'avais réellement envie de mourir, ce jour-là, Saule.
Mais je me suis longtemps demandé ce qui serait arrivé si Karine n'était pas venue me tirer de l'eau.

De retour à Paris, elle prend rendez-vous à l'hôpital.
Elle a la trouille, mais sa décision semble désormais sans retour.
Et comme la grossesse n'est pas trop avancée, elle va pouvoir être stoppée par un médicament.
Je lui demande si elle veut que je l'accompagne, elle dit oui.
C'est intimidant, parce que je suis le seul homme dans cette salle d'attente où il n'y a que des femmes. Des très jeunes, encore plus jeunes que Karine, certaines avec leurs mamans, d'autres avec une copine, mais aussi des femmes plus âgées, qui toutes ont le visage tourné vers des questions vastes et fondamentales qu'elles ont eu, seules, le courage d'affronter.
Je serre la main de Karine.
Je me souviens des émissions de Ménie Grégoire que ma mère écoutait passionnément. Je me souviens de ma tante, Simone, si pâle, dans la chambre des Chaumes où je lui apportais, chaque soir, un bol de bouillon.
Je suis content de connaître une époque différente. Où le choix, si difficile soit-il, est enfin possible.
Ensuite, Karine avale le cachet qu'on lui a donné, une infirmière

lui propose d'aller s'allonger dans un box en attendant l'expulsion, et je reste dans la salle d'attente comme un imbécile. Pour patienter, j'attrape un de ces magazines people qui traînent sur une table basse.
En une, on voit une photo volée de Kurt Cobain et de sa femme, Courtney Love, devant l'entrée d'un hôpital de Los Angeles.
Le cliché est barré par une seule phrase : « Leur enfant est né : c'est une fille ! »
Ça se confirme, le destin de la rock star et le mien ne prennent pas le même chemin.

Six mois plus tard

1993

Chapitre 72

C'est au fond d'une cour qui ressemble un peu au fond de la cour où Fréquence Pink avait installé ses studios, sauf qu'il s'agit cette fois de l'entrée d'une petite maison de disques. HellProd.

– Venez, c'est par là.

Devant moi, Karine, Ben, Franck et Tof suivent Marceau, silencieux et sages comme des premiers communiants. Seul à l'arrière, je traîne des pieds.

Marceau nous a prévenus, son oncle n'est pas un rigolo : avant de se lancer dans la musique, il a fait fortune dans la pub. Mais il a vraiment aimé nos nouvelles chansons, il est prêt à financer l'enregistrement et à diffuser le premier album de K-FArnaüm, à condition cependant qu'on se mette au boulot. Quand j'ai demandé ce que ça voulait dire, Marceau a répondu : moins de bière, moins de pétards, plus de rigueur.

– Mon oncle veut un truc propre. Carré, tu comprends ?

Propre et carré ? J'ai failli m'étrangler. Demander à des punks d'être propres et carrés, c'est débile, non ?

– C'est le prix à payer pour franchir un cap, a voulu me convaincre Karine. Tu imagines, si on fait cet album et qu'il marche ? Notre liberté, on la retrouvera après !

J'étais pas d'accord, et on s'est engueulés, comme d'habitude. Depuis, j'ai mal au ventre, mal au crâne et j'ai envie de mordre quelque chose. Ou quelqu'un.

Notre procession s'achève dans un hall façon loft, en faux style new-yorkais. Murs en briques, mobilier industriel, escaliers métalliques. Et au milieu de l'escalier, un mec qui porte des lunettes à montures rouges et un pantalon maintenu par une paire de bretelles fluo. Je vois tout de suite à qui j'ai affaire. Le genre sûr de lui, excentrique qui ne laisse rien au hasard, sans doute le pur produit d'une grande école de commerce. À mes yeux, un prédateur: une sorte de Terence Szovat.

– Voilà, nous présente Marceau. Ce sont les membres de K-FArnaüm.

L'oncle nous englobe d'un regard morne. Sa lèvre supérieure se contracte sous l'effet d'un tic. Il se frotte les narines. Je pense aussitôt: cocaïne.

Il achève sa descente de l'escalier et se plante devant Karine.

– Une fille à la guitare, c'est bon. Ça sort de l'ordinaire, mais ça ne suffit pas. Tu chantes?

– Moi? fait Karine. Euh...non, c'est Olive qui...

– Olive, c'est lequel?

Je sais à présent qui j'ai envie de mordre. Je m'avance.

– C'est moi.

Le mec me lorgne derrière ses lunettes à montures rouges. Il ouvre la bouche, se ravise, et passe aux autres.

– Marceau vous a dit que j'envisage de vous trouver un autre nom?

Notre manager rentre la tête dans les épaules, penaud. Non, bien sûr, il ne nous l'a pas dit.

– J'ai mis ma cellule marketing sur le coup, ce sont eux qui feront le logo et la pochette aussi. Venez, je vais vous les présenter...

– «Ma cellule marketing?» On est où, là? Je ricane.

– Et vous voulez peut-être réécrire nos chansons, aussi?

Le mec ne se démonte pas:

– Puisque tu en parles, jeune homme. On a quelques suggestions, en effet. Mais vous prendrez bien un café, avant qu'on parle sérieusement ? C'est par ici, suivez-moi.

Ce n'est pas un homme, c'est une machine de guerre. Aucun affect, on sent qu'il a toujours eu ce qu'il voulait depuis le jour où il a réclamé son premier biberon. Je regarde Karine. Elle me fait signe d'y aller mollo. Tof renchérit d'un regard courroucé. Quant à Ben et Franck, ils sont paralysés, trop impressionnés pour pouvoir penser.

Marceau m'attrape par le bras, il me prend à part.

– Je te l'avais dit, c'est pas un tendre. Mais il a vraiment aimé vos maquettes, et il transforme tout ce qu'il touche en or, mec.

– Je m'en fous, dis-je. On n'est pas un boys band.

– Bien sûr que non. Allez, viens. Ça ira mieux après un bon café.

Nous nous retrouvons dans une petite pièce, au fond du loft, avec une fenêtre qui donne sur un jardinet à l'arrière du bâtiment. Posée au milieu, une table. Et sur la table, un pot rempli de poudre blanche. À première vue, on pourrait penser qu'il s'agit d'un sucrier, mais le tonton de Marceau se fait un plaisir de nous détromper :

– Pur arrivage en direct de Colombie.

Il lève le menton vers moi :

– Tu peux y aller, Olive, c'est cadeau.

Je sors une cigarette et je l'allume.

– Non merci. Juste un café pour moi.

Les autres s'asseyent autour de la table tandis que, dans un silence gêné, Marceau va vers la cafetière, remplit nos tasses et nous sert.

– Vous saviez que la cocaïne était vendue légalement dans tout Paris à la fin du XIXe siècle ? Émile Zola, Jules Verne, tous les grands créatifs en prenaient.

Pendant qu'il pérore, le patron se prépare une ligne.

– Quel rapport ? dis-je.

Il sniffe sa merde avant de me répondre :

– Le rapport, jeune homme ? C'est qu'il faut savoir ce qu'on veut dans la vie. Être Jules Verne ou rester anonyme. Vous, vous fumez de l'herbe, vous prenez des cuites à la bière tiède, résultat, vous êtes mous. Alors qu'avec ça, on peut faire de grandes choses !

Il se redresse. Il nous toise.

– Marceau vous aime bien. Et moi, j'aime bien Marceau. Et puis, j'ai envie de diversifier mon catalogue. Vous avez du potentiel, mais vous êtes fragiles. Très fragiles. Ce que je vous propose, avec ce contrat…

Là, il claque des doigts et je vois Marceau quitter la pièce à toute allure avant de revenir avec un tas de feuillets fraîchement photocopiés. Dans le laps de temps qu'a duré son absence, Ben et Tof ont approché leurs mains du sucrier à coke.

– Ce que je vous propose avec ce contrat, reprend le patron de HellProd, c'est de garder la substance de votre musique pour en faire autre chose. Marceau m'a expliqué qui vous êtes, d'où vous venez. Vos familles, vos petits boulots, le sous-sol où vous répétez, c'est bien. La banlieue est à la mode. Les gens ont envie de s'encanailler. Regardez l'essor du hip-hop. En nous positionnant sur ce créneau, avec un bon storytelling et si mademoiselle se met au chant, on peut fabriquer un for…

D'un seul coup, la colère me submerge. Je frappe la table d'un coup de poing pour réveiller les autres.

– Non mais, je rêve. Karine ! Tu entends ? Ce type est en train de nous dire qu'on va jouer les prolos de service pour son bon plaisir, là !

– Mais non, intervient Marceau. Il dit juste que…

Je me tourne vers lui. La dernière fois que j'ai pactisé avec, le diable s'appelait Szovat et j'ai tout perdu ; on ne m'aura pas une deuxième fois. Je crache :

– Toi, ta gueule ! On n'est pas à vendre !

– Mais t'es pas tout seul, Olive ! explose soudain Karine. J'en ai marre que tu me dises tout le temps quoi faire ! D'abord le bébé, et maintenant le disque ? Tu m'emmerdes ! C'est moi qui ai fondé ce groupe, pas toi ! Alors cette fois, c'est moi qui décide, OK ? Et si ça te plaît pas, on trouvera un autre chanteur !

Les autres échangent des regards interloqués.

– Quel bébé ? dit Ben.

À mon grand désarroi, alors que nous n'en avons plus reparlé depuis qu'elle a quitté l'hôpital, Karine se met à trembler.

– Quel bébé ? Quel bébé ? répète-t-elle. Vas-y, demande-lui !

Six paires d'yeux sont à présent braquées sur moi. Je perds mes moyens. J'écarte les bras, je bredouille que ça n'a rien à voir, que c'est pas leurs affaires, que je suis désolé si Karine a des regrets, que c'est pas le moment de, mais il est déjà trop tard. Le jugement n'a pas besoin d'être énoncé, je suis condamné. Et en guise de procureur, ce sale type avec ses lunettes rouges.

Alors je m'approche de la table, j'attrape le sucrier, et je le balance de toutes mes forces contre la fenêtre. La vitre se fend sous l'impact, la coke s'éparpille dans la cuisine, Karine pousse un cri, Tof la serre dans ses bras, Marceau se précipite vers son oncle pour l'épousseter, Franck et Ben me dévisagent comme si j'étais fou.

Quand je quitte la cour de HellProd, seul et enragé, je sais que ma vie vient de prendre un nouveau virage à angle droit.

J'ai vingt-trois ans, plus de petite amie, plus d'amis, plus de groupe, pas de diplôme, pas de boulot, et il va falloir que je trouve rapidement un endroit où dormir.

Il ne me reste qu'une chose : ma fierté.

CHAPITRE 72

Sauf que cette fierté, Saule, je finis par la ravaler.
Après quelques semaines de galère à transporter de-ci de-là les trois sacs dans lesquels j'ai entassé mes affaires à la va-vite, je me sens définitivement rejeté par Paris.

Un matin, découragé, je prends le train pour Sainte-Saverne. Sans payer bien sûr, vu que je n'ai plus un centime en poche.

Été 1993

Chapitre 73

Seul dans la chaleur sèche du mois d'août, je longe les champs de colza et les pâtures désertes. Je n'ai pas remis les pieds ici depuis l'été qui a suivi la mort de Carl, en 1985. Huit ans sont passés, et tout est pareil.

Je n'ai pas eu le courage de téléphoner aux Chaumes. Je préfère mettre ma mère et Yvon devant le fait accompli, c'est-à-dire face à moi et mes trois sacs.

Je pensais attendre le car pour qu'il m'avance au moins jusqu'au village, mais renseignements pris à Sainte-Saverne, la liaison n'existe plus.

– Pas assez rentable. On nous l'a supprimée, m'a instruit la patronne du café de la Gare. Tout le monde a une voiture, maintenant.

– Pas moi, ai-je dit.

Elle m'a regardé.

– Alors il te reste tes pieds, jeune homme. Ou le stop, mais bon courage...

J'ai tendu le pouce à la sortie du bourg. Mais avec mon jean déchiré et mes cheveux en l'air, j'ai effrayé les quelques locaux qui me sont passés sous le nez sans même ralentir. Après ce pic de circulation, la campagne s'est rendormie. Plus un seul véhicule à l'horizon. Alors, je marche.

Les épaules et les bras endoloris par les sangles des sacs, j'éprouve une sensation de plus en plus accablante de retour à la case départ.

Je me revois dans la classe de M. Besson, à l'école primaire, avec mes bulletins scolaires où s'alignaient les A. Je me revois au collège, à Nevers, penché sur mes devoirs dans la salle d'étude, dévorant tous les livres qui me tombaient sous la main, obsédé par ma moyenne de 16 et le désir de m'arracher de cet endroit où, me disais-je, je n'avais aucun avenir. Je me revois le jour de mon arrivée à Henri-IV. Et puis, comme souvent, je revois Terence me délivrer sa fameuse leçon sur les ploucs. Je ris jaune. Il avait raison, finalement : j'ai renoncé.

– Un point de plus pour toi, Savate ! dis-je à haute voix.

Je repense même avec ironie à la psychologue de l'armée. Est-ce que je n'aurais pas mieux fait d'y aller, dans leur foutue caserne ? À l'heure qu'il est, j'aurais un toit sur la tête, un repas dans mon assiette, et je serais peut-être en train de sauver Sarajevo ?

Sauf que non. Moi, la guerre, je la fais contre moi-même et c'est assez épuisant comme ça.

Assoiffé, le front en sueur, les muscles à la limite de la crampe, je m'arrête un instant à l'ombre d'un arbre et je jette mes sacs contre le talus.

Les herbes hautes crépitent d'insectes. Une odeur de bouse flotte dans l'air, me ramenant impitoyablement aux longs moments d'ennui de mon enfance. Ne pas penser à Ariane est impossible. Ne pas penser à tout ce que j'ai perdu ou gâché non plus.

J'allume une clope. J'ai la bouche si sèche qu'elle ne me fait même pas plaisir, mais je la fume quand même. Alors ça va être ça, ma vie ? Une succession d'échecs ?

Je lève la tête. Au-dessus du bois, un peu plus loin, un rapace décrit des cercles. Il me reste une bonne heure de marche et pas une goutte de flotte. Si mes souvenirs sont exacts, il y a un ruisseau qui traverse la combe, par là-bas. Le mot « ruisseau » me donnerait presque la force de courir. J'abandonne mes sacs sous l'arbre, j'escalade le talus, et je pars à travers le champ en direction du petit bois.

Tout m'est hostile, ici. Les tiges me piquent, les pierres me surprennent, les bourdonnements me dérangent et j'ai peur des serpents. Je ne me suis de toute façon jamais senti à mon aise dans la nature, même gamin, préférant l'intérieur rassurant des maisons aux inquiétants caprices de l'extérieur.

J'entre quand même dans le bois. J'écoute les bruits, les craquements, les chants d'oiseaux dont j'ignore les noms, et, enfin, la délicieuse mélodie de l'eau qui frémit sur les pierres.

Quand j'atteins le ruisseau, une tension se dénoue en moi. Je retire mes baskets, je glisse maladroitement le long de la rive, avant d'enfoncer mes orteils meurtris dans la vase et de boire dans le creux de mes mains, longuement.

Je remonte ensuite sur le bord, trouve une vieille souche grignotée en son cœur par des champignons et m'y assieds un instant pour fumer encore.

Il émane de cet endroit une incompréhensible douceur qui m'émeut, qui m'apaise.

– OK, dis-je dans un soupir.

Inutile d'espérer sans cesse des choses impossibles. Après tout, je l'ai eu, mon rêve parisien. Je l'ai touchée du doigt, la fameuse réussite dont on nous rebat les oreilles. Et puis, en côtoyant Carl et mon père, les activistes de Fréquence Pink et les morts du sida, j'ai vu « l'envers du décor ». Une autre sorte de guerre. Alors ? Que vais-je faire de ça ?

Je n'en sais rien, mais je cesse à cet instant de lutter contre ce qui est là. Ce qui est là, c'est moi. Moi assis sur cette souche. Moi dans ce bois qu'on appelle le Creux du Renard. Moi de retour chez ma mère, de retour dans la vieille ferme et sur cette vieille terre. Je contemple mes mains et je pense à celles de Fernando. Et si j'arrêtais de tout abîmer, de tout détruire ? Si j'arrêtais de descendre du train dès qu'il démarre ?

Je retourne sur la route, je récupère mes sacs et me voilà reparti en direction des Chaumes.

J'avance à grands pas sous le soleil cuisant, des idées plein la tête.

Même s'il est con, peut-être qu'Yvon m'accepterait comme apprenti ? Après tout, j'ai déjà une petite expérience, et ça ne doit pas être si sorcier de raccorder des tuyaux ou de grimper sur un toit ?

J'aperçois à présent la croisée du chemin et de l'arbre Morin. Puis les Chaumes, là-bas, au bout du raidillon.

Si je reste, me dis-je, il faudra que je passe le permis.

Et voilà, Saule.
C'est en retournant chez ma mère que j'entre enfin dans ma vie d'adulte, du moins au sens où l'entend d'ordinaire la société.
Je range ma révolte dans ma poche.
Je reviens à la place que j'ai eu le culot de vouloir quitter.
Je décide de jouer le jeu.

Par chance, le moment où je débarque coïncide avec une période où beaucoup de Hollandais, attirés par les paysages et la tranquillité du Morvan, rachètent les fermes abandonnées pour en faire des résidences secondaires. Ils ont de l'argent, ils font appel aux artisans du coin pour les travaux, si bien qu'Yvon a besoin de main-d'œuvre. Malgré le peu d'estime qu'il m'accorde, et à condition que je sois irréprochable, il consent à m'embaucher.
Durant les années qui suivent, je fais profil bas.
Formé par les gars qui travaillent pour lui, j'apprends les rudiments de la maçonnerie, de la menuiserie, du carrelage, de la plomberie.
Je grimpe sur des échelles, je coule des dalles, je plâtre, je lambrisse, j'empierre, je pave, j'aplanis, je dégauchis, je badigeonne.
Huit ou neuf heures par jour, j'éreinte mon corps.
Je paye mon gîte et ma pitance.
Et chaque soir, quand je rentre aux Chaumes au volant de ma camionnette, j'écoute ce qui passe à la radio.
Entre Céline Dion et Mylène Farmer, c'est l'heure des succès

d'Oasis, de Coolio et des Spice Girls. Parfois je pense: et si là, subitement, j'entendais un morceau de K-FArnaüm *?*
Je l'espère autant que je le redoute. Mais ça n'arrive pas.
Le temps d'avaler un bol de soupe, écrasé de fatigue, je monte me coucher dans la chambre au papier peint marron avec sa ribambelle de petits Zorro. Et je laisse pourrir avec tout le reste cette période de ma vie où je me suis cru chanteur.

Trois années passent

Kurt Cobain se tire une balle dans la tête.
Au Rwanda, une guerre civile tourne au génocide et au massacre de huit cent mille personnes.
En Afrique du Sud, après une vie entière de lutte pour l'égalité entre Blanc et Noirs et vingt-sept ans de prison, Nelson Mandela devient le premier président noir du pays.
En Algérie, un conflit sanglant entre le gouvernement militaire en place et le Front islamique du salut se poursuit, qui fera deux cent mille morts.
Un peu partout, d'Afghanistan en Tchétchénie, la désintégration de l'URSS provoque d'autres désintégrations, qui provoquent à leur tour d'autres guerres.
En Israël, parce que la paix n'est apparemment pas un rêve pour tout le monde, et parce qu'il avait signé un accord avec les Palestiniens, le président Yitzhak Rabin est assassiné par un autre Israélien.

Et tandis qu'un groupe de scientifiques internationaux publie son deuxième rapport concernant l'impact des activités humaines et industrielles sur le climat de la planète, le reste du monde poursuit sa course insensée vers on ne sait quoi.

1996

Chapitre 74

Un samedi matin, je surprends ma mère les yeux rougis debout devant l'évier de la cuisine. En me voyant entrer, elle s'empresse d'essuyer ses larmes.

– Quelque chose ne va pas ?

Prise en flagrant délit, elle ne peut pas me mentir ; elle m'avoue un peu de fatigue.

– Rien de méchant, ne t'inquiète pas. Tu veux du café ? Je viens d'en refaire.

Elle me sert une tasse, et comme je scrute son visage, elle cherche à changer de sujet.

– Et tes révisions, ça avance ?

Depuis quelque temps, j'ai repris mes études. Travailler avec Yvon me dépanne, certes, mais je sais que ce n'est pas appelé à durer. Après mûre réflexion, je me suis inscrit à des cours par correspondance et j'ai retrouvé la discipline têtue que je m'imposais au lycée. C'est ainsi que j'ai obtenu le bac, puis ma première année universitaire. Mon objectif : passer le CAPES.

– Oui, j'avance bien. Yvon n'est pas encore levé ?

– Il est déjà parti. Tu sais bien, c'est l'ouverture de la pêche au brochet, aujourd'hui.

Elle pousse un soupir. Ça fait un moment qu'elle n'est pas très heureuse, je le vois bien. Je lui demande si elle compte descendre au marché de Sainte-Saverne, comme chaque samedi. Elle répond oui, mais avec tellement de lassitude que, dans un élan inattendu, je lui propose de l'accompagner.

– Vraiment ? s'étonne-t-elle.

– Si ça te fait plaisir, maman.

Un large sourire illumine son visage.

– Je n'aurais pas osé te le demander.

Le temps d'enfiler un pull et des baskets, je la rejoins à bord de la Peugeot 304 qu'elle conduit toujours depuis les années soixante-dix, et nous voilà partis pour Sainte-Saverne, contents tous les deux de nous offrir cette escapade. Il faut dire qu'en dehors des chantiers où je travaille et d'une bière de temps en temps au bistrot, je ne sors jamais. Les distractions de la campagne m'indiffèrent, et quand bien même ce ne serait pas le cas, je redoute toujours de croiser de vieilles connaissances à qui je n'ai rien à dire. À commencer par Antoine Pleutin et Vincent Grimont, mes vieux ennemis, qui ont chacun mis leurs pas dans ceux de leurs pères respectifs, le premier à la pharmacie, le second dans l'immobilier. Ceux-là, moins je les fréquente, mieux je me porte.

Ma mère trouve une place sur le champ de foire, puis nous remontons à pied vers la place de l'église en faisant halte aux différents étals.

Alors que nous patientons en bavardant devant le camion du fromager, la stupeur me cueille et me laisse muet au beau milieu d'une phrase. Cette fois, aucun doute, ce n'est pas une hallucination : c'est vraiment Ariane que je viens de voir surgir, à quelques mètres de moi, quittant la boulangerie avec un carton de pâtisseries.

– Qu'est-ce que tu as, Olivier ? Tu es tout pâle, s'inquiète ma mère.

Ariane ne m'a pas vu. Elle s'est arrêtée, nous tournant le dos, dans la file du marchand de fruits et légumes. Comme il fait doux, elle est vêtue d'une simple robe longue. Pâle et amaigrie, perchée sur des talons hauts, je lui trouve un air fragile qui ne lui ressemble pas et me bouleverse. Je panique. Que faire ? Allez la voir ? Lui parler ? Non non, impossible, je ne…

– Olivier ? répète ma mère.

En tournant la tête, elle finit par repérer Ariane et comprendre la raison de mon trouble, même si je ne lui ai jamais expliqué en détail ce qui s'est passé entre nous.

– Rejoins-moi à la voiture, lui dis-je précipitamment.

Sans lui laisser le temps de dire ouf, je récupère le panier rempli de victuailles, puis je m'enfuis, descendant la rue dans un état second jusqu'au champ de foire.

Quand ma mère me retrouve un moment plus tard, je suis encore sous le choc.

– Eh bien, soupire-t-elle en plaçant le reste des courses dans le coffre, si j'avais su dans quel état risquait de te mettre la petite Fournier, je t'aurais averti qu'elle était là pour les vacances.

– Tu le savais ?

– J'ai croisé Madeleine et Pierre, l'autre jour. Depuis qu'ils sont à Paris, c'est rarissime qu'ils reviennent dans leur maison. Ils sortaient de la messe, on a échangé des nouvelles. Ils étaient si heureux qu'Ariane les ait rejoint avec son mari ! Ils ne l'ont pas vue beaucoup, ces dernières années, tu sais. Elle vivait en Afrique. Son mari a fait sa coopération là-bas.

Le mot « mari » me vrille le cœur, mais je répète bêtement :

– En Afrique ?

– Oui, à Djibouti, je crois, précise ma mère en refermant le coffre. Son mari est brillant, à ce qu'ils m'ont dit. Il compte entrer dans la diplomatie, un ministère, ces choses-là. En tout cas, ils avaient l'air très fiers de leur gendre.

Elle grimace. Un vieux sursaut féministe lui fait ajouter :

– Apparemment, Ariane a fait de très bonnes études, elle aussi, mais tu sais comment ça se passe : c'est toujours la femme qui sacrifie sa carrière. Madeleine m'a même avoué qu'elle avait espéré voir sa fille revenir enceinte…

Ma mère s'installe au volant. Elle me regarde, un peu navrée. Et dans un geste de tendresse peu habituel, elle pose sa main sur mon bras.

– Tu es toujours amoureux d'elle, alors ?

– Non, dis-je. Pas du tout.

– Ah bon ? Tu en es sûr ?

Je me mure dans un silence douloureux jusqu'à notre retour aux Chaumes. Pendant que nous débarrassons le coffre, je demande :

– Et Madeleine et Pierre ? Ils ont pris des nouvelles de moi ?

– Ils n'ont pas eu le temps ! Au moment où j'allais parler de toi, leur gendre est arrivé en klaxonnant comme si c'était jour de kermesse.

Ce qu'elle me décrit ensuite ne m'étonne pas de Terence : son Land Rover rutilant, sa mine bronzée, son air décontracté, sa façon de s'imposer partout, comme s'il était seul monde.

– Il leur avait réservé une table dans un restaurant gastronomique du côté de Saulieu. Du coup, ils sont montés avec lui et ils m'ont plantée là, conclut ma mère.

Soulagé, je me dis que c'est mieux, beaucoup mieux comme ça. Chacun sa route, chacun sa vie. Et la mienne le plus loin possible de celle de Terence.

Quant à cette Ariane filiforme aperçue au marché, elle n'est plus celle que j'ai aimée. Celle que j'ai aimée avait des joues rondes et rouges ; elle a manifestement disparu dans l'ombre de son mari.

CHAPITRE 74

Ensuite, Saule, je m'efforce de ne plus penser à tout ça.

En cette fin des années quatre-vingt-dix,
pendant que d'autres guerres, d'autres coups d'État, d'autres séismes secouent le globe, pendant que les enfants du monde occidental jouent avec frénésie à Super Mario sur des petites consoles de jeux vidéo japonaises,
pendant que les utilisateurs d'un réseau informatique encore confidentiel appelé World Wide Web créent les premiers sites et les premiers moteurs de recherches,
pendant qu'en France, à l'approbation quasi générale, le service militaire obligatoire est suspendu par le nouveau président Jacques Chirac,
pendant que onze pays européens se préparent à abandonner leur monnaie nationale et à adopter une monnaie commune qu'on appellera « euro », je termine mes études par correspondance et j'obtiens mes diplômes.

ATTAC
Remettre
l'OMC
à sa place
PRIEZ POUR NOUS
ERIKA
NON
AMOUR POUR TOUS
NON
NON
OASIS
BLUR
RIP

Trois autres années plus tard

1999

Chapitre 75

Argenteuil

J'ouvre ma boîte aux lettres, je récupère le petit tas de courrier, le glisse dans ma sacoche, et comme je suis en retard, sans même y jeter un œil, je file vers le parking de la résidence.

J'y ai garé la petite Renault 5 achetée d'occasion avec mes premiers salaires. Petit salaire de prof, petite voiture de prof, petit appartement de prof, j'ai tous les accessoires de la fonction. Sauf le look. Ça non, impossible de renoncer à mes T-shirts informes, à mon blouson de cuir élimé plein de badges, à mes Creepers fatiguées. En début d'année, quand la principale du collège Gabriel-Péri a voulu me convaincre de retirer au moins mes boucles d'oreilles, j'ai négocié de les garder contre une coupe de cheveux plus discrète. Elle a soupiré, et elle a dit oui.

Je suis arrivé le lendemain avec le crâne rasé.

– Monsieur Balaguère ? Quand vous aurez un moment, vous passerez dans mon bureau ?

C'est ce que j'ai fait à seize heures trente, une fois le troupeau des 4e B évacué.

– Vous trouvez ça malin ? m'a demandé la principale.

– Les 4e B ont adoré, ai-je répondu. Ils m'ont demandé si j'avais le cancer.

– Très amusant.

– Ils sont pleins d'humour.

– Leurs parents n'en ont sans doute pas autant, Monsieur Balaguère. Si vous étiez enseignant en sport ou en musique, votre accoutrement passerait. Mais en tant que prof de français ?

– Je ne vois pas la différence.

– Ne jouez pas les innocents. Lorsqu'on enseigne une matière comme la vôtre, les enjeux sont importants. Les parents ont besoin d'être rassurés.

– Vous ne me trouvez pas rassurant ?

– Non.

Depuis, elle me surveille et elle surveille mes classes, je le sais. Mais je m'en fous. Je continue de faire découvrir à mes élèves Maupassant ou Camus, tandis qu'ils me passent leurs CD de NTM, de Ministère A.M.E.R et de Jay-Z.

Ce matin-là, justement, je dois rendre à mes 3e, en même temps que leurs moyennes du premier trimestre, plusieurs albums qu'ils m'ont prêtés.

Ils sont tous installés dans la salle de classe, bruyants et agités comme d'habitude, quand je sors les disques de ma sacoche. Venant avec, une des enveloppes récupérées dans la boîte aux lettres tombe à ce moment-là sur mon bureau. Et je ne sais pas pourquoi, au lieu de la ranger, j'ai la curiosité de la retourner.

Mon cœur fait une brutale embardée. Au dos, le nom et l'adresse de l'expéditrice : *Sidonie Fournier, 29, rue Claude-Bernard, Paris V^{e}.*

– Eh, m'sieur ! Vous m'avez mis la moyenne, j'espère !

– M'sieur, vous l'avez écouté, *Laisse pas traîner ton fils* ? Vous trouvez pas que c'est vachement bien écrit ?

– Moi je préfère *Ma Benz*. Surtout le clip, là, avec les meufs trop belles !

– Vous les avez corrigés, nos contrôles ?

Je laisse le brouhaha monter et je décachette l'enveloppe. La lettre de Sidonie commence comme ainsi :

Cher Olivier, j'ai trouvé le numéro de ta mère, aux Chaumes et je l'ai appelée. C'est elle qui m'a donné ton adresse…

– Eh m'sieur, vous avez une admiratrice ou quoi ?

– C'est vrai, ça, m'sieur, vous avez pas d'alliance, ça veut dire que vous êtes pas marié ?

– Vous avez une copine ?

– Mais arrêtez, c'est sa vie privée, vous avez pas de savoir-vivre ou quoi ?

Tandis que le débat s'installe entre les élèves pour savoir si je suis maqué ou si je ne serais pas pédé par hasard, je survole les lignes suivantes.

« Je sais, il y a dix ans qu'on ne s'est pas revus, et la dernière fois n'a pas dû te laisser un bon souvenir. Tu dois te demander pourquoi je brise soudain le silence, mais j'ai besoin de te voir, Olivier. C'est très important. Appelle-moi chez moi ou sur mon téléphone mobile… »

Un pressentiment de catastrophe me saisit. Je crée la stupeur en frappant soudain du poing sur le bureau.

– Eh ! Oh ! On ne s'entend même plus lire, ici !

Je dévisage les vingt-huit élèves de la 3e F qui se sont subitement tus.

J'annonce :

– Interro surprise.

Et face à ma détermination, ils ne protestent qu'à bas bruit avant de sortir leurs copies doubles.

J'invente un sujet, n'importe quoi qui les fasse écrire, puis je confie la surveillance de la classe au plus rebelle du groupe, je leur dis que je m'absente cinq minutes, je prends la lettre et je sors.

Une fois au bout du couloir, je pousse la porte pare-feu et me retrouve à l'air libre, sur un escalier de service. Il fait gris sur la banlieue parisienne, mais pas si froid pour une fin de mois de novembre. J'allume une clope, je sors de ma poche le petit Nokia que Cécile (ma copine de l'époque) m'a offert pour mon anniversaire et je compose le numéro de Sidonie.

Quelques jours après

Chapitre 76

Sidonie franchit la porte du café et survole la salle sans me voir. Moi, j'ai reconnu immédiatement sa silhouette énergique et ses yeux très clairs derrière la paire de lunettes qu'elle ne portait pas il y a dix ans. Je lui fais un signe de la main. La surprise lui arrache un grand sourire.

– Mince alors, je cherchais un punk ! Qu'est-ce que tu as fait de ta crête peroxydée ? me dit-elle en retirant son manteau.

Je caresse mon crâne lisse.

– Tu n'aimes pas ?

– Si, dit-elle. Tu ressembles moins à Sid Vicious, mais tu as toujours l'air d'un mauvais garçon.

– C'est exactement ce que me reproche la principale de mon collège.

Toujours amusée, Sidonie prend place sur la chaise face à moi.

– Ta *principale* ? répète-t-elle. Ça alors… T'es devenu prof ?

– J'ai longtemps hésité à remplir le Zénith, dis-je, et tu vois, finalement…

– Dommage. J'aurais bien voulu écouter K-FArnaüm en concert.

J'ouvre de grands yeux.

– Tu te souviens du nom de mon groupe ?

Sidonie rougit un peu.

– Je dois te faire un aveu, Olivier. Il y a dix ans, après t'avoir revu, je n'ai pas pu garder le secret. J'ai tout raconté à Ariane.

Elle était tellement contente de savoir que tu allais bien ! Pendant quelque temps, on a guetté les éventuels concerts de K-FArnaüm.

– Ah ? dis-je, profondément troublé. Et... vous êtes venues ?

Elle s'empresse de secouer la tête et je préfère ça. De toute façon, à l'époque, il fallait être sacrément motivé pour dénicher les salles où des groupes comme le nôtre se produisaient !

Sidonie enchaîne :

– Prof de quoi, alors ? Musique ?

– Non. Français.

– Et c'est bien ?

Je hausse les épaules.

– Ça rassure ma mère et mon banquier. J'ai décidé de me mettre à l'abri. Qu'est-ce que tu veux boire ?

Sidonie souffle sur ses mains, commande un thé, allume une cigarette et m'en propose une. Au téléphone, l'autre jour, nous ne nous sommes presque rien dit, mais j'ai senti sa gravité. À présent qu'elle est là, et même si elle donne le change, je vois les ravages de la fatigue sur son visage. Je la trouve belle, un peu impressionnante.

– Et toi ? dis-je pour gagner du temps sur les mauvaises nouvelles. Qu'est-ce que tu fais ?

– Comme boulot, tu veux dire ?

– Par exemple, oui.

– J'ai toujours rêvé d'être comédienne, tu le savais ?

– Ah bon ? Tu es comédienne, alors ?

– Presque, sourit Sidonie en levant les yeux au ciel. Avocate.

Je laisse échapper un sifflement épaté.

– Bah. Comme papa, dit-elle. Classique, hein ? Cela dit, je joue quand même dans une troupe d'amateurs. Mais bon... ce n'est pas de moi que je veux te parler, Olivier. C'est d'Ariane.

Sa gorge s'est nouée, ses yeux s'embuent. Je ressens comme une piqûre, un dard qui s'enfonce loin dans ma poitrine.

– Ariane a eu un bébé, m'annonce-t-elle sans précaution. Il y a six mois. Une petite fille.

Bon. C'est dans la logique des choses, j'encaisse. Mais ce qu'elle me dit ensuite me fait l'effet d'un seau d'eau froide sur le crâne.

– Tu sais comment elle l'a appelée ?

Je dis non, bien entendu.

– Olivia, lâche Sidonie. En souvenir de toi.

– Pardon ?

– C'est ce qu'elle m'a dit, le lendemain de son accouchement, à la clinique. Terence n'était pas là. Elle avait pleuré toute la matinée. Quand je suis arrivée, elle s'est jetée dans mes bras et elle a tout lâché.

Autour de nous, le décor devient brumeux. Les clients du café, les serveurs, le comptoir, le bruit répété du percolateur et les hauts murs du Jardin des Plantes derrière la vitre n'existent plus.

Je demande :

– Comment ça, *tout* ?

– Tout, répète Sidonie. Tout ce qu'elle cachait, tout ce qu'elle gardait pour elle depuis des années. Son chagrin de t'avoir perdu. Le sentiment de vivre une vie qui n'est pas la sienne. Et surtout, comme je le craignais, la pression constante de Terence sur elle. D'abord pour qu'elle l'épouse, ensuite pour qu'elle parte avec lui à Djibouti alors qu'elle n'en avait aucune envie, puis pour qu'elle ne cherche pas à travailler, pour qu'elle lui fasse des enfants. Bref, pour qu'elle corresponde à ses désirs à lui, point barre.

Sido rallume une cigarette au mégot de la première. Elle jette un coup d'œil à la pendule accrochée au-dessus du bar. Il est presque midi. Elle repousse la théière.

– En vérité, j'ai envie d'un verre de vin, dit-elle. Pas toi ?

– Bonne idée, dis-je, assez secoué.

Tandis que nous buvons lentement le pichet de côtes-du-rhône, elle continue :

– Quand Ariane a dit à Terence qu'elle voulait prénommer leur fille Olivia, ils se sont violemment disputés. Terence n'était pas d'accord, tu imagines bien. Mais pour une fois, Ariane a tenu bon.

Elle me regarde avec cette franchise qui m'a toujours bouleversé.

– Je préfère être clair, Olivier. Je ne pense pas qu'Ariane ait encore des sentiments pour toi. C'est si vieux, tout ça. Mais ce que j'ai compris, c'est qu'elle a eu besoin d'invoquer ton souvenir pour trouver la force de s'opposer à Terence. Comme si tu restais son allié dans cette guerre qu'elle mène, tu comprends ?

Je secoue la tête, toujours plus abasourdi et atterré.

– Une guerre ? Mais je pensais qu'elle avait choisi Terence en connaissance de cause !

Sidonie rit jaune.

– Allons, Olivier. Tu le sais mieux que quiconque : c'est Terence qui choisit les gens, pas le contraire ! Il désigne les uns et les autres, il distribue les rôles. C'est lui le metteur en scène. Et dans la pièce de théâtre qu'il dirige, chacun doit respecter son texte. Mais ce jour-là, Ariane a improvisé. Pour la première fois, elle a réussi à imposer son choix.

Mon corps s'alourdit sur la chaise du bistrot.

– Laisse-moi deviner, dis-je. Il lui a fait payer son acte de rébellion, c'est ça ?

Le menton de Sidonie se crispe.

– Depuis la naissance d'Olivia, au prétexte qu'Ariane a besoin de créer un « lien privilégié » avec son bébé, Terence l'enferme. Il contrôle tout, c'est à peine si mes parents peuvent approcher leur petite-fille. Finalement, le mois dernier, Ariane a dû être hospitalisée. Pour dépression.

Elle lève vers moi des yeux implorants :

– C'est pour ça que je t'ai recontacté, Olivier. Si tu pouvais aller la voir dans la clinique où elle est, ta visite lui donnerait du courage, j'en suis certaine ! J'ai tellement peur qu'elle…

Effaré, je recule contre le dossier de la chaise, et je secoue la tête.

– Non, Sido. Ne me demande pas ça. Je suis désolé pour Ariane, pour toi, pour cette petite fille… Mais je suis sorti de vos vies depuis longtemps, maintenant. C'est hors de question.

Je quitte ma place en catastrophe, craignant de changer d'avis.

– Je donne un cours dans une heure, dis-je. Le temps d'arriver à Argenteuil, il faut que je file.

– Elle a besoin de toi, Olivier. Il faut qu'on la sauve !

Déjà, j'enfile mon blouson.

– Depuis que mon père est mort sous mes yeux, je sais que je ne peux sauver personne, Sido. Tout juste moi-même. Et encore.

Des jours, des semaines passent.
Je me rejoue la scène du café avec Sidonie, en boucle.
J'imagine Ariane dans sa clinique, shootée aux médicaments, et je suis tétanisé.

Arrive la fin de l'année.
Nous changeons de siècle, de millénaire, et tout le monde a peur du grand bug informatique qui mettrait la pagaille dans les transactions bancaires, risquerait de déclencher des tirs automatiques de missiles ou de faire exploser des centrales nucléaires.
Certains de mes élèves me parlent très sérieusement de la fin du monde.
Je m'efforce de les raisonner. Je leur dis qu'ils ont la vie devant eux et tout à construire, même si du haut de mes trente ans, je ne crois déjà plus en grand-chose, et surtout pas aux fadaises que Simone et ma mère débitaient, un peu soûles, en 1981.
« En l'an 2000, plus personne n'aura faim, plus personne ne sera malade, nous aurons des voitures volantes et la paix régnera sur la Terre. »

Le soir du passage au millénaire suivant, j'appelle ma mère aux Chaumes. Elle se contrefout du bug, elle n'a pas d'ordinateur.
Ce qui la tracasse, c'est Yvon.

Elle m'annonce qu'elle ne le supporte plus. Qu'il la trompe sans vergogne avec une veuve du village chez qui il est d'ailleurs parti réveillonner en la laissant toute seule. Mais elle craint sa réaction si elle tente de le mettre à la porte. Il serait capable de partir avec. Il est tellement impulsif.
« Qu'est-ce qui est le plus difficile ? me demande-t-elle encore. Souffrir en restant avec quelqu'un ou souffrir de solitude ? »
Je lui rappelle qu'elle s'est déjà retrouvée seule quand Aloès nous a quittés, et qu'elle était bien plus joyeuse, finalement. Elle soupire :
« J'étais encore jeune, Olivier. Et tu étais avec moi. Et Simone aussi. C'est la désolation, ici. Même Francine a quitté le coin à présent. »
Touché par son désarroi, je lui promets de revenir la voir très vite. Aux prochaines vacances, oui, sans faute.
Bonne année, maman.
Bonne année, Olivier.
Quand je raccroche, il est presque minuit et j'ai un vague à l'âme de tous les diables.
Je quitte le balcon où je m'étais réfugié pour téléphoner et je retourne à la fête. Je regarde danser des gens. Des gens que je ne connais pas dans un appartement que je ne connais pas. Et Cécile qui rit à gorge déployée, vautrée avec des copines à elle sur un canapé.
De toute la soirée, elle n'a pas fait attention à moi, ni moi à elle. Nous sommes ensemble depuis plus d'un an, mais nous ne savons pas pourquoi.
Je reviens sur le balcon.
L'alcool aidant, je ne sais pas ce qui me prend, j'appelle Sidonie. Elle décroche aussitôt.
Elle me demande où je suis.
« Quelque part en banlieue, dis-je. Je m'ennuie. Et toi ? »
Apparemment, elle s'ennuie aussi dans une fête parisienne.

Je lui demande comment va Ariane.
Mieux, me dit-elle.
Elle a quitté la clinique. Pierre et Madeleine l'ont emmenée avec la petite Olivia passer quelques semaines au soleil, l'étau se desserre.
Nous soupirons l'un et l'autre dans nos téléphones.
Après une courte hésitation, je lance :
« Ça te dirait de te réveiller à la campagne, demain midi ? »
J'entends qu'elle sourit.
« Tu veux dire là-bas ? Chez nous ? Dans le Morvan ? »
Je lui parle de ma petite R5 de prof qui pourrait avaler les trois cents kilomètres en quatre heures, et des vieilles cassettes qu'on pourrait écouter sur le trajet.
Elle évoque avec envie les chemins boueux, les sapins, les champs, l'air vif qui fait pleurer les yeux.
Elle me demande si notre arrivée ne dérangerait pas ma mère.
Je dis au contraire.
Elle sourit de plus belle.
Avant de raccrocher, elle me demande : « Tu crois qu'il y aura de la neige ? »

1er janvier 2000

Chapitre 77

Les Chaumes

Un rayon de lumière à travers les volets me tire du sommeil. Enfouie sous l'édredon, Sidonie remue un peu à côté de moi. On entend sonner les cloches du village, au loin ; deux coups.

Alors voilà. Il est quatorze heures, le premier jour du nouveau millénaire et je viens de dormir pour la première fois avec Sidonie Fournier, avocate au barreau de Paris. Fini les parties de Cluedo, me dis-je en respirant son odeur de tabac et d'eau de toilette.

Celle du feu de bois flotte dans la maison, et en tendant l'oreille, je devine que ma mère s'active dans la cuisine. Elle a dû trouver mon petit mot sur la table en se levant, soulever le rideau et constater la présence de ma R5 garée dans la cour de la ferme. Je souris. C'est peut-être une connerie d'avoir planté Cécile au beau milieu de la fête, c'est peut-être une connerie d'avoir couché avec la petite sœur de mon premier amour, c'est peut-être une connerie d'avoir débarqué chez ma mère sans prévenir, mais décidément, j'adore faire des conneries dans la vie.

– Joli papier peint, murmure Sido à côté de moi.

Les yeux brillants, elle observe à la lumière du jour le décor autour d'elle.

– Tu trouves ? dis-je.

– Oui. D'un marron comme on n'en fait plus. Et les Zorro à la queue leu leu… très mignon.

– Avant, il y avait des fleurs. C'était la chambre de ma grande sœur.

Sidonie se redresse sur un coude. Elle me dévisage. Concentrée et merveilleusement belle. Je lui promets de lui raconter l'histoire de Véronique, mais pas maintenant.

– J'ai une faim de loup, pas toi ?

– Si.

– Ça sent le lapin, non ?

Elle renifle.

– La pintade, plutôt.

– Aux marrons ?

– Mmm. Non, aux champignons.

– Avec des patates sautées, ce serait divin.

Sidonie m'embrasse chastement la joue. Avant de sauter du lit, elle me dit :

– Ce n'est pas vrai que tu ne sauves personne, Olivier. La preuve, tu m'as sauvée de la déprime, hier soir.

Je rectifie :

– On s'est sauvés ensemble.

Quand nous débarquons dans la cuisine, ma mère est encore en robe de chambre. Un verre de vin blanc devant elle, elle écoute la radio en épluchant des pommes. Son visage soucieux s'éclaire en nous voyant.

– Quelle bonne surprise, nous dit-elle. Quand j'ai vu ton mot, j'ai décongelé une pintade.

– J'ai gagné ! fanfaronne Sidonie.

– Tu dois être Cécile ? lui dit ma mère.

Sidonie pouffe dans sa main, et me laisse expliquer ce qu'elle sait déjà, puisque nous nous sommes tout raconté dans la voiture durant la nuit.

– J'ai quitté Cécile, dis-je.

Sans autre commentaire, j'enchaîne :

– Tu ne reconnais pas Sidonie ? Sidonie Fournier.

– Ça alors ! s'exclame ma mère. La toute petite Sido ? La sœur d'Ariane ?

– Oui, sourit Sido.

– Oh, dit ma mère. Sois la bienvenue Sidonie. Ça me fait plaisir d'avoir de la compagnie aujourd'hui, vous ne pouvez pas savoir. Merci d'être là.

C'est peut-être la fatigue, c'est peut-être d'être ici avec Sido dans ce jour tout neuf, à l'orée d'une époque inconnue, mais la fragilité de ma mère tout à coup m'étreint. Je réalise qu'elle aura bientôt soixante ans, qu'elle a traversé des drames sans jamais flancher, et que je ne l'ai plus serrée dans mes bras depuis l'enfance.

Maladroitement, je viens derrière elle et je pose ma main sur son épaule. Face à nous, Sidonie demeure silencieuse et attentive.

– Quand j'ai su que vous étiez là, nous explique encore Christiane d'une voix chevrotante, j'ai envoyé un texto à Yvon. Je lui ai ordonné de ne pas revenir aujourd'hui. Et même avant plusieurs jours.

– Tu as bien fait, maman.

– Ça m'a drôlement coûté, tu sais.

– Mais il l'a bien cherché, non ? Et dis donc… j'ignorais que tu savais écrire des textos !

Ma mère rit par-dessus ses larmes.

– C'est le premier que j'envoie de toute ma vie ! Yvon doit se mordre les doigts de m'avoir offert un mobile !

Sidonie s'empare de la bouteille de vin blanc et nous sert deux autres verres.

– Alors… à la nouvelle Christiane ! Et au nouveau siècle ! dit-elle, rayonnante, en guise de toast.

Puis nous trinquons tous les trois, dans le fumet délicieux de la pintade qui se mêle bientôt à celui de la tarte aux pommes.

Sidonie et moi restons aux Chaumes pendant les trois jours suivants.

Il neige sur les sommets du Morvan.

Le cœur au chaud, nous marchons dans le froid qui fait pleurer les yeux.

Quelque temps après, Christiane parvient à faire déguerpir Yvon des Chaumes. Il n'embarque aucune porte, juste ses affaires.
« Bon débarras », dit-elle.

Quand je retourne la voir aux vacances de février avec Sidonie, elle nous présente son nouveau compagnon : une femelle épagneule de quatre ans qu'elle est allée adopter dans un chenil.
« Tous les matins, elle me fait la fête au réveil. Aucun homme ne m'a jamais dit bonjour comme ça ! »
Ma mère profite de ma venue pour me demander d'effectuer quelques réparations dans la maison : un robinet qui fuit, une porte qui ne ferme plus, une marche de l'escalier à consolider, un placard mural à poser dans la cuisine.
Dans l'élan, Sidonie retrousse ses manches à son tour et me propose de repeindre la chambre où nous dormons.
« Ce papier marron me fiche le bourdon », grimace-t-elle.
Il y a longtemps que la boutique du marchand de tissus de Sainte-Saverne a fermé. Nous allons ensemble à Nevers choisir les pots de peinture.
Le dernier soir de nos vacances, nous faisons l'amour dans un décor jaune pétant et les effluves de la peinture acrylique.
« C'est quand même plus gai comme ça, non ? » sourit Sidonie.
Au plafond, elle a dessiné un soleil.

Oui, cette période-là, est lumineuse, Saule, et elle reste dans ma mémoire comme la plus heureuse de ma vie.
Depuis ma rupture avec Cécile, je vis tout seul dans mon petit appartement de banlieue. Sidonie vient m'y rejoindre souvent et nous nous fabriquons une bulle dans laquelle personne n'entre.
Car il est hors de question, bien sûr, que le clan Fournier apprenne que nous sommes ensemble.
« On ne fait rien de mal, soupire parfois Sido. On ne devrait pas se sentir coupables. »
Elle a raison. Pourtant, ni elle ni moi n'imaginons nous pointer chez ses parents bras dessus, bras dessous, à une fête d'anniversaire ou au déjeuner de Pâques !
Ce secret est la seule ombre au tableau.
Le reste, tout le reste, me paraît délicieux : regarder un film avec elle, préparer un repas, prendre un bain, chanter et faire l'amour avec elle, lire à côté d'elle, lui faire répéter ses scènes pour son spectacle de fin d'année ou ses plaidoiries, lui montrer la copie d'un de mes élèves ou l'écouter me raconter les dossiers de ses clients. Autant de vies ordinaires qui basculent, du jour au lendemain, dans la rubrique des faits divers. Il y aurait de quoi en faire des romans.
« Tu pourrais essayer », me suggère Sido.
Je secoue la tête.
L'écrivain, c'était mon père.

Les mois passent.
Selon Sidonie, la santé d'Ariane continue de s'améliorer. Sous antidépresseurs, elle parvient à s'occuper de son bébé, elle reprend un peu de poids, et Terence lui fiche apparemment la paix.
Pendant cette année 2000, même les événements du monde semblent jouer leur musique tragique en sourdine.
Une fois la crainte du bug passée, les affaires reprennent à plein régime. Les places financières enregistrent des records, notamment dans le secteur naissant de l'Internet.

On entend peut-être vaguement parler, après un attentat suicide contre un navire américain au Yémen, d'un groupe terroriste nébuleux appelé Al-Qaida, mais on n'y prête pas attention.
Pas plus qu'à la Chine, qui se lance dans des réformes pour ouvrir son économie au reste du monde et devenir une grande puissance.
Pas plus qu'à la Russie, où Boris Eltsine laisse la place à son Premier ministre, Vladimir Poutine.

En Europe, on envisage d'intégrer bientôt à l'Union plusieurs ex-pays de l'Est comme la Pologne, les pays Baltes, la Hongrie, la République tchèque. Et plus l'Union s'élargit, plus l'espoir d'une paix durable sur le continent devient plausible.

En France, le chômage baisse enfin, les malades du sida placés sous trithérapie regagnent de l'espérance de vie. Et, malgré l'opposition farouche d'une partie conservatrice de la population, deux personnes du même sexe peuvent désormais s'unir légalement.
Parmi les anciens amis de mon père, certains rescapés m'invitent à leur fête de PACS.
J'y emmène Sidonie.

25 août 2001

Chapitre 78

En garant la R5 devant la mairie de Montreuil ce samedi-là, je me sens plus ému que je ne l'aurais cru.

– Tu penses à ton père ?

Je hoche la tête. Sido serre ma main.

– Moi aussi, je pense à mon père, dit-elle. S'il me voyait ici…

– Tu crois vraiment qu'il en ferait une jaunisse ?

– La seule manif à laquelle il a participé de toute sa vie, ça a été contre le PACS en 99, alors imagine. Quand j'ai vu les images du Trocadéro à la télé, avec ces gens qui criaient « Les pédés, au bûcher ! », ça m'a carrément dégoûtée. Depuis, c'est LE sujet tabou chez nous.

Je pousse un soupir. Je connaissais les convictions catholiques de Pierre, et depuis l'époque où je regardais *7 sur 7* avec lui, je me doutais qu'il était plutôt à droite, mais je ne pensais pas qu'il était si intolérant.

– Autrefois, il ne l'était pas autant, dit Sido. Mais en vieillissant, je ne sais pas pourquoi, il devient de plus en plus con.

Elle réussit à me faire rire et nous quittons la voiture. Il fait orageux, une de ces chaleurs moites de fin de vacances, avec les marronniers qui perdent déjà leurs feuilles. Dans quelques jours, ce sera ma prérentrée au collège Gabriel-Péri, et je n'ai pas vraiment hâte de retrouver l'ambiance de la salle des profs.

Un petit attroupement nous attend au pied des marches, au milieu duquel je reconnais Cyril dans un costume trois pièces, ce qui change de son look habituel de motard. À son bras, un homme grisonnant vêtu, lui aussi, d'un costume chic – son compagnon sans doute. Et autour d'eux, la petite ruche des anciens de Fréquence Pink que je n'ai pas revus depuis des lustres.

– Olivier ! m'interpelle joyeusement Cyril.

Des visages familiers se tournent.

– Mon loulou ! s'écrie Lydie en m'ouvrant ses bras musclés.

S'ensuivent de fougueuses embrassades, des rires, des exclamations au sujet de mon crâne rasé, de mon allure d'homme, des reproches sur mon silence, et les noms de Carl et de mon père qui jaillissent soudain au milieu de cette explosion d'amitié, ce qui me donne un peu plus envie de pleurer.

– Eh bien, tu ne nous présentes pas ton amie ? me secoue Cyril.

– Présente-nous d'abord le futur pacsé, dis-je.

L'homme grisonnant s'approche, il s'appelle Gilles, il nous fait la bise, et Sidonie est aussitôt adoptée en retour.

Quand nous entrons dans la mairie, elle se penche vers moi.

– Ils sont super, tes rescapés.

– Oui, ils n'ont pas changé. Avec eux, tout semble facile même si ça ne l'est pas.

En avocate avisée, Sidonie mesure avec moi le chemin parcouru par celles et ceux qui se battent depuis tant d'années pour que la société les laisse vivre en paix. Lorsque Cyril et Gilles, solennels, signent les papiers devant l'officier d'état civil, je lève les yeux vers le plafond comme si j'espérais y voir mon père. Mais le plafond reste vide, bien sûr.

C'est en sortant, alors que tout le monde s'embrasse de nouveau sur le parvis de la mairie en répétant qu'il serait temps d'aller chanter, danser et boire un coup, que Sidonie entend sonner son téléphone.

Je la vois froncer les sourcils en lisant le nom qui s'affiche.

Je la suis des yeux tandis qu'elle s'écarte du groupe. Je la vois se figer brutalement, de dos. Puis, je vois son dos se voûter sous un poids invisible. Je la vois chercher un appui, à tâtons, jusqu'à ce que sa main rencontre le tronc d'un marronnier. Je me précipite vers elle au moment où elle s'affaisse sur le sol, au pied de l'arbre, le visage contracté par une douleur que je ne comprends pas.

Elle lâche le téléphone. Je suis à genoux près d'elle. Je dis son prénom plusieurs fois.

Elle s'agrippe à moi de toutes ses forces. Elle me regarde, épouvantée. Elle me dit :

– Olivier. C'est Ariane.

Mon cœur bat à tout rompre.

Je dis :

– Quoi ? Quoi, Ariane ?

La bouche de Sidonie s'ouvre. Il en sort un filet d'air.

– Elle a sauté du cinquième étage. Elle s'est tuée, Olivier.

CHAPITRE 78

Voilà. Une mort de plus dans mon histoire.
Et dans la tienne, Saule.
Les nuits sont blanches, les jours sont noirs.
Sidonie ne vient plus chez moi, elle reste chez ses parents, avec eux et avec la petite fille de dix-huit mois qui va devoir désormais grandir sans sa maman.

Quand elle me téléphone, elle prononce des mots qui figurent d'habitude dans les dossiers de ses clients, mais qui, cette fois, concernent sa sœur.
Enquête de police. Perquisition. Autopsie. Médecine légale. Elle a sorti l'artillerie lourde, persuadée que Terence a poussé sa sœur au désespoir, jusqu'au suicide.
Elle dit: « Il prend chez les autres ce qu'il n'a pas.
Et il a pris à Ariane toute sa joie de vivre. »

À force d'insistance, elle obtient le droit de récupérer dans l'appartement une partie des affaires personnelles d'Ariane.
Ce qu'elle espère y découvrir? Une lettre, une note dans un journal intime, n'importe quoi qui pourrait compromettre Terence.
Mais rien. Aucune preuve ne vient valider sa thèse.
En revanche, c'est en fouillant au milieu d'un tas de vieux papiers, qu'elle tombe sur quelque chose qui me concerne.
« T'es assis? » me demande-t-elle au téléphone.

7 septembre 2001

Chapitre 79

Je trouve un coin dans la salle des profs, à l'écart du bruit. Je lui dis ça y est, je t'écoute, et j'attends qu'elle m'explique ce qu'elle a trouvé.

– Des flyers de plusieurs concerts de K-FArnaüm. Bien conservés au milieu d'un cahier, avec des bracelets et des tickets d'entrée tamponnés... Ariane ne me l'a jamais dit, Olivier. Mais elle est venue vous voir jouer !

J'en reste sans voix tandis que Sido énumère :

– Au Ministry et à l'Hôpital Éphémère en 90, puis à la MJC de Crépy-en Valois en 91 et à La CLEF, à Saint-Germain-en-Laye. Ça te rappelle des souvenirs ?

Tu penses si ça me rappelle des souvenirs ! Comment oublier ces soirées délirantes et anarchiques, durant lesquelles trois ou quatre groupes se partageaient la scène devant un public totalement allumé ?

L'émotion me cloue sur ma chaise. J'ai si souvent eu l'impression de voir Ariane, un peu partout, durant ces années-là ! J'ai si souvent cru devenir dingue ! Mais alors... Est-il possible qu'elle soit venue traîner jusque devant notre local de répétition ? Est-il possible qu'elle ait parlé avec Marceau, à qui je n'ai jamais osé poser la question ?

Je demande à Sidonie si elle a déjà entendu le nom d'un certain Marceau.

– Marceau, répète-t-elle. Marceau De Mirville ?

– C'est ça ! dis-je, estomaqué. Tu le connais ?

– Je l'ai vu quelquefois, oui. C'était un copain d'Ariane au lycée, pourquoi ?

Sous l'effet de la sidération, j'ai du mal à remettre les pièces du puzzle à leur place. J'explique à Sidonie le rôle qu'a joué Marceau pour K-FArnaüm.

Je l'entends réfléchir à l'autre bout du fil tandis que je réfléchis moi-même à voix haute.

– Tu crois vraiment qu'elle aurait pu faire tout ça ? Venir à nos concerts, téléguider son copain de lycée pour qu'il nous pistonne auprès de son oncle à HellProd ?

Aussi perdue que moi, Sidonie bredouille que oui, peut-être, va savoir.

– Mais pourquoi en douce ? C'est tordu, non ?

– Avec Terence toujours sur son dos, Ariane devenait tordue, elle aussi, soupire Sido. Je te l'ai dit, je ne la reconnaissais plus.

La sonnerie du bahut retentit à ce moment-là. J'ai cours, il va falloir que je raccroche. Sido me demande si je peux entrer en contact avec Marceau, je lui promets d'essayer, et nous terminons la conversation.

En fin d'après-midi, une fois mes ouailles dispersées, je me rends au CDI où un ordinateur est mis à disposition et j'entame mes recherches sur Internet. Aucune trace de HellProd, mais en entrant le nom de Marceau, je découvre qu'il dirige à présent une boîte d'événementiel : fêtes d'entreprise, séminaires, congrès, ce genre de choses. Il y a sa photo sur la page d'accueil de son site. Et un numéro que j'appelle aussitôt.

Quand je parviens enfin à l'avoir, Marceau se montre à la fois surpris et ravi.

– Olivier Balaguère ? Mince alors ! Qu'est-ce que tu deviens ?

Pas le temps de faire la causette, hélas. Je lui apprends l'essentiel : le brutal décès d'Ariane, le chagrin, les découvertes de Sido. Sous le choc, Marceau répète non, non, c'est pas vrai, c'est pas possible, jusqu'au moment où je l'interromps.

– J'ai besoin de savoir, Marceau. C'est elle qui t'a demandé de t'occuper du groupe autrefois ?

Le pauvre pousse un soupir à fendre l'âme avant de me raconter l'histoire.

– Ariane savait que j'avais un oncle dans le business de la musique et que j'avais envie de me lancer dans cette branche. Elle est venue me trouver un jour, avec une cassette de K-FArnaüm.

Selon Marceau, c'était un enregistrement pirate qu'Ariane avait fait avec un modeste magnéto, pendant l'un de nos premiers concerts.

– On n'entendait pas grand-chose, rigole-t-il, mais Ariane était tellement convaincante… J'ai fini par accepter de l'accompagner au concert suivant.

– À la MJC de Crépy-en-Valois, c'est ça ?

– Ouais, c'est ça. Tu parles d'une équipée. Bien sûr, vous débutiez, c'était un peu le bordel et je n'aurais pas eu l'idée de vous présenter à mon oncle si Ariane n'avait pas autant insisté. Mais vous aviez du talent, Olivier. Je sais que mon oncle était dur en affaires, mais c'est dommage que…

Aucune envie d'évoquer mon sabotage en règle, je bifurque.

– Pourquoi est-ce qu'elle a fait tout ça en secret ?

– C'était son obsession, Olivier. Elle avait peur des réactions de son mari. Elle disait qu'il était d'une jalousie maladive. D'ailleurs, ça n'a pas loupé. Un jour, il a découvert une cassette de K-FArnaüm qu'elle avait oubliée dans le lecteur de leur voiture et il est entré dans une colère dingue. Peu de temps après, elle m'a annoncé qu'elle partait en Afrique pour deux ans. C'était pas la joie. Mais elle était mariée, c'était comme ça.

– Tu veux dire… qu'il y a eu un lien entre cette pauvre cassette et son départ pour l'Afrique ?

Marceau soupire une fois de plus dans le combiné. Il dit :

– Clairement oui, son mari voulait l'éloigner de Paris. Et de toi en particulier.

Je réalise que la vie d'Ariane a été une longue descente aux enfers. Et je songe que Sido, lorsqu'elle saura ce que Marceau vient de me dire, va haïr son beau-frère encore plus, mais que ces éléments n'auront aucune valeur juridique. On ne condamne pas quelqu'un au motif qu'il a mis sa femme sous cloche jusqu'à l'asphyxie, même si pour s'en sortir, elle n'a pas trouvé d'autre moyen que de se jeter par la fenêtre.

– Avant de s'expatrier, ajoute Marceau, Ariane m'avait chargé de vous trouver une tournée d'été. Elle était heureuse de savoir que vous aviez des dates et je lui avais promis de jouer les anges gardiens en son absence, mais bon... Je n'ai pas été à la hauteur de la mission.

Un voile de tristesse s'abat sur moi, et je sens que c'est la même chose pour Marceau. Il me demande où et quand aura lieu l'enterrement ; il aimerait y être. Je lui promets de le rappeler dès que je le saurai.

Malheureusement, Marceau n'a pas pu venir dire adieu à Ariane. Le lendemain de tout ça, Sidonie m'annonce que Madeleine et Pierre ont pris la décision d'enterrer leur fille à Sainte-Saverne, en toute discrétion.
« Un suicide, tu comprends, ça fait mauvais genre dans la famille, m'explique-t-elle avec ironie. À Paris, il y aurait trop de monde, et mes parents ne veulent aucune publicité. »
Ils ont donc réclamé que la messe et l'inhumation aient lieu dans la plus stricte intimité.
« Ce sera après-demain, le 10 septembre », ajoute-t-elle.
Après un bref silence, elle explose :
« Mais moi, je m'en fous de leur honte et de leurs convenances ! J'ai besoin que tu viennes, Olivier. Tu as toute ta place dans le cercle intime de ma sœur ! Et tant mieux si ça emmerde Terence. »

Mon cœur bat à tout rompre.
Je réponds oui. Bien sûr. Pour Ariane. Pour toi.
Je serai là.

9 septembre 2001

Chapitre 80

Seul dans Paris, je marche en essayant de calmer mes angoisses. Il fait jour, il fait chaud, et je ne comprends pas qu'il puisse encore y avoir des gens heureux dans cette ville. Je voudrais que le monde cesse de tourner comme le cœur d'Ariane a cessé de battre.

Sidonie est déjà partie, avec ses parents, pour Sainte-Saverne. Moi, je prendrai la route demain, à l'aube.

De rue en rue, de pont en pont, mes pas me ramènent jusqu'au quartier que je connais le mieux après celui de Saint-Germain, le Belleville de l'époque où j'habitais chez Cyril.

Je m'arrête devant l'immeuble, me rappelant avec nostalgie les premières fois où j'ai croisé Ben dans l'escalier, avec sa basse sur le dos. J'en ai assez de perdre les gens que j'aime.

Depuis que nous avons appris la nouvelle l'autre jour devant la mairie, Cyril m'a dit « passe quand tu veux ». Alors me voilà.

J'appuie sur le bouton de l'interphone.

– C'est Olivier, dis-je. J'ai besoin d'un remontant.

– Je descends, me répond-il aussitôt.

C'est comme ça qu'on se retrouve tous les deux Chez Saïd.

– Rien n'a changé, dis-je en entrant dans le café.

– Oui, toujours les mêmes têtes, confirme Cyril. En plus vieilles.

– Et toujours le même décor, on dirait.

– Tu parles. C'est classé patrimoine de l'Unesco, ici !

Je lui raconte ce que j'ai fait, il y a douze ans: la lettre pour Ariane, que j'ai déchirée en morceaux avant d'enfouir l'enveloppe dans le repli d'une de ces banquettes scellées dans le carrelage.

– Tu as toujours été un grand romantique, Olive, sourit Cyril. Elle y est peut-être encore?

– Peut-être, dis-je en essayant de me rappeler où j'avais pu m'asseoir.

Cette banquette-là ? Celle-ci ?

– Ça devait celle du fond, là-bas.

Nous y prenons place, et en attendant que Saïd nous apporte nos bières, je glisse ma main entre le dossier et l'assise en skaï. Je fouille tout le long, sous l'œil intrigué de Cyril, enfonçant mes doigts dans des strates de crasse, de miettes et de choses renversées, jusqu'à sentir l'arête de papier.

Je tire dessus.

– Incroyable ! s'exclame Cyril.

Je contemple le rectangle chiffonné. Je l'ouvre. Les lambeaux de ma prose d'amoureux s'éparpillent sur la table au moment où Saïd pose nos verres sur les bocks.

– Vous faites quoi ? Un puzzle ?

– En quelque sorte.

– Vous voulez du ruban adhésif ?

« Ariane,

Tu te souviens de la première fois que nous nous sommes vus? C'était dans la cour de l'école primaire, à Sainte-Saverne. Nous portions des salopettes en velours côtelé et des cagoules en laine qui gratte. Je lisais des livres qui n'étaient pas de mon âge et tu me trouvais intéressant – ce qui n'a rien d'extraordinaire lorsqu'on ne dispose, à titre de comparaison, que de débiles notoires comme Antoine Pleutin et Vincent Grimont. Mais passons.

J'ignore ce qui m'a tant plu, aussitôt, chez toi. Peut-être cette confiance formidable en la vie que tu avais déjà, et dont je me sentais hélas dépourvu? Peut-être tes cheveux coupés court (il y avait une épidémie de poux, tu te souviens? Ta mère s'était résolue à contre-cœur à t'emmener chez le coiffeur) et ton regard concentré?

Je t'ai tout de suite aimée.

La dernière fois que je t'ai vue, c'était dans le sous-sol du local de Fréquence Pink, le jour du concert live des Hot Banana.

Ce jour-là, il y avait une foule de choses que j'ignorais. J'ignorais que tu voyais déjà Terence, qu'il t'avait invitée chez lui pour – soi-disant – te montrer sa guitare toute neuve, quel con. J'ignorais aussi le taux déjà trop bas de lymphocytes T4 dans le sang de mon père. J'ignorais que cette première émission, dont il était si fier, ne serait pas loin d'être aussi sa dernière.

Ensuite, tu nous as offert les cassettes de The Cure, nous sommes partis en Allemagne, et il y a eu Tchernobyl.

Depuis le 26 avril 1986, « Tchernobyl » désigne pour moi deux catastrophes intimement liées : celle que tout le monde connaît et qui se mesure en millisieverts, et celle dont je suis le seul à observer, au fil des années, les irrémédiables dommages. Car le 26 avril 1986, mon cœur a été dévasté par un poison aussi dangereux pour l'organisme humain que la radioactivité à haute dose : la jalousie.

Dans l'autocar qui nous ramenait de Hambourg vers Paris, la morsure était si pénible que j'ai imaginé plusieurs façons de tuer Terence.

Je te jure, je me voyais le pousser sous les roues des poids lourds que nous croisions. Ou du haut des ponts qui enjambent les auto-routes. Mais Terence était toujours là, dans mon champ de vision, avec sa morgue et son ambition dévorante, et j'ai vite compris que je n'avais qu'une solution pour échapper à la douleur : vous rayer, tous les deux, de ma vie.

Je sais que tu as cherché à me revoir.

Au début, j'ai écouté tes messages sur le répondeur, mais entendre ta voix est vite devenu insupportable. Une fois ou deux, je t'ai même aperçue rue de Verneuil, plantée sur le trottoir. Tu m'as peut-être deviné derrière les rideaux tirés ? Mais je ne pouvais pas, je ne pouvais plus. Et face à mon silence, comme tu es une personne raisonnable, tu as cessé de venir, puis de me téléphoner.

À présent, je réalise que ce n'est pas toi qui m'as laissé tomber. C'est moi qui t'ai abandonnée, Ariane. Alors s'il n'est pas trop tard, j'aimerais te demander pardon et te dire que je t'aime encore.

Et que je resterai pour toujours,

Ton Olivier. »

CHAPITRE 80

Ce soir-là, je pleure longtemps sur le passé et sur les bocks de Saïd.
Et Cyril a beau me serrer dans ses bras, ce chagrin est le chagrin de trop, il déborde et je me noie dedans.
Je pleure les silences et les secrets qui nous étouffent.
Je pleure les hommes à qui on a dit de ne pas pleurer et qui ont écouté ce conseil imbécile.
Je pleure les femmes de ces hommes-là.
Je pleure ma sœur morte sous le tracteur et les enfants qui naissent en essayant de réparer les cœurs brisés de leurs parents.
Je pleure mon père qui, toute sa vie, a eu honte d'être lui-même.
Je pleure l'amour qu'on gâche en permanence.
Je pleure Kurt Cobain et Ariane qui n'ont pas supporté la douleur de vivre.
Je pleure sur ce monde qui glorifie les dominateurs jusqu'à en faire des héros alors qu'à l'évidence ils nous entraînent toujours vers le pire.

10 septembre 2001

Chapitre 81

Seul dans ma voiture, je franchis sans les voir les péages et les stations d'autoroute, puis j'emprunte les départementales qui traversent les villages, sans un regard pour les châteaux, pour les champs ni les vaches.

Ce matin, tôt, Sidonie m'a envoyé un texto. Elle n'a averti personne de mon arrivée. « Pas eu le courage, désolée. »

Quinze ans que je n'ai pas revu Terence. Pareil pour Madeleine et Pierre. Ils auront vieilli et ils me trouveront vieilli, et je suppose qu'ils n'auront aucune envie de me voir, mais ce n'est pas important. L'important, c'est Ariane. L'important, c'est cette lettre qu'elle n'a jamais reçue et que j'ai décidé de déposer près d'elle, même s'il est trop tard pour qu'elle me pardonne, je le sais bien. Comme me l'a dit Cyril hier soir, je cherche surtout à me pardonner moi-même. C'est vrai.

À l'entrée de Sainte-Saverne, je ralentis, puis je roule au pas le long des devantures des boutiques de la grand-rue. Toutes ou presque passées au blanc d'Espagne. Sur la place, même l'auberge du Bon Laboureur a fermé, et en bordure du cours d'eau, les ateliers des artisans ont baissé leurs rideaux. Ici, il ne reste désormais que le café de la Gare, la boulangerie et une épicerie, qui vivotent. Même l'église, assise tout en haut, semble morte depuis qu'on n'y célèbre plus la messe, sauf en cas d'enterrement, comme aujourd'hui.

Je me gare devant. Il n'y a que cinq ou six autres voitures

dont les pare-brise scintillent dans le soleil du matin, et le corbillard qui attend un peu plus loin; c'est d'une tristesse insoutenable.

La cérémonie n'a pas encore débuté. Le temps d'accommoder mon regard à la pénombre et de reprendre mon souffle, je marque une halte sur le seuil de l'église. La silhouette du curé se détache en premier devant l'autel, puis je vois Sidonie qui se retourne. Elle me fait signe de la rejoindre au premier rang. De toute façon, les autres sont vides.

Dans le silence recueilli, mes pas résonnent fort. Le curé lève les yeux vers moi, puis ce sont Madeleine et Pierre qui se retournent. Je ne suis pas sûr qu'ils me reconnaissent avec mon crâne rasé.

Je fixe la nuque du grand type à côté d'eux, la silhouette de Terence. Je pense: *Regarde-moi, Savate. Regarde-moi bien, connard. Parce que si je suis là aujourd'hui, c'est aussi pour toi.* Ça y est, il me voit. Et lui, il me reconnaît instantanément, je le lis dans ses yeux.

Tandis que je viens prendre place à côté de Sidonie, il se penche vers Pierre qui à son tour murmure quelques mots à l'oreille de Madeleine qui, comprenant qui je suis, porte une main à sa bouche.

Comme ils se penchent tous pour me dévisager, Sidonie me prend par le bras et, à la stupeur générale, se serre contre mon épaule. Mais il n'est pas question de faire un esclandre, le curé vient d'envoyer la musique. Du piano. Bach, sans doute.

J'essaie de rester stoïque. Je déglutis.

À côté de l'autel, posé sur son support, il y a un cercueil fermé. Un cercueil avec mon premier amour dedans.

À peine la messe terminée, Terence surgit devant moi.

– Qu'est-ce que tu fous là? me dit-il entre ses dents serrées. C'est une cérémonie réservée aux proches.

– Olivier est un proche, lui rétorque Sidonie. C'est moi qui l'ai invité.

Il la fusille du regard.

– Tu fais du mal à tes parents, Sido. Tu ne crois pas qu'ils en ont assez comme ça ?

Il tourne les talons. Sidonie se cramponne à moi, bouillant de rage. Ensuite, elle ne me lâche plus. Ni quand nous quittons l'église derrière le cercueil porté par les employés des pompes funèbres, ni quand nous arrivons au cimetière à bord de ma voiture, encore moins lorsque nous atteignons l'emplacement. Moi, je ne sais plus ce que je ressens. Je suis anesthésié. Les larmes, je les ai toutes pleurées hier.

Au moment de la mise en terre, je sors la lettre de ma poche. Je laisse passer tout le monde, Madeleine, Pierre, Terence, la douzaine de membres de la famille triés sur le volet, puis vient le tour de Sidonie. Raide de chagrin, elle lâche une poignée de terre et une rose sur le cercueil avant de me tendre le goupillon.

Je m'avance, je me penche au-dessus du trou. J'aimerais dire quelque chose à Ariane, mais rien ne vient. Tout est dans cette enveloppe. Au moment où je la laisse tomber, je vois Terence bondir.

– Qu'est-ce que c'est ? Qu'est-ce que tu as jeté ?

– Laisse, Terence ! le supplie Pierre d'une voix blanche. Ça ne fait rien !

– Non ! C'est insupportable à la fin ! Même là où elle est, Ariane n'a rien à recevoir de ta part, Olivier ! C'est ma femme, tu entends ? *Ma* femme !

Je l'affronte du regard. Je dis :

– Tu marcherais sur son cercueil pour marquer ton territoire, hein ? Ben vas-y, saute !

– Allons allons…, bredouille le curé. Calmez-vous, messieurs, un peu de respect.

Il fait reculer Terence, Sidonie me tire en arrière, mais nous restons un moment à nous défier, en silence, chacun d'un côté de la tombe.

Deux heures sonnent au clocher de l'église.

Madeleine pleure, Pierre la serre contre lui et, consterné, le reste de la petite assemblée ne sait plus quoi faire. Finalement, le curé autorise le fossoyeur à jeter la première pelletée de terre et la tension retombe.

Un à un, nous retournons vers nos voitures.

Assise à côté de moi dans la R5, Sidonie met son visage dans ses mains.

– Je n'ai pas le courage d'aller sans toi à la collation, me dit-elle. Me retrouver avec ce connard, devant un buffet, dans la maison de mon enfance, c'est au-dessus de mes forces. Tu ne veux vraiment pas venir ?

– Non, Sido. Ça tournerait mal. Je vais monter aux Chaumes. Envoie-moi un texto, je redescendrai te chercher.

Elle sait que j'ai raison. Elle soupire.

– Dépose-moi devant la maison, alors.

Je conduis en silence jusqu'à cette rue de Sainte-Saverne où j'ai passé tant de samedis après-midi, du temps où j'étais au collège, à espérer un baiser d'Ariane, et j'y laisse Sidonie.

Je la regarde franchir le portail, puis je reste là un moment, moteur éteint, seul et rongé de regrets.

Au moment où je démarre pour m'en aller enfin, un Land Rover se gare juste devant moi, et je vois Terence quitter la place du conducteur. Nos regards se croisent à travers mon pare-brise et Terence s'immobilise au milieu de la rue. Un rictus satisfait lui déforme la bouche. Je le vois alors glisser une main dans la poche intérieure de sa veste et en extraire un rectangle de papier qu'il brandit vers moi, victorieux.

Mon sang se fige. C'est ma lettre ! Je n'en reviens pas. Il a attendu que tout le monde soit parti et il est allé la récupérer dans la tombe d'Ariane ? Il a osé ?

C'en est trop. Je bondis hors de ma voiture.

– Rends-moi ça, Szovat !

Il secoue la tête d'un air faussement désolé. Il dit :

– J'ai lu, Olivier. C'est médiocre. On dirait un de tes devoirs de terminale.

– Ta gueule ! Rends-moi cette lettre !

Il se rembrunit.

– Va te faire foutre. Ariane était *ma* femme. Et ce qui est à ma femme est à moi.

Je serre les poings à m'en faire mal, tandis que Terence, tout en se dirigeant à reculons vers le portail, ne me quitte pas des yeux.

– Tu n'as jamais été autre chose qu'un tocard, Olivier ! Un putain de plouc. Un minable, un raté. La preuve, tu ne t'es même pas battu pour Ariane après notre retour d'Allemagne. Et pourtant, tu aurais dû ! Parce que je t'ai menti, à l'époque, pauvre cloche. Elle n'était pas tombée amoureuse de moi. C'était toi qu'elle voulait ! Toi, toi, toi. La pauvre... Elle n'a pas compris pourquoi tu ne voulais plus la voir.

J'ai blêmi. Je ne sens plus mes jambes. Il savoure son triomphe.

– Alors je l'ai consolée, tu comprends ? Et je suis très fort pour consoler les chagrins des jolies filles.

Puis il passe le portail et je reste au milieu de la rue, au bord du malaise. Non. Non, je ne peux pas laisser ma lettre entre les mains de ce salaud. Tant pis pour le scandale, je fonce vers la maison.

J'entre dans le salon comme un taureau dans l'arène. Je crie :

– Szovat ! Rends-moi la lettre !

Le brouhaha ouaté de la quinzaine de personnes présentes cesse aussitôt. Je vois Sidonie, près de sa mère. Elle se retourne vers moi, stupéfaite. Et je vois Terence près du buffet. Il a déjà un verre de vin dans une main ; de l'autre, il agite la feuille :

– Eh ben, viens la chercher, si t'es un homme, Balaguère !

CHAPITRE 81

Je reste tétanisé par tous les regards braqués sur moi, tandis que Terence continue son numéro.

Il fouille sa poche. Il en sort un briquet.

– T'as jamais rien compris à la vie, mec ! Tu seras toujours un perdant !

Du menton, il désigne Sidonie.

– Le genre de type qui n'a droit qu'à un lot de consolation.

Puis, devant tout le monde, je n'en reviens pas, il met le feu à ma lettre d'amour.

Tandis qu'elle se consume, je sens monter en moi une fureur archaïque. Sidonie lâche sa mère et se précipite vers moi. Elle s'accroche à mon bras.

– Laisse tomber, Olivier.

– Non. Je vais lui casser la gueule.

J'échappe à la poigne de Sidonie et je me rue sur Terence. Il est plus grand que moi d'une bonne dizaine de centimètres, mais il est aussi beaucoup plus mou. Il n'a jamais pelleté du ciment, lui, il n'a jamais passé une journée à charrier des palettes ou à manier un marteau-piqueur. Je lui rentre dedans à pleine épaule, au niveau de la poitrine, lui coupant le souffle.

Madeleine pousse un cri.

– Mon Dieu, non ! Arrêtez-les !

Mais c'est impossible. La rage m'aveugle et plus personne ne peut m'arrêter.

À partir de là, on se parle d'homme à homme : épaule contre épaule, torse contre torse, poings contre poings. Je fais chuter Terence au milieu du buffet. Les coups pleuvent. Nos souffles se mélangent, nos muscles se tendent à se déchirer, il y a du sang, des crachats, le choc des phalanges sur une mâchoire, le cartilage d'un nez qui se brise sous l'impact. Au moment où trois heures sonnent au clocher, une main trouve un couteau sur la table du buffet. La lame jaillit et s'enfonce dans un ventre, jusqu'à la garde.

11 septembre 2001

Chapitre 82

Je suis dans les locaux de la gendarmerie de Sainte-Saverne. C'est là que j'ai passé la nuit. C'est là que les témoins de la bagarre sont venus faire leurs dépositions : Pierre, Madeleine, les cousins, Sidonie.

À présent, deux gradés me font face. L'un d'eux, j'en suis pratiquement sûr, était avec moi, jadis, dans la classe de M. Besson. Mais ni lui ni moi ne sommes là pour évoquer des souvenirs d'enfance.

– Nous allons devoir vous transférer au commissariat de Nevers, m'annonce-t-il.

Je demande s'ils savent comment va Terence depuis qu'il a été emmené par les pompiers. Ils ne veulent rien me dire. À ce stade, je suis accusé de coups et blessures volontaires sur la personne de Terence Szovat. À l'issue de ma période de garde à vue, je vais très probablement être placé en détention provisoire. Je ne réalise pas ce qui est train de m'arriver. Et pourtant, c'est en train de m'arriver.

Dans l'après-midi, je suis à Nevers et j'ai la visite d'un avocat. C'est Sidonie qui l'a contacté sur la recommandation d'un confrère.

– J'ai deux mauvaises nouvelles, me dit l'homme de loi. La première, c'est que la victime, M. Szo... Szovat, a succombé à l'hémorragie interne consécutive au coup de couteau. Il est décédé ce matin à neuf heures. La seconde, c'est que les gendarmes de Sainte-Saverne ont pu récupérer des morceaux encore lisibles de la lettre que vous aviez, selon les témoins, déposée sur le cercueil, et qui a semble-t-il déclenché l'altercation. Ces éléments ont été versés au dossier. Si l'expertise démontre qu'il s'agit bien d'un écrit de votre main, ce n'est pas bon pour nous.

Je pâlis, mon avocat soupire. Il consulte ses papiers. Il me regarde, pessimiste. Il cite les extraits retranscrits par les gendarmes :

– *« … te dire que je t'aime encore »… « radioactivité à haute dose : la jalousie. »… « j'ai imaginé plusieurs façons de tuer Terence. »*

Il secoue la tête. Il conclut :

– Je redoute que l'affaire soit requalifiée en homicide volontaire, monsieur Balaguère. Le pire serait que la défense parvienne à démontrer la préméditation.

À la fin de la journée, je quitte le commissariat pour la maison d'arrêt à bord d'une voiture de la police nationale. Je suis menotté à l'arrière, à côté d'un flic silencieux ; deux autres flics silencieux sont assis à l'avant.

Alors que nous traversons un quartier de la ville, la voiture reste un instant bloquée derrière un camion qui s'est engagé dans une rue trop étroite. Tandis que le 19 tonnes manœuvre sous les encouragements des badauds, je regarde par la vitre. Au rez-de-chaussée de l'immeuble que nous longeons, les fenêtres d'un appartement sont grandes ouvertes, et je vois à l'intérieur comme si j'y étais. Une table de salle à manger, une plante en pot, et un téléviseur allumé devant lequel un couple semble pétrifié. Sur l'écran, on voit deux gratte-ciel. Le premier est en flammes. Et, image stupéfiante, un avion de ligne vient s'encastrer dans le second. La séquence passe et repasse, en boucle : les flammes, l'avion qui s'écrase au ralenti dans les étages, l'explosion suivie d'une boule incandescente. Au bas de l'écran, un bandeau où défilent ces mots : « *Édition spéciale. Attentats à New York* ».

Le flic assis à mes côtés remarque ce que je suis en train de regarder. Il sort de son silence.

– Les Twin Towers, dit-il. Il paraît qu'elles viennent de s'effondrer. Il paraît qu'il y a des milliers de morts.

Il me dévisage.

– Y a des jours, hein… on préférerait ne pas s'être levé.

Le camion bloqué finit par dégager le passage. Les badauds se dispersent, notre voiture redémarre. Le ciel est bleu, limpide, comme à New York. Je pense à ma vie qui vient, elle aussi, de s'effondrer.

Voilà, tu connais à présent toute l'histoire, Saule.

Lors de mon procès, Cyril et le patron de Chez Saïd sont venus témoigner au sujet de la lettre, et mes avocats ont pu démontrer que je l'avais écrite plus de dix ans avant les faits. Il s'agissait des mots d'un adolescent blessé et non d'un homme mû par une réelle volonté de vengeance. La préméditation n'a pas été retenue contre moi, et en vertu de l'article 222 alinéa 7 du Code pénal, j'ai été condamné à treize ans de réclusion criminelle pour violences ayant entraîné la mort sans intention de la donner. Mon bon comportement m'a valu quelques remises de peine. J'ai passé finalement onze années en prison.

Pendant ma détention,
une question n'a cessé de m'obséder.
D'où vient notre violence ?
La mienne m'avait conduit à tuer un homme : je voulais comprendre. Moi qui avais lu cent quatre-vingt-treize livres au collège, appris l'allemand, le latin, des rudiments de grec, moi qui avait arraché ma place dans un lycée prestigieux où la culture était érigée en abri contre la barbarie humaine, comment avais-je pu en arriver là ?
C'est donc pour comprendre l'incompréhensible que j'ai commencé à écrire mon histoire.

Je me suis souvenu de mes premières bagarres dans la cour de l'école communale, à Sainte-Saverne. Antoine Pleutin, Vincent Grimont, les coups que j'avais donnés chaque fois qu'ils s'étaient moqués de moi parce que je n'étais pas conforme à ce qu'ils attendaient d'un autre garçon.
Que défendais-je, alors, avec autant de colère?
Mon père?
Ma violence venait-elle de là? De mon père?
Dans ce cas, ne fallait-il pas, avant de raconter mon histoire, raconter la sienne? Et si je voulais comprendre mon père, ne devais-je pas tenter de comprendre le sien?

Peu à peu, de question en question, de père en fils, je suis remonté dans le temps.
D'une guerre à une autre, d'un secret à l'autre, d'un alcoolique à un autre alcoolique, et de chagrin en culpabilité, la violence était là, à chaque génération. D'abord subie avant d'être exercée, comme si ces hommes, privés de tout autre langage, n'avaient pu recourir qu'à la fuite ou à la destruction pour exprimer leur désir d'exister. Jusqu'à Terence Szovat. Jusqu'à moi. Comme une malédiction.

Durant ces onze années, j'ai lu des dizaines de livres, cherché des documents, questionné ma mère par courrier. Elle m'a raconté ce qu'elle savait, elle m'a envoyé des photos.
Durant ces onze années, j'ai réfléchi, écrit et dessiné l'histoire de la famille Balaguère. C'était mon exutoire, ma consolation.
Et durant ces onze années je me suis répété ce refrain:
Heureusement que je n'ai pas eu d'enfant.

Me reste donc à te raconter le dernier épisode de notre histoire, avant que, peut-être, nous la poursuivions ensemble.

Dix-neuf ans après

20 avril 2020

Chapitre 83

Je reste un long moment sans bouger devant l'écran de l'ordinateur, me demandant que faire de cette demande inattendue.

Depuis que j'ai un compte sur Facebook, je m'en sers très peu. Mais depuis un mois, avec le confinement, je fais comme tout le monde, je traîne dessus en quête de je ne sais quoi, une info intéressante, un gag sur le Covid, une vidéo de quelqu'un qui fait du yoga dans sa cuisine à l'autre bout de la planète, que sais-je. De temps en temps, j'échange des messages avec des collègues du resto qui, comme moi, sont au chômage technique. « Ça va ? Ça va. » Et là, subitement, cette demande d'ami venant de Sidonie Fournier.

Je me lève et je vais à la fenêtre, cherchant l'air qui me manque.

Il est midi. Dehors, le tableau est toujours le même. Une ville désertée, à l'arrêt comme dans un film de science-fiction, le silence suspect que viennent crever, sporadiquement, les sirènes des ambulances, et les glycines en fleur dans le jardin de la résidence d'en face. Depuis un mois, mes angoisses reviennent ; je me suis remis à faire les mêmes cauchemars qu'en prison. Pourquoi faut-il qu'en plus Sidonie rompe, maintenant, un silence de bientôt vingt ans ? Je flanque un coup sur la rambarde du balcon.

– Merde et merde !

– Qu'est-ce qui se passe, Olive ?

– Rien, ça va !

La tête de Ben s'encadre dans la porte de la chambre. Il tient contre lui le chat que nous a laissé la voisine lorsqu'elle a été hospitalisée, un vieux matou bicolore qui met des poils partout dans l'appart mais qui semble procurer à Ben un plaisir presque paternel.

– Tu as crié, me dit-il. Ça a fait sursauter Biscotte.

– Désolé, Biscotte. Je me suis cogné, c'est rien.

– Bon. Tu descendras faire les courses, hein, c'est ton tour.

Ben disparaît dans la pièce voisine. Je me rassieds devant l'ordi, un peu calmé.

La dernière fois que j'ai vu Sido, c'était au parloir de la maison d'arrêt de Nevers, au tout début de l'instruction. Elle pleurait. Elle répétait que c'était trop. Trop dur, trop dingue, trop compliqué. Du haut de ses vingt-neuf ans, elle devait s'occuper de ses parents en deuil, de son deuil à elle, et surtout, de cette petite Olivia désormais orpheline. S'occuper de mon cas en plus était au-delà de ses forces, je l'avais parfaitement compris.

– Tu risques de prendre quinze ans, Olivier, sanglotait-elle. Et moi, je…

Je l'avais soulagée des mots qu'elle n'arrivait pas à prononcer. Je lui avais demandé de faire sa vie, dehors, sans moi, de rassembler ses forces pour elle et la fille d'Ariane. C'était la seule option possible. Bien sûr, elle témoignerait en ma faveur, mais pour tout le reste, il fallait couper net le lien entre nous. Il fallait qu'elle se sauve.

À la fin du parloir, je lui avais dit: «Je te jure que même si tu reviens, je refuserai de te voir. Même si tu m'écris, je ne te répondrai pas.»

Je n'avais pas eu besoin de tenir parole. Sidonie n'était pas revenue. Elle ne m'avait pas écrit. Elle était sortie de mon existence, pendant que j'entrais en enfer.

Incapable de décider si je l'accepte ou non dans mes «amis», j'enfile mes chaussures. Je passe dans la pièce où Ben a installé son campement, et je lui annonce que je descends au supermarché.

– J'ai envie d'un couscous, annonce-t-il en retour.

J'exécute une courbette façon maître d'hôtel.

– Commande notée, monsieur. Et que souhaitez-vous boire avec ?

– Je fais confiance au sommelier, me dit-il, absorbé dans une partie de Candy Crush sur son téléphone. Oublie pas ton attestation.

Je claque la porte, je descends les escaliers quatre à quatre et je me jette dans la rue. J'adore faire ça. C'est la preuve que, malgré les apparences, je ne suis pas complètement en prison. Et puisque j'ai droit à une heure de promenade, je marche un peu avant d'aller faire mes achats.

Que peut bien vouloir Sidonie ?

Pour être honnête, j'ai déjà tapé son nom dans Google. Évidemment, qui ne le ferait pas ? En dehors de ses homonymes, je n'ai rien trouvé de précis sur elle et j'en ai conclu qu'elle n'était peut-être plus avocate.

Quant à moi, si elle a cherché à savoir ce que je deviens depuis ma remise en liberté, elle a dû être déçue aussi. Moins on en sait à mon sujet, mieux je me porte. Depuis huit ans maintenant, ma vie se résume à travailler, à écrire, à lire, et à boire des coups avec de rares amis. Dont Ben. Puisque à ma grande stupéfaction, il s'est pointé un jour de parloir à la centrale en m'offrant de nouveau son amitié.

Comme quoi, me dis-je, dans la vie, on n'est jamais au bout de ses surprises.

Fort de cette réflexion, en revenant du supermarché (et avant de me mettre en cuisine pour ce fameux couscous), je décide d'accepter la demande de Sidonie.

Je clique. Le contact est établi.

CHAPITRE 83

Ce qui se passe ensuite, Sidonie a dû t'en parler.
Après quelques messages hésitants sur Facebook, nous continuons de nous écrire par mail, plus longuement.

Sidonie tâte le terrain.
Elle a laissé un trentenaire fracassé par sa propre violence dans un parloir de maison d'arrêt, il me semble normal qu'elle essaie de deviner le genre d'homme que je suis devenu à cinquante ans passés.
Je ne dis pas que je suis quelqu'un d'équilibré, Saule, loin de là. Mais je n'ai pas déraillé; en tout cas, pas plus que d'habitude.
Et j'explique à Sidonie ce qui m'a tenu la tête hors de l'eau: cette longue histoire que j'ai écrite sur les hommes de ma famille, et à travers laquelle j'ai cherché à mettre de l'ordre dans ce qui n'en n'avait pas. «Écrire, lui dis-je, est une façon de reprendre un peu le dessus sur l'absurde violence du monde, tu ne penses pas?» «Je croyais que l'écrivain, c'était ton père», me répond-elle avec malice.

Dans d'autres mails, je lui raconte mon difficile retour au-dehors. Je lui raconte comment Ben m'a logé pendant des mois chez lui, à Pantin. Et mes petits boulots dans les bars, jusqu'à ce que je décroche une place dans un resto, à Bastille, puis un logement social dans le quartier voisin.

Il y a quelques semaines, quand Ben s'est trouvé en galère de logement, je lui ai proposé de l'héberger à mon tour.
« Et voilà. Maintenant, on est confinés ensemble dans mon deux-pièces. Avec Biscotte le chat. »
« Tu t'en sors plutôt bien, alors ? » m'écrit Sido.
« Si on veut. Et toi ? »

Mail après mail, prudente, Sidonie se dévoile par petites touches.
Elle me parle de son installation à Rennes où elle vit depuis longtemps maintenant.
De son renoncement à exercer le métier d'avocate.
De son emploi comme simple juriste dans une boîte d'agroalimentaire.
De Madeleine et Pierre, venus s'installer près de chez elle.
Et d'Olivia, bien sûr.
Olivia qui est sur le point d'avoir vingt et un ans, qui fait ses études à Montréal.
« Mais pour l'instant, elle est revenue se confiner ici », me précise Sidonie.
« Avec nous. »
Ce « nous » me laisse penser que Sidonie vit en couple, mais elle n'en dit pas plus, et je préfère ne pas la questionner.
Elle voudrait, me dit-elle, me parler de beaucoup d'autres choses.
Mais pas comme ça. Pas à distance.
Quand le confinement sera levé, serais-je d'accord pour qu'on se retrouve quelque part ? Elle pourrait venir à Paris. Un samedi, par exemple.

Je me méfie des rendez-vous de Sidonie.
À chaque fois, elle a quelque chose à m'annoncer qui fait l'effet d'une bombe.
Néanmoins, après réflexion, je dis oui.

Paris, juin 2020

Chapitre 84

Il fait grand beau, les terrasses des bistrots sont de nouveau ouvertes et Paris reprend vie malgré les restrictions encore nombreuses et l'absence des touristes.

Je dispose de quelques heures avant le début de mon service. Nous nous sommes fixé rendez-vous près de la gare Montparnasse, peu après l'arrivée du train de Sidonie.

Avant de partir de chez moi, j'ai longuement hésité devant le miroir de la salle de bains. T-shirt ou chemise ? Veste ou pas veste ?

J'ai passé une main nerveuse dans mes cheveux devenus gris. J'ai pensé que j'étais désormais plus vieux que mon père. Plus vieux que Carl. J'ai pensé que Sidonie, aussi, va sur ses cinquante ans. Et que ma mère en aura bientôt quatre-vingts. Finalement, j'ai opté pour mon T-shirt rouge avec l'inscription *Come to the dark side.*

Je la repère de l'autre côté de la place. Elle a coupé ses cheveux, sa silhouette s'est arrondie, elle porte de grandes lunettes de soleil et un sac de voyage à l'épaule. Elle traverse le passage piéton, je lui fais un signe de la main. Elle sourit.

– Olivier, soupire-t-elle en déposant son sac sur la chaise face à la mienne.

Nous n'osons pas nous embrasser. Et pas seulement à cause du Covid et des gestes barrières.

– Tu as fait bon voyage ?

– Oui ça va. Sauf ce fichu truc qu'il faut mettre en permanence…

Elle retire le masque chirurgical qui pendouille à son cou, le fourre dans sa poche, remonte ses lunettes sur son front et s'assied. Après nos échanges virtuels de ces dernières semaines, nous sommes un peu encombrés par notre réalité. Pour évacuer la gêne, elle me demande à quelle heure je bosse, si les affaires reprennent, comment vont Ben et Biscotte.

– Biscotte est retourné chez sa maîtresse, dans l'appartement du dessous. Ben a pu reprendre son boulot de régisseur.

– Les salles de concert sont de nouveau ouvertes ?

– Pas vraiment. Il fait de la maintenance technique en attendant.

Un silence. Sidonie me regarde. Elle lit l'inscription sur ma poitrine. Le « côté obscur »… Je vois qu'elle hésite à me questionner sur le choix de ce T-shirt.

– Tu as l'air bien, sourit-elle finalement. Ça te change, d'avoir autant de cheveux.

– Toi aussi, tu as l'air bien.

Un silence passe. Un serveur vient prendre notre commande. Je m'aligne sur la menthe à l'eau que demande Sido. Nos regards se croisent, un peu fuyants.

– Merde, Olive, fait-elle soudain. Je ne sais pas si…

Sans prévenir, ses yeux débordent. Des larmes dévalent ses joues et je sens, moi aussi, ma gorge se nouer.

– C'était plus facile à distance, hein ?

Elle hoche la tête. J'ai envie de serrer sa main dans la mienne, mais je ne le fais pas. Elle fouille son sac, en sort un paquet de cigarettes. Elle m'en propose une, j'accepte. Après la première bouffée, elle dit :

– J'ai acheté ce paquet à la gare, avant de venir. C'est la première que je fume depuis sept ans et demi.

– Ça te stressait tant que ça de me voir ?

– Tant que ça, oui.

Maintenant, elle rit. Mais d'un rire qui ressemble à un sanglot. Ensuite, elle prend une respiration et, oubliant les banalités, elle va à l'essentiel :

– Est-ce que tu as trouvé des réponses à tes questions ?

– Mes questions ?

– Oui. Sur ta violence.

Surpris, je ris, mais elle, non. Elle pose sur moi ce regard si sérieux qui me rappelle celui d'Ariane.

– Eh bien... je ne sais pas si j'ai trouvé des réponses, Sido. Mais j'ai retrouvé des fantômes.

– Quel genre de fantômes ?

– C'est long à expliquer. Il faudrait que tu lises ce que j'ai écrit.

– J'aimerais beaucoup, dit-elle.

– Pourquoi ça t'intéresse autant ?

Sidonie ouvre la bouche, veut dire quelque chose, puis se ravise. À la place, elle prend son téléphone, écrase sa cigarette, s'éclaircit la gorge. Elle ouvre l'album photo de son appareil, à la recherche d'un cliché qu'elle finit par trouver. Puis elle glisse le téléphone vers moi.

Sur l'écran, il y a la photo d'un jeune homme.

– Le jour où j'ai appris la mort d'Ariane, je ne le savais pas encore, m'explique-t-elle. Et le jour de l'enterrement, non plus. Et quand je suis venue te voir à la maison d'arrêt, je ne le savais toujours pas. J'étais tellement ailleurs, tu imagines bien que j'avais autre chose à faire que de penser à mes règles... Je ne m'en suis rendu compte que bien après, quand il était trop tard pour reculer.

Je fixe la photo, sidéré. Je respire à peine. J'attends qu'elle aille au bout. Elle reprend :

– J'allais avoir trente ans, Olivier. Je n'étais pas prête à affronter toutes ces catastrophes, toutes ces morts. Mais j'étais prête pour la vie. Notre fils est né en mai 2002. J'avais déjà adopté Olivia, alors ils ont grandi ensemble, comme un frère et une sœur.

Elle m'offre un regard désolé.

– Je n'ai jamais pu lui dire qui était son père. Je ne l'ai jamais dit à personne. C'était impossible, tu comprends ? Comment pouvais-je avouer à mes enfants que le père de l'un était responsable de la mort du père de l'autre ?

Le raccourci me glace. Je suis incapable de prononcer un mot.

– Saule a eu dix-huit ans le mois dernier, continue Sido.

Sa voix flanche, elle reprend quand même :

– Depuis quelque temps, il ne va pas bien, Olivier. Je suis inquiète.

Elle reprend son téléphone et zoome sur un détail qui m'avait échappé : un avant-bras couvert de fines cicatrices. On dirait des entailles dans une écorce. Comme celles qui couronnaient la souche, au Creux du Renard, en mémoire de Marty.

– C'est pour ça que j'ai cherché à te contacter, me dit Sido. Il est hanté par des fantômes, lui aussi. Le secret n'est plus tenable, je le sais. Il a besoin de connaître son histoire. Il a besoin de savoir qui est son père.

Elle désigne l'inscription sur mon T-shirt :

– Même si ce père est du mauvais côté de la Force, comme dans *Star Wars*.

Abasourdi, je parviens seulement à murmurer :

– Comment tu l'as appelé ?

– Saule. Comme l'arbre.

C'est ainsi, Saule, que tu es devenu le destinataire de ce récit.
Je l'avais commencé pour moi. Je l'ai achevé pour toi.
Et puisque ta mère t'a donné un nom d'arbre, il me revenait de te rendre tes racines.

Je repense à ce que mon père m'a dit, un matin, dans la cuisine, rue de Verneuil : la littérature est une consolation.
Je ne sais pas s'il avait raison, mais j'aimerais bien.
J'aimerais croire que toutes les histoires, même les plus tragiques, peuvent nous consoler, à condition qu'elles disent la vérité.
C'est ce que j'ai essayé de faire ici : te dire la vérité sur les hommes de la famille Balaguère.
Sur leurs faiblesses et sur les miennes.
J'espère que tu en tireras de la force.

Plusieurs mois se sont écoulés depuis que j'ai revu Sido près de la gare Montparnasse.
Entre-temps, il s'est passé un dernier événement triste.
Ma mère est morte voici quelques semaines.
Christiane n'aura pas eu le temps de te connaître, mais j'ai eu le temps de lui dire que tu existes.
Quand elle a su que j'avais un fils de Sidonie, elle s'est souvenue de ce 1er janvier où nous avions débarqué aux Chaumes par surprise, ta mère et moi.

Elle a souri. Elle m'a dit qu'elle était contente.

Depuis son décès, je suis aux Chaumes.
De toute façon, je n'ai plus de boulot à Paris. Avec les fermetures à répétition liées aux mesures sanitaires, le restaurant où je travaillais a fini par licencier son personnel.
Pour l'instant, je vis donc dans ce coin de campagne que j'avais tant voulu fuir et qui n'a cessé de me ramener vers lui.
Je range les vieux papiers, je trie les vêtements démodés, je classe, j'exhume ce qui reste de toutes les vies qui se sont succédé entre ces murs, et je pense à toi.
J'ai mis de côté quelques reliques.
La pipe en bois de bruyère qui appartenait à Cytise.
Le fusil de chasse de Charme qui prenait la poussière depuis 1973, au-dessus de la porte.
L'exemplaire de L'Étranger *qu'Aloès avait laissé et que j'ai lu beaucoup trop jeune.*
La boîte que Christiane avait remplie de souvenirs de Véronique.
J'ai même retrouvé mon garage en plastique et ma collection de petites voitures, mes CD des années quatre-vingt-dix avec tous les albums de Nirvana, *et au milieu, un vieil enregistrement des morceaux de* K-FArnaüm.
Que vais-je faire de tout ça ?

Hier, j'ai décidé d'aller à l'agence immobilière de Sainte-Saverne. C'est la seule du secteur, et je me suis donc retrouvé face à mon vieil ennemi Vincent Grimont, qui en est devenu le patron.
Quand il m'a reconnu, j'ai vu qu'il était embarrassé.
Tu penses bien qu'ici, tout le monde est courant de mon histoire.
À l'époque, le Journal du Centre *avait fait sa une sur le crime commis par un enfant du pays, et même si je n'ai plus remis les pieds dans la région depuis vingt ans, les gens ont la mémoire longue.*

Je ne saurais dire si mes années de prison me confèrent à leurs yeux une forme de prestige ou si je leur fais peur, toujours est-il que Vincent s'est montré excessivement poli avec moi. Un peu plus, il me vouvoyait.
Je lui ai dit que je voulais évaluer le prix de la ferme et des terrains.
Je pensais que nous fixerions un rendez-vous, mais il était disponible et il m'a proposé de le faire sans attendre.
J'ai dit bon, pourquoi pas et nous sommes remontés ensemble vers le hameau. Il a effectué la visite en vrai fils de notaire, les mains dans le dos, le pas lourd et l'œil averti.
« En ce moment, les acheteurs affluent », m'a t-il expliqué. Surtout les Parisiens, traumatisés par les confinements, épuisés par la ville, qui ne jurent plus que par l'authenticité des vieilles pierres et s'arrachent les potagers. Selon lui, même en mauvais état, j'ai toutes les chances de vendre les Chaumes en moins de deux.
« La région étant mal desservie et peu connectée, tu n'en tireras pas une fortune, m'a-t-il précisé. Mais les prix sont au plus haut. »
Il m'a laissé un contrat et un panneau À VENDRE au nom de l'agence, qu'il me suffira d'accrocher au mur de la grange dès que je serai décidé.
Avant qu'il parte, je n'ai pas pu m'en empêcher, j'ai dit : « De toute façon, je dois d'abord en parler à mon fils. »
Et cette phrase, je te l'avoue, m'a donné un grand frisson.

Quand tu auras fini de lire cette histoire, Saule, je ne sais pas si tu auras envie de me rencontrer.
Moi, j'ai pris ma décision sur la terrasse du café, près de la gare Montparnasse, dès l'instant où j'ai su que tu existais : c'est oui.
Alors si tu le souhaites, viens.
Je serai là.

Pour l'heure, j'ai remisé le panneau À VENDRE dans un coin, et j'ai sorti la boîte à outils laissée par Yvon. Il a plu ces derniers jours, j'ai constaté qu'il y a une fuite dans le toit.
Ce ne sera qu'une petite réparation, bien sûr, alors qu'il y en a de plus grandes à entreprendre. Mais puisqu'il faut bien faire quelque chose, je vais commencer par là.

Mars 2022

Épilogue

Seul dans la cour de la ferme, je t'attends.

Depuis que tu m'as appelé tout à l'heure pour me dire que tu étais en route, je ne fais plus que ça. T'attendre.

Je regarde le puits, la porte de la grange, les branches du tilleul qui bourgeonnent déjà, et je songe à tous les événements dont cette cour de ferme a été témoin depuis un siècle.

Elle a vu Cytise porter le corps de Marty jusqu'à la charrette, elle a vu Anzême revenir du front pendant l'hiver 1915, elle a vu Charme enlacer Mona et tomber sous le coup de feu de Jean, elle a vu Aloès et Christiane se marier, elle a vu arriver les gendarmes le jour où Véronique est morte sous le tracteur, elle m'a vu debout, désemparé, devant le coffre de l'Ami 6 lorsque j'ai compris que mon père m'abandonnait, elle m'a vu partir et revenir cent fois, mais je crois qu'elle ne m'avait jamais vu pleurer.

Est-ce que le monde serait moins violent si les hommes pleuraient plus souvent ? Est-ce qu'Hitler savait pleurer ? Est-ce que Vladimir Poutine sait pleurer ? Nous avons traversé tant d'orages. Saurons-nous encore traverser ceux qui s'annoncent ? J'espère que oui.

Quand ta voiture va surgir sur le chemin, même si c'est dans une heure ou deux, je pleurerai sans doute encore.

Mais pour l'instant, seul dans la cour de la ferme, je t'attends.

L'autrice

Anne-Laure Bondoux est née en région parisienne en 1971.

Enfant et adolescente, elle adorait lire, écouter de la musique, écrire, et courir après des ballons dans les gymnases. Après avoir renoncé à ses rêves de carrière sportive, elle a fait des études de lettres, deux enfants, une expérience professionnelle passionnante chez Bayard Presse, et elle est devenue écrivain.

Depuis plus de vingt ans maintenant, elle emmène les jeunes et les moins jeunes dans les pages de ses livres, en espérant que la lecture soit l'occasion d'un plaisir partagé.

Ses romans ont été traduits dans une vingtaine de langues. Ils ont remporté de nombreux prix en France, et à l'étranger.

Comme pour *L'Aube sera grandiose*, prix Vendredi 2017, elle a demandé à sa fille Coline de créer quelques illustrations pour *Nous traverserons des orages*.

De la même autrice, chez Gallimard Jeunesse
L'Aube sera grandiose
Tant que nous sommes vivants
La Tribu de Vasco (3 tomes)

Aux éditions du Fleuve
Et je danse, aussi avec Jean-Claude Mourlevat
Oh happy day, avec Jean-Claude Mourlevat
Valentine ou la belle saison

Aux éditions Bayard
Le Temps des miracles
La Magnifique
Les Larmes de l'assassin
Le Destin de Linus Hoppe

Aux éditions Hachette
L'Odyssée des deux mondes

Aux éditions L'École des loisirs
La Vie comme elle vient

L'illustratrice

Coline Peyrony est née en 1992. Elle adore dessiner depuis qu'elle a l'âge de tenir un crayon. En plus de son travail d'illustratrice, elle partage sa passion pour la randonnée et le voyage sur sa chaîne YouTube, « Coline Voyage », ainsi qu'avec sa bande dessinée en ligne sur Instagram et Facebook, « Coco en rando ».

Loi nº 49-956 du 16 juillet 1949
sur les publications destinées à la jeunesse

Mise en pages : Maxime Fittes

Imprimé en Italie par Grafica Veneta
Dépôt légal : septembre 2023
ISBN : 978-2-07-512962-6
Nº d'édition : 354100